Die drei Musketiere

Alexandre Dumas

Die drei Musketiere

cbj

cbj ist der Kinder- und Jugendbuchverlag
in der Verlagsgruppe Random House

Verlagsgruppe Random House FSC-DEU-0100
Das FSC-zertifizierte Papier München Super für die GEOlino-Bibliothek
aus dem Verlag cbj liefert Mochenwangen Papier.

Gesetzt nach den Regeln der Rechtschreibreform

1. Auflage 2005

Die französische Originalausgabe erschien erstmals 1844 unter dem Titel
» Les trois mousquétaires «
Lektorat: Gerd F. Rumler
Umschlagabbildung: Dieter Wiesmüller
Innenillustrationen: Don-Oliver Matthies
Umschlaggestaltung: Network! Werbeagentur GmbH, München
kb · Herstellung: WM
Gesetzt aus der Centaur in der Verlagsgruppe Random House
Reproduktion: Wahl Media GmbH, München
Druck: GGP Media GmbH, Pößneck
Printed in Germany
ISBN-10: 3-570-13024-X
ISBN-13: 978-3-570-13024-7

www.cbj-verlag.de
www.geolino.de

Die drei Musketiere

Inhalt

1.	Die drei Präsente des alten d'Artagnan	9
2.	Im Vorzimmer des Herrn de Tréville	24
3.	Die Audienz	28
4.	Athos, Porthos und Aramis	38
5.	Musketiere und Gardisten	44
6.	König Ludwig XIII.	53
7.	Bei den Musketieren zu Hause	58
8.	Eine Hofintrige	65
9.	D'Artagnan macht sich	71
10.	Eine Mausefalle	77
11.	Die Intrige verwickelt sich	85
12.	Der Herzog von Buckingham	97
13.	Herr Bonacieux	103
14.	Der Mann von Meung	109
15.	Der König und der Kardinal	118
16.	Herr und Frau Bonacieux	125
17.	Der Feldzugsplan	134
18.	Die Reise	142
19.	In London	149
20.	Der Ball	156
21.	Das Stelldichein	161
22.	Porthos	170
23.	Aramis und seine Studien	178
24.	Athos' Frau	186
25.	Die Rückkehr	199

26. Mylady 211
27. Die Gegner 217
28. Zofe und Herrin 223
29. Bei Nacht sind alle Katzen grau 229
30. Myladys Geheimnis 235
31. Eine ernste Warnung 248
32. Die Belagerung von La Rochelle 254
33. Wein aus Anjou 260
34. In der Herberge »Zum Roten Taubenschlag« 264
35. Vom Nutzen eines Ofenrohrs 269
36. Eine Szene zwischen Eheleuten 274
37. Die Bastion Saint-Gervais 279
38. Eine Familienangelegenheit 296
39. Ein Gespräch zwischen Schwager und Schwägerin 305
40. Der erste Tag der Gefangenschaft 314
41. Der zweite Tag der Gefangenschaft 318
42. Der dritte Tag der Gefangenschaft 322
43. Der vierte Tag der Gefangenschaft 327
44. Der fünfte Tag der Gefangenschaft 329
45. Ein Entwurf zu einem klassischen Trauerspiel 338
46. Die Flucht 342
47. Portsmouth, 23. August 1628 346
48. In Frankreich 352
49. Im Kloster der Karmeliterinnen 354
50. Ein Schluck Wasser 362
51. Das Gericht 369
52. Eine Mitteilung vom Kardinal 379
Epilog 387

Nachwort 389

1. Die drei Präsente des alten d'Artagnan

Am ersten Aprilmontag des Jahres 1625 ging es im Marktflecken Meung drunter und drüber. Zahlreiche Bürger beeilten sich, als sie allerhand Frauensleute zur Hauptstraße stürzen sahen und die Kinder auf den Türschwellen schreien hörten, ihren Kürass umzuschnallen. Nachdem sie sich noch durch eine Muskete oder einen Säbel ein imposanteres Aussehen gegeben hatten, rannten sie zum Gasthof des Freimüllers, vor dem sich ein dichter Haufen lärmend drängte, der von Minute zu Minute größer wurde.

Damals waren derartige Unruhen im schönen Frankreich nicht selten, und es verstrich kaum ein Tag, ohne dass in der oder jener Stadt ein ähnlicher Vorfall zu verzeichnen war. Die hohen Herren vom Landadel hatten fortwährend Händel miteinander, der König lag in ständiger Fehde mit dem Kardinal, und Spanien hatte Frankreich soeben wieder den Krieg erklärt. Die zahlreichen Diebe und Räuber, außerdem die Hugenotten, sorgten dafür, dass das Land nicht zur Ruhe kam. Gegen Diebe und Räuber erhoben die Bürger stets die Waffen, wider die Herren vom Adel und die Hugenotten oft, manchmal auch gegen den König, niemals aber wider den Kardinal und die Spanier. Daraus ergab sich, dass die Bürger von Meung, als sie an besagtem Montag Spektakel hörten und weder die gelbrote Standarte Spaniens noch die Livree des Kardinals Richelieu erblickten, eilends zum Gasthof des Freimüllers liefen.

Dort angekommen wurde sogleich jedem die Ursache des Lärms klar: ein junger Mann von etwa achtzehn Jahren, ohne Harnisch und Beinschienen, in einem wollenen Wams, dessen ehemals blaue Farbe sich in eine unbestimmbare Schattierung von Weinrot und Himmelblau verwandelt hatte; das Gesicht länglich und braun, hervorspringende Backenknochen, ein Merkmal von Pfiffigkeit, stark entwickelte Kiefer – das untrügliche Kennzeichen eines Gascogners. Er hatte offene, kluge Augen und eine gebogene, edel geformte Nase. Für einen Jüngling war er zu groß, für einen ausgewachsenen Mann aber zu klein. Wäre nicht der lange Degen gewesen, der ihm am Wehrgehänge baumelte, so hätte ihn ein weniger geübtes Auge für einen reisenden Pächtersohn halten können.

Unser junger Mann war nämlich beritten, aber sein Gaul hatte ein merkwürdiges Aussehen. Es war ein wenigstens zwölf Jahre alter Klepper aus dem Béarn mit gelblichem Felle, mit einem Schweif ohne Haare und mit Beinen voller Schwären. Und für den jungen d'Artagnan – so hieß der Besitzer dieses Gauls – war das Aufsehen umso peinlicher, als er sich über den lächerlichen Anstrich, den sein Gaul ihm, dem stattlichen Reiter, geben musste, durchaus im Klaren war. Wusste er doch recht gut, dass so eine Mähre unter Brüdern kaum ihre zwanzig Francs wert war, während andrerseits die Worte, die dieses Präsent begleitet hatten, sich jeder Schätzung entzogen …

»Mein lieber Sohn«, hatte der gascognische Edelmann, der Vater des Jünglings, gesagt, »dieses Pferd erblickte vor nunmehr dreizehn Jahren im Hause deines Vaters das Licht der Welt und bildete seitdem einen Bestandteil von dessen festem Inventar; ein Grund also, ihm deine Liebe zu schenken! Verkauf es niemals, sondern lass es in Ruhe und Ehren alt werden und zu seinen Vätern eingehen. Ziehst du mit ihm ins Feld, dann geh rücksichtsvoll mit ihm um wie mit einem greisen Diener. Solltest du«, sprach Herr d'Artagnan weiter, »einmal die Ehre haben, bei Hofe zu erscheinen – eine Ehre, auf die dir übrigens dein alter Adel ein Recht gibt –, dann halte auch du den Namen in Ehren, wie es deine Ahnen seit fünfhundert Jahren taten, sowohl für dich wie für die deinen. Nimm keinen Schimpf hin, es sei denn vom Kardinal oder vom König. Ein Edelmann kann es heute einzig und allein durch seinen Mut zu etwas bringen. Wer auch nur eine Sekunde zittert, lässt vielleicht das Glück entfliehen, das just in dieser Sekunde Fortuna für ihn bereithielt. Du bist jung und sollst tapfer sein aus zweierlei Gründen: erstens, weil du ein Gascogner, und zweitens, weil du mein Sohn bist. Nimm die Gelegenheit wahr und fürchte keine Abenteuer! Den Degen zu führen, habe ich dich gelehrt; du hast eine Beinschiene von Eisen und einen Handschuh von Stahl; schlage dich bei jeglichem Anlass; schlage dich umso eifriger, als der Zweikampf verboten ist und demgemäß doppelt so viel Mut erheischt. Außer meinem Pferd und den eben vernommenen Ratschlägen, lieber Sohn, kann ich dir nur fünfzehn Francs mitgeben. Die Mutter wird noch das Rezept einer Zigeunerin für eine bestimmte Salbe beifügen, die die wunderbare Eigenschaft besitzt, jede Blessur zu heilen, außer wenn das Herz getroffen ist. Zieh aus allem den rechten Nutzen, lebe glücklich und lange! – Ein Beispiel will ich dir noch vor Augen halten: das des Herrn de Tréville, der ehemals mein Nachbar war und die Ehre hatte, als Kind mit unserem König Ludwig XIII. zu spielen! Hin und wieder geschah es, dass ihre Spiele zu Schlägereien ausarteten, in denen der König nicht immer der Stärkere war. Die Prügel, die der König dann bekam, setzten Herrn de Tréville bei ihm in

Respekt und weckten in seinem königlichen Herzen ein Gefühl von Freundschaft für ihn. Herr de Tréville hat sich auf seiner ersten Reise nach Paris fünfmal mit andern duelliert; und von der Volljährigkeit Seiner jetzt regierenden Majestät bis zum heutigen Tage vielleicht hundertmal! Und trotz aller Erlasse, Verordnungen und Befehle ist er nun Hauptmann der Musketiere, vor dem Seine Majestät der König gewaltigen Respekt hat und Seine Eminenz der Kardinal sich fürchtet, wie man im Lande weiß. Obendrein bekommt Herr de Tréville im Jahre bare zehntausend Francs, ist also ein vornehmer Herr. Angefangen hat er wie du; such ihn mit deinem Schreiben auf und mache es wie er, damit es dir gut gehe wie ihm!«

Nach diesen Worten schnallte Herr d'Artagnan seinem Sohne den eigenen Degen um, küsste ihn zärtlich auf beide Wangen und gab ihm den Segen. Ausgestattet mit den väterlichen Präsenten, den guten Ratschlägen und dem Brief für Herrn de Tréville, machte sich der junge Mann am selben Tage auf den Weg.

Bis Meung also wurde d'Artagnan in seiner Würde und Empfindlichkeit nicht verletzt. Als er am Tore des Freimüllers sich anschickte, von seinem Pferd zu steigen, ohne dass jemand, weder Wirt noch Kellner oder Hausknecht, herbeieilte, um ihm den Steigbügel zu halten, erblickte d'Artagnan in einem offenen Fenster des Hauses einen Edelmann von stattlicher Figur und stolzer Haltung im Gespräch mit zwei Personen, die ihm ehrerbietig zuzuhören schienen. Wie nicht anders zu erwarten, glaubte d'Artagnan natürlich, es sei von ihm die Rede und horchte. Diesmal hatte er sich nicht geirrt, doch es handelte sich nicht um ihn, sondern um sein Pferd. Der Edelmann schien seinen Zuhörern sämtliche Eigenschaften des Gaules aufzuzählen und alle Augenblicke erscholl großes Gelächter.

D'Artagnan wollte zunächst wissen, wie dieser unverschämte Mensch aussehe, der sich über ihn lustig machte. Er maß ihn mit stolzem Blick und bemerkte einen vielleicht vierzigjährigen Mann mit schwarzen, stechenden Augen, bleichem Teint, scharf geschnittener Nase und schwarzem, gezwirbeltem Schnurrbart. Er trug ein veilchenfarbenes Wams und mit Schnüren besetzte Beinkleider von derselben Farbe. Hose und Wams waren neu, sahen jedoch so zerknittert aus, als hätten sie lange in einem Mantelsack gesteckt. D'Artagnan machte all diese Wahrnehmungen mit dem raschen Blick des scharfsichtigen Beobachters und hatte unwillkürlich das Gefühl, dass dieser Unbekannte noch eine Rolle in seinem Leben spielen würde.

Im selben Augenblick ertönte wieder ein schallendes Gelächter, und diesmal konnte d'Artagnan nicht mehr bezweifeln, dass es darauf abgesehen war, ihn zu beleidigen. Ohne sich länger zu besinnen, rückte er sein Barett tief in die Augen und legte mit vornehmer Gebärde, wie er sie bei Edelleuten im Béarn beobachtet hatte, die rechte Hand auf den Degenknauf, während er die linke in die Hüfte stemmte. Leider wuchs mit jedem Schritt sein Zorn, sodass er statt der würdigen Ansprache, die er sich vorgenommen hatte, mit einer Grobheit herausplatzte.

»He, Ihr da!«, rief er, »warum versteckt Ihr Euch hinter dem Fenster? Sagt mir, worüber Ihr lacht, wir können dann zusammen lachen.«

Der Edelmann ließ den Blick langsam vom Gaul zum Reiter gleiten, als brauche er einige Zeit, um zu begreifen, dass diese absonderliche Rede wirklich ihm gelte; als ihm klar wurde, dass er gemeint sei, zog er die Brauen ein wenig hoch und erwiderte mit spöttischem, herausforderndem Ton: »Mit Euch, Herr, rede ich nicht!«

»Aber ich mit Euch!«, schrie der Jüngling außer sich.

Der Unbekannte maß ihn noch einen Augenblick mit geringschätzigem Lächeln, ging dann langsam aus der Gaststube und stellte sich dicht neben d'Artagnan auf. Seine Ruhe und Ironie erhöhten das Vergnügen der Umstehenden in nicht geringem Maße. Als d'Artagnan ihn auf sich zukommen sah, zog er seinen Degen fußlang aus der Scheide.

»Ihr seid auch einer, der wohl über ein Ross, nicht aber über seinen Reiter zu lachen wagt!«, rief grimmig der Nacheiferer Trévilles.

»Ich lache nicht oft«, erwiderte der Unbekannte, »wie Ihr wohl an meinem Gesicht sehen könnt; aber mein Recht zu lachen, wenn's mir gefällt, lasse ich mir nicht nehmen.«

»Und ich«, schrie d'Artagnan, »leide nicht, dass man lacht, wenn's mir missfällt!«

»Nun, wie Ihr wollt, Herr«, erwiderte der Unbekannte gelassen. Damit drehte er sich auf dem Absatz herum, um durch das große Tor, wo d'Artagnan ein frisch gesatteltes Pferd stehen sah, in die Gastwirtschaft zurückzutreten. Aber unser junger Freund war nicht der Mann, jemanden, der ihn verhöhnt hatte, laufen zu lassen. Er riss seinen Degen ganz aus der Scheide und schickte sich an, hinter dem andern herzurennen. »Heda! Kehrtgemacht, damit Euch mein Degen nicht von hinten treffe!«

Der andere wandte sich herum, maß den Jüngling mit einem Blick, aus welchem Staunen und Verachtung in gleichem Maße sprachen, und wiederholte: »Mich treffen? Aber mein Lieber! Bei Euch scheint's hier oben nicht ganz richtig zu sein!« Dabei wies er spöttisch nach der Stirn.

Noch hatte er nicht ausgeredet, da führte d'Artagnan einen so heftigen Degenstoß nach ihm, dass er ohne einen schnellen Sprung zur Seite wahrscheinlich zum letzten Mal in seinem Leben gespottet haben würde. Er sah nun, dass die Sache ernst wurde, zog den Degen, grüßte seinen Gegner und legte sich aus. Im selben Augenblick fielen die beiden Männer, die am Fenster gestanden hatten, und der Wirt mit Stöcken, Schaufeln und Schüreisen über d'Artagnan her, wodurch der Angriff im Handumdrehen abgeschlagen war. Der Unbekannte steckte mit größter Seelenruhe den Degen wieder ein, und aus einem Akteur wurde ein Zuschauer, während d'Artagnan sich mit allen Kräften seiner neuen Feinde zu erwehren suchte.

»Hol der Teufel die Gascogner!«, murmelte der Unbekannte; »setzt ihn wieder auf seinen fuchsigen Gaul und lasst ihn sich scheren, wohin er will!«

»Was er aber nicht früher tun wird, als er Euch Feigling den Degen zwischen die Rippen gejagt hat!«, schrie d'Artagnan, indem er sich, so gut es ging, seiner Gegner erwehrte.

»Schon wieder diese gascognische Großmäuligkeit!«, brummte der Edelmann; »meiner Treu! Die Gascogner sind unverbesserlich. Da er's nicht anders will, spielt ihm nur weiter auf!«

Aber er wusste nicht, mit was für einem Dickschädel er's zu tun hatte, denn d'Artagnan hätte nie um Pardon gebeten. Die Schlägerei dauerte also noch eine Weile; schließlich entfiel d'Artagnan der von einem Stockhieb zertrümmerte Degen, und ihn selbst streckte ein Schlag vor die Stirn zu Boden.

Das war der Augenblick, als die heraneilenden Bürger den Schauplatz der Handlung erreichten. Der Gastwirt, unliebsames Aufsehen fürchtend, trug mit seinen Knechten den Blessierten in die Küche und sorgte dort für angemessene Pflege. Der Edelmann war wieder an seinen Fensterplatz getreten und betrachtete mit gewisser Ungeduld die zusammengelaufene Menge, deren Anwesenheit ihm nicht zu gefallen schien ... »Na, was macht denn dieser wilde Bär?«, fragte er den zur Tür hereintretenden Wirt.

»Oh, Euer Gnaden sind doch heil und gesund?«, erkundigte sich der Wirt.

»Jawohl, heil und gesund, mein lieber Wirt, aber ich möchte doch wissen, wie es dem jungen Raufbold geht.«

»Mit dem geht's besser«, versetzte der Wirt, »er liegt in tiefer Ohnmacht.«

»Wirklich?«

»Vorher aber hat er alle seine Kräfte noch einmal zusammengerafft, um nach Euch zu rufen und Euch herauszufordern.«

»Ist der Kerl denn der Teufel in Person?«

»Keineswegs, Exzellenz«, versicherte mit verächtlicher Miene der Wirt, »denn während seiner Ohnmacht haben wir ihn durchsucht und in seinem Bündel weiter nichts als ein Hemd und einen Beutel mit nur elf Francs gefunden, was ihn aber, ehe er in Ohnmacht sank, nicht hinderte zu versichern, dass er's Euch, wenn das in Paris passiert wäre, sofort heimgezahlt hätte; nun würdet Ihr es später zu büßen haben.«

»Demnach ist er wohl irgendein verkleideter Prinz?«, sagte der Unbekannte kalt.

»Ich sage Euch das nur, damit Ihr auf der Hut seid«, antwortete der Wirt.

»Und hat er in seinem Zorn niemand bei Namen genannt?«

»O doch! Er hat auf seine Tasche geklopft und gerufen: ›Nun, wir werden ja sehen, was Herr de Tréville über solchen seinem Schutzbefohlenen angetanen Schimpf denken wird.‹«

»Herrn de Tréville hat er genannt?«, fragte der Unbekannte, aufmerksam werdend, »und dabei auf die Tasche geklopft …? Ei, ei, mein lieber Wirt, Ihr habt doch sicher nicht unterlassen, während er in Ohnmacht lag, die Tasche zu untersuchen? Was hat er denn darin gehabt?«

»Einen an Herrn de Tréville, Hauptmann der Musketiere, adressierten Brief.«

»Tatsächlich?«

»Wie ich Euch sage, Herr!«

Darauf versank der Unbekannte in minutenlanges Sinnen. »Sagt mal, Wirt«, wandte er sich dann an diesen, »könntet Ihr mich nicht von diesem Hitzkopf befreien? So mir nichts, dir nichts kann ich ihn doch nicht töten, und doch«, setzte er mit finsterer Miene hinzu, »ist er mir lästig. – Wo steckt er jetzt?«

»In der Stube meiner Frau im ersten Stock; dort verbindet man ihn.«

»Sind seine Sachen und sein Mantelsack noch bei ihm?«, fragte der Unbekannte; »das Wams hat er nicht ausgezogen?«

»Im Gegenteil, alles liegt in der Küche ... Aber da dieser junge Tropf Euer Gnaden unbequem ist ...«

»Gewiss, denn er macht so viel Ärgernis und das wird jedem anständigen Menschen zuwider sein. Geht hinauf, schreibt mir die Rechnung und ruft meinen Diener.«

»Was, Euer Gnaden wollen uns schon verlassen?«

»Ihr wisst es doch; ich habe Euch doch nicht umsonst geheißen, mein Pferd zu satteln ... Ist mein Befehl etwa nicht ausgeführt?«

»O doch, Euer Gnaden, Euer Ross steht gesattelt und bepackt unterm Tor.«

»Na also! Besorgt das Weitere, wie ich befohlen habe.«

Mylady darf diesen Wicht nicht sehen, überlegte der Unbekannte; sie muss jeden Augenblick kommen, eigentlich müsste sie schon da sein. Bestimmt ist es klüger, ich reite ihr entgegen. Wenn ich bloß erfahren könnte, was in dem Brief an Tréville steht ...! Damit begab er sich in die Küche. Inzwischen war dem Wirt klar geworden, dass nur die Anwesenheit des jungen Raufbolds den unbekannten Herrn aus seinem Gasthofe vertreibe. Er ging zu seiner Frau hinauf, wo er d'Artagnan wieder bei Bewusstsein fand. Er gab ihm zu verstehen, dass die Polizei ihm übel mitspielen könnte, weil er Händel mit einem Herrn vom hohen Adel gesucht hätte, und bestand darauf, dass d'Artagnan trotz der Schwäche, die ihn von neuem befiel, seines Weges zöge.

D'Artagnan, noch halb betäubt, ohne Wams und den Kopf mit einer Binde umwickelt, schickte sich also an, die Treppe hinabzusteigen. Das Erste, was ihm in die Augen fiel, war sein Widersacher, der am Tritt einer mit zwei kräftigen normannischen Pferden bespannten Kutsche stand und sich ruhig mit einer Dame von etwa zwanzig Jahren, deren Kopf vom Wagenfenster wie eingerahmt schien, unterhielt. Wir haben wohl schon bemerkt, dass d'Artagnan Gesichter mit einem Blick abzuschätzen verstand, und so bemerkte er auch jetzt im Nu, dass die Dame jung und schön war. Ihre Schönheit wirkte umso mehr auf ihn, als ihre Art in den südlichen Landstrichen, wo er bisher sein Leben zugebracht, völlig fremd war. Die Dame hatte ein blasses Gesicht und lockiges blondes Haar, das ihr bis auf die Schultern fiel, große blaue Augen, rosige Lippen und schneeweiße Hände. Sie plauderte lebhaft mit dem Unbekannten.

»Eminenz befiehlt also ...«, sagte sie.

»... auf der Stelle nach England zurückzukehren und durch Eilboten zu melden, ob der Herzog London verlassen hat.«

»Und meine weiteren Instruktionen?«, fragte die schöne Reisende.

»Befinden sich in dieser Schatulle, die Ihr jedoch erst auf der anderen Seite des Kanals öffnen sollt.«

»Gut! Und was werdet Ihr tun?«

»Nach Paris zurückkehren.«

»Ohne den unverschämten kleinen Patron zu züchtigen?«

Der Unbekannte wollte gerade antworten, als d'Artagnan, der alles mit angehört hatte, aus dem Gasthof stürzte. »Der unverschämte Patron wird den anderen züchtigen«, rief er, »und hoffentlich drückt sich dieser nicht wieder wie das erste Mal.«

»Drückt sich?«, wiederholte der Unbekannte, die Stirn runzelnd.

»Nun, in Gegenwart einer Dame wird er wohl nicht fliehen, nehme ich an!«

»Bedenkt«, rief die Dame, als sie den Edelmann blankziehen sah, »dass die geringste Verzögerung alles gefährden könnte!«

»Ihr habt Recht«, erwiderte dieser, »fahrt ab, ich werde folgen.« Er nickte der Dame noch einmal zu und schwang sich auf sein Ross.

Im Galopp jagten die beiden Personen nach verschiedenen Richtungen davon.

»He, Eure Rechnung!«, schrie der Wirt, dessen Respekt sich vor dem »hohen Herrn« sogleich verlor, als er wegritt, ohne bezahlt zu haben.

»Bezahle!«, rief der Reiter seinem Diener zu, der dem Wirt ein paar Silbermünzen vor die Füße warf und dann hinter seinem Herrn hergaloppierte.

Bald darauf begab sich d'Artagnan in die Küche und mischte aus Wein, Öl, Rosmarin und einigen anderen Ingredienzien, deren Verzeichnis nicht auf uns gekommen ist, nach dem ihm von seiner Mutter übergebenen Rezept die berühmte Wundsalbe. Er rieb sich damit seine zahlreichen Blessuren ein, erneuerte hierauf eigenhändig die Verbände und wollte von irgendwelchem ärztlichen Beistand nicht das Geringste wissen. Die Zigeunersalbe hatte denn auch die Wirkung, dass er abends außer Gefahr und am Morgen fast geheilt war. Als er aber Rosmarin, Öl, Wein und die anderen Zutaten der Salbe, die einzigen Dinge, die er sich hatte geben lassen, bezahlen wollte – verzehrt hatte der Jüngling nichts, während seine Mähre, natürlich nach Aussage des Wirts, dreimal so viel gefressen hatte, als sich bei ihrer Größe füglicherweise annehmen ließ –, fand er in seiner Tasche wohl die elf Francs, nicht aber das Schreiben an Herrn de Tréville.

Zunächst suchte der junge Mann geduldig nach dem Brief und wandte alle Taschen wohl zwanzigmal um. Als er das Schreiben nirgends fand, bekam er den dritten Wutanfall. »Mein Brief!«, schrie d'Artagnan, »mein Brief! Gottes Blut, oder ich spieße euch alle auf wie Krammetsvögel!«

In seinem Grimm hatte er jedoch vergessen, dass sein Degen beim ersten Treffen entzweigeschlagen worden war. Als er nun blankziehen wollte, hatte er lediglich den Degenstumpf in der Hand. Inzwischen war der Wirt zu der Einsicht gekommen, dass die Forderung d'Artagnans durchaus in Ordnung war und fragte: »Ja, wo ist denn Euer Brief?«

»Ja, wo ist der Brief?«, schrie der Jüngling. »Ihr müsst wissen, der Brief war an Herrn Tréville gerichtet, und wenn Ihr ihn nicht herbeischafft, nun, dann wird dieser ihn schon zu finden wissen!«

Diese Drohung schüchterte den Wirt vollends ein. »War denn in dem Brief etwas Wertvolles?«, fragte er.

»Und ob! Das will ich meinen!«, rief der Gascogner, denn er versprach sich ja von dem Brief die beste Aussicht für seine Laufbahn, »er barg mein ganzes Vermögen!«

»Schwerenot!«, rief der Wirt, ganz außer sich.

»Aber aufs Geld kommt's in diesem Falle gar nicht so an«, nahm d'Artagnan wieder mit der einem Gascogner eigenen Großtuerei das Wort, »bloß auf den Brief! Lieber hätte ich tausend Pistolen verloren als den Brief!«

Plötzlich kam dem Wirt, als er trotz allen Suchens den Brief nicht fand, eine Erleuchtung. »Der Brief ist ja gar nicht verloren!«, rief er.

»So?«, fragte d'Artagnan.

»Nein, verloren nicht, gestohlen ist er Euch!«

»Gestohlen? Von wem?«

»Von dem Edelmann; er war allein in der Küche, wo Euer Wams lag; und ich möchte wetten, dass er den Brief gestohlen hat.«

»Meint Ihr?«, erwiderte d'Artagnan zögernd. Denn er wusste

doch am besten, dass an dem Brief nichts war, was jemandes Habsucht hätte reizen können. Immerhin fragte er: »So? Ihr habt also auf diesen unverschämten Menschen Verdacht?«

»Ich bin ganz sicher«, erwiderte der Wirt, »denn als ich ihm sagte, Ihr wäret ein Schützling des Herrn de Tréville mit einem Schreiben für ihn, wurde er plötzlich sehr unruhig und fragte mich, wo der Brief wäre, er ging auch gleich in die Küche, denn er wusste, dass dort Euer Wams lag.«

»Nun, dann ist er auch der Spitzbube«, versetzte d'Artagnan; »ich werde mich bei Herrn de Tréville beschweren, und der wird sich beim König beklagen.« Darauf zog er großartig zwei Francs aus seiner Börse, gab sie dem Wirte, der ihn mit dem Hut in der Hand bis zur Tür geleitete, und bestieg sein Ross, das ihn ohne weitere Zwischenfälle bis an das Tor von Saint-Antoine von Paris brachte. Dort verkaufte er den Klepper für drei Francs.

D'Artagnan betrat also, den Mantelsack unterm Arm, Paris auf Schusters Rappen. Er wanderte lange umher, bis es ihm endlich glückte, eine seinen mageren Geldmitteln angemessene Stube in der Rue des Fossoyeurs nicht weit vom Luxembourg-Palais zu finden. Nachdem er einen Teil der Miete im Voraus bezahlt hatte, quartierte er sich ein und benähte sein Wams und die Beinkleider mit Borten, die seine fürsorgliche Mutter ihm in sein Bündel gesteckt hatte. Hierauf machte er einen Gang auf den Waffenschmied-Kai, wo er sich eine neue Klinge an seinen Degen schmieden ließ, fragte sich nach dem Louvre durch und erkundigte sich bei einem Musketier nach dem Palais des Herrn de Tréville. Er erfuhr, dass es in der Nähe der von ihm gemieteten Dachstube, in der Rue du Vieux-Colombier, lag, ein Umstand, den er als günstiges Vorzeichen für den Erfolg seiner Reise auffasste. Durchaus zufrieden mit seinem Verhalten im

Marktflecken Meung, ohne Kummer wegen der Vergangenheit, voller Vertrauen auf die Gegenwart und voller Hoffnung für die Zukunft, legte er sich in sein Bett und schlief den Schlaf der Gerechten, und zwar, wie es Brauch und Sitte ist in der Provinz, bis in die neunte Morgenstunde, zu welcher er sich erhob, um beim Herrn de Tréville vorzusprechen, der nach Meinung seines Vaters die drittmächtigste Person im Königreiche Frankreich war.

2. Im Vorzimmer des Herrn de Tréville

Herr de Tréville hatte nicht anders als d'Artagnan begonnen, nämlich ohne einen Sou Vermögen, aber mit einem unerschöpflichen Vorrat von Kühnheit, Geist und festem Willen.

Er war der Freund des Königs und bei ihm umso besser angeschrieben, als Trévilles Vater schon Heinrich IV, dem Vater des Königs, in all seinen Kriegen treu gedient hatte. Darum machte der König Herrn de Tréville zum Hauptmann seiner Musketiere, die für Ludwig XIII. wegen ihrer Hingebung und Treue, oder besser wegen ihres fanatischen Draufgängertums, unverzichtbar waren.

Der Kardinal Richelieu mochte hinter dem König nicht zurückstehen. Sobald er sah, mit welch stattlicher Garde sich Ludwig XIII. umgab, wollte dieser zweite oder vielmehr eigentliche König von Frankreich für sich dasselbe auch haben. Er nahm sich also ebenfalls Musketiere, und die beiden mächtigen Rivalen waren nun ständig in allen Provinzen Frankreichs, ja selbst in fremden Ländern auf der Suche nach Männern, die in dem Rufe standen, eine gute Klinge zu schlagen. Richelieu und Ludwig XIII. stritten sich oft, wenn sie bei ihrer Partie Schach saßen, über Wert und Vorzüge ihrer Musketiere. Während sie laut gegen Duelle und Schlägereien predigten, hetzten sie im Stillen ihre Leute dazu auf und ärgerten sich über Niederlagen ihrer eigenen Leute, freuten sich aber maßlos, wenn sie den anderen eins ausgewischt hatten.

Tréville hatte sehr rasch die schwache Seite seines Herrn erkannt, und dieser Geschicklichkeit verdankte er die beständige

Gunst eines Königs, dem gerade nicht nachgesagt werden kann, seinen Freunden sonderlich treu gewesen zu sein. Er verstand sich ausgezeichnet auf die Kriegführung jener Zeit, in welcher der Soldat, wenn nicht auf Feindes-, so auf Landeskosten lebte. Seine Soldaten bildeten eine richtige Satansgarde, die nur er in Disziplin zu halten vermochte. Außer Rand und Band, trieben sie sich umher, randalierten und lagen mit den Kardinalmusketieren ständig in Fehde. Hin und wieder geschah es wohl, dass einer von ihnen sein Leben lassen musste, weit öfter aber, dass sie andere ums Leben brachten. Aber Tréville stand stets für sie ein. Kein Wunder also, dass die Musketiere sein Lob in allen Tonarten sangen, ihm jedoch auch auf den leisesten Wink gehorchten und bereit waren, den geringsten Tadel mit ihrem Blut rein zu waschen.

Herr de Tréville bediente sich dieses Werkzeugs in erster Linie für den König und für dessen Freunde, aber auch für sich persönlich und seine Freunde. Kurz – der Hauptmann der Musketiere wurde gefürchtet, vergöttert und geliebt.

Der Hof seines in der Rue du Vieux-Colombier gelegenen Palastes hatte Ähnlichkeit mit einem Heerlager, und zwar im Sommer von sechs Uhr, im Winter von acht Uhr morgens an. Fünfzig bis sechzig Musketiere stolzierten dort ständig in voller Rüstung und zu allem bereit umher, wohl um die Stärke der Besatzung recht imposant zu machen. Auf einer der geräumigen Treppen drängten sich Bittsteller aus Paris, Edelleute aus der Provinz, die in die Musketierrolle aufgenommen sein wollten, und Lakaien, die Botschaften ihrer Herren für Herrn de Tréville hatten. Im Vorzimmer saßen auf langen Bänken die zur Audienz bestellten Auserwählten. Vom frühen Morgen bis zum späten Abend summte es hier wie in einem Bienenstock, während Herr de Tréville in seinem anstoßenden Kabinett die Besucher empfing, Klagen anhörte, Befehle erteilte und sich nur an das Fenster zu begeben brauchte, um, wie der König auf seinem Balkon im Louvre, Menschen und Waffen zu sehen.

An dem Tag, da d'Artagnan sich vorstellte, befand sich eine eindrucksvolle Menge in diesem Vorzimmer. Unser Gascogner hielt die Augen offen und spitzte die Ohren, damit ihm nichts entging. Es blieb natürlich nicht aus, dass man ihn fragte, was er wünsche, denn er war ja niemandem bekannt. D'Artagnan nannte bescheiden seinen Namen und setzte hinzu, dass er Gascogner wäre. Den Lakaien, an den er verwiesen wurde, ersuchte er, Herrn de Tréville seine Anwesenheit zu melden und ihn zu bitten, ihm eine kurze Audienz zu gewähren, was ihm der Diener auch gönnerhaft versprach.

D'Artagnan hatte sich inzwischen von seiner ersten Beklommenheit einigermaßen befreit und fand nun Muße, Kleider und Gesichter zu studieren. Im Mittelpunkte der lebhaftesten Gruppe stand ein langer Musketier mit stolzer Miene und wunderlichem Anzug, der alle Blicke auf sich zog. Er trug einen schon etwas abgenutzten himmelblauen Oberrock, darüber ein prächtiges, reich mit Gold besticktes, glitzerndes Wehrgehänge, das aber, wie auch der lange Degen, durch einen von den Schultern wallenden roten Mantel halb verdeckt wurde.

Dieser Musketier kam gerade vom Wachdienst; er klagte über einen garstigen Schnupfen und hustete ein paar Mal affektiert. Deshalb hätte er auch den Mantel umgenommen, wie er den Umstehenden erklärte. Während er das große Wort führte und geringschätzig den Schnurrbart kräuselte, bewunderte jedermann, vor allem d'Artagnan, das gleißende Wehrgehänge.

»Was denn?«, sagte der Musketier, »das ist jetzt Mode! Ein

bisschen verrückt, ich weiß, aber es ist Mode. Außerdem muss doch auch das Geld, das man mal erbt, verbraucht werden.«

»Ach, Porthos!«, rief einer, »mach uns bloß nicht weis, du hättest dies Wehrgehänge väterlicher Noblesse zu verdanken; du hast's doch sicher von der verschleierten Dame, mit der ich dich letzten Sonntag gesehen habe?«

»Nein, auf Ehre! Ich hab's mit eigenem Gelde gekauft!«, erwiderte der mit Porthos Angesprochene.

»Ja doch«, rief ein anderer Musketier, »so wie ich die neue Börse mit dem Gelde bezahlt habe, das mir meine Liebste in die alte getan!«

»Ihr könnt mir's glauben«, erwiderte Porthos, »zwölf Pistolen habe ich dafür berappt. Nicht wahr, Aramis?«, fragte Porthos, indem er sich an einen andern Musketier wandte, der zu ihm in krassem Gegensatz stand.

Er war ein junger Mann von höchstens dreiundzwanzig Jahren, mit kindlichem Gesicht, schwarzen, sanft blickenden Augen und einer Haut, so rosig und samtweich wie ein reifer Pfirsich. Ein Schnurrbärtchen bildete über der Oberlippe eine gerade Linie; seine Hände schienen Scheu vor dem Herabhängen zu haben, weil dann die Adern schwellen könnten, und zeitweilig kniff er sich in die Ohren, damit sie stets zartrosa schimmerten. Er sprach wenig und langsam, machte Komplimente, lachte lautlos und zeigte dabei seine schönen Zähne, auf die er, wie auf seine ganze Person, die größte Sorgfalt zu verwenden schien. Auf die Frage seines Kameraden nickte er zustimmend.

»Herr de Tréville erwartet Herrn d'Artagnan!«, unterbrach der Lakai das Geplänkel, und inmitten völliger Stille durchschritt der junge Gascogner das Vorzimmer und trat bei dem Hauptmann der Musketiere ein.

3. Die Audienz

Herr de Tréville war gerade sehr schlechter Laune, begrüßte jedoch den jungen Mann, der sich vor ihm bis zur Erde verneigte, höflich und lächelte über die Komplimente des Jünglings, die ihm seine Jugend und Heimat ins Gedächtnis riefen. Aber schon winkte er d'Artagnan mit der Hand, als bäte er um Erlaubnis, erst die andern abfertigen zu dürfen, bevor er sich ihm widme, und öffnete die Tür zum Vorzimmer. Dann rief er zornig: »Athos! Porthos! Aramis!«

Die beiden Musketiere, die wir bereits kennen gelernt haben und die auf die beiden letzten Namen hörten, gingen sofort in das Kabinett.

Als Herr de Tréville einige Male wortlos mit finsterer Miene im Zimmer auf und ab geschritten war, blieb er plötzlich vor ihnen stehen und herrschte sie an: »Wisst ihr, meine Herren Musketiere, was mir der König gestern Abend gesagt hat?«

»Nein«, antworteten die beiden nach kurzer Pause, »nein, wir wissen es nicht.«

»Ihr erweist uns aber hoffentlich die Ehre, es uns zu sagen«, setzte Aramis mit dem höflichsten Tone, der ihm zu Gebote stand, und mit anmutiger Verbeugung hinzu.

»Dass er von jetzt ab seine Musketiere aus der Garde des Herrn Kardinals rekrutieren wird!«

»Aus der Garde des Herrn Kardinals, und warum?«, fragte Porthos heftig.

»Weil er wohl eingesehen hat, dass seinem sauren Wein ein edler Tropfen beigemischt werden muss.«

Die beiden Musketiere wurden rot bis hinter die Ohren. D'-Artagnan wäre vor Verlegenheit am liebsten unter die Erde versunken.

»Jawohl«, fuhr Herr de Tréville hitzig fort, »Seine Majestät hat Recht, die Musketiere spielen bei Hof eine traurige Rolle. Der Herr Kardinal hat gestern mit bekümmerter Miene, die mich sehr verdrossen hat, beim Spiele Seiner Majestät erzählt, dass diese vermaledeiten Musketiere sich in der Rue Férou in einer Schenke herumgetrieben hätten, sodass eine Streife seiner Garde sich genötigt sah, diese Skandalmacher zu arretieren. – Mord und Brand! Darüber müsst ihr doch etwas wissen? Musketiere arretieren! Streitet es nicht ab! Ihr seid dabei gewesen, der Kardinal hat eure Namen genannt! Aber ich bin ja selbst schuld, denn ich wähle doch die Leute aus. Warum, zum Teufel, Aramis, habt Ihr mich gebeten, Euch in eine Uniform zu stecken, wo

Euch die Soutane doch viel besser steht? Warum studiert Ihr nicht weiter Theologie? Und Ihr, Porthos, habt Ihr Euer schönes goldenes Wehrgehänge nur, um einen Strohdegen daranzuhängen? Und Athos? Ich sehe ja Athos nicht! Wo steckt der Patron?«

»Er ist krank, Herr«, erwiderte Aramis traurig, »sehr krank.«

»Krank, sagt Ihr? Was fehlt ihm?«

»Er soll die Blattern haben«, antwortete Porthos, der auch ein Wort mitreden wollte, »und das wäre recht verdrießlich, denn die könnten ihm doch das hübsche Gesicht verunstalten.«

»Blattern, in seinem Alter … Redet nicht! Blessiert wird er sein, vielleicht gar tot? Ha, wenn ich das wüsste? Sackerment, meine Herren Musketiere, warum müsst ihr euch in schlechten Schenken herumtreiben und in jedem Winkel vom Leder ziehen? Ich will's nicht haben, dass ihr euch vor der Garde des Herrn Kardinals zum Gespött macht. Das sind wackre, ruhige Leute, die sich niemals so aufführen, dass man sie arretieren müsste. Das weiß ich! Lieber blieben sie auf dem Platz, als dass sie das Hasenpanier ergriffen; das bleibt den Musketieren des Königs überlassen!«

Porthos und Aramis zitterten vor Wut. Am liebsten wären sie Herrn de Tréville an die Gurgel gesprungen, hätten sie nicht gespürt, dass allein seine große Liebe zu den Musketieren ihn so böse Worte sagen ließ. Im Vorzimmer empörten sich die lauschenden Musketiere ebenfalls über die beleidigenden Worte des Herrn de Tréville und binnen kurzem war der ganze Palast in Aufruhr.

»Ha! Die Musketiere des Königs lassen sich von der Garde des Kardinals arretieren!«, wetterte Tréville weiter. »Mord und Brand! Mein Entschluss steht fest: Ich gehe direkt in den Louvre, reich meinen Abschied ein und bewerbe mich um eine Leutnantsstelle bei der Garde des Kardinals, und wenn man mich abweist, werde ich Abbé!«

Bei diesen Worten wurde das Gemurmel draußen zu einem Höllenlärm. D'Artagnan wäre am liebsten unter den Tisch gekrochen.

»Herr Hauptmann«, nahm Porthos das Wort, »wir waren zwar sechs gegen sechs, sind aber hinterlistig überfallen worden, und ehe wir Zeit fanden, den Degen zu ziehen, lagen schon zwei von uns am Boden, Athos, schwer blessiert, rechnete nicht mehr mit. Zweimal hat er sich aufgerappelt und ist wieder zusammengebrochen. Aber ergeben haben wir uns nicht, nein, mit Gewalt hat man uns weggeschleppt! Unterwegs haben wir uns wieder Luft gemacht. Athos hatte man für tot gehalten und ruhig auf dem Schlachtfeld liegen lassen. So hat sich's verhalten! Sapperlot, Herr Hauptmann, alle Schlachten lassen sich nun einmal nicht gewinnen!«

»Und ich habe die Ehre, Euch zu versichern«, erklärte Aramis, »dass ich einen von den Kerlen mit seinem eigenen Degen aufgespießt habe, denn meiner war schon bei der ersten Parade zerbrochen.«

»Davon war mir nichts bekannt«, erwiderte Herr de Tréville, schon um einiges sanfter, »der Herr Kardinal hat, wie ich sehe, aufgeschnitten.«

»Aber, halten zu Gnaden, Herr«, fuhr Aramis fort, da er sah, dass sein Hauptmann sich etwas beruhigt hatte, »lasst nichts darüber verlauten, dass Athos blessiert ist; er wäre außer sich, wenn es dem König zu Ohren käme, und da die Blessur schwer ist, so stünde am Ende zu befürchten ...«

Im selben Augenblick wurde die Tür aufgerissen, und auf der Schwelle stand ein junger Mann mit schönem, aber erschreckend bleichem Gesicht.

»Athos!«, schrien die beiden Musketiere.

»Athos!«, rief auch Herr de Tréville.

»Ihr habt mich herbefohlen, Herr de Tréville«, sagte Athos mit leiser, aber fester Stimme, »und ich beeile mich, Eurem Befehl zu gehorchen. Was wünscht Ihr?«

Mit diesen Worten trat der Musketier in tadelloser Haltung, gewappnet wie sonst, festen Schrittes in das Kabinett. Herr de Tréville, gerührt über diesen Beweis von Mut, eilte auf ihn zu. »Ich wollte den Herren gerade erklären«, sagte er, »dass ich meinen Musketieren verbiete, ihr Leben unnötig aufs Spiel zu setzen, denn tapfere Leute sind dem König viel wert, und er weiß, dass seine Musketiere die tapfersten Leute auf Erden sind. Eure Hand, Athos!«

Und er ergriff, ohne eine Antwort abzuwarten, die Rechte des Musketiers und drückte sie aus Leibeskräften, als er plötzlich spürte, wie Athos' Rechte in seiner Hand krampfhaft zuckte. Als er ihn darauf ansah, bemerkte er, dass der Musketier einer Ohnmacht nahe war. Im nächsten Augenblick schlug Athos, der alle Kräfte aufgeboten hatte, gegen den Schmerz anzukämpfen, wie tot auf die Dielen. »Einen Wundarzt!«, schrie Herr de Tréville, »meinen oder den des Königs, los, rasch, oder mein tapferer Athos geht hinüber!«

Alles stürzte nun in das Kabinett und umringte den Blessierten. Zum Glück befand sich der verlangte Arzt im Palais; er schob sich durch die Menge und trat zu dem noch immer ohnmächtig auf den Dielen liegenden Musketier. Da ihn der Lärm und das Gedränge störten, forderte er, dass Athos in ein anderes Zimmer geschafft würde. Herr de Tréville riss sofort eine Tür auf und zeigte Porthos und Aramis, die ihren Kameraden trugen, den Weg. Hinter dem Wundarzt schloss sich die Tür.

Für eine Weile wurde Herrn de Trévilles Kabinett zu einer Art zweitem Vorzimmer. Alles schrie durcheinander, wetterte, fluchte und wünschte den Kardinal samt seiner Garde zum Teufel. Bald kehrten Porthos und Aramis zurück. Der Blessierte war wieder zu Bewusstsein gekommen; der Wundarzt hatte versichert, dass sein Zustand keine Ursache zu Besorgnissen gäbe, da die Schwäche einzig und allein durch Blutverlust entstanden sei. Dann kam auch Herr de Tréville, und auf seinen Wink zogen sich alle zurück, ausgenommen d'Artagnan, der nicht vergessen hatte, dass ihm Audienz erteilt worden war. Herrn de Tréville hatte das eben erlebte Ereignis ein wenig aus dem Konzept gebracht. Er fragte d'Artagnan, was er hier wolle.

Der hartnäckige Bittsteller nannte seinen Namen, und Herr de Tréville, in dessen Geiste die Vergangenheit wieder auflebte, war sogleich im Bilde.

»Verzeiht«, sagte er lächelnd, »ich hatte Euch gänzlich vergessen. So ein Hauptmann ist ja wie ein Familienvater, nur mit größerer Verantwortung. Soldaten sind eben große Kinder. Da ich aber streng darauf halte, dass die Befehle des Königs, vor allem jedoch die des Kardinals, prompt ausgeführt werden ...«

D'Artagnan konnte ein Lächeln nicht unterdrücken. Aus diesem Lächeln ersah Herr de Tréville, dass er es mit keinem

Dummkopf zu tun habe, und steuerte unmittelbar auf den Zweck los, der den Jüngling hergeführt. »Euer Vater ist mir immer ein gar lieber Freund gewesen«, sagte er, »was kann ich für seinen Sohn tun? Bitte, sagt es schnell, denn meine Zeit gehört nicht mir.«

»Gnädiger Herr«, erwiderte d'Artagnan, »auf diese Freundschaft hin bin ich von Tarbes hierher gekommen, um Euch zu bitten, mich in die Reihen der Musketiere aufzunehmen; aber nach allem, was ich in den letzten zwei Stunden hier gesehen habe, merke ich wohl, dass eine solche Gunst etwas Großes wäre, und es bangt mir, ihrer nicht würdig zu sein.«

»Euerm Vater zuliebe will ich etwas für Euch tun, junger Freund. Unsere Béarner Jungen sind in der Regel nicht sehr reich. Was Ihr an Geld mitgebracht habt, wird wohl kaum weit reichen.«

D'Artagnan richtete sich stolz auf, um anzudeuten, dass er von niemandem ein Almosen begehre.

»Schon gut, junger Mann«, besänftigte ihn Tréville, »solches Wesen kenne ich. Bin ja selbst mit nur vier Francs in der Tasche nach Paris gekommen und hätte jeden auf Pistolen und Degen gefordert, der mir gesagt hätte, ich sei nicht in der Lage, den Louvre zu kaufen.«

D'Artagnan warf den Kopf in den Nacken: Dank dem Verkauf seines Kleppers konnte er seine Laufbahn mit etlichen Francs mehr als Herr de Tréville beginnen!

»Ihr müsst Euer Geld gut zusammenhalten, dürft aber dabei nicht versäumen, Euch in den für einen Edelmann geziemenden Übungen zu vervollkommnen. Ich werde noch heute ein paar Zeilen an den Direktor der Königlichen Kriegsakademie schreiben, sodass Ihr von morgen ab dort unentgeltliche Aufnahme findet. Schlagt diese Gefälligkeit nicht aus! Söhne aus unsern besten und reichsten Familien bewerben sich zuweilen um diese Vergünstigung, ohne sie zu erlangen. Ihr werdet dort Reit-, Fecht- und Tanzunterricht erhalten und vorteilhafte Bekanntschaften schließen. Sprecht gelegentlich bei mir vor, um mich auf dem Laufenden zu halten. Vielleicht vermag ich Weiteres für Euch zu tun.«

D'Artagnan war zwar mit den Manieren bei Hofe noch nicht vertraut, trotzdem spürte er doch recht gut die Kühle des Empfangs. »Ach, ich merke, gnädiger Herr«, sagte er, »wie sehr mir der Empfehlungsbrief fehlt, den mir mein Vater mitgab!«

»Mich wundert allerdings«, versetzte Herr de Tréville, »dass Ihr eine so weite Reise ohne diese notwendige Wegzehrung habt wagen können.«

»Ich hatte es ja«, rief d'Artagnan, »aber es ist mir auf gemeine Weise gestohlen worden.« – Er erzählte nun, was ihm in Meung passiert war, und schilderte den unbekannten Edelmann mit einem Feuer, das Herr de Tréville begeisterte.

»Sonderbar!«, rief dieser, »der Edelmann hatte an der Wange eine leichte Narbe, sagtet Ihr?«

»Ja, als wenn ihn eine Kugel gestreift hätte.«

»Er sah recht hübsch aus?«

»Ja.«

»Bleiches Gesicht und braunes Haar?«

»Gewiss! Aber kennt Ihr denn den Mann? Ha! Wenn ich ihn finde – und finden werde ich ihn, und wenn's in der Hölle wäre!«

»Er wartete auf eine Dame?«, fragte Tréville weiter.

»Wenigstens sprach er mit einer Unbekannten und ist dann fortgaloppiert.«

»Worüber die beiden gesprochen haben, wisst Ihr nicht?«

»Doch; er gab ihr ein Kästchen, sagte, darin sei ihre Instruktion, und sie dürfe es erst in London öffnen.«

»Es war eine Engländerin?«

»Er nannte sie Mylady.«

»Er ist's!«, murmelte Tréville, »und ich glaubte ihn schon in Brüssel.«

»Oh, Herr, wenn Ihr wisst, wer der Mann ist«, rief d'Artagnan, »sagt mir, wo ich ihn finde, zuerst muss ich mich rächen!«

»Nehmt Euch in Acht, junger Mann!«, erwiderte Tréville. »An einen solchen Felsen rennt man nicht an, Ihr könntet dabei wie Glas zerbrechen.«

»Das soll mich nicht hindern, wenn ich ihn treffe!«, rief d'Artagnan.

Plötzlich hielt Tréville, von jähem Argwohn befallen, inne. Verbarg sich etwa in dem jungen Mann irgendwelche Hinterlist? War er vielleicht vom Kardinal ausgeschickt, um ihm eine Falle zu stellen? Sollte er sich etwa in sein Vertrauen einschleichen? Prüfend sah er d'Artagnan an.

Er ist zwar Gascogner, dachte er, aber als solcher kann er ebenso gut für den Kardinal wie für mich sein. Stellen wir ihn doch einmal auf die Probe. »Mein Lieber«, sprach er, »ich will Euch als dem Sohne meines alten Freundes – denn ich glaube Euch die Geschichte von dem entwendeten Briefe – einen Einblick in die Geheimnisse unserer Politik geben. Der König und der Kardinal sind die besten Freunde; ihre scheinbaren Zerwürfnisse dienen nur dazu, Dummköpfe irrezuführen. Ihr als mein Landsmann sollt aber auf solchen Heuchelkram nicht hereinfallen und daran zugrunde gehen. Ich bin dem König und dem Kardinal, den beiden erlauchtesten Geistern, die Frankreich hervorgebracht hat, treu ergeben. Und wenn Ihr wider den Kardinal Feindseligkeit hegt, dann wollen wir einander nicht weiter behelligen. Ich hoffe, dass mein Vertrauen Euch zu meinem Freunde macht, denn Ihr seid bis jetzt der einzige Mensch, zu dem ich so gesprochen habe.«

D'Artagnan beteuerte treuherzig: »Euer Gnaden, was Ihr eben sagtet, entspricht auch meinen Absichten. Mein Vater hat mir ans Herz gelegt, von niemandem etwas hinzunehmen außer vom König, vom Kardinal und von Euch, die für ihn die drei ersten Männer Frankreichs sind.« D'Artagnan dachte, es könnte nichts schaden, auch den Namen des Herrn de Tréville hinzuzufügen. »Ich habe«, fuhr er fort, »vor dem Kardinal die größte Ehrfurcht und achte seine Taten, und ich bin glücklich, mit Euer Gnaden einer Meinung zu sein. Wenn Ihr jedoch, was ich durchaus verstehe, Misstrauen gegen mich hattet, so habe ich mir durch meine Offenheit vielleicht alles verdorben. Aber Eure Achtung werdet Ihr mir nicht versagen können.«

Herr de Tréville war aufs Höchste überrascht. So viel Scharfsinn und auch Freimütigkeit erregten zwar seine Bewunderung, zerstreuten aber noch nicht seine Zweifel. Indessen drückte er ihm die Hand und sagte: »Ihr seid ein ehrlicher Bursche, aber im Augenblick kann ich nicht mehr für Euch tun, als ich Euch anbot. Ich bin aber jederzeit für Euch zu sprechen. Früher oder später werdet Ihr sicherlich alles erreichen, was Ihr anstrebt. Ich habe Euch einen Brief für den Direktor der Akademie versprochen. Ihr werdet wohl nicht zu stolz sein, diesen Brief anzunehmen?«

»Nein, Euer Gnaden«, erwiderte d'Artagnan, »und er wird, das schwöre ich, an die richtige Adresse gelangen. Wehe dem, der versuchen sollte, mir ihn zu stehlen!«

Tréville lächelte und setzte sich an einen Tisch, um den Empfehlungsbrief zu schreiben. Unterdes trommelte d'Artagnan einen Marsch an die Fensterscheibe und sah den Musketieren nach, die den Palast verließen.

Tréville versiegelte den Brief und erhob sich, um ihn seinem Schützling zu geben; im selben Augenblick aber stürzte dieser mit dem Rufe: »Mord und Brand! Diesmal soll er mir nicht entwischen!« aus dem Zimmer.

»Wer denn?«, rief ihm Tréville nach.

»Mein Dieb!« Und weg war er.

Sakrischer Strick!, dachte Tréville; hoffentlich ist es kein Trick, sich auf diese Art aus dem Staube zu machen.

4. Athos, Porthos und Aramis

Wie ein Wilder war d'Artagnan durch das Vorzimmer gerannt und wollte gerade die Treppe hinunterstürzen, als er in vollem Lauf mit einem Musketier zusammenprallte, der vor Schmerz aufschrie. »Entschuldigt!«, rief d'Artagnan, in der Absicht, weiterzulaufen, »ich habe Eile.« Er hatte jedoch nur wenige Stufen hinter sich gebracht, da packte ihn eine eiserne Faust an der Schärpe und hielt ihn zurück.

»Ihr habt's eilig?«, schrie der Musketier zornig. »So einfach ist die Sache nicht. Ihr glaubt wohl, weil Ihr heute ein paar geringschätzige Äußerungen aus Herrn de Trévilles Mund über uns gehört habt, könnt Ihr so mit mir umspringen? Da irrt Ihr, mein Lieber, Ihr seid nicht Herr de Tréville!«

»Meiner Treu«, versetzte d'Artagnan, der an dem Schulterverband Athos erkannte, »absichtlich ist's nicht geschehen und mit der Bitte um Entschuldigung könnt Ihr Euch wohl zufrieden geben. Ich bin in größter Eile. Lasst mich also bitte dorthin, wo ich zu tun habe.«

»Mein Herr, höflich seid Ihr nicht«, sagte Athos und ließ ihn los, »man merkt's, dass Ihr aus der Provinz seid.«

D'Artagnan war schon einige Stufen hinunter, doch bei diesen Worten blieb er mit einem Ruck stehen. »Mord und Brand, Herr!«, rief er, »wenn ich auch aus der Provinz komme, so habt Ihr noch lange kein Recht, mir Anstandsregeln zu geben!«

»Vielleicht doch«, versetzte Athos.

»Ha, wenn ich es nicht so eilig hätte und hinter jemand her wäre ...«

»Nun, Herr Eilig«, versetzte Athos, »mich trefft Ihr auch, ohne zu rennen.«

»Und wo, bitte?«

»Beim Karmeliterkloster.«

»Wann?«

»Gegen Mittag.«

D'Artagnan rannte davon in der Hoffnung, seinen Unbekannten einzuholen, der ja noch nicht weit weg sein konnte. Am Tor stand Porthos im Gespräch mit einem Wachtposten. Zwischen den beiden war gerade noch Platz für einen Dritten. D'Artagnan glaubte, die Lücke würde für ihn ausreichen, und schoss wie ein Pfeil hindurch. Dabei verhedderte er sich aber in Porthos' langem Mantel, den just in diesem Augenblick der Wind aufblähte. D'Artagnan versuchte, sich unter dem Mantel, der ihn am Sehen hinderte, hervorzuarbeiten, geriet aber dadurch erst recht in die weiten Falten.

»Tod und Teufel!«, fluchte Porthos, »Ihr seid wohl toll, Euch so auf fremde Leute zu stürzen!«

»Entschuldigt«, sagte d'Artagnan und kam unter der Schulter des Riesen langsam zum Vorschein, »aber ich habe es sehr eilig, renne hinter jemand her …«

»Und Eure Augen habt Ihr wohl zu Hause gelassen?«, fiel Porthos ihm ins Wort.

»Durchaus nicht«, erwiderte d'Artagnan ärgerlich.

Porthos, immer noch wütend, schrie: »Man wird Euch wohl mal eins überziehen müssen, wenn Ihr Euch so zu Musketieren benehmt.«

»Überziehen?«, wiederholte d'Artagnan, »ein hartes Wort!«

»Nicht zu hart für einen Mann, der gewöhnt ist, seinen Feinden ins Auge zu schauen!«

»Also gut«, versetzte d'Artagnan, »wo?«

»In einer Stunde hinterm Luxembourg.«

»Abgemacht«, antwortete d'Artagnan und bog um die nächste Ecke.

Aber der Unbekannte war verschwunden, nirgends konnte er ihn entdecken. D'Artagnan begann, über die letzten Geschehnisse nachzudenken: Sie waren zahlreich und recht verdrießlich. Es war kaum elf Uhr, und schon hatte er sich zwei Duelle eingehandelt mit Männern, die es leicht mit dreien von d'Artagnans Schlag aufnehmen konnten. Die Dinge standen also höchst ungünstig. Da er sicher war, von Athos umgebracht zu werden, machte er sich um Porthos nicht viel Gedanken. Plötzlich erblickte er Aramis, der mit drei Leibgardisten des Königs vergnügt schwatzte. Auch Aramis sah ihn. Aber eingedenk des Gesprächs bei Herrn de Tréville tat er, als bemerke er d'Artagnan nicht. Dieser aber wollte die Gelegenheit nicht vorübergehen lassen, die Bekanntschaft zu erneuern, und trat nach einer tiefen Verneigung auf die Gruppe zu. Aramis nickte zwar, beachtete aber d'Artagnan in keiner Weise.

So dumm war nun d'Artagnan nicht, dass er nicht gemerkt hätte, er sei hier zu viel; aber er war mit den gesellschaftlichen Formen noch zu wenig vertraut, um sich elegant aus der peinlichen Situation zu ziehen. Er ging eben mit sich zurate, wie er sich dabei am besten verhielte, als er bemerkte, dass Aramis sein Taschentuch hatte fallen lassen und offenbar aus Versehen den Fuß darauf hielt. Das schien ihm eine günstige Gelegenheit, seine Ungeschicklichkeit wieder gutzumachen. Er bückte sich, zog das Taschentuch unter Aramis' Fuße vor, ungeachtet der Mühe, die sich dieser gab, es festzuhalten, überreichte es Aramis mit verbindlichstem Lächeln und meinte: »Ich glaube, mein Herr, Ihr würdet das Tüchlein nur ungern verlieren.«

Es war ein reich besticktes Tuch, mit Krone und Wappen verziert. Aramis wurde puterrot und riss es dem Gascogner unwirsch aus der Hand.

»Oho!«, rief einer der Leibgardisten, »wollt Ihr noch immer behaupten, Ihr seid mit Frau de Bois-Tracy auseinander, wenn sie doch so liebenswürdig ist, Euch Taschentücher zu leihen?«

Aramis bedachte d'Artagnan mit einem jener Blicke, die einen nicht im Unklaren darüber lassen, dass man sich soeben einen

Todfeind zugezogen hat. Dann aber sagte er wieder ganz freundlich: »Ihr seid im Irrtum, dieses Taschentuch gehört nicht mir, und ich weiß nicht, warum der Herr es gerade mir und nicht einem von euch gegeben hat; bitte, überzeugt euch, ich habe meins in der Tasche.« Dabei zog er das eigene Taschentuch hervor, ein ebenfalls sehr elegantes Batisttuch, jedoch ohne Stickerei und Wappen, nur mit seinem Namenszug versehen.

Aber Aramis' Freunde ließen sich nicht irremachen, und einer von ihnen fragte mit erheucheltem Ernst: »Wenn es wirklich so ist, wie Ihr behauptet, muss ich doch bitten, es mir zu geben, teurer Aramis, denn wir Ihr wisst, bin ich sehr mit Bois-Tracy befreundet, und ich leide nicht, dass aus Dingen, die seiner Frau gehören, Siegestrophäen gemacht werden.«

»Das Tuch kann doch ebenso gut aus Eurer Tasche gefallen sein, mein Lieber«, sagte Aramis.

»Nein, auf Ehre, das nicht!«, protestierte der Gardist Seiner Majestät.

»Ihr schwört bei Eurer Ehre und ich bei meinem Worte. Also muss notwendigerweise einer von uns lügen, Montaran; das Beste wird sein, wir nehmen jeder eine Hälfte.«

»Von dem Taschentuch?«

»Wovon sonst?«

»Wahrhaftig, ein salomonisches Urteil! Aramis, Ihr seid wirklich der Weisheit voll!«

Die jungen Leute lachten schallend und damit war der Fall erledigt. Kurz darauf verabschiedeten sich die drei Gardisten mit herzlichem Händedruck von Aramis und gingen ihres Weges.

Jetzt ist der richtige Augenblick, dachte d'Artagnan, mit diesem wackeren Mann Frieden zu schließen, und er trat zu Aramis, der sich, ohne ihm weitere Aufmerksamkeit zu schenken, gerade entfernen wollte.

»Ihr entschuldigt hoffentlich …«

»Ach«, unterbrach ihn Aramis, »Ihr habt Euch bei dieser Sache gerade nicht wie ein ritterlicher Mann benommen.«

»Was, Ihr glaubt …«, rief d'Artagnan.

»Ich glaube, dass Ihr kein Dummkopf seid, auch wenn Ihr aus der Gascogne kommt und recht gut wisst, dass man nicht ohne Grund auf Taschentüchern herumtritt. Zum Teufel, Paris ist doch nicht mit Batist gepflastert!«

»Es ist nicht recht von Euch, dass Ihr mich demütigen wollt«, versetzte d'Artagnan, bei dem der angeborene Streitsinn die friedfertigen Vorsätze zu überwiegen begann. »Ich bin allerdings Gascogner, und haben die sich einmal entschuldigt, so meinen sie, schon um die Hälfte mehr getan zu haben, als sie gebraucht hätten.«

»Mein Herr«, erwiderte Aramis, »ich wollte keineswegs Streit mit Euch anfangen. Ich bin kein Raufbold und nur vorübergehend Musketier und duelliere mich nur, wenn man mich dazu zwingt, selbst dann noch mit Widerwillen. Diesmal aber ist die Sache ernst, denn eine Dame ist durch Euch kompromittiert worden.«

»Durch uns, wollt Ihr sagen!«, rief d'Artagnan.

»Ah, der Herr Gascogner kommt mir so? Ich will ihm schon Manieren beibringen.«

»Und ich, Herr Abbé, will Euch zu Eurer Theologie zurückschicken. Los, zieht Euren Degen, und zwar sofort!«

»Nicht hier, mein Freund, vor dem Palais d'Aiguillon, worin es von Kreaturen des Kardinals wimmelt. Wer sagt mir, dass nicht Seine Eminenz Euch mit der Aufgabe, ihm meinen Kopf zu verschaffen, betraut hat? Ich will Euch gern töten, aber an einem Ort, wo Ihr Euch Eures Todes gegen niemanden rühmen könnt. Ich habe die Ehre, Euch in zwei Stunden am Palais Tréville zu erwarten. Dort werde ich Euch einen geeigneten Ort angeben.«

Die beiden Jünglinge grüßten einander, und d'Artagnan beeilte sich, zum Karmeliterkloster zu kommen.

5. Musketiere und Gardisten

Weil d'Artagnan niemanden in Paris kannte, ging er ohne Sekundanten zu dem Stelldichein mit Athos. Er hatte den festen Vorsatz, sich bei dem tapferen Musketier in aller Form, wenn auch ohne Schwäche, zu entschuldigen.

Der geneigte Leser wird gewiss schon erkannt haben, dass unser junger Abenteurer ein ungewöhnlicher Mensch war. Er sagte sich einerseits, dass er dem Tode nicht werde entgehen können, andererseits fühlte er nicht die geringste Lust, ganz ohne Sang und Klang von der Bühne abzutreten. Zunächst hoffte er, durch seine offenherzige Entschuldigung die Freundschaft von Athos zu gewinnen, dessen vornehme Art und ernste Miene ihm sehr gefielen. Porthos konnte er vielleicht, falls er nicht auf dem Platze blieb, lächerlich machen; dem scheinheiligen Aramis endlich, vor dem er keine sonderliche Furcht hatte, konnte er, falls es ihm nicht gelang, ihn zu erledigen, das Gesicht so zeichnen, dass seine Schönheit dahin war.

Als d'Artagnan vor dem Kloster ankam, war Athos bereits da. Eben kündete der Glockenschlag die Mittagsstunde. Athos, noch immer von schlimmen Schmerzen geplagt, saß an einem Brunnen und erwartete seinen Gegner mit jener gelassenen und würdevollen Haltung, die ihn niemals verließ. Als er d'Artagnan sah, ging er ihm höflich einige Schritte entgegen. Der Gascogner näherte sich mit dem Hute in der Hand.

»Mein Herr«, redete Athos ihn an, »ich habe zwei Freunde von mir gebeten, mir als Sekundanten zu dienen, aber sie sind noch nicht zur Stelle. Ich wundere mich, dass sie sich verspäten, das ist sonst nicht ihre Art.«

»Ich habe leider keinen Sekundanten«, entgegnete d'Artagnan, »denn ich bin erst gestern nach Paris gekommen und kenne nur Herrn de Tréville, der ein alter Freund meines Vaters ist.«

Athos überlegte einen Augenblick. »Ihr kennt nur Herrn de Tréville?«, fragte er.

»Ja, nur ihn.«

»Sapperlot!«, brummte er. »Wenn ich Euch umbringe, hält man mich womöglich für einen Kinderfresser!«

»Vielleicht auch nicht«, antwortete d'Artagnan und verbeugte sich nicht ohne Würde, »denn Ihr erweist mir ja die Ehre, Euch mir trotz Eurer ziemlich schweren Blessur zu stellen, was Euch doch sehr hinderlich sein muss!«

»Hinderlich ist sie mir in der Tat«, versetzte Athos, »aber ich werde die linke Hand nehmen, wie ich es immer zu tun pflege, wenn die rechte nicht in Ordnung ist, wenn auch ein Linkshänder für einen unvorbereiteten Gegner recht unbequem ist. Ich bedaure, dass ich Euch davon nicht schon früher Kenntnis gegeben habe.«

»Ihr seid sehr höflich, mein Herr«, erwiderte d'Artagnan, »dass ich Euch gar nicht genug danken kann.«

»Ihr setzt mich in Verlegenheit«, sagte Athos, »sprechen wir von etwas anderem, wenn es Euch recht ist. Sackerment, habt Ihr mich gestoßen! Mir brennt die Schulter ganz höllisch!«

»Wenn Ihr erlaubt, Herr«, begann d'Artagnan schüchtern.

»Was denn?«

»Ich bin im Besitz einer Wundsalbe, die mir die Mutter mitgegeben hat und die ich schon mit sehr gutem Erfolg an mir probiert habe ...«

»Und weiter?«

»Ich bin überzeugt, die Salbe wird Euch in knapp drei Tagen kerngesund machen, und wenn es Euch recht ist, können wir ja unseren Handel bis dahin vertagen.«

Die Einfachheit, mit der d'Artagnan dies sagte, machte seiner Ritterlichkeit alle Ehre, ohne seinem Mut abträglich zu sein.

»Alle Achtung, Herr!«, rief Athos, »ein Vorschlag, der mir gefällt, nicht weil er mir gelegen kommt, sondern weil er den Edelmann verrät. Aber unser Duell wäre, und wenn wir's noch so geheim hielten, bis morgen in aller Munde, und man würde mit aller Macht verhindern, dass wir uns schlagen ... Mord und Brand! Kommen denn die Bummelanten noch nicht?«

»Wenn es Euch so eilig ist, mich abzutun«, sagte d'Artagnan mit der gleichen Selbstverständlichkeit wie vorhin, »dann tut Euch keinen Zwang an!«

»Wieder eine Rede, die mir gefällt«, sagte Athos, indem er d'Artagnan liebenswürdig zunickte. »Ich schätze Leute von Euerm Schlag, und wenn nicht einer von uns auf der Strecke bleibt, wird es gewiss ein großes Vergnügen sein, mich mit Euch zu unterhalten. Aber warten wir auf die beiden Herren. Ah, ich glaube, da kommt schon einer.«

Und wirklich tauchte am Ende der Rue de Vaugirard der riesenhafte Porthos auf.

»Was?«, rief d'Artagnan. »Herr Porthos ist der erste Zeuge?«

»Jawohl. Habt Ihr etwas wider ihn einzuwenden?«

»Nein, durchaus nicht.«

»Ei, da kommt auch der zweite.«

»Wie?«, rief d'Artagnan noch erstaunter. »Euer zweiter Zeuge ist Aramis?«

»Allerdings«, erwiderte Athos, »wisst Ihr denn nicht, dass man uns drei immer zusammen sieht und überall die drei Unzertrennlichen nennt?«

Inzwischen war Porthos herangekommen und begrüßte Athos. Als er sich d'Artagnan zuwandte, machte er ein ganz verdutztes Gesicht. Er hatte, nebenbei bemerkt, sein Wehrgehänge gewechselt und den Mantel zu Hause gelassen.

»Ja, was heißt denn das?«, rief er.

»Das ist der Herr, mit dem ich mich schlage«, erklärte Athos und wies auf d'Artagnan.

»Ich schlage mich auch mit ihm«, sagte Porthos.

»Aber erst in einer Stunde«, bemerkte d'Artagnan.

»Und ich«, rief Aramis, der in diesem Augenblick herankam, »schlage mich gleichfalls mit ihm.«

»Aber erst um zwei«, sagte d'Artagnan gelassen.

»Warum schlagt Ihr Euch denn, Athos?«, fragte Aramis.

»Ja, so recht weiß ich es nicht«, antwortete dieser, »er hat mich angerempelt; und Ihr, Porthos?«

»Ich schlage mich, weil ich mich schlage!«, antwortete der.

»Und Ihr, Aramis?«, fragte Athos.

»Wir gerieten wegen einer theologischen Frage aneinander«, antwortete Aramis und gab d'Artagnan durch einen Blick zu verstehen, den eigentlichen Grund nicht zu sagen. Athos sah ein Lächeln über d'Artagnans Lippen huschen.

»Wirklich?«, fragte er.

»Ja«, bestätigte der Gascogner.

»Und nun, meine Herren«, rief d'Artagnan, »da wir beisammen sind, sei es mir gestattet, mich zu entschuldigen.«

Bei diesen Worten runzelte Athos die Stirn, Porthos lächelte geringschätzig, Aramis schüttelte den Kopf.

»Ihr versteht mich falsch, meine Herren. Ich bitte um Entschuldigung für den Fall, dass ich nicht allen dreien meine Schuld abtragen kann, denn Athos hat schließlich das erste Anrecht, mich zu töten, ein Umstand, der Eurer Forderung, Herr Porthos, viel Abbruch tut und wodurch die Eurige, Herr Aramis, nahezu hinfällig wird. Also nur deswegen meine Entschuldigung; doch jetzt zur Sache!«

Und mit der ritterlichsten Geste zog d'Artagnan den Degen. Es war ein Viertel nach zwölf. Die Sonne stand im Zenit und der für den Zweikampf ausersehene Platz war ihrer vollen Glut ausgesetzt.

»Wenn Ihr bereit seid?«, rief Athos und nahm Fechterstellung ein.

»Ich habe nur auf Euch gewartet«, erwiderte d'Artagnan und kreuzte die Klinge.

Aber die beiden Rapiere hatten einander kaum gestreift, da bog ein Trupp der Leibgarde des Kardinals unter dem Kommando des Herrn Jussac um die Ecke des Klostergebäudes.

»Die Garde des Kardinals«, riefen Porthos und Aramis, »den Degen in die Scheide!«

Zu spät, die Duellanten waren bereits erblickt worden, zudem in einer Positur, die an ihren Absichten keinen Zweifel ließ.

»Holla!«, rief Jussac, während er auf die Gruppe zueilte und seinen Leuten winkte.

»Holla! Die Herren Musketiere duellieren sich und wie steht es mit dem Verbot?«

»Ihr seid sehr edel«, sagte Athos grimmig, denn Jussac war bei dem jüngsten Angriff dabei gewesen; »sollten wir Euch in gleicher Situation treffen, so würden wir uns hüten, Euch daran zu hindern. Lasst uns also gewähren.«

»Meine Herren«, erwiderte Jussac, »zu meinem Bedauern muss ich erwidern, dass das nicht angeht. Die Pflicht geht vor! Steckt also Eure Degen ein und folgt uns!«

»Mein Herr«, versetzte Aramis, Jussac nachäffend, »das geht leider nicht, denn Herr de Tréville hat's verboten. Zieht also Eures Weges, das ist das Beste, was Ihr tun könnt!«

Dieser Spott brachte Jussac außer sich. »Wenn ihr euch widersetzt«, rief er wild, »müssen wir euch festnehmen!«

»Es sind ihrer fünf«, sagte Athos halblaut, »und wir nur drei; wir werden abermals unterliegen und auf dem Platze bleiben, denn ich lasse mich als Besiegter nicht noch einmal vor dem Hauptmann blicken.«

Während Jussac seine Mannen in Reih und Glied stellte, rückten auch Athos, Porthos und Aramis enger zusammen. Dieser kurze Augenblick genügte d'Artagnan, seinen Entschluss zu fassen: Es galt, zwischen dem König und dem Kardinal zu wählen. War die Wahl getroffen, hieß es, daran festzuhalten. Duellierte er sich, so handelte er wider das Gesetz, riskierte Kopf und Kragen und machte sich gleichzeitig einen Minister zum Feinde, der mächtiger war als der König. All das war dem Jüngling klar und doch zauderte er keine Sekunde. Zu Athos und seinen Freunden gewandt, erklärte er: »Meine Herren, wenn Ihr erlaubt, möchte ich etwas richtig stellen: Ihr sagt, Ihr seid nur zu dritt, mir aber scheint, wir sind zusammen vier.«

»Aber Ihr gehört doch nicht zu uns«, sagte Porthos.

»Sehr richtig«, versetzte d'Artagnan, »ich trage zwar nicht Euren Rock, aber mein Herz gehört den Musketieren.«

»Entfernt Euch, junger Mann«, rief Jussac, der d'Artagnans Absicht wohl erraten hatte; »wir haben nichts dawider, aber macht schnell!«

D'Artagnan rührte sich nicht.

»Wie ist Euer Name, wackerer Freund?«, fragte Athos.

» D'Artagnan, Herr.«

»Nun denn! Athos, Porthos, Aramis und d'Artagnan, vorwärts!«, rief Athos.

»Also, meine Herren«, rief Jussac zum dritten Mal, »Euer Entschluss?«

»Ist getroffen«, versetzte Athos.

Mit einer Wut, die jedoch Methode nicht ausschloss, stürzten sich die neun Kämpfer aufeinander. Athos nahm es mit Cahusac, einem Günstling des Kardinals, auf; Porthos mit Bicarat, und Aramis sah sich zwei Feinden gegenüber, während d'Artagnan es mit Jussac zu tun bekam ... Wie ein rasender Tiger ging er auf den Feind los. Jussac war ein sehr gewandter Fechter, doch musste er sich tüchtig zusammennehmen, standzuhalten.

Endlich verlor Jussac die Geduld. Wütend darüber, dass ihn jemand in Schach hielt, den er für ein halbes Kind hielt, fing er an, Fehler zu machen. D'Artagnan dagegen, dem es zwar an Übung, aber nicht an taktischer Überlegenheit mangelte, wurde noch behänder. Jussac wollte dem Kampf endlich ein Ende machen und führte einen furchtbaren Hieb wider seinen Gegner; dieser parierte jedoch, und während Jussac sich aufrichtete, glitt d'Artagnan wie eine Schlange unter der Klinge des Gegners hindurch und stieß ihm den Degen in den Leib. Wie ein Klotz schlug Jussac zu Boden.

D'Artagnan warf nun einen raschen Blick über das Schlachtfeld. Aramis hatte einen seiner Widersacher zu Boden gestreckt, aber der andere setzte ihm heftig zu. Seine Lage war indessen nicht schlecht, denn er konnte sich noch verteidigen. Bicarat und Porthos waren gleichzeitig gegeneinander ausgefallen, dabei hatte Porthos einen Stich durch den Arm, Bicarat einen durch den Schenkel bekommen. Da aber keine der Wunden ernsthaft war, wurde ingrimmig weitergefochten. Athos, durch Cahusac von neuem verwundet, wurde zusehends blasser, wich jedoch keinen Fußbreit zurück.

Nach den damaligen Duellgesetzen durfte d'Artagnan einem Gefährten zu Hilfe kommen. Während er sich umsah, wer seinen Beistand am nötigsten brauchte, erhaschte er einen Blick von Athos, der überaus beredt war. Athos wäre lieber gestorben, ehe er um Hilfe gerufen hätte, aber mit den Augen durfte er um Beistand bitten. D'Artagnan verstand und war mit einem Satz an seiner Seite. Er rief Cahusac zu: »Achtung, Herr Gardist, oder ich töte Euch!«

Cahusac wandte sich um; es war auch höchste Zeit, denn Athos, den nur seine große Tapferkeit aufrecht gehalten hatte, sank in die Knie. »Tötet ihn nicht!«, rief er d'Artagnan zu. »Ich habe noch eine alte Rechnung mit ihm zu begleichen. Nehmt ihm den Degen weg! So ist's recht! Bravo!«

Dieser Ausruf wurde ihm durch Cahusacs Degen entlockt, der wohl zwanzig Fuß weit wegflog. Die beiden Kämpfer jagten hinter der Waffe her, aber d'Artagnan war schneller und setzte als Erster seinen Fuß darauf. Cahusac rannte nun zu dem von Aramis getöteten Gardisten, nahm dessen Degen an sich und wollte wieder auf d'Artagnan eindringen, doch Athos, wieder etwas zu Kräften gekommen, stellte sich ihm in den Weg. Es währte nur Sekunden, dann sank Cahusac mit durchbohrter Kehle tot zu Boden. Im gleichen Augenblick setzte Aramis den Degen auf die Brust seines niedergeworfenen Gegners und zwang ihn, sich zu ergeben. Blieben noch Porthos und Bicarat. Jeden Augenblick konnte die Wache kommen und alle gefangen nehmen.

Athos, Aramis und d'Artagnan bestürmten Bicarat, sich zu ergeben. Aber obgleich der allein gegen alle stand und ihm der Schenkel durchbohrt war, wollte er nichts davon wissen. Aber Jussac befahl ihm, den Kampf einzustellen. Bicarat, Gascogner wie d'Artagnan, stellte sich taub und lachte aus vollem Halse.

»Hör auf, ich befehle es dir!«, wiederholte Jussac.

»Na, wenn du es befiehlst, ist es etwas anderes!«, rief Bicarat; »du bist mein Hauptmann, und ich muss gehorchen.« Er machte einen Sprung rückwärts, zerbrach den Degen über dem Knie, um ihn nicht übergeben zu müssen, und warf die Stücke über die Klostermauer.

Tapferkeit wird immer geachtet, auch beim Feinde. Die Musketiere salutierten mit ihren Degen und steckten sie wieder in die Scheiden. D'Artagnan machte es ebenso. Dann trugen sie die Verwundeten zur Klosterpforte und läuteten. Danach marschierten die vier Sieger freudetrunken zum Palais des Herrn de Tréville.

»Bin ich auch noch nicht Musketier«, sagte d'Artagnan zu seinen neuen Freunden, »so zum Mindesten doch Lehrling, nicht wahr?«

6. *König Ludwig XIII.*

Der Fall erregte großes Aufsehen. Herr de Tréville schimpfte laut auf seine Musketiere und gratulierte ihnen im Stillen. Da er aber keine Zeit verlieren durfte, dem König als Erster darüber zu rapportieren, begab er sich eilig in den Louvre. Doch er kam schon zu spät. Der König konferierte bereits mit dem Kardinal, und Tréville bekam Bescheid, der König könne ihn im Augenblick nicht empfangen. Abends fand sich Tréville zum Spiel beim König ein. Seine Majestät gewann, und da der König sehr habgierig war, war er in ausgezeichneter Stimmung. Kaum hatte der König den Hauptmann erspäht, als er auch schon rief: »Hierher, Tréville, ich muss Euch schelten! Wisst Ihr, dass Seine Eminenz sich über Eure Musketiere bei mir beschwert hat und vor lauter Ärger jetzt krank darniederliegt? Eure Leute sind aber auch vermaledeite Teufel, die richtigen Galgenvögel!«

»Nein, Sire«, erwiderte Tréville, der sofort merkte, dass die Sache gut ablaufen würde, »im Gegenteil, es sind die gutmütigsten Kerle der Welt, und ich stehe dafür ein, dass sie keinen andern Wunsch im Herzen tragen, als mit ihrem Degen einzig Eurer Majestät zu dienen. Aber die Garden Seiner Eminenz suchen unaufhörlich Händel mit ihnen, und da müssen die armen Burschen, schon zur Ehre ihres Regiments, sich ihrer Haut wehren.«

Da der König zu verlieren anfing, war er nicht ungehalten, dass sich ihm ein Vorwand bot, das Spiel zu unterbrechen. Er stand auf, schob das gewonnene Geld in seine Tasche und wandte sich an Herrn von Vieuville mit der Aufforderung, sich auf seinen Platz zu setzen. »Ich habe etwas mit Herrn de Tréville zu besprechen.« Dann zog er diesen in eine Fensternische. »Ihr behauptet also, dass es die Garden Seiner Eminenz waren, die mit Euren Musketieren Händel gesucht haben?«

»Jawohl, Sire, wie immer.«

»Und wie hat sich der Fall zugetragen?«

»Auf die einfachste Weise von der Welt! Drei meiner besten Soldaten, Majestät kennen sie mit Namen, die Herren Athos, Porthos und Aramis, wollten mit einem jungen Gascogner, den ich am selben Morgen an sie empfohlen hatte, einen Spaziergang machen, nach Saint-Germain, glaube ich. Aber gerade als sie sich beim Karmeliterkloster trafen, wurden sie plötzlich von den Herren Jussac, Cahusac, Bicarat und zwei anderen Gardisten angerempelt. Dass die Herren ohne böse Absicht gekommen sein sollten, ist schwer anzunehmen.«

»Richtig, Tréville! Aber Eure Musketiere waren nicht allein? Es war ein halbes Kind bei ihnen?«

»Jawohl, Sire, und ein Mann war blessiert, sodass also drei Königsmusketiere und ein halbes Kind nicht nur fünf schwer bewaffneten Gardisten wacker standgehalten, sondern vier davon sogar zu Boden gestreckt haben.«

»Aber das ist ja ein vollständiger Sieg!«, rief der König strahlend; »und ein halbes Kind, sagt Ihr, hat ihn mit erfochten?«

»Ein Jüngling, Sire, fast noch ein Kind, der sich bei der Affäre so hervorgetan hat, dass ich mir die Freiheit nehme, ihn Eurer Majestät zu empfehlen.«

»Sein Name?«

»D'Artagnan, Sire, Sohn eines meiner ältesten Freunde, eines Mannes, der mit Eurem königlichen Vater manchen Feldzug mitgemacht hat.«

»Und dieser junge Mensch hat sich gut geführt? Erzählt mir davon, Tréville.«

»D'Artagnan ist fast noch ein Kind, und da er nicht die Ehre hat, Musketier Eurer Majestät zu sein, war er bürgerlich gekleidet. Die Gardisten forderten ihn wegen seiner Jugend auf, sich vor dem Angriff zu entfernen.«

»Da seht Ihr«, fiel ihm der König ins Wort, »dass nur sie die Angreifer waren.«

»Sehr richtig, Sire! Der Jüngling erwiderte indessen, er stehe mit seinem Herzen, das ganz dem König gehöre, auf Seiten der Musketiere, er bleibe.«

»Wackerer Jüngling!«, murmelte der König.

»Er hat Jussac den furchtbaren Degenstoß versetzt, über den der Kardinal so erbost ist«, fuhr Tréville fort.

»Jussac, einer der besten Fechter im Königreich?«

»Er hat seinen Meister gefunden, Sire!«

»Ich will den jungen Mann sehen, Tréville, und wenn sich etwas für ihn tun lässt, so wollen Wir Uns gern damit befassen.«

»Wann geruhen Majestät, ihn zu empfangen?«

»Morgen Mittag. Bringt alle vier her! Ich will ihnen danken; ergebene Männer sind selten und Ergebenheit muss belohnt werden. Aber kommt über die kleine Treppe, Tréville. Der Kardinal braucht nichts zu wissen.«

»Jawohl, Sire!«

»Gesetz bleibt Gesetz und duellieren ist nun mal verboten.«

Zur vereinbarten Stunde und vom Kammerdiener geleitet, erschienen Tréville und die drei Musketiere mit d'Artagnan. »Nur näher, meine Tapfern!«, rief der König. »Ich muss Euch die Leviten lesen!« Die Musketiere traten, sich tief verneigend, näher; d'Artagnan hielt sich hinter ihnen … »Sapperlot!«, rief der König, »ihr vier habt etliche Gardisten Eurer Eminenz außer Gefecht gesetzt! Das geht doch über den Spaß, meine Herren! Ihr zwingt ja den Kardinal, nach drei Wochen eine neue Leibwache aufzustellen, und mich, mit aller Schärfe nach den Gesetzen zu verfahren.«

»Eure Majestät sehen ja, dass Eure Musketiere ganz zerknirscht und reumütig vor Euch hintreten!«, sagte Tréville.

»Zerknirscht und reumütig? Hm, trau einer diesen heuchlerischen Mienen! Und dahinten sehe ich sogar ein Gascognergesicht … Tretet vor, junger Mann!«

D'Artagnan begriff, dass ihm dieses Kompliment gelte, und näherte sich dem König mit überaus bekümmerter Miene.

»Spracht Ihr nicht von einem jungen Mann, Tréville? Aber das ist ja noch das reinste Kind! Und dieses hat Jussac so zugerichtet?«

»Wie Majestät sagen!«

»Aber das ist ja ein leibhaftiger Teufel! Bei solcher Arbeit geht manches Wams in Fetzen und der Degen oft in Stücke! Dabei sind die Gascogner doch arme Wichte? La Ches-

naye, sieh mal zu, ob du in meinen Taschen noch vierzig Pistolen findest. Und nun, Hand aufs Herz, Jüngling! Wie hat sich alles zugetragen?«

D'Artagnan erzählte das Abenteuer mit allen Einzelheiten. Der König unterbrach ihn aber bald: »Gut, gut! Aber nun lasst es genug sein, meine Herren, verstanden?«

»Wenn nur Majestät zufrieden sind«, erwiderte Tréville.

»Doch, ich bin's«, antwortete der König, nahm vierzig Pistolen aus La Chesnayes Händen und reichte sie d'Artagnan mit den Worten: »Hier der Beweis dafür!« Dieser steckte das Gold ohne viel Umstände vergnügt in die Tasche und dankte mit einer tiefen Verbeugung. »So«, sagte der König, »habt Dank für Eure Ergebenheit. Ich kann doch immer darauf zählen?«

»Oh, Sire«, riefen die vier wie aus einem Munde, »für Eure Majestät lassen wir uns in Stücke hauen!«

»Schon gut, schon gut!«, erwiderte der König, »aber bleibt lieber ganz! Das ist mir nützlicher ... Tréville«, fügte er hinzu, während die anderen sich zurückzogen, »bringt doch den jungen Mann in der Garde Eures Schwagers, des Herrn des Essarts, unter ...! Ha, wie sich der Kardinal ärgern wird!«

Er winkte Tréville mit der Hand und die Audienz war zu Ende.

7. Bei den Musketieren zu Hause

Als die drei Musketiere mit d'Artagnan aus dem Louvre traten, beratschlagten sie, was sie am besten mit den jedem zukommenden zehn Pistolen anfingen. Athos riet zu einem herrschaftlichen Diner, Porthos zu einem betressten Pagen, Aramis zu einer hübschen Geliebten. Das Diner, von Athos ausgewählt, wurde am selben Tage verzehrt, und der Page, ein Pikarde, den der glorreiche Porthos geworben hatte, bediente dabei; er hieß Planchet und hatte sich durch die stattliche Erscheinung des Musketiers bestimmen lassen einzuschlagen, war aber einigermaßen enttäuscht, als er erfuhr, dass Porthos schon einen Pagen habe und dass er nicht für ihn, sondern für den »Béarner Junker« bestimmt sei. Da er aber bei dem Diner aufwartete und seinen neuen Herrn eine Hand voll Goldstücke aus der Tasche langen sah, hielt er sein Glück für gemacht und dankte dem lieben Gott, dass er ihm solchen Krösus als Herrn beschert hatte. Alle Luftschlösser zerfielen jedoch in Staub, als er seinem Herrn am Abend das Bett machte, das einzige Möbel in der aus Vor- und Schlafzimmer bestehenden Wohnung. Musste er doch im Vorzimmer auf den Dielen kampieren und sich mit einer Decke behelfen, die von nun ab d'Artagnan in seinem Bett fehlte.

Athos hatte seinen Pagen Grimaud für seinen Dienst besonders dressiert. Athos war ein sehr schweigsamer Herr; seit sechs Jahren etwa war er mit seinen Kameraden Porthos und Aramis zusammen, und doch konnten die beiden sich kaum besinnen, ihn einmal lachen gesehen zu haben. Was er sagte, war kurz und präzis. Er war zwar erst dreißig Jahre alt und ein Mann von hervorragender Schönheit, er war auch klug, aber ob er eine Geliebte hatte oder nicht, das wusste niemand von seinen Kameraden zu sagen. Von Frauen sprach er nie, doch verwehrte er es keinem, in seiner Gesellschaft über Frauen zu sprechen. Und dennoch merkte man bald, dass ihm das Thema nicht angenehm war. Um von seinen Gewohnheiten nicht lassen zu müssen, hatte er seinem Pagen beigebracht, ihm jeden Wunsch vom Munde abzulesen, und nur in besonders wichtigen Fällen richtete er das Wort an ihn. Grimaud, der vor seinem Herrn gewaltigen Respekt hatte, glaubte, in der Regel alles richtig verstanden zu haben, besorgte alles prompt, wenn auch nur allzu oft grundverkehrt.

Porthos dagegen war ganz anders. Er sprach nicht nur viel, sondern auch laut, und es kam ihm ganz und gar nicht darauf an, ob ihm jemand zuhörte oder nicht. Er sprach eben, weil es ihm Spaß machte, und weil er sich gern sprechen hörte. Er sah nicht so vornehm aus wie Athos, tröstete sich aber damit, dass er, was Athos von sich nicht sagen konnte, das Vorzimmer des Herrn de Tréville wie auch die Wachstube des Louvre mit Geschichten über seine Liebesaffären füllte. Nachdem er damit den Bürgerstand, den niederen und höheren Adel durchgekostet hatte – das wusste alle Welt –, bemühte er sich zurzeit um nichts Geringeres als eine ausländische Prinzessin, die ihm seiner herkulischen Gestalt wegen ihre Huld schenkte.

Ein altes Wort heißt: Wie der Herr, so der Diener! Betrachten wir uns deshalb auch Mousqueton, Porthos' Diener. Er war ein Normanne und bei Porthos in den Dienst getreten, nachdem ihm zugesichert worden war, dass er elegante Kleidung und ein gutes Zimmer bekäme. Außerdem hatte er sich täglich zwei

Stunden Urlaub ausbedungen, in denen er sich woanders Geld hinzuverdiente. Aus dem Erlös dieser Stunden bestritt er seine persönlichen Bedürfnisse. Porthos war darauf eingegangen, weil ihm etwas anderes nicht übrig blieb, ließ Mousqueton aus den Wämsern und Mänteln, die er ablegte, neue zurechtmachen, und zwar bei einem sehr geschickten Schneider, dessen Frau obendrein in dem Verdacht stand, Porthos recht zugetan zu sein.

Der Page, den Aramis hatte, hieß Bazin und ging von Kopf bis Fuß schwarz gekleidet, wie es dem Diener eines geistlichen Herrn zustand; denn sein Herr spielte immer noch mit dem Gedanken, wieder in den geistlichen Stand überzutreten. Bazin war aus Berry und etwa vierzig Jahre alt, von sanftem Wesen, wohlbeleibt und ein Liebhaber frommer Lektüre, dabei ein starker Esser vor dem Herrn, der es immer beklagte, mit wenig Schüsseln vorlieb nehmen zu müssen, aber darauf hielt, dass die Speisen, die darauf serviert wurden, stets trefflich zubereitet waren. Er war stumm, blind und taub, jedoch von felsenfester Treue.

Werfen wir nun auch einen Blick in die Wohnungen unserer drei Musketiere! Athos hatte sein Quartier in der Rue Férou, zwei Schritte vom Luxembourg; es bestand aus zwei kleinen, sauberen Stuben in einem Hause, dessen junge, niedliche Besitzerin viel, aber vergeblich mit ihm liebäugelte. An den Wänden seines kleinen Heims glänzten ein paar Reste einstiger Herrlichkeit, darunter ein reich verzierter Degen mit einem mit kostbaren Steinen – sicher waren sie ein paar hundert Goldfüchse wert – besetzten Griff, für dessen Besitz Porthos ein paar Jahre seines Lebens geopfert hätte, den aber Athos, in so bedrängten Verhältnissen er hin und wieder auch war, niemals weder ins Leihhaus noch zu einem Trödler getragen hatte.

Porthos wohnte in einem geräumigen Quartier in der Rue du Colombier. An einem der Fenster musste sich ständig Mousqueton aufhalten und, sooft Porthos mit einem Freunde daran vorbeiging, blickte und zeigte er hinauf und sagte stolz: »Da wohne ich!« Ihn aber jemals zu Hause anzutreffen, war ausgeschlossen, sodass kein Mensch sich eine Vorstellung machen konnte, wie es eigentlich in diesem Quartier aussah und welche Schätze und Reichtümer es barg.

Aramis hatte eine kleine Wohnung inne, die aus einem Ankleide-, Ess- und Schlafzimmer bestand, im Erdgeschoss lag und auf ein frisches grünes, schattiges, für alle Nachbarsaugen undurchdringliches Gärtchen hinaussah.

D'Artagnans Wohnung, seinen Pagen Planchet und d'Artagnan selbst kennen wir schon zur Genüge. Sagen wir also nur noch, dass er wie alle pfiffigen Leute sehr neugierig war und alles Mögliche aufbot, dahinter zu kommen, was für Leute sich hinter den drei Namen Athos, Porthos und Aramis verbargen; denn dass dies nur Decknamen waren, leuchtete ihm vom ersten Augenblick seiner Bekanntschaft mit ihnen ein. Er versuchte es zuerst bei Porthos, etwas zu ermitteln; aber Porthos wusste vom Leben seines schweigsamen Kameraden Athos nur das, was auch anderen bekannt war: dass er einmal sehr herbe Erfahrungen in der Liebe gemacht habe und dass ihm dadurch Wermut in den Becher seines Lebens geträufelt worden sei. Wer ihm diesen

Schmerz zugefügt hatte, darüber wusste niemand etwas zu berichten. – Porthos' Leben war durchsichtig wie Glas. Hätte man all das Gute, was der eitle, unbedachte Mensch von sich sagte, glauben wollen, dann wäre man leicht Gefahr gelaufen, seine Verhältnisse falsch zu beurteilen; seinen wahren Namen kannte nur Herr de Tréville, der natürlich auch die richtigen Namen von Athos und Aramis in seinen Akten verzeichnet hatte.

Aramis sah ganz so aus, als hätte er kein Geheimnis zu wahren, dabei war gerade er ein Buch mit sieben Siegeln! Auf Fragen über andere gab er so gut wie keine Antwort, und denen, die ihn selbst betrafen, wusste er sehr geschickt auszuweichen. Als d'Artagnan ihn eines Tages über Porthos aushorchen wollte, erfuhr er bloß das Gerücht von der Liebschaft mit der Prinzessin. Aramis wurde völlig taub, als d'Artagnan auf die Liebesaffären des Herrn Aramis selbst anspielte. Sogar der Hinweis auf ein gewisses Taschentuch, dem er ja die Ehre seiner Bekanntschaft mit ihm verdankte, fruchtete nichts. Aramis war keineswegs betroffen, als ihn d'Artagnan daran erinnerte, sondern erwiderte mit der bescheidensten Miene von der Welt und dem rührendsten Ton: »Ihr dürft eben nicht vergessen, mein Lieber, dass ich noch immer die Absicht habe, mich der Kirche zu weihen, weshalb ich mich einer strengen Weltflucht befleißige. Das Taschentuch, auf das Ihr anspielt, ist mir nicht anvertraut, sondern von einem Freunde bei mir liegen gelassen worden. Ich habe es an mich nehmen müssen, um ihn und seine Dame nicht zu kompromittieren. Ich selbst habe keine Geliebte und mag keine haben; in dieser Hinsicht halte ich es ganz mit Athos.«

Im Übrigen führten die vier jungen Leute ein höchst vergnügtes Leben. Athos spielte viel, aber immer mit Verlust; obwohl ihm die Börsen seiner Freunde zur Verfügung standen, entlieh er von ihnen nie einen Heller, und wenn er auf Ehrenwort gespielt hatte, ließ er den Gläubiger am andern Morgen in aller Frühe aus dem Bett klopfen, um seine Schuld zu tilgen. Porthos war übermütig, wenn er gewann, kleinlaut, wenn er verlor, warf, wenn er gewann, das Geld mit vollen Händen weg, und verschwand, wenn er verlor, auf ein paar Tage. Aber immer tauchte er mit Gold in allen Taschen, wenn auch ohne Farbe im Gesicht, wieder auf.

Aramis hielt nichts vom Spiel, er war der schlimmste Musketier und ein noch schlimmerer Tischnachbar, denn oft beim Essen warf er einen Blick auf die Uhr, stand auf und verabschiedete sich unter dem Vorwand, mit dem oder jenem gelehrten Herrn eine Konferenz zu haben oder zu Hause an einer Disputation arbeiten zu müssen, bat seine Freunde, sich deshalb nicht stören zu lassen, kehrte sich aber auch nicht daran, dass er die Freude anderer störte. Athos lächelte dann immer in seiner melancholischen Weise, Porthos trank seinen Ärger hinunter oder wetterte das Blaue vom Himmel herunter und rief dem »Drückeberger« oftmals nach, er sei ja doch nur ein Dorfpfarrer und was anderes würde nie aus ihm werden.

Planchet, d'Artagnans Page, fand sich in sein Glück, bekam seine anderthalb Francs täglich und war vier Wochen lang fidel wie der Hänfling im Hanfsamen und gegen seinen jungen Herrn die Aufmerksamkeit in Person. Als aber der Wind aus einem andern Loche piff, als die königlichen Goldfüchse den Weg alles Irdischen gegangen waren, stimmte er in allen Tonarten Klagelieder an, die Athos widerlich, Porthos unschicklich, Aramis lächerlich fand. Athos riet, den Patron zum Teufel zu jagen, Porthos, ihm zuvor das Wams zu klopfen, Aramis meinte, ein Herr dürfe nur hören, was ihm schmeichle.

D'Artagnan überlegte nicht lange, sondern befolgte den von Porthos gegebenen Rat, und zwar mit jener Gewissenhaftigkeit, die er in allen Dingen übte; verbot ihm aber, nachdem er ihn durchgebläut, ohne seine besondere Erlaubnis den Fuß aus dem Hause zu setzen. Das imponierte seinen Freunden nicht wenig; auch Planchet ward über solches Maß an Pfiffigkeit schier sprachlos, und es war keine Rede mehr davon, dass er den Dienst quittieren solle. So geschah es, dass Planchet bei seinem Herrn und d'Artagnan bei seinen Freunden heimisch wurde. Da er den Dienst der Musketiere, wenn er auch nicht in die Musketierrolle eingetragen war, gewissenhaft mit versah, wurde er auch in der Kaserne bald allgemein beliebt.

Schließlich kam die Zeit, da sich die Verheißungen des Herrn de Tréville erfüllten: D'Artagnan wurde als Junker in die Gardekompanie, die unter dem Kommando des Herrn des Essarts stand, aufgenommen. Er tat's zwar mit einem schweren Seufzer, wenn auch getröstet durch das Versprechen des Herrn de Tréville, ihm nach zweijähriger guter Führung Gelegenheit zu einer glänzenden Waffentat oder einer persönlichen Auszeichnung bei Seiner Majestät zu geben, worauf er zu den Musketieren übernommen werden würde. Diese Aussicht stimmte ihn froher, und nun kam die Reihe, mit ihm auf Wache zu ziehen, an Athos, Porthos und Aramis, sodass an den Tagen, da d'Artagnan Dienst hatte, die Gardekompanie des Herrn des Essarts nicht um einen, sondern um vier Mann Zuwachs bekam.

8. *Eine Hofintrige*

Nachdem die Goldstücke König Ludwigs verjubelt waren, befanden sich unsere vier jungen Freunde in einer bösen Klemme. Zuerst hatte Athos eine Zeit lang die Kameraden aus eigenen Mitteln unterstützt. Ihm folgte Porthos, der ein paar Tage verschwand und dann mit einigen Goldstücken wiederkehrte. Schließlich schaffte Aramis durch den Verkauf einiger seiner theologischen Bücher ein paar Goldstücke zur Stelle. Dann aber blieb nur noch Herr de Tréville übrig, der ihnen einen Vorschuss auf ihren Sold bewilligte. Damit konnten natürlich drei Musketiere, die schon mit vielen Rechnungen im Rückstand waren, und ein Kadett, der überhaupt nichts hatte, nicht weit kommen.

Mit aller Anstrengung brachten sie noch einmal neun Goldfüchse zusammen, mit denen Porthos ein Spiel wagte. Aber er hatte Pech, er verlor alles und überdies noch fünfundzwanzig Dukaten auf Ehrenwort. Jetzt wurde die Knappheit empfindlich, und man sah die vier ausgehungert und, von ihren Dienern gefolgt, ständig unterwegs, um sich von ihren Freunden und Bekannten so oft wie möglich zum Essen einladen zu lassen.

D'Artagnan lag eines Tages auf seinem Bett und zerbrach sich den Kopf, wie man aus dieser beschämenden Lage herauskommen könnte. Da klopfte es leise an seine Tür. Er weckte Planchet und befahl ihm aufzumachen. Aus der Bemerkung, dass d'Artagnan seinen Diener weckte, möge der Leser jedoch nicht schließen, dass sich dieser Vorgang nachts abspielte – es war vielmehr vier Uhr nachmittags.

Ein Mann, der wie ein Bürger gekleidet war, trat über die Schwelle. Der Gast erklärte, er müsse mit d'Artagnan unter vier Augen sprechen, es handle sich um eine Sache von großer Wichtigkeit. D'Artagnan bat ihn, sich zu setzen. Eine Weile herrschte Schweigen. Dann neigte sich d'Artagnan leicht vor zum Zeichen, dass er zu hören bereit sei.

»Ich habe von Herrn d'Artagnan als von einem recht wackeren jungen Herrn reden hören, und das bestimmt mich, ihm ein Geheimnis anzuvertrauen«, hub der Bürger an.

»Sprecht nur, mein Herr«, sagte d'Artagnan, der eine günstige Gelegenheit witterte.

Der Bürger zögerte ein wenig und fuhr dann fort: »Meine Frau ist Wäscherin bei der Königin und es fehlt ihr weder an Klugheit noch an Schönheit. Der Mantelträger der Königin, Herr de La Porte, ist ihr Pate. Gestern früh ist meine Frau entführt worden.«

»Und von wem?«

»Genau weiß ich es nicht, aber ich habe jemanden in Verdacht, und zwar ist es ein Mann, der sie schon lange verfolgt.«

»Sackerment!«

»Aber wenn ich bemerken darf«, nahm der Bürger wieder das Wort, »es geht hier weniger um Liebe als um Politik.«

»Habt Ihr denn eine Vermutung?«, fragte d'Artagnan.

»Ich weiß nicht, ob ich es sagen soll.«

»Tut, was Euch richtig dünkt. Noch habt Ihr Zeit, Euch zurückzuziehen.«

»Nicht doch, Herr! Ihr scheint mir ein ehrlicher Jüngling zu sein und ich habe Vertrauen zu Euch. Gut denn, ich vermute, dass man meine Frau nicht wegen eigener, sondern wegen Liebschaften einer weit vornehmeren Dame festhält.«

»Ach so, hängt es etwa mit den Liebschaften der Madame de Bois-Tracy zusammen?«, warf d'Artagnan ein.

»Höher, mein Herr!«

»Der Frau de Aiguillon?«

»Noch höher.«

»Der Madame de Chevreuse?«

»Noch viel höher!«

»Doch nicht der …« D'Artagnan stockte.

»Doch«, flüsterte der Bürger.

»Und mit wem?«

»Mit wem anders als dem Herzog von …«

»Mit dem Herzog von …«

»Ja!«, hauchte der Bürger fast tonlos.

»Aber woher wisst Ihr alles?«

»Von meiner Frau.«

»Und von wem weiß sie es?«

»Von Herrn de La Porte. Er hat sie zu Ihrer Majestät gebracht, damit die arme Königin wenigstens einen Menschen besitzt, auf den sie sich verlassen kann, da sie vom König verschmäht, vom Kardinal überwacht, von allen anderen verraten wird.«

»Ha!«, rief d'Artagnan, »jetzt verstehe ich!«

»Vor vier Tagen war nun meine Frau bei mir und hat mir anvertraut, dass die Königin augenblicklich in großen Ängsten schwebt. Wie es scheint, verfolgt sie der Kardinal mehr denn je, und die Königin nimmt an, dass in ihrem Namen an den Herzog von Buckingham geschrieben worden sei!«

»Im Namen der Königin?«

»Ja, um ihn nach Paris zu locken und ihm hier eine Falle zu stellen!«

»Sackerment! Aber was hat bei all dem Eure Frau zu schaffen?«

»Man kennt ihre Ergebenheit für die Königin, und darum will man sie von ihrer Gebieterin entfernen und sie einschüchtern, um die Geheimnisse Ihrer Majestät zu erfahren, oder sie bestechen, um sich ihrer als Spionin zu bedienen.«

»Schon möglich«, sagte d'Artagnan; »Ihr kennt den Mann, der sie entführt hat?«

»Den Namen kenne ich nicht; ich weiß nur, dass er eine Kreatur des Kardinals ist.«

»Habt Ihr ihn gesehen?«

»Ja, meine Frau hat ihn mir einmal gezeigt.«

»Wie sieht er denn aus?«

»Er sieht sehr hochmütig aus, hat schwarzes Haar, ein braunes Gesicht, stechende Augen und eine Narbe an der Schläfe!«

»Ha, mein Mann von Meung!«, schrie d'Artagnan. »Wisst Ihr, wo der Kerl wohnt?«

»Nein! Aber als ich einmal meine Frau nach dem Louvre begleitete, kam er gerade heraus, und sie zeigte ihn mir.«

»Von wem wisst Ihr, dass Eure Frau entführt worden ist?«

»Von Herrn de La Porte.«

»Von anderer Seite habt Ihr nichts erfahren?«

»Doch, etwas.«

»Und was?«

»Ich weiß nicht, ob ich nicht eine große Unklugheit ...«

»Fangt Ihr schon wieder an?«, rief d'Artagnan.

»Aber ich will ja nicht zurück, so wahr ich Bonacieux heiße!«

»Bonacieux? Den Namen müsste ich schon einmal gehört haben.«

»Das ist schon möglich, gnädiger Herr, ich bin Ihr Hauswirt.«

»Der Tausend!«, rief d'Artagnan, sich leicht verneigend, »mein Wirt?«

»Ja, und da Ihr mir, zweifellos weil Ihr zu sehr in Anspruch genommen seid, den Mietzins zu entrichten vergaßet, ich Euch aber kein einziges Mal gedrängt habe, kam mir der Gedanke, Ihr würdet meine Rücksicht vielleicht zu schätzen wissen.«

»Selbstverständlich, mein werter Herr Bonacieux«, versetzte d'Artagnan, »solches Entgegenkommen verdient allemal Dank, und wenn ich Ihnen irgendwie von Nutzen sein kann ...«

»Ich glaube Euch, Herr, ich habe Vertrauen zu Euch.«

»Dann fahrt nur in Eurem Bericht fort!«

Der Hauswirt zog ein Papier aus der Tasche und übergab es d'Artagnan.

»Ein Brief?«

»Ich habe ihn heute Morgen bekommen.«

D'Artagnan faltete ihn auseinander und las: »Sucht Eure Frau nicht. Sie wird Euch zurückgebracht werden, wenn man ihrer nicht mehr bedarf. Unternehmt Ihr irgendwelche Schritt, um sie aufzufinden, so seid Ihr verloren!«

»Hm, klar und deutlich«, sagte d'Artagnan, »aber schließlich nur eine Drohung.«

»Ja, aber mich schreckt solche Drohung. Ich weiß den Degen nicht zu führen und habe Angst vor der Bastille.«

»Nach der Bastille zieht es mich so wenig wie Euch«, versetzte d'Artagnan; »wenn's bloß einen Degenstoß kostet, möcht's noch gehen.«

»Bei der Geschichte hatte ich auf Euch gerechnet, Herr.«

»Wirklich?«

»Ja; ich sah Euch immer in Gesellschaft der Musketiere des Herrn de Tréville und weiß, dass diese Feinde des Kardinals sind. Da habe ich mir gedacht, es würde Euch und Euren Kameraden ein Vergnügen sein, unserer armen Königin Hilfe und Beistand zu leisten und gleichzeitig Seiner Eminenz eins auszuwischen.«

»Unbedingt.«

»Vielleicht könnte ich Euch mit fünfzig Pistolen unter die Arme greifen?«

»Großartig! Aber, lieber Herr Bonacieux, Ihr seid wohl ein reicher Mann?«

»Nun, man ist gerade nicht arm. Aber, Schockschwerenot, was sehe ich?«

»Was denn?«, fragte d'Artagnan.

»Auf der Straße, gegenüber dort in der Türnische, der Mann im Mantel.«

»Er ist es!«, riefen d'Artagnan und der Bürger wie aus einem Munde, beide hatten gleichzeitig ihren Mann erkannt.

»Ha, diesmal entkommt er mir nicht!«, rief d'Artagnan, zog seinen Degen und stürzte aus dem Zimmer. Auf der Treppe rannte er gegen Athos und Porthos, die ihn besuchen wollten. Sie konnten gerade noch zur Seite springen, als er wie ein Pfeil vorüberschoss. »Wohin so eilig?«, riefen sie ihm nach.

»Der Mann aus Meung!«, erwiderte d'Artagnan und war verschwunden.

9. *D'Artagnan macht sich*

Wie Athos und Porthos erwartet hatten, war d'Artagnan bald zurück. Wiederum hatte er seinen Mann verfehlt, der plötzlich wie weggezaubert schien. D'Artagnan war mit dem Degen in der Faust durch alle Straßen der Nachbarschaft gerannt, ohne eine Spur des Gesuchten zu finden. Währenddessen hatte sich Aramis zu Athos und Porthos gesellt, sodass der Gascogner bei seiner Rückkehr die Freunde bei sich versammelt fand. »Nun?«, fragten alle drei gespannt.

»Nun!«, schrie er, den Degen aufs Bett schleudernd, »der Kerl muss der Teufel in Person sein; wie ein Gespenst ist er verschwunden. Dieser Mann ist zu meinem Verderben geboren, denn seine Flucht bringt uns um ein feines Geschäft, bei dem es hundert Pistolen, vielleicht auch noch mehr, zu verdienen gibt.«

»Wieso?«, fragten Porthos und Aramis, während Athos ihn fragend anblickte.

»Planchet«, rief d'Artagnan seinem Diener zu, »lauf zu Bonacieux und sag ihm, er soll uns ein halbes Dutzend Flaschen Beaugency heraufschicken.«

»Ha, Ihr habt wohl unbegrenzten Kredit bei Euerm Wirt?«, rief Porthos.

»Ja, von heute ab«, erwiderte d'Artagnan.

»Erzählt endlich!«, rief Porthos, »was steckt hinter alledem?«

Und nun erzählte d'Artagnan Wort für Wort, was sich zwischen ihm und seinem Hauswirt zugetragen hatte und dass der Mann, der die biedere Hausfrau entführt habe, derselbe sei, mit dem er in Meung zusammengetroffen sei.

»Keine schlechte Sache«, bemerkte Athos. »Aus dem Biedermanne lassen sich fünfzig bis sechzig Pistolen herausholen. Wir haben bloß zu erwägen, ob dieser Betrag das Risiko von vier Köpfen aufwiegt.«

»Doch vergesst nicht«, rief d'Artagnan; »dass es dabei um eine Frau geht, die entführt worden ist, die sicherlich bedroht, wenn nicht gar gefoltert wird, und das alles nur, weil sie treu zu ihrer Herrin hält.«

»Sachte, sachte, d'Artagnan«, bemerkte Aramis, »es geht nur um eine Frau Bonacieux!«

»Nicht Madame Bonacieux bereitet mir Sorge«, versetzte d'Artagnan, »wohl aber die Königin, die der König verschmäht, der Kardinal verfolgt und die sich aller Freunde beraubt sieht.«

»Warum liebt sie auch, was wir am meisten hassen, die Engländer und Spanier?«

»Spanien«, antwortete d'Artagnan, »ist ihr Heimatland. Und was den andern Vorwurf, den man ihr macht, betrifft, so habe ich gehört, dass sie nicht die, sondern einen Engländer liebt!«

»Und, meiner Treu!«, rief Athos, »er verdient diese Liebe auch. Nie sah ich einen Menschen von vornehmerem Auftreten als den Herzog von Buckingham.«

»Außerdem geht er gekleidet wie kein zweiter«, ergänzte Porthos. »Ich war im Louvre, als er seine Perlen ausstreute, habe zwei davon erwischt und sie für zehn Pistolen verkauft. Kennt Ihr ihn auch, Aramis?«

»So gut wie Ihr, denn ich war dabei, als man ihn im Garten von Amiens festnahm.«

»Was mich nicht hindern würde, den Herzog von Buckingham, wenn ich ihn fände, zur Königin zu führen, wär's auch nur, um den Kardinal in Wut zu bringen; denn unser wirklicher Feind ist der Kardinal«, sagte d'Artagnan.

»Und der Hauswirt hat Euch gesagt«, erkundigte sich Athos, »die Königin glaubt, man habe den Herzog unter falschem Vorwand hierher geholt?«

»Sie befürchtet es, aber verlieren wir doch unsere Zeit nicht!«, rief d'Artagnan, »suchen wir lieber die Frau des Krämers. Das ist der Schlüssel zur Intrige.«

»Eine Frau von so niedrigem Stande?«, fragte Porthos und verzog verächtlich den Mund.

»Sie ist das Patenkind von Herrn de La Porte und dieser ist der Vertraute der Königin. Vielleicht hat Ihre Majestät absichtlich ihren Beistand in so niederen Schichten gesucht. Die erhabenen Häupter sind von weitem sichtbar und der Kardinal hat ein scharfes Auge.«

»Schön«, meinte Porthos, »dann macht mit dem Krämer aber erst einen anständigen Preis aus!«

»Nicht nötig«, sagte d'Artagnan, »denn ich glaube, auch wenn er uns nicht bezahlt, werden wir von anderer Seite belohnt werden.«

In diesem Augenblick wurde die Tür aufgerissen, und der Krämer stürzte ins Zimmer. »Ach, meine Herren, rettet mich! Unten sind vier Männer und wollen mich verhaften.«

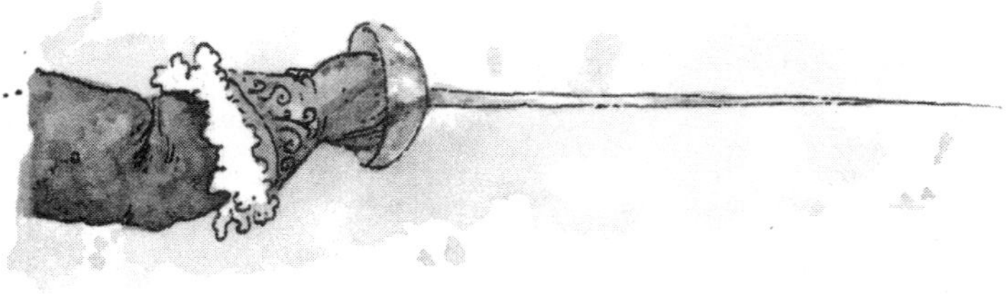

Porthos und Aramis sprangen auf.

»Wartet«, rief d'Artagnan und hieß sie die Degen wieder einstecken, »hier kommt es nicht auf Mut, sondern auf Klugheit an.«

»Aber wir können doch nicht zusehen …«, hub Porthos an.

»Lasst d'Artagnan nur machen«, unterbrach ihn Athos. »D'Artagnan, tut nach Eurem Belieben!«

Schon erschienen vier Gardisten auf der Schwelle, blieben jedoch stehen, als sie die vier bewaffneten Musketiere erblickten.

»Nur herein, ihr Herren«, sagte d'Artagnan, »wir sind alle treue Diener des Königs und des Kardinals.«

»Dann widersetzen sich die Herren nicht den Befehlen, die wir empfangen haben?«, fragte der Patrouillenführer.

»Im Gegenteil, wenn es Not tut, werden wir Euch Beistand leisten.«

»Was sagt er da?«, murmelte Porthos.

»Still«, verwies ihn Athos.

»Aber Ihr habt mir doch versprochen …«, stotterte der arme Krämer.

»Wir können Euch nur retten, wenn wir frei bleiben«, flüsterte d'Artagnan ihm zu; »wenn wir Miene machen, Euch zu verteidigen, werden wir mit abgeführt.«

»Tretet näher, meine Herren«, sagte d'Artagnan wieder laut,

»ich habe keinen Grund, den Herrn hier zu schützen, sah ich ihn doch heute zum ersten Male, zudem aus höchst unangenehmem Anlass: Er kam nämlich, um sich die Miete zu holen, die ich ihm für das laufende Quartal noch schulde ... Verhält es sich so, Herr Bonacieux?«

»Es ist die lautere Wahrheit; aber der Herr verschweigt Euch ...«

»Kein Wort über meine Freunde und über die Königin, oder Ihr stürzt alle ins Verderben«, flüsterte d'Artagnan eindringlich. Laut sagte er: »Vorwärts, meine Herren, führt ihn ab!« Und er schob den verdutzten Krämer den Gardisten zu.

Die Häscher bedankten sich vielmals und zogen mit ihrer Beute ab. Als sie zur Tür hinausgingen, klopfte d'Artagnan dem Patrouillenführer auf die Schulter und fragte: »Wollen wir nicht auf Eure Gesundheit trinken, mein Herr?«

»Hohe Ehre!«, stotterte der Patrouillenführer, »ich nehme dankbar an!«

»Euer Name, bitte?«

»Boisrenard!«

»Also, auf Euer Wohl, Herr Boisrenard!«

»Und auf Euer Wohl, mein Herr! Wie heißt Ihr, bitte?«

» D'Artagnan.«

»Euer Wohl, Herr d'Artagnan!«

»Vor allen Dingen, meine Herren«, rief d'Artagnan offensichtlich begeistert, »auf das Wohl Seiner Majestät und Seiner Eminenz!«

Wäre der Wein weniger gut gewesen, so hätte der Patrouillenführer vielleicht Argwohn geschöpft; da er aber vortrefflich war, glaubte er dem neuen Freunde.

»Oh, wie schändlich habt Ihr euch benommen!«, rief Porthos,

als die vier Freunde wieder unter sich waren, »vier Musketiere lassen einen armen Teufel, der sie um Hilfe anfleht, aus ihrer Mitte heraus verhaften. Pfui! Und ein Edelmann trinkt mit einem Gardistenknecht!«

»Porthos, Ihr seid ein Trottel! Aber d'Artagnan ist ein Mordskerl!«, rief Aramis.

»Da werde der Teufel klug!«, rief Porthos heftig, »pflichtet Ihr etwa dem Gascogner bei?«

»Ich gratuliere ihm zu seinem Einfall!«, erwiderte Athos.

»Und nun, meine Herren«, rief d'Artagnan, nicht weiter bemüht, Porthos sein Verhalten zu erklären, »unser Wahlspruch soll sein: ›Einer für alle – alle für einen!‹«

»Aber …«, hub Porthos wieder an.

»Schlagt ein und schwört!«, riefen ihm Athos und Aramis zu.

Besiegt durch das Beispiel, aber doch leise fluchend, hob Porthos die Hand, und die vier Freunde gelobten mit lauter, fester Stimme: »Einer für alle – alle für einen!«

»Recht so«, rief d'Artagnan, »und jetzt geht jeder nach Hause; aber aufgepasst! Von nun ab heißt es: Auf zum Kampf wider den Kardinal!«

10. *Eine Mausefalle*

Aus der Wohnung des Herrn Bonacieux machte man eine Mausefalle: Vier oder fünf Gardisten legten sich dort auf die Lauer, und wer von jetzt ab dort sich sehen ließ, wurde von ihnen festgenommen und verhört. Da zu d'Artagnans Wohnung ein besonderer Aufgang führte, blieben dessen Besucher unbehelligt. Übrigens kamen sowieso nur die drei Musketiere zu ihm; sie hatten, jeder für sich, Nachforschungen angestellt, aber ohne Erfolg.

D'Artagnan selbst ging nicht mehr aus dem Haus. Er hatte seine Stube in einen Beobachtungsstand verwandelt; vom Fenster aus sah er jeden, der in die Falle ging. Außerdem hatte er die Dielen aufgebrochen und konnte nun aus dem darunter liegenden Raum alles hören, was dort verhandelt wurde. Die Fragen lauteten durchweg: Haben Bonacieux oder seine Frau sich nach etwas erkundigt oder jemandem eine vertrauliche Mitteilung gemacht?

Wüssten sie etwas Bestimmtes, sagte sich d'Artagnan, würden sie so nicht fragen. Aber was wollten sie eigentlich erfahren? Doch nur, ob der Herzog von Buckingham in Paris war und ob er mit der Königin ein Stelldichein hatte oder haben würde. D'-Artagnan hielt an diesem Gedanken fest, der übrigens auch einige Wahrscheinlichkeit für sich hatte. Unterdes blieb die Mausefalle in Tätigkeit und d'Artagnan harrte weiter auf seinem Lauscherposten.

Am zweiten Tage nach der Verhaftung des armen Bonacieux, in der neunten Stunde, klopfte es stark an die Haustür, die sogleich geöffnet und wieder geschlossen wurde; es war also jemand in die Falle gegangen. D'Artagnan stürzte zu der Stelle, wo die Dielen aufgehoben waren, legte sich auf den Boden und lauschte. Zuerst hörte er Schreie, dann ein Stöhnen, das man offenbar zu ersticken suchte, aber von einem Verhör war keine Rede.

Teufel!, dachte d'Artagnan, das scheint eine Frau zu sein! Sie wird durchsucht und leistet Widerstand. Man tut ihr Gewalt an. Diese Schurken!

»Aber ich sage Euch doch«, rief eine Stimme, »ich bin Frau Bonacieux und stehe im Dienste der Königin!«

»Oho! Frau Bonacieux?«, flüsterte d'Artagnan, »sollte ich so glücklich sein, gefunden zu haben, was alle Welt sucht?«

»Ei, auf Euch haben wir ja gerade gewartet«, sagten Männerstimmen.

»Lasst mich, Ihr Herren!«, jammerte die Frau. Dann waren nur noch undeutliche Laute zu hören.

»Die Kerle knebeln sie und wollen sie fortschleppen!«, rief d'Artagnan und sprang auf. »Planchet!«

»Gnädiger Herr?«

»Lauf rasch zu Athos, Porthos und Aramis. Sie sollen ihre Waffen nehmen und sofort hierher kommen.«

»Aber wo wollt Ihr denn hin?«, rief Planchet.

»Zum Fenster hinaus«, gab d'Artagnan zurück, »und du legst die Dielen wieder an ihren Platz, fegst den Boden und läufst zu meinen Freunden.«

»Jawohl, Herr«, rief Planchet, »aber Ihr werdet den Hals brechen!«

D'Artagnan klammerte sich an das Fenstersims und ließ sich vom ersten Stock, der zum Glück nicht sonderlich hoch gelegen war, hinunterfallen, ohne sich die geringste Schramme zu holen. Während er an die Tür klopfte, murmelte er: »Jetzt mögen sie auch mich in ihrer Falle fangen, aber wehe den Katzen, die sich mit solcher Maus einlassen!« Kaum hatte der Klopfer angeschlagen, da öffnete sich auch schon die Tür. D'Artagnan stürmte mit dem Degen in der Faust über die Schwelle; die Tür fiel hinter ihm ins Schloss, und alsbald hörten die Hausbewohner und Nachbarn Schreie, Stampfen und Waffengeklirr. Plötzlich öffnete sich wieder die Tür und vier schwarz gekleidete Gestalten flohen gleich aufgescheuchten Raben hinaus.

D'Artagnan hatte einen verhältnismäßig mühelosen Sieg errungen, denn von den Häschern war nur einer bewaffnet. Die anderen drei hatten zwar versucht, ihn mit Stühlen, Bänken und Töpfen niederzuschlagen, aber ein paar wohl gezielte Degenhiebe hatten sie dermaßen in Angst versetzt, dass sie schleunigst das Hasenpanier ergriffen und d'Artagnan das Schlachtfeld überließen.

Frau Bonacieux war halb ohnmächtig auf einen Stuhl gesunken; d'Artagnan betrachtete sie mit einem raschen prüfenden Blick: Sie war eine entzückende Frau, Mitte der zwanzig, brünett, blauäugig, mit niedlichem Stupsnäschen und rosig schimmernder Haut.

Beim Umherschauen bemerkte d'Artagnan ein Batisttaschentuch, das neben Frau Bonacieux auf dem Boden lag. Er hob es auf und erkannte in einer Ecke dasselbe Zeichen wie auf jenem andern Tuch, über dem es beinahe zu einem Duell mit Aramis gekommen wäre. Seitdem hatte er eine Scheu vor gestickten Taschentüchern und steckte deshalb das eben aufgehobene wortlos in die Tasche der Bürgersfrau, die unmittelbar darauf wieder zu sich kam. Sie öffnete die Augen, sah sich erschrocken um und

gewahrte, dass das Zimmer leer und sie mit ihrem Befreier allein war. Mit bezauberndem Lächeln reichte sie ihm die Hand und sagte: »Oh, mein Herr, Ihr habt mich gerettet, erlaubt mir, dass ich Euch danke.«

»Madame«, erwiderte d'Artagnan, »ich habe weiter nichts getan, als was jeder Edelmann getan hätte; Ihr schuldet mir keinen Dank.«

»O doch, mein Herr, hoffentlich kann ich Euch einmal beweisen, dass Ihr keiner Undankbaren geholfen habt. Aber was wollten denn diese Männer nur, die ich zuerst für Diebe hielt? Und wo ist Bonacieux?«

»Madame, diese Leute sind schlimmer als Diebe, es sind Häscher des Kardinals! Und was Herrn Bonacieux betrifft, ihn hat man gestern in die Bastille gebracht.«

»Was hat er denn verbrochen, der arme gute Mann?«

»Was er verbrochen hat?«, wiederholte d'Artagnan, »ich glaube, sein einziges Verbrechen besteht darin, dass er Euer Mann ist.«

»Ihr wisst also ...«

»... dass Ihr entführt worden seid, Madame?«

»Und von wem? Oh, bitte, sagt es mir!«

»Von einem Mann etwa Mitte der vierzig, mit schwarzem Haar, braunem Gesicht und einer Narbe an der linken Schläfe. Aber seinen Namen kenne ich nicht.«

»Und mein Mann? Hat er davon gewusst?«

»Der Entführer selbst hat es ihm in einem Brief mitgeteilt.«

»Ahnt er auch, warum?«

»Er vermutet einen politischen Grund.«

»Er kann Recht haben. Mich hat er in keinem Verdacht dabei gehabt?«

»Im Gegenteil, er war sehr stolz auf Eure Sittsamkeit und auf Eure Liebe.«

Ein winziges Lächeln umspielte die rosigen Lippen der hübschen Frau.

»Aber wie ist es Euch gelungen zu fliehen?«, fragte d'Artagnan.

»Es traf sich, dass ich einen Augenblick allein war; so ließ ich mich an einem Betttuch vom Fenster hinab und lief hierher, weil ich dachte, meinen Mann anzutreffen.«

»Er sollte Euch beschützen?«

»Ach nein, ich weiß ja, dass er es nicht könnte! Aber er hätte uns in anderer Weise nützen können und darüber wollte ich mit ihm sprechen.«

»Und was ist das?«

»Oh, das ist nicht mein Geheimnis, ich kann nicht darüber sprechen.«

»Ihr habt Recht, und der Ort ist wohl auch nicht geeignet für solche vertraulichen Gespräche; denn die Kerle, die ich eben davongejagt habe, kommen bestimmt bald mit Verstärkung wieder. Treffen sie uns dann noch, sind wir verloren. Ich habe zwar drei Kameraden benachrichtigen lassen, aber wer weiß, ob mein Diener sie zu Hause trifft.«

»Ihr habt Recht.« Mit diesen Worten schob die Frau ihren Arm unter den d'Artagnans und zog ihn mit sich fort.

»Aber wohin sollen wir fliehen?«, rief d'Artagnan.

»Erst einmal fort von hier. Das Weitere findet sich dann schon«, erwiderte die Frau.

Ohne die Haustür zu schließen, gingen die beiden rasch die Rue des Fossoyers entlang und hielten erst inne, als sie den Platz Saint-Sulpice erreicht hatten.

»Und wohin nun?«, fragte d'Artagnan.

»Ich wollte Herrn de La Porte aufsuchen, um von ihm zu erfahren, ob ich mich wieder im Louvre zeigen darf«, erwiderte Frau Bonacieux.

»Aber ich kann doch zu Herrn de La Porte gehen.«

»Euch kennt man dort ja nicht.«

»Gibt es dort einen Pförtner? Wenn ich die Parole wüsste …«

Frau Bonacieux sah den Jüngling prüfend an. »Wenn ich sie Euch sagte, würdet Ihr das Losungswort auch sofort wieder vergessen, sobald Ihr Euch dessen bedient hättet?«

»So wahr ich ein Edelmann bin!«

»Gut, ich traue Euch; aber wo soll ich in der Zeit bleiben?«

»Halt! Dort wohnt Athos … So wird es gehen«, rief d'Artagnan.

»Wer ist Athos?«, fragte Frau Bonacieux.

»Ein Freund von mir.«

»Aber ich kann doch nicht zu einem Herrn gehen, den ich nicht kenne?«

»Er ist jetzt nicht zu Hause; außerdem kennt Euch niemand hier, und in einer Lage wie der unsrigen müssen wir uns über gewisse Rücksichten hinwegsetzen.«

»Gut! So gehen wir hin!«

Wie d'Artagnan vorausgesehen hatte, war Athos nicht zu Hause. Er führte Frau Bonacieux hinauf in die Wohnung und bat sie, niemandem aufzumachen, außer wenn dreimal hintereinander geklopft würde. »Schön«, erwiderte die Frau; »und jetzt muss ich Euch instruieren. Im Louvre fragt nach Germain, sagt ihm die Parole ›Tours und Brüssel‹, worauf er Euch einlassen wird; dann befehlt, Herrn de La Porte zu rufen, und bittet diesen, sich zu mir zu bemühen.«

»Gut! Und wann sehe ich Euch wieder?«

»Ist Euch daran gelegen?«

»Unbedingt«, sagte d'Artagnan.

»Wartet die Zeit ab«, sagte Frau Bonacieux.

»Ich verlasse mich auf Euch.«

Er grüßte artig, warf der reizenden jungen Frau einen verliebten Blick zu und eilte die Treppe hinunter. In wenigen Minuten war er im Louvre. Als er durch die Pforte schritt, schlug es zehn. Die geschilderten Ereignisse hatten sich also in einer knappen halben Stunde abgespielt. Germain verbeugte sich tief, als er die Parole hörte; zehn Minuten später war de La Porte in der Pförtnerloge; mit wenigen Worten hatte d'Artagnan ihn unterrichtet und ihm gesagt, wo er Frau Bonacieux finden würde. De La Porte eilte davon, war aber nach kaum zehn Schritten wieder zurück. »Junger Mann«, sagte er, »noch einen Rat!«

»Bitte!«

»Ihr könntet wegen des Vorgefallenen Scherereien haben. Habt Ihr nicht einen Bekannten, dessen Uhr nachgeht?«

»Wozu?«

»Geht zu ihm, damit er bezeugen kann, dass Ihr vor halb zehn Uhr bei ihm wart. Vor Gericht nennt man das ein Alibi.«

D'Artagnan fand den Rat gut und eilte zu Herrn de Tréville, wo er sich gleich ins Privatkabinett führen ließ. Herr de Tréville erschien auch bald und erkundigte sich, womit er seinem jungen Freunde dienen könne und welchem Umstand er diesen Besuch zu so vorgerückter Stunde zuzuschreiben habe.

»Entschuldigt, Herr Hauptmann«, sagte d'Artagnan, der den Augenblick, wo er allein war, benutzt hatte, die Uhr um drei Viertelstunden zurückzustellen, »ich habe gemeint, da es erst fünf Minuten vor halb zehn ist, noch bei Ihnen vorsprechen zu dürfen.«

»Erst fünf Minuten vor halb zehn?«, rief Herr de Tréville mit einem Blick auf die Uhr, »ich hätte gedacht, es müsse später sein. Doch nun sagt mir, was Ihr von mir wollt!«

D'Artagnan erzählte nun eine lange Geschichte über die Königin, setzte ihm die Befürchtungen auseinander, die ihn um Ihre Majestät erfüllten, redete von den Plänen des Kardinals gegen den Herzog von Buckingham und tat dies alles mit einer Ruhe und Wichtigkeit, von der sich Tréville umso leichter fesseln ließ, als er ja auch selbst beobachtet hatte, dass zwischen König, Königin und dem Kardinal etwas vorgefallen sein musste.

Als es zehn Uhr schlug, verabschiedete sich d'Artagnan von Tréville, der ihm für seine Mitteilungen dankte, ihm den Dienst bei den Majestäten ans Herz legte und sich wieder in den Salon zurückbegab. D'Artagnan indessen rückte den Zeiger wieder zurecht, damit nicht am andern Morgen bemerkt würde, dass die Uhr nachgehe. Da er nun seines Alibis sicher war, trollte er sich vergnügt heim.

11. *Die Intrige verwickelt sich*

Woran dachte d'Artagnan wohl, als er, bald seufzend, bald lächelnd, die Sterne am Himmel betrachtete? Er dachte an Frau Bonacieux. Für einen angehenden Musketier war sie auch wirklich die ideale Geliebte. Hübsch, geheimnisvoll und in mancherlei Hofintrigen verwickelt, schien sie außerdem ein mitfühlendes Herz zu besitzen, und das ist ja bekanntlich für junge Liebhaber ein erhöhter Anreiz. Zudem hatte d'Artagnan sie aus den Händen dieser Teufel befreit, die so grob mit ihr umgegangen waren, und dieser wichtige Dienst hatte zwischen ihr und ihm ein Gefühl der Dankbarkeit entstehen lassen, das so leicht zu Zärtlichkeit wird.

In seiner Fantasie sah d'Artagnan bereits einen Boten der jungen Frau ihm eine Einladung zu einem Stelldichein überbringen. Er sah sich auch schon mit einer goldenen Kette beschenkt oder gar einem Diamanten. Es war nun einmal so, damals waren die Sitten so locker, dass sich kein junger Mann schämte, von seiner Herzdame mit kostbaren Angebinden bedacht zu werden. So galt es damals auch nicht für beschämend, durch Frauen Karriere zu machen.

Indessen darf nicht geleugnet werden, dass d'Artagnan zurzeit von einem edleren, uneigennützigeren Gefühl beherrscht wurde und sein Herz fast frei war von materiellen Gedanken. Bei aller Verliebtheit vergaß er jedoch nicht seine drei Freunde. Da er sich gerade in der Nähe von Aramis' Wohnung befand, beschloss er, bei diesem vorzusprechen, um ihm zu erklären, weshalb er Planchet zu ihm geschickt hatte.

Seit zwei Stunden lag Paris im Dunkeln, und die Straßen begannen, einsam zu werden. Alle Turmuhren von Saint-Germain schlugen die elfte Stunde. Das Wetter war noch mild. D'Artagnan ging durch ein Gässchen und genoss die balsamischen Düfte, die der Wind ihm entgegentrug. Von fern her klangen, durch sichere Fensterläden gedämpft, lustige Trinklieder aus entlegenen Schenken. Am Ende des Gässchens wandte er sich nach links. Das Haus, in dem Aramis wohnte, lag zwischen der Rue Cassette und der Rue Servandoni. Schon konnte d'Artagnan die Tür des hinter einem Baum- und Weinrebendickicht versteckten Hauses erkennen, als er aus der Rue Servandoni so etwas wie einen Schatten, in einen Mantel gehüllt, hervorhuschen sah. Im ersten Augenblick glaubte er, es sei ein Mann; doch an der zierlichen Gestalt und an dem unsicheren, zögernden Gang merkte er bald, dass es eine Frau war. Die Gestalt schien ein Haus zu suchen, von dem sie nicht genau wusste, wo es lag, denn sie blieb wiederholt stehen, blickte sich um und ging dann wieder weiter. D'Artagnan wurde neugierig. Ob ich ihr meine Hilfe anbiete?, dachte er; ihrer Haltung nach muss sie jung sein; vielleicht ist sie auch hübsch? Aber eine Frau, die sich zu dieser späten Stunde noch auf der Straße befindet, will sich bestimmt nur mit ihrem Liebhaber treffen. Alle Wetter, fast sieht es so aus, als wollte sie zu Aramis.

D'Artagnan schmiegte sich so dicht wie möglich in eine Nische. Jetzt ließ die Frau ein leises Hüsteln hören, das aber doch eine recht frische Stimme offenbarte. D'Artagnan hielt es für ein Signal. Sei es nun, dass eine Antwort darauf erfolgt war, sei es, dass sie das Ziel gefunden hatte, jedenfalls trat sie resolut an Aramis' Fensterladen und klopfte dreimal. »Also doch zu Aramis!«, murmelte d'Artagnan. – Kaum war das Klopfen verhallt, wurde das innere Fenster geöffnet, und Licht schimmerte heraus. »Ei, ei«, flüsterte der Lauscher, »der Besuch war also erwartet. Hm, nun werden gleich die Läden aufgehen und die Dame steigt durchs Fenster. Großartig!« Aber zu seiner Verwunderung blieben die Läden geschlossen, auch das Licht verschwand.

D'Artagnan hielt trotzdem nach wie vor Augen und Ohren offen. Nach wenigen Sekunden ertönte ein zweimaliges Klopfzeichen im Innern des Hauses, die Frau antwortete mit einmaligem Klopfen, und sogleich öffneten sich die Läden. D'Artagnans Augen hatten sich inzwischen an das Dunkel gewöhnt. Er sah jetzt, dass die Frau etwas Weißes aus der Tasche zog und auseinander faltete; es hatte Ähnlichkeit mit einem Taschentuch. Sie zeigte der Person im Hause eine Ecke des Tuches. D'Artagnan musste an das Tüchlein denken, das er zu Füßen von Frau Bonacieux gefunden und das ihn an die erste Begegnung mit Aramis erinnert hatte.

Was, zum Teufel, mochte dies Taschentuch bedeuten? Von seinem Platz aus konnte er das Gesicht des Betreffenden nicht erkennen, aber dass es der Freund sei, stand für ihn außer Zweifel. Schließlich siegte die Neugier über die Vorsicht, und da er die beiden Personen mit dem Tuch beschäftigt sah, huschte er leise in einen Mauerwinkel, von wo er das Innere von Aramis' Wohnung übersehen konnte. Fast hätte er vor Überraschung aufgeschrien, denn die Person, die mit der nächtlichen Besucherin sprach, war nicht Aramis, sondern eine Frau, doch ihr Gesicht war nicht zu erkennen!

Jetzt nahm die Frau am Fenster ebenfalls ein Taschentuch und tauschte es gegen das andere. Es wurden noch ein paar Worte gewechselt, dann schloss sich das Fenster wieder. Die Frau draußen wandte sich um und ging knapp vier Schritt an d'Artagnan vorüber. Er hatte Frau Bonacieux erkannt!

Diesen Verdacht hatte er bereits gehabt, als er das Taschentuch erblickte. Es musste doch eine sehr wichtige Sache sein, die sie hierher trieb; aber was ist wohl das Wichtigste für eine hübsche junge Frau? Natürlich die Liebe; die eigene aber oder die anderer? All das fragte sich der junge Mann, den die Eifersucht plagte, als sei er schon ihr erklärter Liebhaber. Um es zu erfahren, beschloss er, ihr zu folgen. Doch beim Anblick des Mannes schrie die junge Frau erschrocken auf und versuchte zu fliehen. D'Artagnan lief hinter ihr her. Es war nicht schwer, sie einzuholen. Die Ärmste war erschöpft, nicht vor Anstrengung, sondern vor Schreck, und als d'Artagnan ihr die Hand auf die Schulter legte, sank sie in die Knie und stammelte: »Tötet mich, wenn Ihr wollt, erfahren werdet Ihr nichts!«

D'Artagnan legte den Arm um sie und hob sie auf; er fühlte, dass sie einer Ohnmacht nahe war, und um sie zu beruhigen, beteuerte er seine Ergebenheit.

Auf die Worte hätte sie kaum viel gegeben, aber die Stimme beruhigte sie. Sie öffnete die Augen und mit einem Blick auf den jungen Mann stieß sie einen Freudenschrei aus. »Oh, Ihr seid es?«, rief sie dann, »Gott sei Dank!«

»Ja, ich!«, erwiderte d'Artagnan, »offenbar sollte ich auf Euch aufpassen!«

»Seid Ihr mir in dieser Absicht gefolgt?«, fragte sie mit kokettem Lächeln; ihre Furcht schien restlos geschwunden zu sein.

»Nein«, beteuerte d'Artagnan; »nur der Zufall hat mich auf Euren Weg geführt; ich sah, wie eine Frau ans Fenster meines Freundes pochte ...«

»Eures Freundes?«

»Gewiss! Aramis gehört zu meinen besten Freunden.«

»Aramis? Wer ist das?«

»Aber tut doch nicht so! Ihr kennt doch Aramis?«

»Den Namen höre ich zum ersten Mal.«

»Ihr wisst nicht, dass in dem Haus ein junger Mann wohnt?«

»Nein.«

»Also hat Ihr Besuch nicht ihm gegolten?«

»Um alles in der Welt nicht! Ihr habt doch sicher gesehen, dass ich mit einer Frau sprach!«

»Das wohl, aber sicherlich ist die Frau eine Freundin von Aramis.«

»Das weiß ich nicht«, sagte sie.

»Wer ist sie denn?«

»Oh, das ist nicht mein Geheimnis!«, versetzte sie.

»Frau Bonacieux, Ihr seid allerliebst, aber leider voller Rätsel.«

»Bitte, reicht mir lieber Euren Arm und führt mich.«

»Wohin?«, fragte er.

»Das werdet Ihr schon sehen, denn Ihr bringt mich ja bis vor die Tür.«

»Soll ich dort warten?«

»Das ist nicht nötig.«

»Nun, Madame«, rief d'Artagnan, »ich sehe schon, ich muss alles tun, was Ihr verlangt.«

»Ihr gelobt, nicht hinter mir herzuspionieren, wenn ich durch die Tür verschwunden bin?«

»Mein Wort als Edelmann!«

»Nun, so lasst uns gehen!«

Bald hatten sie die Rue de La Harpe erreicht. Dort erkannte Frau Bonacieux offenbar an gewissen Zeichen das gesuchte Haus; während sie auf die Tür zuging, sagte sie: »Hier habe ich zu tun. Tausend Dank für Eure Begleitung, die mich vor allen Gefahren bewahrt hat, denen ich allein sicherlich ausgesetzt gewesen wäre; aber nun müsst Ihr Euer Wort halten, ich bin am Ziel.«

»Habt Ihr nichts zu befürchten, wenn Ihr zurückkehrt?«

»Außer Dieben nichts. Und was könnten die mir nehmen? Ich habe ja keinen Heller bei mir!«

»Ihr vergesst das gestickte Taschentuch!«

»Schweigt, Unglücklicher! Oder wollt Ihr mich ins Verderben stürzen?«

»Ach«, rief er, sah sie mit leidenschaftlichem Blick an und ergriff ihre Hand, »vertraut mir! Lest Ihr denn nicht in meinen Augen, dass ich Euch von ganzem Herzen ergeben bin?«

»Das schon«, erwiderte Frau Bonacieux; »was mich angeht, will ich Euch gern alles sagen, aber verlangt nicht, dass ich Euch die Geheimnisse anderer anvertraue.«

»Gut«, versetzte d'Artagnan, »aber erfahren werde ich doch, was ich wissen will! Denn Geheimnisse, die von solcher Tragweite für Euer Leben sind, muss ich kennen.«

»Nehmt Euch in Acht!«, rief die Frau mit einem Ernst, der d'Artagnan unwillkürlich betroffen machte. »Mischt Euch nicht in Dinge, die nur mich angehen. Kümmert Euch nicht mehr um mich, tut, als hättet Ihr mich nie gesehen!«

»Gilt das auch für Aramis?«, fragte d'Artagnan spitz.

»Ich habe Euch doch gesagt, dass ich ihn nicht kenne; habt Geduld, es wird sich schon alles einmal aufklären. Jetzt aber schweigt!«

»Könntet Ihr in meinem Herzen lesen«, rief d'Artagnan, »so würdet Ihr um der Neugierde willen, die es erfüllt, Mitleid mit mir haben. Von einem, der Euch liebt, habt Ihr nichts zu befürchten.«

»Oh, Ihr sprecht sehr rasch von Liebe!«, rief die junge Frau und schüttelte den Kopf.

»Weil sie zum ersten Mal in meinem Leben über mich gekommen ist und so rasch wie der Blitz«, rief er, »denn ich bin doch erst zwanzig Jahre alt!«

Die junge Frau betrachtete ihn verstohlen.

»Hört«, fuhr d'Artagnan fort, »ich habe bereits eine Spur. Vor einem Vierteljahr hätte ich mich beinahe mit Aramis wegen eines Taschentuches von derselben Art wie das Eurige duelliert. Ihr seid eine so kluge Frau! Bedenkt, wenn dieses Taschentuch bei Euch gefunden würde!«

»Wieso? Ist es nicht mit meinen Anfangsbuchstaben gezeichnet: C. B., Constanze Bonacieux?«

»Oder Camilla de Bois-Tracy!«

»Schweigt, Herr! Wenn Euch die Gefahren nicht schrecken, denen ich mich aussetze, dann denkt daran, was Euch selber drohen kann!«

»Mir?«

»Ja, Euch! Durch die Bekanntschaft mit mir droht Euch Gefängnis, vielleicht sogar der Tod!«

»Dann verlasse ich Euch erst recht nicht.«

Die junge Frau rang die Hände und flehte: »Bei Eurer Gesinnung als Edelmann fordere ich, entfernt Euch! Es schlägt schon Mitternacht und zu dieser Stunde werde ich erwartet.«

»Madame!«, sagte d'Artagnan, sich verneigend, »dieser Bitte kann ich nicht widerstehen, ich gehe!«

»Ich wusste ja, Ihr seid ein edler Jüngling!«, rief Madame Bonacieux, ihm die Hand reichend. D'Artagnan ergriff die Hand und bedeckte sie mit Küssen. »Oh, hätte ich Euch doch nie gesehen!«, rief er mit jener treuherzigen Heftigkeit, die den Frauen oft besser gefällt als noch so geistreiche Komplimente.

»Aber«, erwiderte die Frau mit fast zärtlichem Tone, »das will ich nun doch nicht sagen, denn was heute nicht möglich ist, braucht ja in Zukunft nicht unmöglich zu sein; vielleicht werde ich eines Tages Eure Neugierde befriedigen.«

»Gilt das gleiche Versprechen meiner Liebe?«, fragte d'Artagnan stürmisch.

»Lassen wir es vorläufig bei der Dankbarkeit, mein Lieber, und nun geht, ich beschwöre Euch.«

»Also gut, ich gehe, lebt wohl!« In knapp fünf Minuten befand er sich in der Rue des Fossoyeurs.

»Armer Athos!«, murmelte er, »er weiß noch immer nicht, was das alles zu bedeuten hat. Vielleicht wartet er auf mich und ist darüber eingeschlafen, oder er ist nach Hause gegangen und hat dort erfahren, dass eine Dame bei ihm war; aber bei Aramis schließlich auch. Es ist schon eine merkwürdige Geschichte, wer weiß, wie sie noch ausgehen wird.«

»Schlecht, gnädiger Herr«, antwortete ihm Planchet; denn als er die Treppe zu seiner Wohnung hinaufging, hatte er die letzten Worte laut vor sich hin gesprochen.

»Schlecht? Was soll das heißen, Kerl?«, fragte d'Artagnan; »ist denn etwas vorgefallen?«

»Oh, allerhand Schlimmes!«, antwortete Planchet.

»Nun, was denn?«

»Herr Athos ist von den Gardisten, die die Schwarzkittel zu Hilfe geholt hatten, verhaftet worden.«

»Warum hat er nicht gesagt, wer er ist?«, fragte d'Artagnan.

»Er hat mir zugeflüstert: ›Dein Herr braucht im Augenblick seine Freiheit, denn er weiß etwas und ich nichts. Auf diese Weise gewinnt er Zeit; übermorgen werde ich sagen, wer ich bin, und dann wird man mich freilassen müssen.‹«

»Bravo, Athos! Daran erkenne ich dein edles Herz!«, rief d'-Artagnan; »und was taten die Häscher?«

»Vier Mann brachten ihn fort, ich weiß nicht, wohin; die anderen haben alles durchsucht und sämtliche Papiere mitgenommen. Nachher sind alle abgezogen.«

»Und Porthos und Aramis?«

»Die hab ich nicht angetroffen; sie sind auch nicht gekommen.«

»Aber sie können immer noch kommen, denn du hast doch Nachricht hinterlassen, dass ich sie erwarte?«

»Jawohl, Herr.«

»Gut, dann rühre dich nicht aus dem Haus! Wenn sie da sind, sage ihnen, was mir passiert ist, und sie sollen mich im ›Kienapfel‹ erwarten; hier wäre es zu gefährlich, denn das Haus wird womöglich beobachtet. Ich laufe zu Herrn Tréville, berichte ihm alles; nachher gehe ich dorthin.«

»Werde alles bestellen, Herr«, erwiderte Planchet.

»Also abgemacht! Du lässt dich eher töten, als dass du von deinem Posten weichst?«

»Ja, Herr, ich will Euch meine Treue und Anhänglichkeit beweisen.«

So rasch er konnte, begab sich d'Artagnan in die Rue du Colombier. Herr de Tréville war aber nicht zu Hause. Seine Kompanie hatte die Wache im Louvre. Also entschloss sich d'Artagnan, dorthin zu gehen. Seine Uniform als Des-Essarts-Gardist musste ihm eben als Passierschein dienen. Er eilte zum Hafen und wollte die Fähre benutzen.

Plötzlich sah er aus der Rue Dauphine zwei Personen, einen Mann und eine Frau, herauskommen. Die Haltung der Frau erinnerte ihn sofort an Frau Bonacieux und der Mann sah Aramis zum Verwechseln ähnlich. Zudem trug die Frau denselben Mantel, dessen Form d'Artagnan bereits vor dem Fensterladen aufgefallen war, während der Mann eine Musketier-Uniform anhatte. Die Frau hatte die Kapuze über den Kopf gezogen, und der Mann hielt sich ein Taschentuch vors Gesicht; diese Vorsicht bewies, dass beide nicht erkannt werden wollten. Sie schlugen den Weg über die Brücke ein, über die auch unser junger Freund musste, und so folgte er den beiden. Nach kaum zwanzig Schritten war er fest davon überzeugt, Frau Bonacieux und Aramis vor sich zu haben. Sogleich regte sich wieder die Eifersucht, er fühlte sich doppelt verraten, von dem Freund und von der Frau, die er schon als seine Herzallerliebste anbetete. Dass er die niedliche kleine Frau erst seit drei Stunden kannte und dass sie ihm allenfalls ein wenig Dankbarkeit schuldete, bedachte er nicht im Geringsten. Er hielt sich für beleidigt, verschmäht und verhöhnt und beschloss, sich Klarheit zu verschaffen.

Die beiden Personen merkten, dass sie verfolgt wurden, und beschleunigten ihre Schritte. D'Artagnan lief noch schneller, überholte sie und drehte sich in dem Augenblick um, als der Schein der Laterne sie voll beleuchtete. Er stellte sich ihnen so in den Weg, dass sie stehen bleiben mussten.

»Was wollt Ihr, mein Herr?«, fragte der Musketier und wich einen Schritt zurück. Der fremdartige Tonfall ließ d'Artagnan keine Sekunde darüber im Irrtum, dass er sich in einem Teil seiner Vermutungen geirrt hatte.

»Oho! Also doch nicht Aramis!«, rief er.

»Nein, mein Herr, ich bin nicht Aramis, und Euer Ausruf sagt mir, dass Ihr mich verkannt habt, darum verzeihe ich Euch. Lasst mich also vorbei, denn mit mir habt Ihr ja nichts zu tun«, versetzte der Unbekannte.

»Ganz richtig, mein Herr, mit Euch nicht, wohl aber mit der Dame.«

»Mit der Dame?«, rief der Unbekannte, »aber Ihr kennt sie doch gar nicht?«

»Ihr irrt, ich kenne die Dame.«

»Oh«, rief da Frau Bonacieux in vorwurfsvollem Ton, »ich hatte Euer Wort als Soldat und Edelmann und glaubte, mich darauf verlassen zu dürfen.«

»Nehmt meinen Arm, Madame«, sagte der Fremde, »und lasst uns weitergehen!«

Verwirrt blieb d'Artagnan mit verschränkten Armen vor den beiden stehen. Der Musketier machte zwei Schritte und schob d'Artagnan beiseite, der aber sprang zurück und zog den Degen. »Um Himmels willen, Mylord«, rief Frau Bonacieux, warf sich zwischen die Männer und packte beide am Handgelenk.

»Mylord? Verzeiht, Mylord! Solltet Ihr etwa ...«

»Der Herzog von Buckingham«, sagte Frau Bonacieux leise, »und jetzt könnt Ihr uns alle ins Verderben stürzen!«

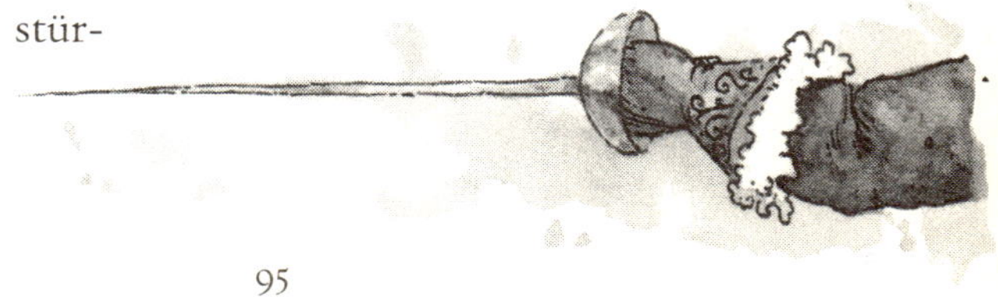

»Mylord, Madame, Vergebung, aber ich liebe, Mylord, und war eifersüchtig. Verzeiht mir und sagt, wie ich mein Leben für Euch in die Schanze schlagen kann.«

»Ihr seid ein wackerer Jüngling«, erwiderte Buckingham und reichte d'Artagnan die Hand, die dieser achtungsvoll an die Lippen drückte; »Eure Dienste nehme ich gern an; folgt uns in zwanzig Schritt Abstand zum Louvre, und seht Ihr jemand, der uns nachschleicht, dann tötet ihn!«

D'Artagnan nahm den blanken Degen unter den Arm, ließ Frau Bonacieux mit dem Herzog vorausgehen und folgte ihnen, bereit, den Auftrag des edlen und vornehmen Ministers des englischen Königs Karls I. getreulich auszuführen. Zum Glück bot sich keine Gelegenheit zu solchem Ergebenheitsbeweis und sie erreichten unbehelligt den Louvre. D'Artagnan eilte hierauf sofort in den »Kienapfel«, wo Porthos und Aramis ihn schon erwarteten. Aber er sagte ihnen nichts über die Gründe, deretwegen er sie hatte rufen lassen, und erklärte nur, dass er die Angelegenheit allein erledigt habe.

Wir aber lassen die drei Freunde jetzt ruhig nach Hause ziehen und folgen lieber dem Herzog von Buckingham und seiner niedlichen Begleiterin in den Louvre.

12. Der Herzog von Buckingham

Frau Bonacieux und der Herzog gelangten ohne Schwierigkeiten in den Louvre. Als die beiden den inneren Hof betreten hatten, erreichten sie nach etwa zwanzig Schritten eine kleine Pforte, die nachts gewöhnlich verschlossen war. Die Tür gab nach und beide traten in einen finsteren Raum. Frau Bonacieux kannte sich jedoch in diesem Teil des Louvre aus. Sie schloss die Tür hinter sich, nahm den Herzog bei der Hand, tastete sich bis zu einem Geländer und stieg dann eine Treppe hinauf. Vor einer Tür blieb sie stehen, schloss diese auf und schob den Herzog in ein Gemach, in dem nur eine Nachtlampe brannte.

»Wartet hier, Mylord, man wird gleich kommen!«

Sodann entfernte sie sich durch dieselbe Tür und schloss hinter sich ab, sodass der Herzog buchstäblich gefangen war. Trotzdem fühlte er auch nicht eine Sekunde lang Furcht, denn Abenteuerlust und romantischer Sinn waren die hervorstechenden Züge seines Wesens. Tapfer und kühn wie er war, setzte er sein Leben nicht zum ersten Mal aufs Spiel. Er wusste, dass die angebliche Botschaft Anna von Frankreichs, die ihn nach Paris gelockt, eine Falle war; anstatt aber wieder nach England zurückzukehren, hatte er der Königin sagen lassen, dass er nicht eher abreisen werde, bevor er sie nicht gesehen habe.

Zuerst hatte die Königin dieses Verlangen abgelehnt, dann aber fürchtete sie, der Herzog könnte sich in seinem Unmut zu einer Torheit hinreißen lassen. Schon war sie willens, ihn doch zu empfangen und ihn zur sofortigen Abreise aus Frankreich aufzufordern, als Frau Bonacieux, der sie den Auftrag erteilt hatte, den Herzog in den Louvre zu geleiten, entführt worden war, und alles blieb in der Schwebe.

Kaum aber hatte die junge Frau sich befreit und Verbindung mit de La Porte wiederhergestellt, wurde das gefährliche Unternehmen ausgeführt.

Buckingham trat, sobald er sich allein sah, vor einen Spiegel. Die Musketier-Uniform stand ihm prächtig. Er war damals Mitte dreißig und galt mit Recht als der stattlichste Edelmann Frankreichs und Englands. Als Günstling zweier Könige, im Besitz eines ungeheuren Vermögens, allmächtig in einem Reiche, das er je nach seiner Laune in Aufruhr brachte oder wieder befriedete, war Georges Villiers Herzog von Buckingham einer jener Männer, die noch nach Jahrhunderten die Nachwelt in Erstaunen setzen.

Selbstbewusst und von seiner Macht überzeugt, war es ihm geglückt, sich mehrmals der schönen, stolzen Königin Anna zu nähern und sich bei ihr in Gunst zu setzen.

Glücklich, dem so lange ersehnten Augenblicke nahe zu sein, von Stolz und Hoffnung geschwellt, lächelte er seinem Spiegelbild zu. Da öffnete sich eine in der Wand verborgene Tür und eine Frau trat ein. Buckingham erblickte ihr Bild im Spiegel und schrie auf. Es war die Königin!

Anna von Frankreich stand damals im siebenundzwanzigsten Jahre und ihre Schönheit hatte sich zu voller Pracht entfaltet. Ihre wie Smaragde leuchtenden Augen waren vollendet schön und blickten zugleich sanft und majestätisch. Ihr Mund war klein, und obwohl die Unterlippe, wie bei fast allen Habsburgerinnen, leicht hervortrat, konnte er doch überaus anmutig lächeln wie auch äußerste Geringschätzigkeit ausdrücken. Ihre

Haut wurde wegen ihrer samtenen Weiche gepriesen und ihre Hände und Arme wurden von den Dichtern besungen. Ihr kastanienbraunes Haar umrahmte wundervoll ihr liebliches Antlitz.

Buckingham stand einen Augenblick wie geblendet; niemals war ihm Anna von Frankreich so schön erschienen wie jetzt in dem schlichten weißen Seidenkleid, nur in Begleitung der Donna Estefania, der einzigen Spanierin ihres Gefolges, die der Eifersucht des Königs und den Nachstellungen des Kardinals standgehalten hatte.

Buckingham warf sich auf die Knie und küsste, ehe die Königin es hindern konnte, den Saum ihres Gewandes.

»Herzog, Ihr wisst bereits, dass nicht ich Euch habe schreiben lassen.«

»O ja, Madame, ja, Majestät!«, rief der Herzog, »ich weiß, dass ich ein Narr war, dass ich von Sinnen war, aber wer liebt, glaubt leicht an Liebe; zudem war meine Reise nicht ganz umsonst, da ich Euch nun doch sehen darf.«

»Aber Ihr wisst auch, warum Ihr mich seht; nur weil Ihr unempfindlich seid gegen all meine Qualen, weil Ihr hartnäckig in dieser Stadt bleibt und Euer Leben und meine Ehre aufs Spiel setzt, und weil ich Euch sagen will, dass uns alles trennt, die Tiefe des Meeres, die Feindschaft unserer Länder, die Heiligkeit der Eide. Es ist Frevel, gegen so viele Dinge anzukämpfen, Mylord. Und endlich seht Ihr mich nur, weil ich Euch sagen will, dass wir uns nie mehr sehen dürfen.«

»Sprecht weiter, Königin! Die Lieblichkeit Eurer Stimme mildert die Härte Eurer Worte. Frevel ist nur, Herzen zu scheiden, die Gott füreinander bestimmt hat.«

»Ihr vergesst, dass ich niemals gesagt habe, ich liebe Euch.«

»Aber Ihr habt mir auch nie gesagt, dass Ihr mich nicht liebt. Vor drei Jahren, Madame, sah ich Euch zum ersten Mal und seit drei Jahren liebe ich Euch!«

»Welche Torheit«, murmelte Anna von Frankreich, die es nicht über sich brachte, dem Herzog böse zu sein, »eine unnütze Leidenschaft mit Erinnerung zu nähren!«

»Wovon soll ich sonst leben? Ich habe ja nur Erinnerungen! Erinnerungen sind mein Glück, meine Hoffnung! Jedes Mal wenn ich Euch sehe, schließe ich einen neuen Diamanten in meinen Herzensschrein. Heute ist es der vierte, den ich aufhebe; denn in drei Jahren habe ich Euch nur viermal gesehen: das erste Mal, wie ich eben schilderte, das zweite Mal bei Madame de Chevreuse, das dritte Mal im Park von Amiens.«

»Herzog!«, rief die Königin errötend, »kein Wort von jenem Abend!«

»Oh, im Gegenteil, Madame, lassen Sie uns davon plaudern,

denn dieser Abend ist der glücklichste, herrlichste meines Lebens! Gedenkt Ihr noch der schönen Nacht? An diesem Abend offenbartet Ihr mir die Einsamkeit Eures Lebens und den Kummer Eures Herzens. Oh, Königin, alles gäbe ich hin, mein Vermögen, meinen Ruhm für solch eine Nacht! Denn in jener Nacht, o Königin, habt Ihr mich geliebt.«

»Mylord, es kann wohl sein, dass der Einfluss des Ortes, der Zauber jenes schönen Abends, kurz, tausenderlei Umstände, die sich zuweilen vereinen, um eine Frau zur Törin zu machen, mich in jener unseligen Nacht bestürmt haben. Aber inzwischen hat sich die Verleumdung all dieser Torheiten bemächtigt, an denen ich, wie Ihr wohl wisst, gänzlich unschuldig bin. Der König, vom Kardinal aufgestachelt, hat mir eine schreckliche Szene gemacht; Madame de Chevreuse fiel in Ungnade, und Eurer Berufung als Gesandter hat sich der König energisch widersetzt.«

»Ja, und Frankreich wird diese Weigerung seines Königs mit einem Kriege bezahlen müssen. Ich darf Euch nicht mehr sehen, Madame, nun gut, dann sollt Ihr täglich von mir hören. Ich habe keineswegs die Hoffnung, etwa mit einer Armee bis nach Paris vorzudringen; aber diesem Krieg muss ja auch ein Friede folgen, und um den zu schließen, braucht man einen Unterhändler; dieser Unterhändler werde ich sein. Dann wird man nicht mehr wagen, mich abzulehnen, ich komme wieder nach Paris, werde Euch wieder sehen und einen Augenblick glücklich sein. Tausende werden allerdings dieses Glück mit ihrem Leben bezahlen, aber was kümmert das mich, wenn ich Euch nur wieder sehe! Vielleicht ist das Wahnsinn, aber sagt selbst, welche Frau hat einen leidenschaftlicheren Verehrer und welche Königin einen ergebeneren Diener?«

»Mein Gott!«, rief Anna von Frankreich, »das ist mehr, als

ich ertragen kann! Geht, Herzog! Und kehrt später wieder, als Gesandter, als Minister, umgeben von einer Leibwache, die Euch verteidigt. Dann brauche ich nicht mehr um Euer Leben zu bangen und werde glücklich sein, Euch wieder zu sehen.«

»Oh, ist das wahr, was Ihr sagt?«

»Ja.«

»So gebt mir ein Pfand Eurer Huld, das mich daran erinnert, dass ich nicht nur geträumt habe.«

»Und wenn ich Euren Wunsch erfülle, werdet Ihr dann Frankreich verlassen und nach England zurückkehren?«

»Ich schwöre es.«

»Wartet einen Augenblick!«

Die Königin ging in ihre Gemächer, kehrte aber sogleich mit einem Kästchen aus Rosenholz und mit goldverziertem Namenszug zurück ...

»Da, Mylord, behaltet dieses Andenken von mir!« Buckingham nahm das Kästchen und sank wieder vor ihr auf die Knie.

»Ihr habt mir versprochen abzureisen.«

»Ich halte mein Wort. Eure Hand, Madame, und ich gehe.«

Anna von Frankreich schloss die Augen und reichte ihm die Hand. Buckingham presste seine Lippen leidenschaftlich auf diese schöne Hand, dann erhob er sich und sagte: »Wenn ich nicht vorher sterbe, werde ich Euch in einem halben Jahr wieder sehen, und müsste ich deshalb die Welt auf den Kopf stellen!« Dann stürzte er aus dem Gemach.

Im Korridor traf er Frau Bonacieux, die ihn ebenso vorsichtig und mit dem gleichen Glück wie auf dem Hinweg aus dem Louvre geleitete.

13. Herr Bonacieux

In diesem Kapitel wollen wir uns dem unglücklichen Herrn Bonacieux zuwenden, dem Märtyrer politischer und Liebesintrigen.

Nach seiner Verhaftung hatten ihn die Gardisten geradewegs in die Bastille gebracht. Nach einer halben Stunde wurde er zum Verhör geführt. Die Gardisten öffneten eine niedrige Tür und stießen den armen zitternden Bonacieux in eine niedrige Stube, in der sich nur ein Tisch und ein Stuhl befanden. Ein Kommissar saß am Tisch und blätterte in verschiedenen Papieren. Auf einen Wink entfernten sich die Gardisten.

Der Beamte fragte Herrn Bonacieux nach seinem Vor- und Zunamen, nach Alter, Stand und Wohnsitz. Die Antwort lautete: Jacques Michel Bonacieux, einundfünfzig Jahre, Viktualienhändler im Ruhestand, Rue des Fossoyeurs Nr. 11. Nun erging sich der Kommissar, statt den armen Wicht zu verhören, in einer langen Rede über die Gefahren, die einem unbedeutenden Bürger drohen, wenn er sich in öffentliche Angelegenheiten mischt. Daran knüpfte er eine Schilderung der Machtstellung des Kardinals. Hierauf heftete er einen drohenden Blick auf Bonacieux und forderte ihn auf, den Ernst seiner Lage zu bedenken.

Das hatte der Krämer längst getan: Er verwünschte den Tag, an dem es Herrn de La Porte eingefallen war, ihn mit seinem Patenkinde zu verheiraten, besonders aber jenen Tag, an dem seine Frau in die Dienste der Königin getreten war. Im Grunde seines Wesens war Bonacieux selbstsüchtig, geizig und ein unglaublicher Hasenfuß. Die Neigung zu seiner jungen Frau war für ihn nur eine zweitrangige Empfindung. »Aber, Herr Kommissar«, sagte er berechnend, »ich schätze mehr als irgendjemand in Frankreich die Verdienste unserer weisen Eminenz.«

»Wahrhaftig?«, fragte ungläubig der Beamte; »aber wie kommt Ihr dann hierher?«

»Warum ich hier bin, weiß ich selbst nicht; bestimmt aber nicht darum, weil ich dem Herrn Kardinal irgendwie zu nahe getreten bin.«

»Ihr steht aber unter der Anklage des Hochverrats, müsst also doch etwas verbrochen haben?«

»Des Hochverrats?«, rief Bonacieux entsetzt. »Wie soll denn ein armer Krämer, der die Hugenotten und die Spanier verabscheut, Hochverrat begehen?«

»Herr Bonacieux«, sagte der Kommissar, »Ihr habt eine Frau.«

»Ja«, versetzte der Krämer, am ganzen Leibe zitternd, »das heißt, ich hatte eine.«

»Wieso? Habt Ihr eine oder nicht?«

»Man hat sie mir entführt, Herr.«

»Entführt? Oho!«

Bonacieux merkte an diesem Oho, dass die Geschichte immer verworrener wurde.

»Und kennt Ihr auch den Täter?«

»Ich glaube, ja.«

»Wer ist es?«

»Bedenkt, Herr Kommissar, ich behaupte ja nichts, ich habe nur einen Verdacht.«

»Wen habt Ihr im Verdacht? Sagt es frei heraus!«

Herr Bonacieux war in größter Bedrängnis; sollte er alles leugnen oder alles sagen? Er entschied sich für das Letztere.

»Ich habe einen großen brünetten Mann, der ganz das Aussehen eines vornehmen Herrn hat, in Verdacht. Ich hatte den Eindruck, dass er uns einige Male nachgegangen ist, wenn ich meine Frau am Louvre abholte.«

Der Beamte schien unruhig zu werden. »Sein Name?«, fragte er.

»Ja, den weiß ich nicht«, antwortete Bonacieux, »aber erkennen würde ich ihn auf der Stelle, wenn ich ihm begegnen sollte.«

Die Stirn des Kommissars verfinsterte sich. »So? Ihr würdet ihn wieder erkennen?«

»Das heißt«, versetzte Bonacieux, welcher merkte, dass er einen Fehler gemacht hatte, »das heißt …«

»Ihr habt erklärt, dass Ihr ihn wieder erkennen würdet, das genügt für heute«, sagte der Beamte barsch; »ehe wir uns weiter unterhalten, ist es notwendig, jemand davon in Kenntnis zu setzen, dass Ihr den Entführer Eurer Frau kennt.«

»Der Mann ist abzuführen«, befahl der Kommissar der Wache.

Bonacieux schloss die ganze Nacht kein Auge; die Unruhe ließ ihn nicht schlafen. Beim geringsten Geräusch fuhr er zusammen, und als das erste Tageslicht in seine Zelle fiel, kam ihm der Himmel wie ein Leichentuch vor. Plötzlich hörte er, wie der Riegel zurückgeschoben wurde; er sprang entsetzt auf, glaubte er doch, man wolle ihn aufs Schafott führen. Als er nun aber den Kommissar vom Vortag und einen Begleiter bei ihm eintreten sah, wäre er ihnen vor Freude fast um den Hals gefallen.

»Eure Sache hat sich seit gestern Abend sehr verschlimmert, mein Lieber«, sagte der Kommissar, »und ich rate Euch, sagt die volle Wahrheit! Denn nur ein reuiges Geständnis kann den Kardinal günstig stimmen.«

»Aber ich will ja gern alles bekennen«, rief Bonacieux, »das heißt, so viel ich weiß; bitte, fragt nur!«

»Also: Wo ist Eure Frau?«

»Ich habe doch schon gesagt, dass man sie entführt hat.«

»Ja, und seit gestern Nachmittag fünf Uhr ist sie mit Eurer Hilfe entwischt.«

»Meine Frau entwischt? Ach, die Unglückliche! Aber meine Schuld ist das nicht.«

»Was hattet Ihr denn so lange mit Herrn d'Artagnan zu verhandeln?«

»Ja, Herr Kommissar, das stimmt, ich war bei Herrn d'Artagnan. Ich bat ihn, mir meine Frau suchen zu helfen.«

»Und was hat Euch Herr d'Artagnan geantwortet?«

»Er hat mir seine Hilfe versprochen; ich habe aber bald gemerkt, dass er mir nur etwas vorgemacht hat.«

»Ihr wollt der Justiz etwas vormachen! Herr d'Artagnan steckt mit Euch unter einer Decke, denn er hat die Polizisten, die Eure Frau wieder eingefangen hatten, in die Flucht geschlagen und Eure Frau irgendwo in Sicherheit gebracht.«

»Herr d'Artagnan hat meine Frau entführt? Wie kommt Ihr darauf?«

»Glücklicherweise ist Herr d'Artagnan in unserer Hand und wir werden Euch ihm gegenüberstellen.«

»Nichts könnte mir lieber sein!«, sagte Bonacieux.

Der Kommissar gab der Wache den Befehl, d'Artagnan vorzuführen, und Athos erschien.

»Herr d'Artagnan«, fuhr der Kommissar ihn an, »sagt aus, was zwischen Euch und dem Herrn hier vorgegangen ist.«

»Aber das ist ja gar nicht Herr d'Artagnan!«, rief der Krämer.

»Und wer ist es dann?«

»Das kann ich nicht sagen, denn ich kenne ihn nicht«, antwortete Bonacieux.

»Habt Ihr ihn nie gesehen?«

»Doch, aber ich weiß nicht, wie er heißt.«

»Euer Name?«, fuhr der Kommissar den Musketier an.

»Athos!«

»Das ist doch kein Name!«, rief der Beamte, dem allmählich der Kopf schwirrte, »so heißt ein Gebirge.«

»So heiße ich«, erwiderte Athos ruhig.

»Aber Ihr habt ausgesagt, Ihr wäret d'Artagnan!«

»Ich?«

»Ja, Ihr!«

»Nein, man hat nur zu mir gesagt: ›Ihr seid doch d'Artagnan?‹, und ich habe gefragt: ›So? Meint Ihr?‹ Die Gardisten waren ihrer Sache so sicher, da wollte ich lieber nicht widersprechen.«

»Herr Kommissar«, rief jetzt auch Bonacieux, »hier ist jeder Zweifel ausgeschlossen. Herr d'Artagnan ist mein Mieter, und wenn er auch noch keine Miete bezahlt hat, so muss ich ihn doch kennen. Er ist ein junger Mann von neunzehn oder zwanzig Jahren, während dieser Herr hier wenigstens dreißig ist. Herr d'Artagnan dient in der Garde des Essarts und dieser Herr trägt Musketieruniform!«

»Richtig«, murmelte der Kommissar.

In diesem Augenblick ging die Tür auf und ein Bote überreichte dem Beamten einen Brief. »Oh, die Unselige!«, rief dieser.

»Von wem sprecht Ihr? Hoffentlich nicht von meiner Frau?«, schrie Bonacieux.

»Doch, gerade von ihr«, versetzte der Beamte; »na, Eure Lage macht sich, das muss man sagen.«

»Ja, aber sagt mir doch«, rief der Krämer verzweifelt, »wie kann sich meine Angelegenheit durch Dinge verschlimmern, die meine Frau draußen anstellt?«

»Weil alles, was sie tut, nur die Folge eines von Euch gemeinsam geschmiedeten Planes ist.«

»Ich schwöre Euch, Herr Kommissar, Ihr befindet Euch in einem großen Irrtum; ich weiß nichts von alledem, was meine Frau treibt, ja, ich verwünsche und verfluche alle ihre Torheiten.«

»Mich scheint Ihr jetzt nicht mehr zu brauchen«, sagte Athos zu dem Beamten, »lasst mich also wieder abtreten, Herr Bonacieux ist nicht gerade amüsant.«

»Führt die Gefangenen wieder in ihre Zellen!«, befahl der Kommissar.

»Ich verstehe nicht recht«, wandte Athos mit gewohnter Ruhe ein, »was ich noch hier soll, wenn Ihr es doch mit Herrn d'Artagnan zu tun habt und nicht mit mir.«

»Tut, was ich befohlen habe. Und strengste Verschwiegenheit, verstanden?«

Athos folgte achselzuckend, während Herr Bonacieux jammerte. Um die neunte Abendstunde hörte der Krämer auf dem Korridor Schritte. Die Tür seiner Zelle wurde geöffnet und die Wache erschien auf der Schwelle. »Folgt mir!«, kommandierte einer der Männer.

»Ich?«, rief Bonacieux. »Zu solcher Zeit? Und wohin?«

»Dorthin, wohin wir Befehl haben, Euch zu führen.«

»Ach Gott!«, winselte der unglückliche Krämer, »diesmal bin ich verloren.« Widerstandslos folgte er der Wache zum Tore hinaus, vor dem ein Wagen hielt, von vier Berittenen eskortiert. Er musste einsteigen, ein Korporal setzte sich neben ihn, dann wurde die Tür von außen geschlossen. Langsam, wie eine Trauerkutsche, setzte sich das Gefährt in Bewegung.

14. Der Mann von Meung

Nach einer guten Stunde hielt der Wagen vor einem dunklen Gebäude. Zwei Soldaten holten den Krämer aus dem Wagen, dann ging es eine Allee entlang, eine Treppe hinauf und in ein Vorzimmer hinein. Bonacieux ging wie im Traum und ließ alles willenlos geschehen.

Die Gardisten hatten ihn auf eine Bank niedergesetzt und da hockte er eine Weile. Als er sich nach einiger Zeit umblickte, gewahrte er nichts Bedrohliches; vielmehr war die Bank weich gepolstert, die Wand mit kostbarem Leder bespannt, und schöne rote Damastvorhänge hingen vor den Fenstern. Nun wurde ihm allmählich klar, dass seine Furcht wohl unbegründet war, und so gewann er wieder Mut. In diesem Augenblick ging der Türvorhang auseinander, und ein stattlicher Offizier wandte sich, nachdem er noch ein paar Worte mit einer im Nebenzimmer befindlichen Person gewechselt hatte, an den Gefangenen: »Ihr seid Bonacieux?«

»Jawohl, Herr Offizier«, stotterte der Krämer, mehr tot als lebendig.

»Kommt herein!«, forderte der Offizier ihn auf und machte

dem Krämer Platz, der wortlos gehorchte und in das Zimmer trat, wo er offenbar erwartet wurde.

Es war ein großes geschlossenes, stickiges Gemach, dessen Wände allerlei Waffen schmückten. Im Kamin brannten Holzscheite. Vor dem Kamin stand ein mittelgroßer Mann mit stolzer, hochmütiger Miene, stechenden Augen, breiter Stirn und einem hageren Gesicht, das durch den Knebelbart noch länger wirkte. Obgleich der Mann erst sechs- oder siebenunddreißig Jahre alt war, fingen Haar und Bart schon an zu ergrauen. Auch ohne Degen sah er ganz wie ein Kriegsmann aus, und seine noch mit einer leichten Staubschicht bedeckten Stiefel ließen erkennen, dass er an diesem Tag schon geritten war.

Dieser Mann war Armand Jean Duplessis, Kardinal von Richelieu, in der Blüte seiner Jahre, ein geschickter und galanter Kavalier, zwar körperlich etwas schwach, aber aufrechterhalten von jener Energie, die ihn zu einem der außerordentlichsten Menschen der Geschichte machte und der ganz Europa in Schach zu halten wusste.

Der arme Krämer blieb an der Tür stehen, während der eben geschilderte Mann ihn eindringlich musterte. »Ist das dieser Bonacieux?«

»Ja, Hochwürden«, antwortete der Offizier.

»Gut! Gebt mir die Papiere und lasst uns allein!« Der Offizier reichte die gewünschten Papiere mit einer tiefen Verbeugung dem Kardinal und verließ das Zimmer.

Bonacieux erkannte in den Papieren das in der Bastille aufgenommene Protokoll. Von Zeit zu Zeit blickte der Mann am Kamin von den Schriftstücken auf und sah ihn durchbohrend an. Wenige Minuten Lesen und Beobachtung genügten dem Kardinal für sein Urteil. Dieser Kerl ist bestimmt kein Verschwörer, überlegte er; aber immerhin, nehmen wir ihn uns mal vor. »Ihr seid des Hochverrats angeklagt!«, begann er langsam.

»Das hat man mir schon gesagt, Hochwürden«, rief Bonacieux und redete den Mann, den er nicht kannte, mit dem Titel an, den er soeben gehört hatte. »Aber ich schwöre Euch, dass ich von alledem nichts weiß.«

Der Kardinal unterdrückte ein Lächeln. »Ihr habt mit Eurer Frau, mit Frau de Chevreuse und dem Herzog von Buckingham konspiriert?«

»Alle diese Namen habe ich schon einmal von meiner Frau gehört.«

»Bei welcher Gelegenheit?«

»Sie sagte, der Kardinal von Richelieu habe den Herzog nach Paris gelockt, um ihn und die Königin zu verderben.«

»Das sagte sie?«, rief der Kardinal heftig.

»Ja, Hochwürden, aber ich habe ihr darauf gesagt, sie solle nicht solche Reden führen, und Seine Eminenz wäre gar nicht imstande ...«

»Schweigt! Ihr seid ein Trottel!«, rief unwillig der Kardinal.

»Das hat meine Frau auch gesagt.«

»Wisst Ihr, wer Eure Frau entführt hat?«

»Nein, Hochwürden.«

»Eure Frau ist entflohen, wusstet Ihr das?«

»Absolut nicht, Hochwürden, aber vielleicht ist sie wieder im Louvre. Was mag sonst mit ihr geschehen sein?«

»Ist Eure Frau, wenn Ihr sie aus dem Louvre abholtet, immer gleich mit Euch nach Hause gegangen?«

»Fast nie; sie hatte immer noch mit Leinwandhändlern zu tun und da habe ich sie hin begleitet.«

»Wie viel Leinwandhändler waren das?«

»Zwei, Hochwürden.«

»Wo wohnten die?«

»Einer in der Rue de Vaugirard, der andere in der Rue de La Harpe.«

»Seid Ihr zusammen mit Eurer Frau bei den Leuten gewesen?«

»Nein, Hochwürden; ich habe immer vor der Tür gewartet.«

»Und welchen Vorwand benutzte sie, allein zu den Leuten zu gehen?«

»Gar keinen; sie hieß mich warten und so wartete ich eben.«

»Ihr seid ein angenehmer Ehemann, mein lieber Bonacieux!«, meinte der Kardinal.

Er nennt mich »lieber Bonacieux«, sagte sich der Krämer, die Sache scheint sich zu machen.

»Würdet Ihr zu den Leuten hinfinden?«

»Ja.«

»Wisst Ihr die Hausnummern?«

»Ja, in der Rue de Vaugirard Nummer 25 und in der Rue de La Harpe Nummer 75.«

»Gut«, erwiderte der Kardinal, nahm eine silberne Glocke und schellte, worauf der Offizier wieder eintrat.

»Holt mir Rochefort«, sagte er leise, »er soll sofort kommen, wenn er wieder zurück ist.«

»Der Graf ist schon da«, antwortete der Offizier; »er bittet um sofortige Audienz bei Eurer Eminenz.«

»Lasst ihn herein!«, rief Richelieu lebhaft.

Mit der Eilfertigkeit, derer sich alle Untergebenen des Kardinals befleißigten, entfernte sich der Offizier.

»Eminenz?«, murmelte Bonacieux und blickte verstört um sich, weil ihm eine schreckliche Ahnung kam.

Keine fünf Minuten waren seit dem Abgang des Offiziers verstrichen, da öffnete sich die Tür, und jemand trat ein.

»Er ist es!«, rief Bonacieux.

»Wer?«, fragte der Kardinal.

»Der mir meine Frau entführt hat.«

Der Kardinal läutete wieder und der Offizier erschien. »Übergebt den Mann seiner Wache«, befahl er, »er soll warten, bis ich ihn wieder hereinrufe.«

»Nein, Hochwürden, er ist es doch nicht!«, rief Bonacieux, »ich habe mich geirrt; es ist ein anderer. Dieser hier ist ein Ehrenmann!«

»Führt diesen Trottel ab!«, wiederholte der Kardinal. Der Offizier packte Bonacieux am Arm und brachte ihn in das Vorzimmer zurück, wo ihn die beiden Wachen in Empfang nahmen.

Der soeben Eingetretene blickte dem Krämer ungeduldig nach, bis er verschwunden und die Tür wieder geschlossen war. Dann ging er rasch auf den Kardinal zu und sagte: »Sie haben sich gesehen!«

»Die Königin und der Herzog?«, rief Richelieu.

»Ja.«

»Und wo?«

»Im Louvre.«

»Von wem habt Ihr das?«

»Von Madame de Lannoy, die, wie Ihr wisst, Eurer Eminenz treu ergeben ist.«

»Wie hat sich die Sache abgespielt?«, fragte der Kardinal.

»Die Königin war um Mitternacht mit ihren Damen in ihrem Schlafgemach, als ihr von einer Bediensteten ein Taschentuch übergeben wurde …«

»Und dann?«

»Die Königin verriet sogleich eine große Erregung, und obwohl sie viel Rot aufgelegt hatte, sah man, wie sie erbleichte.«

»Weiter, weiter!«

»Jedenfalls stand sie auf und sagte: ›Meine Damen, wartet hier, ich bin in zehn Minuten wieder zurück.‹ Darauf verschwand sie durch die Alkoventür.«

»Warum hat Madame de Lannoy Euch nicht auf der Stelle benachrichtigt?«

»Es war noch nichts fest abgemacht. Zudem hatte die Königin ihren Damen befohlen zu warten, und Madame de Lannoy wagte nicht, ungehorsam zu sein.«

»Und wie lange blieb die Königin fort?«

»Drei Viertelstunden.«

»Und dann kam sie wieder?«

»Ja, aber nur um ein Kästchen aus Rosenholz zu holen und sogleich wieder hinauszugehen.«

»Hat sie das Kästchen später wieder mitgebracht?«

»Nein.«

»Wusste Madame de Lannoy, was in dem Kästchen war?«

»Ja, die Diamantknöpfe, die Seine Majestät der Königin geschenkt hat.«

»Meint Madame de Lannoy, sie habe sie Buckingham gegeben?«

»Sie ist davon überzeugt.«

»Wieso?«

»Im Laufe des Tages hat Madame de Lannoy in ihrer Eigenschaft als Kammerfrau das Kästchen gesucht, und als sie es nicht fand, tat sie sehr beunruhigt und hat schließlich die Königin danach gefragt.«

»Und die Königin?«

»Ist blutrot geworden und sagte, es sei ihr ein Knopf am Abend vorher zerbrochen, weshalb sie das Kästchen zu ihrem Juwelier geschickt habe, den Schaden wieder auszubessern.«

»Es muss festgestellt werden, ob es sich wirklich so verhält.«

»Das ist geschehen.«

»Nun, und der Juwelier?«

»Weiß von nichts, Eminenz.«

»Sehr schön!«, rief der Kardinal. »Rochefort, noch ist nichts verloren, und wer weiß, vielleicht steht alles zum Besten.«

»Oh, ich zweifle nicht, dass es dem Genie Eurer Eminenz ...«

»... gelingt, die Fehler seines Gehilfen wieder gutzumachen! Nicht wahr?«

»Genau das wollte ich sagen.«

»Wisst Ihr jetzt, wo sich Madame de Chevreuse und der Herzog versteckt gehalten haben?«

»Nein, Eminenz, meine Leute haben mir nichts Bestimmtes darüber sagen können.«

»Ich weiß es aber.«

»Eminenz!«

»Ich vermute es wenigstens. Sie wohnten in der Rue de Vaugirard Nummer 25 und in der Rue de La Harpe Nummer 75. Nehmt zehn Mann meiner Garde und durchsucht beide Häuser.«

»Zu Befehl, Euer Eminenz!« Und Rochefort eilte hinaus.

Der Kardinal überlegte eine Weile, und als sei ihm plötzlich ein neuer Einfall gekommen, lächelte er. Dann läutete er zum dritten Mal und wieder trat der Offizier ein. »Führt den Gefangenen herein!«, befahl der Kardinal. Bonacieux betrat wiederum das Zimmer und auf einen Wink zog sich der Offizier zurück.

Richelieu reichte dem Krämer die Hand. »Lieber Freund, Ihr seid ein braver Mann!«

»Der Kardinal hat meine Hand berührt! Ich habe die Hand Seiner Eminenz berührt!«, rief Bonacieux; »der große Mann hat mich Freund genannt!«

»Ja, mein Freund, ja«, antwortete der Kardinal mit jenem väterlichen Tone, den er zuweilen anzunehmen verstand, der aber nur die Leute täuschen konnte, die ihn nicht kannten; »und weil Ihr zu Unrecht verdächtigt worden seid, müsst Ihr dafür auch eine Entschädigung bekommen. Hier, nehmt den Beutel mit hundert Pistolen und verzeiht mir!«

»Ich Euch verzeihen, hochwürdigster Herr? Nein, das kann doch nicht Euer Ernst sein?«

»Ach, mein lieber Bonacieux, Ihr beweist Großmut, wie ich sehe, und ich danke Euch dafür. Nehmt also den Beutel und verlasst mich ohne Groll.«

»Hochwürdigster Herr, ich bin außer mir vor Freude!«

»Lebt denn wohl, oder vielmehr, auf Wiedersehen! Denn ich hoffe, wir sehen uns wieder.«

Der Kardinal winkte ihm zu, woraufhin Bonacieux sich bis zur Erde verneigte und rückwärts der Tür zustrebte. Im Vorzimmer hörte der Kardinal ihn begeistert rufen: »Es lebe Seine Eminenz! Es lebe der große Kardinal!«

Danach widmete sich Richelieu verschiedenen Schriftstücken,

bis er durch den erneuten Besuch von Rochefort unterbrochen wurde.

»Nun?«, fragte der Kardinal lebhaft.

»In den von Eurer Eminenz genannten Häusern haben tatsächlich eine Frau von etwa sechsundzwanzig Jahren und ein Mann von fünfunddreißig bis vierzig Jahren gewohnt, und zwar vier beziehungsweise fünf Tage; aber die Frau ist schon in der Nacht und der Mann heute Morgen abgereist.«

»Das waren sie!«, rief der Kardinal mit einem Blick auf die Uhr; »aber jetzt ist es zu spät, um ihnen nachzujagen. Die Herzogin wird schon in Tours und der Herzog in Boulogne sein. Man muss ihnen eben bis London folgen.«

»Was befehlen Eure Eminenz?«

»Kein Wort über das Vorgefallene! Die Königin muss sich in völliger Sicherheit wiegen und darf nicht merken, dass wir ihr Geheimnis kennen.«

»Und was haben Eure Eminenz mit Bonacieux gemacht?«

»Das Beste, was ich tun konnte: zum Spion seiner Frau.«

Graf von Rochefort verneigte sich und ging hinaus. Der Kardinal setzte sich, schrieb einen Brief, den er mit seinem persönlichen Siegel schloss, und läutete: »Schickt mir Vitray«, befahl er dem eintretenden Offizier, »er soll sich zur sofortigen Abreise fertig machen!«

Bald darauf stand der Betreffende gestiefelt und gespornt vor ihm … »Vitray«, sagte der Kardinal, »Ihr müsst sofort mit Extrapost nach London, ohne jeden Aufenthalt. Dort übergebt Ihr Mylady diesen Brief. Hier ist eine Anweisung auf zweihundert Pistolen, holt Euch die Summe bei meinem Schatzmeister.«

Der Graf verneigte sich wortlos, nahm den Brief und die Anweisung und trat ab.

Der Brief lautete:

Mylady!
Erscheint auf dem ersten Ball, den der Herzog von Buckingham gibt. Er wird an seinem Wams zwölf Diamantknöpfe tragen; drängt Euch in seine Nähe und schneidet zwei davon ab. Sobald Ihr im Besitz der beiden Knöpfe seid, benachrichtigt mich!

15. Der König und der Kardinal

Als am Morgen nach den geschilderten Ereignissen Athos noch nicht wieder aufgetaucht war, meldeten d'Artagnan und Porthos Herrn de Tréville sein Verschwinden. Aramis hatte sich fünf Tage Urlaub erbeten und war, wie es hieß, in Familienangelegenheiten nach Rouen gereist. Herr de Tréville war seinen Soldaten ein wahrer Vater. Der geringste und unbekannteste seiner Musketiere konnte seiner Hilfe und Unterstützung so sicher sein, als wäre er sein leiblicher Sohn. Er begab sich also unverzüglich zum Polizeimeister. Der Offizier, der die Wache von Croix-Rouge befehligte, wurde gerufen, und jetzt erfuhr man endlich, dass Athos im Fort l'Évêque in Haft war. Dort hatte Athos die gleichen Prozeduren überstehen müssen, denen auch Bonacieux ausgesetzt gewesen war, und wurde später gleichfalls zum Kardinal gebracht. Doch der befand sich leider gerade im Louvre beim König. Zu derselben Zeit traf aber auch Herr de Tréville, nachdem er Athos weder beim Polizeimeister noch beim Gouverneur von Fort l'Évêque gefunden hatte, im Louvre ein.

Von den Differenzen zwischen König und Königin, die vom Kardinal geschickt geschürt wurden, weiß der Leser bereits. Eine der Hauptursachen für die Differenzen am Hofe war die Freundschaft, die Anna von Frankreich mit Madame de Chevreuse verband. Diese beiden Frauen beunruhigten den König mehr als die Kriege mit Spanien, die Zerwürfnisse mit England und die Geldnöte des Staates. In seinen Augen und nach seiner Überzeugung unterstützte Madame de Chevreuse die Königin nicht nur in ihren politischen Ränken, sondern auch, was für ihn noch quälender war, bei ihren Liebesangelegenheiten.

Beim ersten Wort des Kardinals, dass die nach Tours verbannte Madame de Chevreuse nach Paris gekommen sei und sich hier der Polizei zum Trotz fünf Tage lang aufgehalten habe, geriet der König in schrecklichen Zorn.

In diesem Augenblick trat Herr de Tréville ein. Die Anwesenheit des Kardinals und die sichtliche Erregung des Königs belehrten ihn sofort, dass etwas vorgegangen war.

»Ihr kommt gerade recht«, rief der König, »über Eure Musketiere hört man ja schöne Geschichten!«

»Und ich, Majestät«, erwiderte Tréville gelassen, »habe Euch schöne Geschichten über Eure Beamten vorzutragen.«

»Bitte!«

»Ich habe die Ehre, Eurer Majestät zu melden, dass sich verschiedene Gerichts- und Polizeipersonen – höchst ehrenwerte Leute, ohne Frage, aber dem Anschein nach gegen Uniformen sehr empfindlich – erlaubt haben, einen meiner, oder vielmehr Eurer Musketiere zu verhaften, ihn als Gefangenen durch die Straßen zu führen und ins Fort l'Évêque zu sperren; dies alles aufgrund eines Befehls, den man sich weigerte, mir vorzuzeigen. Dieser Musketier hat sich bisher untadelhaft geführt, erfreut sich eines untadelhaften Rufes und ist auch Eurer Majestät bekannt – sein Name ist Athos.«

»Athos«, wiederholte der König mechanisch, »ja, den Namen habe ich schon gehört.«

»Herr Athos wollte einen seiner Freunde besuchen«, nahm Tréville wieder das Wort, »einen jungen Mann aus Béarn, der als Kadett in der Kompanie des Essarts dient, traf ihn aber nicht an. Kaum hatte er die Wohnung seines Freundes betreten, da wurde er von einem Trupp Schergen überrumpelt.«

»Bah!«, rief der König betroffen. »Hat sich das wirklich alles so zugetragen?«

»Herr de Tréville erwähnt nicht«, bemerkte der Kardinal sehr ruhig, »dass dieser harmlose Musketier eine Stunde vorher vier meiner Beamten, die eine sehr wichtige Angelegenheit aufklären sollten, mit seinem Degen traktiert hat. Es gibt ein Protokoll, es ist unterzeichnet von den vier Beamten, denen Herr Athos so übel mitgespielt hat.«

»Dürfen Freunde sich nicht besuchen? Darf ein Musketier meiner Kompanie nicht mit einem Kadett von der Garde des Herrn des Essarts verkehren?«

»Nicht, wenn dieser Kadett in einem verdächtigen Haus wohnt, aber das ist Euch vielleicht nicht bekannt, Tréville?«, bemerkte der König.

»Das habe ich allerdings nicht gewusst, Sire«, antwortete Tréville, »aber das kann nicht auf den Teil des Hauses zutreffen, in dem Herr d'Artagnan wohnt, denn ich darf kühn behaupten, dass es keinen treueren Diener Eurer Majestät und keinen größeren Bewunderer Seiner Eminenz als Herrn d'Artagnan gibt.«

»War es nicht d'Artagnan, der in jenem unglückseligen Streit beim Karmeliterkloster Jussac blessierte?«, erkundigte sich der

König und sah dabei den Kardinal an, der vor Ärger rot wurde.

»Jawohl, derselbe«, ergänzte Tréville, »Majestät haben ein vorzügliches Gedächtnis.«

»Also, was wollen wir beschließen, meine Herren?«, fragte der König.

»Das ist doch wohl mehr Sache Eurer Majestät als meine«, antwortete der Kardinal; »ich würde auf schuldig plädieren.«

»Und ich auf nichtschuldig«, erklärte Tréville.

»Befehlt also, Sire«, sagte Richelieu lächelnd, »Ihr habt das Recht der Begnadigung.«

Der König unterfertigte den Freilassungsbefehl, und Tréville säumte nicht, ihn an seinen Bestimmungsort zu bringen. Als er zur Tür hinausging, lächelte ihm der Kardinal freundlich zu und sagte zum König: »Zwischen Offizieren und Soldaten Eurer Musketier-Kompanie herrscht ein gutes Einvernehmen, Sire; das ist sehr nützlich für den Dienst und höchst ehrenvoll für alle.«

Er wird es mir wohl immer nachtragen, sagte sich Tréville, bei so einem Menschen hat man nie das letzte Wort. Doch beeilen wir uns; nichts ist wandelbarer als der Sinn des Königs. Triumphierend erschien er im Fort l'Évêque und befreite den Musketier, den sein Gleichmut keinen Augenblick verlassen hatte.

Im Übrigen hatte Tréville Recht, dem Kardinal zu misstrauen und den Fall keineswegs für erledigt anzusehen, denn kaum war der Hauptmann zur Tür hinaus, da sagte der Kardinal zum König: »Da wir nun endlich allein sind, wollen wir uns, wenn es Eurer Majestät genehm ist, ernsthaft unterhalten. Sire, der Herzog von Buckingham war fünf Tage in Paris und ist erst heute Morgen abgereist.«

Der Eindruck, den diese wenigen Worte auf den König machten, war unbeschreiblich. Er wurde abwechselnd rot und blass, und der Kardinal sah sofort, dass er das eben verlorene Terrain mit einem Schlag wiedergewonnen hatte.

»Buckingham in Paris?«, schrie der König aufgebracht. »Und was wollte er hier?«

»Sicherlich mit Euren Feinden, den Hugenotten und Spaniern, paktieren!«

»Nein, nein! Mit der Chevreuse, der Longueville und den Condés will er gegen meine Ehre konspirieren!«

»Welch ein Gedanke, Sire! Dazu ist die Königin doch viel zu klug und außerdem liebt sie Eure Majestät!«

»Das Weib ist schwach, Herr Kardinal, und was die Liebe zu mir anbetrifft, so habe ich darüber meine eigenen Gedanken.«

»Trotzdem glaube ich«, erwiderte der Kardinal, »dass sich der Herzog nur aus politischen Gründen in Paris aufgehalten hat.«

»Und ich bin sicher, dass er aus anderen Gründen hier war, Herr Kardinal; und wehe der Königin, wenn sie schuldig ist!«

»Ich glaube, dass die Königin gegen die Macht Eurer Majestät konspiriert, jedoch nicht gegen Eure Ehre.«

»Und ich sage Euch, sie tut beides und liebt diesen Halunken Buckingham! Warum habt Ihr ihn nicht verhaften lassen?«

»Den Herzog verhaften? Den Ersten Minister des englischen Königs verhaften? Was für ein Aufsehen würde das hervorrufen! Und welch fürchterlichen Skandal, wenn sich der Argwohn Eurer Majestät bestätigen sollte!«

»Aber Ihr habt ihn doch, solange er in Paris war, nicht aus den Augen verloren?«

»Nein, Sire.«

»Wo hat er gewohnt?«

»Rue de la Harpe Nummer 75.«

»Und Ihr seid überzeugt, dass die Königin und er sich nicht gesehen haben?«

»Ich glaube, dass die Königin sich ihrer Pflichten zu sehr bewusst ist, und deshalb rate ich zur Versöhnung.«

»Wie sollte ich es denn anfangen, wenn ich sie wirklich wollte, diese Versöhnung?«

»Gebt einen Ball! Ihr wisst, wie gern die Königin tanzt! Ich bin überzeugt, einer solchen Aufmerksamkeit wird ihr Groll nicht standhalten.«

»Ihr wisst, dass ich von derlei Vergnügungen kein besonderer Freund bin.«

»Da die Königin Eure Abneigung kennt, wird sie Euch nur umso dankbarer sein; zudem hat sie dabei eine schöne Gelegenheit, die herrlichen Diamantknöpfe zu tragen, die Eure Majestät ihr neulich geschenkt haben.«

»Wir wollen sehen, Herr Kardinal!«, erwiderte der König, den der Umstand, dass er der Königin nur ein Vergehen, das ihm ziemlich gleichgültig war, nicht aber eins, das er über alles fürchtete, vorzuwerfen hatte, heiter und durchaus geneigt stimmte, sich mit ihr auszusöhnen; »aber bei meiner Ehre, Ihr seid zu nachsichtig!«

»Sire«, antwortete der Kardinal, »überlasst die Strenge Euren Ministern; Nachsicht ist die Tugend der Könige.«

Der Kardinal verneigte sich tief und bat, sich zurückziehen zu dürfen.

Anna von Frankreich wunderte sich nicht wenig, als der König am andern Morgen merkliche Versuche zu einer Annäherung unternahm und ihr mitteilte, dass er ein Fest geben wolle.

Ein Fest war für die arme Anna von Frankreich etwas so Seltenes, dass bei dieser Ankündigung, ganz wie der Kardinal vorausgesehen hatte, die letzte Spur von Groll, wenn nicht aus ihrem Herzen, so doch aus ihrem Gesicht verschwand.

Der König fragte jeden Tag seinen Minister, wann das Fest stattfinden solle, doch immer wieder verstand es der Kardinal, die Festsetzung des Termins unter irgendeinem Vorwand hinauszuschieben. Am achten Tage nach dem geschilderten Auftritt empfing der Kardinal einen Brief aus London, der die nachstehenden Zeilen enthielt:

Ich habe sie; aber infolge Geldmangels kann ich London nicht verlassen. Sendet mir fünf Pistolen und vier bis fünf Tage nach Erhalt werde ich in Paris sein.

Am selben Tage stellte Ludwig XIII. dem Kardinal wieder die Frage nach dem Termin für den Ball. Richelieu zählte an den Fingern ab, wobei er leise vor sich hin sprach: »Vier bis fünf Tage nach Empfang des Geldes kann sie hier sein; ebenso lange wird es dauern, bis sie das Geld hat; das sind zehn Tage. Rechnen wir noch widrige Winde und missliche Zufälle hinzu, so kommen wir auf zwölf Tage.«

»Nun, Herr Herzog«, fragte der König, »seid Ihr mit Eurer Rechnung fertig?«

»Ja, Sire. Wir haben heute den 20. September; am 3. Oktober geben die Stadtschöppen ein Fest; das trifft sich ausgezeichnet, denn es wird dann nicht so aussehen, als ob Ihr den ersten Schritt zur Versöhnung tätet.« – Nach einer Pause setzte der Kardinal hinzu: »Vergesst nicht, Ihrer Majestät am Abend vorher zu sagen, dass Ihr Euch freuen würdet, die diamantenen Knöpfe an ihrem Gewande zu sehen.«

16. *Herr und Frau Bonacieux*

Als der Kardinal so betont die Diamantknöpfe erwähnte, wurde der König stutzig. Er argwöhnte, dass irgendetwas dahinter stecken müsste; hatte er doch schon mehr als einmal die demütigende Beobachtung gemacht, dass die Polizei des Kardinals weit besser über Vorgänge in seiner Hofhaltung unterrichtet war als er selbst. Durch eine Unterhaltung mit Anna von Frankreich hoffte er daher, etwas Neues zu erfahren, um seinen Minister mit Mitteilungen überraschen zu können, auf jeden Fall aber, mochten sie nun neu sein oder nicht, erheblich in seiner Achtung zu steigen.

Er begab sich also zur Königin und begann das Gespräch, wie es seine Gewohnheit war, mit neuen Drohungen gegen ihre Umgebung. Anna von Frankreich schlug demütig die Augen nieder und ließ wortlos den Sturm über sich ergehen, in der Hoffnung, er werde schon einmal ein Ende nehmen. Aber gerade das wollte Ludwig XIII. nicht, der sich vielmehr einen heftigen Wortwechsel wünschte, um daraus einen Anhaltspunkt für seinen Argwohn zu gewinnen, denn er war fest überzeugt, dass der Kardinal einen Hintergedanken hatte. Durch seine Hartnäckigkeit erreichte der König jedoch auch sein Ziel.

»Aber, Sire«, rief Anna von Frankreich, dieser dunklen Andeutungen endlich überdrüssig, »Ihr sagt mir nicht alles, was Ihr auf dem Herzen habt. Was habe ich denn verbrochen?«

Auf einen solchen direkten Angriff wusste der König nicht, was er antworten sollte. Da kam ihm der Gedanke, das sei der richtige Augenblick für jenen Hinweis, den ihm der Kardinal allerdings erst für den Vorabend des Festes empfohlen hatte. »Madame«, sprach er voll Würde, »im Stadthause wird demnächst ein großer Ball stattfinden; ich wünsche, dass Ihr, um unsere braven Stadtschöppen zu ehren, dort im Hofstaat erscheint und auch nicht vergesst, die diamantenen Knöpfe zu tragen, die ich Euch jüngst geschenkt habe. Das ist meine Antwort.«

Die Antwort war schrecklich. Die Königin glaubte, der König wisse alles, und der Kardinal habe ihn bestimmt, acht Tage lang Komödie zu spielen. Sie wurde aschfahl und blickte den König erschrocken an, ohne auch nur ein Wort über die Lippen zu bringen. »Ihr habt mich doch verstanden, Madame?«, fragte der König, der ihre offenkundige Verlegenheit voll auskostete, wenn er auch nicht die eigentliche Ursache erriet.

»Ich habe verstanden, Sire«, stammelte die Königin.

»Ihr werdet auf dem Ball erscheinen und die Diamantknöpfe tragen?«

»Ja.«

»Gut, dann ist es also abgemacht«, sagte der König, »mehr hatte ich Euch nicht zu sagen.«

»Aber wann soll denn der Ball stattfinden?«

Ihre fast ersterbende Stimme ließ den König instinktiv empfinden, dass er auf diese Frage nicht antworten durfte.

»Sehr bald, Madame«, antwortete er, »ich besinne mich nicht mehr genau auf den Tag, ich werde den Kardinal fragen.«

»Also hat der Kardinal diesen Ball festgesetzt?«

»Ja, Madame«, antwortete der König erstaunt, »warum?«

»Und auf seine Veranlassung hin habt Ihr mich aufgefordert, die Diamantknöpfe anzulegen?«

»Das heißt, Madame …«

»O ja, Sire, das war seine Idee!«

»Nun, wenn schon. Ob er oder ich diesen Einfall hatte, was ist daran so schlimm?«

»Nichts, Sire.«

»Ihr kommt also?«

»Ja, Sire.«

»Gut«, antwortete der König, »ich verlasse mich darauf.«

Die Königin knickste tief, weniger weil es die Etikette vorschrieb, sondern weil ihre Knie versagten. Der König entfernte sich zufrieden.

»Ich bin verloren«, murmelte die Königin, »der Kardinal weiß alles, und nur er steckt hinter dem König, der noch nichts weiß, aber bald alles erfahren wird.« Zitternd vergrub sie den Kopf in ihren Armen. Ihre Lage war tatsächlich schrecklich. Buckingham war nach London zurückgekehrt, Frau de Chevreuse war in Tours. Strenger denn je überwacht, ahnte die Königin dunkel, dass eine ihrer Damen sie verriet; aber wer mochte es sein? La Porte durfte den Louvre nicht verlassen. Sie hatte nicht einen Menschen, dem sie sich anvertrauen konnte. Angesichts des drohenden Unglücks und der eigenen Verlassenheit brach sie in heftiges Schluchzen aus. »Kann ich denn nichts für Eure Majestät tun?«, fragte plötzlich eine weiche, mitleidsvolle Stimme hinter ihr.

Die Königin drehte sich rasch herum, so konnte nur eine Freundin sprechen! In einer der zu ihren Gemächern führenden Türen stand Frau Bonacieux; sie hatte gerade im Nebenzimmer Wäsche geordnet, als der König eintrat, und da sie den Raum nicht mehr verlassen konnte, hatte sie alles mit angehört. Die Königin erschrak und schrie auf, denn in ihrer Verwirrung erkannte sie nicht gleich die ihr von La Porte empfohlene Frau.

»Oh, seid unbesorgt, Majestät!«, sagte die junge Frau, dem

Weinen nahe; »ich bin Euch mit Leib und Seele ergeben, und so gering auch meine Stellung ist, glaube ich doch, einen Weg gefunden zu haben, Euch zu helfen.«

»O Himmel!«, rief die Königin, »mir droht von allen Seiten Verrat. Kann ich Euch denn trauen?«

»Bei meiner Seele, Madame! Ich bin bereit, für Euch zu sterben!«, erwiderte die junge Frau und fiel auf die Knie.

Wieder hatte ihre Stimme einen so aufrichtigen und überzeugenden Klang. »Ja, es gibt hier Verräter, aber bei der Heiligen Jungfrau schwöre ich Euch, dass niemand Eurer Majestät treuer ergeben ist als ich. Ihr habt die Diamantknöpfe, die der König zu sehen begehrt, dem Herzog von Buckingham gegeben, nicht wahr?«

»O mein Gott!«, murmelte die Königin.

»Aber die Diamantknöpfe müssen wieder her.«

»Gewiss«, rief die Königin, »aber wie?«

»Es muss jemand zum Herzog geschickt werden.«

»Aber wer? Wem kann ich noch trauen?«

»Vertraut mir, meine Königin, ich werde einen Boten finden.«

»Und muss ich etwas schreiben?«

»Ja, das ist unerlässlich. Zwei Worte von Eurer Hand und Euer Siegel!«

»Aber diese zwei Worte bedeuten Scheidung, Verbannung!«

»Ja, wenn sie in unrechte Hände fallen! Aber ich stehe dafür, dass sie an die richtige Adresse gelangen. Ich weiß einen sicheren Boten.«

»Soll ich wirklich mein Leben, meine Ehre, meinen Ruf in Eure Hände legen?«

»Ja, Madame, es muss sein, nur so kann ich Euch helfen!«

»Aber wenigstens sagt mir, wie!«

»Mein Mann ist ein ehrlicher, guter Mensch, der niemanden hasst und niemanden liebt. Er tut, was ich will; er wird auf meine Bitte den Brief bei der angegebenen Adresse abgeben, ohne zu wissen, dass er von Eurer Majestät ist.«

Die Königin ergriff freudig die Hände der jungen Frau, blickte sie prüfend an, als wollte sie ihr bis auf den Grund des Herzens schauen, und küsste sie dann zärtlich, als sie in ihren schönen Augen nur lautere Aufrichtigkeit las. »Tu das!«, rief sie, »du rettest mir Leben und Ehre!«

»Nun gebt mir den Brief, Madame; die Zeit drängt.«

Die Königin schrieb einige Zeilen, siegelte den Brief und gab ihn Frau Bonacieux. »Du siehst die Adresse: An Mylord Herzog von Buckingham in London.«

»Der Brief wird ihm persönlich übergeben werden.«

Frau Bonacieux küsste der Königin die Hände, verbarg den Brief in ihrem Mieder und enteilte flink wie ein Vogel. Wenige Minuten später war sie zu Hause, aber noch wusste sie nichts von der jetzigen Einstellung ihres Mannes zum Kardinal und seiner Einbildung, dessen Freund geworden zu sein … Sie traf ihn allein; er mühte sich sehr, wieder etwas Ordnung in der völlig durcheinander gebrachten Wohnung zu schaffen. Die Magd war sofort nach der Verhaftung ihres Herrn davongelaufen.

Gleich nach der Entlassung aus der Bastille hatte der ehrsame Krämer seiner Frau davon geschrieben, sie hatte ihn dazu beglückwünscht und ihm versprochen, sobald es ihr möglich sei, zu ihm zu kommen. Darüber waren aber nun schon fünf Tage verstrichen, was Bonacieux unter anderen Umständen wohl sehr lange vorgekommen wäre, aber seine Unterredung mit dem Kardinal und die wiederholten Besuche des Grafen Rochefort gaben ihm hinreichend Stoff zum Nachdenken. Seine Zukunft erschien ihm in den rosigsten Farben: der Graf nannte ihn seinen lieben Bonacieux und versicherte ihm immer wieder, dass der Kardinal große Stücke auf ihn halte. Er sah sich schon auf dem Wege zu Reichtum und Ehre.

Auch Frau Bonacieux hatte in dieser Zeit viel nachgedacht, jedoch waren es alles andere als ehrgeizige Gedanken; immer wieder kam ihr der hübsche Jüngling, der sie so glühend liebte, in den Sinn. Mit achtzehn Jahren verheiratet, hatte sie immer im Kreise ihres Mannes und seiner Bekannten gelebt und dort nicht das gefunden, was eine erlebnishungrige Frau befriedigen könnte. Kein Wunder, dass ein junger Edelmann wie d'Artagnan, zumal damals der Adel sehr angesehen war, eine große Anziehungskraft auf sie ausübte. Obendrein war er wie gesagt jung, hübsch und verwegen und verstand es, in beredten Worten von seiner Liebe zu sprechen. Mit diesen Eigenschaften war es nicht allzu schwer, einer Dreiundzwanzigjährigen – und dieses Alter hatte Frau Bonacieux gerade erreicht – den Kopf zu verdrehen.

So kam es, dass die beiden Gatten, obgleich sie einander acht Tage lang nicht gesehen hatten, sich nicht ganz unbefangen gegenübertraten. Trotzdem zeigte Herr Bonacieux aufrichtige Freude und eilte seiner Frau mit offenen Armen entgegen. Sie bot ihm die Stirn zum Kuss. Dann sagte sie:

»Ich habe etwas Wichtiges mit dir zu besprechen.«

»Auch ich habe ein paar ernste Fragen an dich zu richten. Erkläre mir doch, wie das mit deiner Entführung war.«

»Ach, darum handelt es sich im Augenblick nicht«, erwiderte sie.

»Und worum sonst? Etwa um meine Verhaftung?«

»Ich hörte davon schon am ersten Tage, habe der Sache aber keine große Bedeutung beigelegt, da du dich ja keines Vergehens schuldig gemacht hast und nichts wusstest, was dich oder andere hätte in Gefahr bringen können.«

»Du hast gut reden!«, erwiderte Bonacieux, den das geringe Interesse seiner Frau sehr kränkte, »weißt du denn nicht, dass ich einen Tag und eine Nacht in der Bastille eingesperrt war? Aber nun bin ich ein Freund des Kardinals!«

»Des Kardinals?«, rief Frau Bonacieux. »Du warst beim Kardinal?«

»Er hat mich rufen lassen«, antwortete der Krämer stolz.

»Und du bist natürlich seiner Einladung gefolgt?«

»Nun, es blieb mir auch keine Wahl, denn ich wurde ja von den Gardisten hingeführt. Allerdings hätte ich damals gern auf diesen Besuch verzichtet, da mir Seine Eminenz noch nicht bekannt war.«

»Er hat dich also schlecht behandelt, hat dir gedroht?«

»Im Gegenteil: Die Hand hat er mir gegeben und mich seinen Freund genannt! Verstehst du? Dein Mann ist der Freund des großen Kardinals! Sei nicht böse, liebe Frau, wenn ich jetzt noch einmal fortgehe, ich konnte ja nicht wissen, dass du heute kommen würdest, und hatte mich bereits mit einem guten Freund verabredet; ich bin aber bald zurück, und wenn du so lange wartest, bis ich mit meinem Freund gesprochen habe, könnte ich dich zum Louvre begleiten.«

»Danke«, antwortete Frau Bonacieux, »dein Mut kann mir nicht viel nützen, da gehe ich schon lieber allein in den Louvre zurück.«

»Wie du willst, meine Liebe; sehe ich dich bald wieder?«

»Sicher in der nächsten Woche, sobald mir mein Dienst einen freien Augenblick lässt.«

»Schön, ich erwarte dich. Du bist mir doch nicht böse?«

»Ich? Nicht im Mindesten!«

»Also dann auf Wiedersehen!«

»Auf Wiedersehen!«

Er küsste seiner Frau die Hand und entfernte sich rasch. So ein Pech, dachte Frau Bonacieux, als sie allein war, musste dieser Dummkopf auch Anhänger des Kardinals werden! Und ich habe mich für ihn bei meiner armen Königin verbürgt und wollte ihn mit einer Botschaft nach London schicken!

In demselben Augenblick hörte sie über sich ein Klopfen, und als sie hinaufsah, vernahm sie eine Stimme: »Teure Madame Bonacieux, öffnet doch bitte die kleine Pforte, ich komme sogleich zu Euch hinunter.«

»Ach, Madame«, sagte d'Artagnan, als er durch die Tür trat, die ihm von der jungen Frau geöffnet wurde, »nehmt es mir nicht übel, aber Ihr habt einen Trottel zum Mann!«

»Habt Ihr unser Gespräch mit angehört?«, fragte Frau Bonacieux, indem sie d'Artagnan forschend ansah.

»Von Anfang bis Ende.«

»Aber wie denn nur?«

»Auf dieselbe Weise, durch die ich neulich in der Lage war, Eure weitaus lebhaftere Unterhaltung mit den Häschern des Kardinals zu belauschen.«

»Und was habt Ihr unserem Gespräch entnommen?«

»Sehr viel! Zunächst, dass Euer Mann ein Dummkopf ist;

sodann, dass Ihr in Bedrängnis seid, was mir höchst gelegen kommt, weil es mir die Möglichkeit schafft, Euch meine Dienste anzubieten; weiß Gott, für Euch ginge ich durchs Feuer!«

Frau Bonacieux antwortete nicht gleich, aber ihr Herz schlug vor Freude höher, eine geheime Hoffnung erfüllte sie. »Und welche Sicherheit wollt Ihr mir geben, wenn ich mich entschließe, Euch mit einer gefährlichen Mission zu betrauen?«

»Meine Liebe zu Euch! Befehlt also: Was soll ich tun, Ihr seht doch, dass ich Euch liebe!«

»Dass Ihr es sagt, höre ich.«

»Dann stellt mich auf die Probe!«

»Gut«, sagte sie, »ich will Euren Beteuerungen glauben. Es ist so, dass die Königin einen tapferen, gescheiten und ergebenen Mann braucht, der für sie nach London reist. Aber ich schwöre Euch, wenn Ihr Verrat an mir begeht, werde ich mir das Leben nehmen und Euch als meinen Mörder anklagen.«

»Und ich, Madame, schwöre Euch, sollte ich bei der Erfüllung der mir erteilten Aufgabe ergriffen werden, so will ich eher sterben, als dass ich etwas tue oder sage, was jemand gefährden könnte.«

Nun vertraute die junge Frau ihm das schreckliche Geheimnis an. D'Artagnan strahlte vor Stolz und Freude. Der Besitz dieses Geheimnisses und die Liebe dieser Frau gaben ihm Kräfte wie einem Riesen. »Ich reise sofort!«, rief er. »Heute Abend gehe ich zu Herrn de Tréville und bitte ihn, den Urlaub bei meinem Kapitän für mich zu erwirken.«

»Ihr seid ein liebenswürdiger junger Mensch; glaubt mir, Ihre Majestät wird nicht undankbar sein!«

»Ich bin schon fürstlich belohnt!«, rief d'Artagnan; »ich liebe Euch und darf es Euch sagen.«

»Ihr müsst jetzt gehen!«, drängte Frau Bonacieux. »Nur Mut und vor allem Vorsicht, denkt daran, dass Euer Leben der Königin gehört!«

»Und Euch, Constanze!«, rief d'Artagnan; »Eures Dankes würdig, werde ich zurückkehren. Werde ich aber auch Eurer Liebe würdig befunden werden?«

Die junge Frau antwortete nicht, doch eine lebhafte Röte verriet ihre Gedanken. Kurz darauf verließ auch d'Artagnan, in einen weiten Mantel gehüllt, das Haus des Krämers. Frau Bonacieux sah ihm mit zärtlichem Blick nach.

17. Der Feldzugsplan

Eiligst begab sich D'Artagnan zu Herrn de Tréville. Das Herz des jungen Mannes strömte über vor Freude. Bot sich ihm doch eine Gelegenheit, Ruhm und Reichtum zu erwerben. Dazu war er noch seiner Angebeteten näher gekommen. Das war mehr, als er sich je hätte träumen lassen.
Herr de Tréville befand sich im Kreise seiner Edelleute im Salon. D'Artagnan, als Vertrauter des Hauses, ging sogleich in das Privatkabinett und ließ seinem Hauptmann melden, er müsse ihn in einer äußerst wichtigen Sache sprechen. Es dauerte nur wenige Minuten, bis Tréville eintrat. Das strahlende Gesicht seines jungen Freundes verriet ihm auf den ersten Blick, dass sich etwas Besonderes ereignet hatte. Unterwegs hatte d'Artagnan bereits überlegt, ob er sich Herrn de Tréville anvertrauen oder ihn lediglich um freie Hand in einer geheimen Angelegenheit bitten sollte. Aber der Hauptmann war immer so freundlich zu

ihm gewesen, war dem König und der Königin so treu ergeben und hasste den Kardinal von ganzem Herzen, dass d'Artagnan sich entschloss, ihn vollständig einzuweihen.

»Nun, junger Freund«, sagte Tréville, »Ihr wolltet mich sprechen?«

»Ja, Herr Hauptmann, und Ihr werdet mir hoffentlich die Störung verzeihen, wenn Ihr alles wisst.«

»Nun, dann sprecht!«

»Es geht um nichts Geringeres«, erklärte der Jüngling leise, »als um die Ehre und vielleicht sogar um das Leben der Königin!«

»Was sagt Ihr da?«, fragte Tréville und blickte sich unwillkürlich um, ob sie auch wirklich allein waren.

»Der Zufall hat mich zum Mitwisser eines Geheimnisses gemacht.«

»Das Ihr hoffentlich nicht ausplaudern werdet, junger Mann.«

»Gewiss nicht, aber Euch muss ich es anvertrauen, denn nur Ihr könnt mir bei der Mission helfen, mit der mich die Königin betraut hat.«

»Seid Ihr von Ihrer Majestät ermächtigt, es mir mitzuteilen?«

»Nein, man hat mich im Gegenteil zur strengsten Geheimhaltung verpflichtet. Aber ohne Euch bin ich machtlos, und ich fürchte, Ihr möchtet mir die Gunst, um die ich Euch bitten will, verweigern, sofern Ihr nicht den Grund kennt.«

»Behaltet das Geheimnis für Euch und sagt, was Ihr wollt.«

»Ich bitte Euch, vierzehn Tage Urlaub ab heute Nacht bei meinem Kapitän für mich zu erwirken.«

»Dürft Ihr mir sagen, wohin Ihr reisen sollt?«

»Nach London.«

»Hat jemand Interesse daran, dass Ihr Euer Ziel nicht erreicht?«

»Ich glaube, der Kardinal würde alle Hebel in Bewegung setzen, mich daran zu hindern.«

»Ihr reist allein?«

»Ja.«

»Dann kommt Ihr nicht über Bondy hinaus. Man wird versuchen, Euch unterwegs zu töten.«

»Dann sterbe ich eben in Erfüllung meiner Pflicht.«

»Aber Eure Mission bleibt unerfüllt!«

»Das ist wahr.«

»Glaubt mir«, sagte Tréville, »bei solchen Unternehmungen braucht man mindestens vier Mann, wenn einer sein Ziel erreichen soll.«

»Ihr habt Recht«, erwiderte d'Artagnan, »aber Ihr kennt Athos, Porthos und Aramis und wisst, dass ich mich auf sie verlassen kann.«

»Ohne ihnen das Geheimnis anzuvertrauen, das ich nicht wissen mochte?«

»Wir haben uns ein für alle Mal blindes Vertrauen und Treue in allen Lebenslagen gelobt. Übrigens könnt Ihr ihnen ja sagen, dass Ihr mir vertraut, und sie werden sich von Euch nicht beschämen lassen.«

»Ich kann nicht mehr tun, als jedem vierzehn Tage Urlaub geben. Der Urlaubspass wird ihnen Beweis dafür sein, dass ich ihre Mitreise gutheiße.«

»Danke, Herr Hauptmann, Ihr seid sehr gütig.«

»Dann geht sofort zu ihnen und reist noch heute Nacht ab! Zuvor aber schreibt mir Euer Urlaubsgesuch für Herrn des Essarts! Vielleicht ist Euch ein Spion gefolgt; dann habe ich eine Begründung für Euren Besuch, falls der Kardinal davon erfährt.«

D'Artagnan schrieb rasch ein paar Zeilen, und Herr de Tréville versprach, dass in spätestens zwei Stunden die vier Urlaubspässe in den Quartieren sein würden.

»Den meinen«, bat d'Artagnan, »schickt bitte zu Athos.«

»Seid unbesorgt! Adieu und glückliche Reise! Noch eins!«, sagte Tréville, ihn zurückrufend, »habt Ihr denn auch Geld? Hier sind dreihundert Pistolen.«

»Das reicht, damit kommen wir bis ans Ende der Welt.« D'Artagnan verneigte sich und Tréville reichte ihm die Hand.

Zuerst begab er sich zu Aramis. Seit jenem Abend, als er Frau Bonacieux nachgeschlichen war, hatte er den Freund nicht wieder aufgesucht, und wenn er ihn sah, war ihm immer ein Ausdruck tiefer Traurigkeit aufgefallen. Die Freunde hatten erst kurze Zeit geplaudert, da trat ein Diener Trévilles mit einem versiegelten Schreiben ein.

»Hier ist die Bewilligung für den Urlaub, um den Herr Aramis nachgesucht hat«, sagte der Diener.

»Ich? Urlaub? Ich habe doch nicht um Urlaub gebeten«, rief Aramis.

»Still doch«, flüsterte d'Artagnan; »hier, mein Freund«, wandte er sich an den Diener, »nehmt eine halbe Pistole für den Weg und sagt Eurem Herrn, Herr Aramis lasse ergebenst danken.«

Der Diener verneigte sich tief und ging.

»Was hat das zu bedeuten?«, fragte Aramis.

»Packt zusammen, was zu einer vierzehntägigen Reise nötig ist, und kommt«, versetzte d'Artagnan.

»Und aus welchem Grund?«

»Das werdet Ihr schon eines Tages erfahren, Aramis; für den Augenblick muss ich es halten wie Ihr mit der Nichte des Theologen. Ich darf nicht mehr sagen, als dass Herr von Tréville mir vertraut.«

Aramis lächelte und sagte: »Nun gut, dann folge ich Euch gern.«

»Zunächst gehen wir zu Athos; beeilt Euch, denn wir haben bereits viel Zeit verloren. Ruft Bazin!«

»Soll er denn mitkommen?«

»Vielleicht. Jedenfalls wird es gut sein, wenn Ihr ihn zu Athos nachkommen lasst.«

Aramis rief Bazin und befahl ihm, ihn bei Athos zu treffen; dann nahm er Mantel, Degen und drei Pistolen und folgte dem Freunde.

Aramis begleitete den Freund zu Athos. Sie trafen ihn mit dem Urlaubspass in der einen und einem Schreiben Trévilles in der andern Hand.

»Könnt Ihr mir erklären, was das zu bedeuten hat?«, fragte Athos.

Das Schreiben lautete:

Mein lieber Athos,

da Eure Gesundheit es unbedingt erfordert, bin ich einverstanden, dass Ihr Euch vierzehn Tage erholt. Verlebt diesen Urlaub in Forges oder in einem anderen Euch genehmen Badeort.

Euer wohl geneigter

Tréville

»Nun, Pass und Brief bedeuten, dass Ihr mir folgen sollt«, bemerkte d'Artagnan.

»Nach Forges?«

»Dort- oder anderswohin.«

»Im Dienste des Königs?«

»Des Königs oder der Königin; sind wir nicht Diener beider Majestäten?«

In diesem Augenblick trat Porthos ein. »Potz Velten!«, rief er, »so etwas ist ja noch nie da gewesen! Seit wann gibt es Urlaub, ohne dass man ihn fordert?«

»Seitdem man Freunde hat.«

»Ah!«, rief Porthos, »wie es scheint, sind große Dinge im Gang!«

»In der Tat«, antwortete Aramis, »wir verreisen!«

»Wohin?«, fragte Porthos.

»Das müsst Ihr schon d'Artagnan fragen.«

»Nach London, meine Herren«, erklärte d'Artagnan.

»Nach London? Und was sollen wir dort?«, wollte Porthos wissen.

»Das kann ich Euch jetzt nicht sagen. Ihr müsst mir eben vertrauen«, antwortete d'Artagnan.

»Aber eine Reise nach London kostet Geld und ich habe keines.«

»Und wir auch nicht«, riefen Aramis und Athos.

»Aber ich«, erklärte d'Artagnan und schüttete seinen Schatz auf den Tisch. »Das sind dreihundert Pistolen, für jeden fünfundsiebzig, das reicht bis London und zurück. Übrigens, beruhigt Euch, wir werden sowieso nicht alle bis nach London kommen.«

»Und wieso das?«

»Weil aller Wahrscheinlichkeit nach ein paar von uns auf der Strecke bleiben werden.«

»Oho! Dann ist es wohl ein richtiger Feldzug, den wir unternehmen?«

»Ja, und dazu ein gefährlicher, wie Ihr mir glauben könnt.«

»Aber wenn es dabei um unser Leben geht«, sagte Porthos, »so möchte ich doch wenigstens wissen, warum?«

»Pflegt Seine Majestät Euch Rechenschaft abzulegen? Nein! Er sagt lediglich: Meine Herren, in der Gascogne oder in Flandern wird Krieg geführt, marschiert hin und kämpft!«

» D'Artagnan hat Recht«, erklärte Athos, »hier sind unsere drei Urlaubspässe, von Herrn Tréville ausgestellt, und dreihundert Pistolen, die Gott weiß woher stammen. Gehen wir also, wohin man uns schickt. Lohnt's denn, um das bisschen Leben so viel Worte zu verlieren? D'Artagnan, ich folge Euch!«

»Ich auch!«, rief Porthos.

»Und ich ebenfalls!«, erklärte Aramis.

»Und wann geht es los?«, fragte Athos.

»Sofort!«, erwiderte d'Artagnan.

»Heda! Grimaud, Planchet, Mousqueton, Bazin!«, riefen die vier Jünglinge ihre Diener, »schmiert die Stiefel und sattelt die Rosse!«

»Und nun entwerfen wir unsern Feldzugsplan!«, sagte Porthos. »Wohin reiten wir zuerst?«

»Nach Calais«, erklärte d'Artagnan; »es ist der nächste Weg nach London.«

»Nein«, erwiderte Porthos, »ich schlage vor, jeder von uns nimmt einen anderen Weg; wenn wir vier zusammen reisen, machen wir uns gleich verdächtig. D'Artagnan, gebt uns Eure Instruktionen.«

»Porthos' Vorschlag ist schon deshalb undurchführbar«, erklärte d'Artagnan, »weil ich die Instruktionen selber nicht kenne. Ich soll einen Brief nach London bringen, das ist alles. Wir müssen also zusammenbleiben. Den Brief habe ich hier in meiner Tasche. Stößt mir etwas zu, dann nimmt ihn einer von euch, und ihr reitet weiter. Fällt er, so kommt ein anderer von euch an die Reihe, und so fort; wenn nur einer ans Ziel kommt, dann ist alles in Ordnung.«

»Bravo, d'Artagnan! Ich schließe mich Eurer Meinung an«, sagte Athos; »übrigens brauchen wir uns doch nur darauf zu berufen, dass ich ein Bad aufsuchen will und Ihr mich begleitet; statt nach Forges will ich in ein Seebad gehen, das steht mir ja frei. Hält man uns an, zeige ich den Brief des Herrn de Tréville, und Ihr weist Eure Urlaubspässe vor; greift man uns an, verteidigen wir uns, und stellt man uns vor Gericht, behaupten wir steif und fest, dass wir keine andere Absicht hatten, als ein paar Mal im Meer zu baden. Mit vier einzelnen Reitern hat man leichtes Spiel, aber wir vier vereint, bilden schon eine kleine Truppe. Unsere Diener können wir auch noch mit Pistolen und Musketen ausrüsten. Und sollte man eine ganze Schwadron gegen uns schicken, dann nehmen wir den Kampf auf, und derjenige, der die andern überlebt, bringt den Brief nach London.«

»Sehr gut«, rief Aramis, »ich bin für Euren Vorschlag, Athos. Und Ihr, Porthos?«

»Ich auch, wenn d'Artagnan einverstanden ist.«

»Nun gut, dann entscheide ich, dass wir Athos' Plan annehmen und in einer halben Stunde aufbrechen.«

»Einverstanden!«, riefen die drei Musketiere. Dann nahm sich jeder fünfundsiebzig Goldfüchse und traf seine Vorbereitungen, um zur festgesetzten Zeit reisefertig zu sein.

18. Die Reise

Um zwei Uhr morgens verließen unsere vier Abenteurer Paris durch das Tor von Saint-Denis. Sie boten einen höchst kriegerischen Anblick; und hinter ihnen ritten, bis an die Zähne bewaffnet, die vier Diener.

Bis Chantilly, wo sie in der achten Morgenstunde eintrafen, ging alles gut. Da man essen musste, wurde vor der Herberge »Zum heiligen Martin« gehalten. Den Dienern wurde befohlen, die Pferde zu füttern und sich zu sofortigem Wiederaufbruch bereitzuhalten. Darauf begaben sich die vier Reisenden in die Gaststube und setzten sich zu Tisch. Ein Gast, der aus Dammartin kurz vor ihnen angekommen war, saß am selben Tisch und aß. Er begann eine Unterhaltung über das Wetter, die vier Jünglinge antworteten, und als er auf ihre Gesundheit trank, gaben sie ihm höflich Bescheid. Aber als Mousqueton mit der Meldung hereinkam, die Pferde seien bereit, und man sich vom Tische erhob, forderte der Fremde Porthos auf, mit ihm auf das Wohl des Kardinals zu trinken. Porthos erklärte sich gern bereit, wenn der andere auch auf die Gesundheit des Königs trinken wolle. Der Fremde rief, er kenne keinen andern König als den Kardinal; darauf beschuldigte Porthos ihn, er habe sicher einen Schluck zu viel getrunken, und der Fremde zog den Degen

»Ihr habt eine Dummheit gemacht, Porthos«, sagte Athos, »aber jetzt könnt Ihr nicht mehr zurück, erledigt den Mann und kommt so schnell wie möglich nach!«

Daraufhin schwangen sich die drei andern in den Sattel und

ritten davon, während Porthos seinem Gegner versprach, ihn nach allen Regeln der Fechtkunst zu traktieren.

»Das wäre Nummer eins«, meinte Athos.

In Beauvais wurden zwei Stunden Rast gemacht, um die Pferde verschnaufen zu lassen und auf Porthos zu warten. Als er sich aber nach dieser Zeit noch nicht eingefunden hatte, machten sie sich wieder auf den Weg. Etwa eine Stunde hinter Beauvais, dort wo sich die Straße verengte, trafen sie auf einen Trupp Leute, der offenbar mit der Ausbesserung der aufgerissenen Straße beschäftigt war. Aramis fürchtete, seine blanken Stiefel schmutzig zu machen, und fuhr die Leute grob an. Athos wollte ihn zurückhalten, aber zu spät. Die angeblichen Arbeiter verhöhnten nun die drei Reiter, sodass auch Athos sich nicht mehr beherrschen konnte und mit seinem Pferd gegen sie einsprengte. Da rannten die Leute zu ihrer Hütte und bewaffneten sich mit Musketen. Aramis wurde von einer Kugel in die Schulter getroffen, Mousqueton bekam einen Schuss in den Schenkel.

»Ein Hinterhalt«, rief d'Artagnan, »machen wir, dass wir weiterkommen!«

Aramis klammerte sich, trotz seiner Verwundung, an die Mähne seines Rappens; Mousqueton war vom Pferd heruntergefallen, und dieses, seiner Last ledig, galoppierte nun hinter den Reitern her.

»Jetzt werden sie bestimmt den armen Porthos umbringen, wenn er vorbeireitet«, seufzte Aramis.

»Wenn er auf den Beinen wäre, hätte er uns längst eingeholt«, sagte Athos.

Sie galoppierten noch zwei Stunden weiter, obgleich die Pferde so erschöpft waren, dass sie jeden Augenblick zu stürzen drohten. In Crèvecoeur erklärte Aramis, er könne nicht mehr weiter. Unter Aufbietung seiner ganzen Kraft hatte er es bis hierher geschafft. Sie trugen ihn in ein Gasthaus und ließen ihn mit Bazin zurück. Dann ritten d'Artagnan und Athos mit den beiden Dienern Grimaud und Planchet eilig weiter.

»Mord und Brand!«, rief Athos, »jetzt lasse ich mich auf nichts mehr ein! Bis Calais soll mich niemand dazu bringen, den Mund aufzumachen oder den Degen zu ziehen. Ich schwöre ...«

»Lassen wir die Schwüre!«, erwiderte d'Artagnan, »und reiten wir lieber, solange die Pferde noch mitmachen.«

Um Mitternacht langten sie in Amiens an, wo sie im »Gasthof zur Lilie« abstiegen. Der Wirt, der einen biederen Eindruck machte, versprach, den Reisenden die besten Zimmer zu geben; allerdings lagen sie an den entgegengesetzten Enden eines langen Korridors. D'Artagnan und Athos lehnten das Anerbieten des Wirtes ab und erklärten, sich mit einem Zimmer behelfen zu wollen.

Als sie die Tür von innen verbarrikadiert hatten, wurde plötzlich an die Fensterläden gepocht; sie erkannten die Stimmen ihrer beiden Diener und öffneten.

Grimaud erhielt Befehl, die Pferde für die fünfte Stunde zum Aufbruch bereitzuhalten. Die Nacht verlief ruhig, von einem Versuch abgesehen, der gegen zwei Uhr unternommen wurde, in das Zimmer zu dringen. Auf Planchets »Wer da?« hieß es aber, man müsse sich in der Zimmernummer geirrt haben. Kurz nach vier Uhr früh gab es im Hofe mächtigen Spektakel. Grimaud war mit den Hausknechten in Streit geraten, als er die Pferde aus dem Stalle führen wollte, und durch einen Hieb mit einer Heugabel ohnmächtig zu Boden gestreckt worden. Als Planchet in den Stall eilte, um die Pferde zu holen, sah er, dass sie lahmten. Die Sache fing an, bedenklich zu werden. Es war ja möglich, dass all diese widrigen Vorkommnisse Zufall waren, sie konnten aber ebenso gut wohlüberlegte Anschläge sein. Während Planchet sich erkundigte, ob es wohl im Orte drei Pferde zu kaufen gäbe, traten d'Artagnan und Athos vor die Haustür und sahen zwei ausgeruhte, gesattelte Pferde stehen. Sie erkundigten sich nach den Besitzern und erfuhren, dass diese gleichfalls im Gasthof genächtigt hätten und gerade beim Wirt wären, ihre Zeche zu berichtigen. Athos begab sich in der gleichen Absicht in die Wirtsstube, während d'Artagnan mit Planchet vor der Tür stehen blieb. Athos langte zwei Goldstücke aus der Tasche und gab sie dem Wirt, der allein an einem Tisch saß. Er nahm das Geld, drehte es ein paar Mal hin und her und erklärte plötzlich, es sei falsch, er werde Athos mit seinen Gefährten auf der Stelle festnehmen lassen.

»Schuft!«, schrie Athos und trat auf den Wirt zu, »ich schneide dir die Ohren ab!«

Im nächsten Augenblick stürzten durch eine Seitentür vier bis an die Zähne bewaffnete Männer herein und fielen über Athos her.

»Ich bin gefangen«, schrie Athos, so laut er konnte; »fort, d'Artagnan! So schnell Ihr könnt!«, und er feuerte seine beiden Pistolen ab.

D'Artagnan und Planchet ließen sich das nicht zweimal sagen, banden die vor der Tür stehenden Rosse los, schwangen sich hinauf, gaben ihnen die Sporen und jagten davon.

»Was mag wohl aus Athos geworden sein?«, fragte d'Artagnan seinen Diener.

»Ich habe zwei unter seinen Schüssen fallen sehen«, erwiderte dieser, »und soviel ich durch die Glastür sehen konnte, hat er sich mit den beiden andern nicht minder glücklich befasst.«

»Tapfrer Athos!«, murmelte d'Artagnan, »dass ich ihn im Stich lassen muss! Aber vielleicht erwartet uns bald das gleiche Geschick! Vorwärts, Planchet! Du bist ein braver Junge!«

»Ich sagte Euch doch, gnädiger Herr«, versetzte Planchet, »die Pikarden lernt man erst kennen, wenn man sie braucht; außerdem bin ich hier zu Hause, und das spornt an!«

Ohne Unterbrechung galoppierten sie bis Saint-Omer. Hier ließen sie die Pferde verschnaufen, ohne jedoch die Zügel aus der Hand zu lassen, aßen ein paar Bissen und brachen bald wieder auf. Hundert Schritte vor den Toren von Calais stürzte d'Artagnans Pferd und ließ sich nicht wieder auf die Beine bringen; es blutete aus Augen und Nüstern. Auch mit Planchets Pferd war nichts mehr anzufangen, es rührte sich nicht von der Stelle. So ließen sie die beiden Tiere zurück und gingen zu Fuß zum Hafen. Dort fanden sie auch rasch einen Kutter, dessen Kapitän sie nach England übersetzen wollte, und bald schon waren sie auf hoher See.

D'Artagnan war doch recht erschöpft. Der Kapitän ließ eine Matratze an Deck bringen und der Gascogner schlief sofort ein. Als er am andern Morgen die Augen aufschlug, war der Kutter nur noch wenige Meilen von der Küste Englands entfernt. Aber infolge Windstille wurde es doch zehn Uhr, ehe das Schiff im Hafen von Dover Anker werfen konnte. Eine halbe Stunde später sprang d'Artagnan mit dem Rufe: »Endlich sind wir da!« an Land.

Aber bis London war es noch weit. Zum Glück gab es in England schon damals einen gut organisierten Postfahrdienst, und so dauerte es nur vier Stunden, bis sie die Hauptstadt erreicht hatten. Der Gascogner kannte weder London noch ein Wort Englisch; da schrieb er einfach den Namen Buckingham auf ein Stück Papier, und jeder zeigte ihm den Weg zum Palais des Herzogs. Aber der Herzog war mit dem König auf der Jagd in Windsor. D'Artagnan wandte sich darauf an den vertrauten Kammerdiener des Herzogs, der

dessen ständiger Begleiter auf Reisen war und die französische Sprache beherrschte, sagte ihm, dass er in einer Sache, bei der es um Tod und Leben gehe, aus Paris komme und dass er den Herzog unbedingt sofort sprechen müsse. Patrice – so hieß dieser Minister des Ministers – ließ sogleich ein paar Pferde satteln und übernahm es, den jungen Gardesoldaten nach Windsor zu bringen.

Planchet hatte man stocksteif aus dem Sattel heben müssen. Der arme Bursche war am Ende seiner Kraft – d'Artagnan hingegen schien von Eisen.

In Windsor angelangt, erfuhren sie, dass der König sich mit Buckingham an einem drei Meilen entfernten See auf der Entenjagd befand. In einer knappen Stunde war auch diese Strecke überwunden. Patrice hörte schon von weitem die Stimme seines Herrn, der seinen Falken rief. »Wen soll ich dem Herzog melden?«, fragte Patrice.

»Den jungen Mann, der eines Abends auf dem Pont-Neuf, vor der Samariterin, mit ihm Streit gesucht hat.«

»Eine sonderbare Empfehlung!«

»Ihr werdet schon sehen, dass sie so viel wie jede andere gilt.«

Patrice galoppierte zum Herzog und meldete ihm in der gewünschten Weise einen Boten aus Paris. Buckingham erinnerte sich sofort, gab seinem Pferde die Sporen und sprengte zu d'-Artagnan.

»Der Königin ist doch kein Unglück geschehen?«, rief er besorgt.

»Ich glaube nicht, aber Ihre Majestät schwebt in großer Gefahr, aus der nur Euer Gnaden sie retten kann.«

»Ich wäre glücklich, wenn ich ihr irgendwie nützen könnte. Sprecht!«

»Lest den Brief!«, sagte d'Artagnan, »er kommt von Ihrer Majestät, soviel ich weiß.«

»Von Ihrer Majestät?«, wiederholte Buckingham und erbleichte.

»Gerechter Himmel!«, rief der Herzog, »was muss ich lesen! Patrice, eile zum König und sage ihm, ich bitte untertänigst um Entschuldigung, aber eine Sache von höchster Wichtigkeit ruft mich nach London. Kommt, mein Herr!«

Und im Galopp jagten Buckingham und d'Artagnan nach der Hauptstadt.

19. In London

Unterwegs ließ sich Buckingham alles, was d'Artagnan wusste, berichten. Bald konnte er sich ein einigermaßen klares Bild von der Gefahr machen, in der die Königin schwebte. Was ihn aber sehr verwunderte, war der Umstand, dass es dem Kardinal nicht gelungen war, den jungen Béarner unterwegs aufzuhalten. D'Artagnan erzählte nun von den vielen Hindernissen, die seine Gefährten und er hatten überwinden müssen. Der Herzog hörte ihm aufmerksam zu und maß ihn wiederholt mit erstaunten Blicken, denn er konnte kaum fassen, dass ein so junger Mensch ein so großes Maß an Klugheit, Umsicht und Tapferkeit entfaltet hatte.

Schon in kurzer Zeit erreichten sie London. Im Hofe seines Palastes angelangt, sprang der Herzog vom Pferd, warf ihm die Zügel über den Hals und stürmte die Treppe hinauf. Er eilte durch mehrere elegant ausgestattete Salons, bis er in sein Schlafgemach gelangte, das ein Wunder an Pracht und erlesenem Geschmack war. D'Artagnan war dem Herzog gefolgt, der die Tür hinter sich schloss.

Auf einer prachtvollen Kommode stand das Kästchen aus Rosenholz mit den Diamantknöpfen. Der Herzog öffnete es. »Seht«, sagte er und nahm eine mit glitzernden Diamanten besetzte Schleife heraus. »Hier sind die kostbaren Knöpfe, die mit ins Grab zu nehmen ich geschworen hatte. Die Königin hat sie mir gegeben, die Königin nimmt sie mir wieder, der Name der Königin sei gelobt!« Darauf küsste er die Knöpfe der Reihe nach, fuhr aber plötzlich mit jähem Schrei in die Höhe.

»Was ist Euch, Mylord?«, fragte d'Artagnan beunruhigt.

»Oh, alles ist verloren!«, rief Buckingham, totenbleich den Béarner anstarrend; »zwei Knöpfe fehlen! Es sind nur noch zehn!«

»Habt Ihr sie verloren, Mylord, oder sind sie Euch gestohlen worden?«

»Gestohlen sind sie!«, versetzte der Herzog, »und bestimmt im Auftrag des Kardinals! Da seht, die Ösen, an denen sie befestigt waren, sind durchschnitten.«

»Wer kann der Dieb sein? Vielleicht befinden sich die Knöpfe noch in seinen Händen?«

Der Herzog überlegte und sagte: »Ich habe sie nur ein einziges Mal getragen und das war vor acht Tagen auf einem Ball in Windsor. Die Gräfin von Winter hat sich in meiner Nähe zu schaffen gemacht. Sie ist eifersüchtig und hat es aus Rache und im Auftrage des Kardinals getan.«

»Ja, hat er denn Agenten in der ganzen Welt?«, fragte d'Artagnan verdutzt.

»Allerdings!«, rief Buckingham zähneknirschend, »er ist ein gefährlicher Gegner. Wann soll übrigens der Ball stattfinden, von dem die Königin schreibt?«

»Nächsten Montag.«

»In fünf Tagen also? Oh, so viel Zeit werden wir nicht brauchen. Patrice!«, rief er und öffnete die Tür. Der Diener erschien. »Meinen Juwelier und meinen Sekretär!«

Der Diener verschwand rasch und wortlos.

Der Sekretär meldete sich zuerst.

Buckingham hatte sich inzwischen in das Schlafzimmer begeben und saß an einem Tisch, mit der Niederschrift von Briefen beschäftigt.

»Jackson«, rief er, »Ihr begebt Euch sofort zum Lordkanzler und sagt ihm, diese Befehle seien auf der Stelle zu vollziehen.«

»Und wenn der Lordkanzler sich nach den Gründen zu solch außerordentlichen Maßnahmen erkundigt?«, fragte der Sekretär, nachdem er einen Blick auf das Geschriebene geworfen hatte.

»Dann antwortet ihm: Ich wünsche es so und brauche niemandem Rechenschaft zu geben.«

»Soll er diese Antwort auch Seiner Majestät geben?«, fragte der Sekretär lächelnd, »wenn Majestät den Grund für die Sperre aller großbritannischen Häfen wissen möchte?«

»Ihr habt Recht, Jackson«, versetzte Buckingham, »in diesem Falle mag er dem König sagen, der Krieg gegen Frankreich sei beschlossen und die Hafensperre die erste feindselige Maßregel Englands.«

Der Sekretär verneigte sich und ging.

»So!«, rief Buckingham, »nach dieser Seite sind wir sicher, denn wenn die beiden gestohlenen Knöpfe nicht schon nach Frankreich unterwegs sind, so werden sie nicht vor Euch dorthin gelangen.«

»Wieso?«

»Ich habe allen zurzeit in britischen Häfen befindlichen Schiffen verboten auszulaufen, und ohne besondere Erlaubnis wird kein Kapitän wagen, die Anker zu lichten.«

D'Artagnan staunte, an wie schwachen Fäden oft die Geschicke von Völkern und das Leben von Menschen hängen. Er wurde jedoch durch den Eintritt des Juweliers in seinen Gedanken unterbrochen. Es war ein Ire und einer der geschicktesten Künstler seiner Zeit; er machte kein Hehl daraus, dass er an dem Herzog von Buckingham jährlich seine hunderttausend Pfund verdiente.

»O'Reilly«, redete der Herzog ihn an, »was kostet das Stück von diesen Diamantknöpfen?«

»Fünfhundert Pistolen, Mylord«, antwortete der Goldschmied nach kurzer Prüfung von Stein und Fassung.

»Wie lange Zeit braucht Ihr, um zwei Stück davon anzufertigen?«

»Acht Tage.«

»Ich zahle Euch dreitausend Pistolen, muss die Knöpfe aber bis übermorgen haben«, rief der Herzog.

»Ihr sollt sie haben, Mylord.«

»Schön, aber ich kann niemandem diese Knöpfe anvertrauen, sie müssen deshalb in meinem Palais gefertigt werden!«

»Unmöglich, Mylord; nur ich kann die Arbeit so machen, dass sie von den andern nicht zu unterscheiden sind.«

»Darum, mein lieber O'Reilly, seid Ihr mein Gefangener und dürft erst wieder nach Haus, wenn Ihr die Arbeit ausgeführt habt. Nennt mir die Gehilfen, die Ihr zur Mitarbeit braucht, und sagt, welche Werkzeuge sie mitbringen sollen.«

Der Goldschmied schickte seiner Frau eine Anweisung und schrieb ihr, ihm den besten Gehilfen mit einem Sortiment von Diamanten nach genauem Gewicht und das zur Arbeit notwendige Handwerkszeug ins Palais zu schicken.

Ein Zimmer im Palais war in kurzer Zeit zur Werkstube umgewandelt; vor die Tür wurde eine Wache postiert.

Am übernächsten Tag um elf Uhr waren die beiden Diamantenknöpfe fertig, und es war unmöglich, die neuen von den alten zu unterscheiden. Der Herzog ließ sogleich d'Artagnan rufen.

»Hier«, sagte er, »nehmt die Diamantknöpfe.«

»Euer Gnaden übergeben mir die Knöpfe ohne das Kästchen?«

»Es würde Euch nur hinderlich sein. Sagt der Königin, dass ich es getreulich hüten werde.«

»Ich werde alles Wort für Wort ausrichten, Mylord.« D'Artagnan verneigte sich vor dem Herzog und schickte sich zum Gehen an.

»Ihr wollt gehen? Aber wohin?«

»Ihr habt Recht, Mylord! Ich hatte vergessen, dass England eine Insel ist und dass Ihr hier König seid.«

»Geht zum Hafen, fragt nach der Brigg ›Sund‹ und übergebt dem Kapitän diesen Brief. Er bringt Euch nach Saint-Valéry. Dort angekommen, geht Ihr in die einzige Herberge, eine richtige Matrosenkneipe, und nennt dem Wirt die Parole ›Vorwärts!‹. Er wird Euch ein gesatteltes Pferd geben und Euch den richtigen Weg zeigen. In der gleichen Weise werden Euch noch viermal Pferde zur Verfügung stehen. Wenn Ihr wollt, hinterlasst jedes Mal Eure Pariser Adresse, und die Pferde werden Euch dorthin geschickt. Ihr mögt noch so stolz sein, ein Pferd für Euch und Eure drei Kameraden werdet Ihr doch wohl nicht ausschlagen, zumal Ihr ja mit den Tieren gegen uns in den Krieg ziehen könnt. Der Zweck heiligt die Mittel, wie ihr Franzosen sagt. Nicht wahr?«

»Allerdings, Mylord! Ein solches Geschenk nehme ich; und wenn es Gott gefällig ist, wollen wir davon guten Gebrauch machen.«

»Und nun Eure Hand, junger Mann! Vielleicht treffen wir

uns bald auf dem Felde der Ehre. Bis dahin wollen wir gute Freunde bleiben.«

»Ja, Mylord, selbst wenn wir bald Feinde werden.«

D'Artagnan grüßte den Herzog und eilte zum Hafen. Er fand das bezeichnete Schiff, übergab dem Kapitän seinen Brief, und sogleich wurden die Anker gelichtet. Etwa fünfzig Schiffe lagen zur Ausfahrt bereit. Im Vorbeifahren meinte d'Artagnan, an Bord des einen die Dame von Meung zu erkennen, aber Strömung und Wind trieben sein Schiff so rasch meerwärts, dass sie schon nach kurzer Zeit außer Sicht war.

Am nächsten Morgen, gegen neun Uhr, wurde in Saint-Valéry vor Anker gegangen. D'Artagnan begab sich sofort zu der angegebenen Herberge, fragte nach dem Wirt und nannte die Parole. Der Wirt winkte ihm zu folgen und führte ihn in den Stall, wo ein Pferd fertig geschirrt stand. Dann fragte der Wirt, ob d'Artagnan noch weitere Wünsche habe.

»Den Weg müsst Ihr mir nennen«, antwortete d'Artagnan, »sonst brauche ich nichts.«

»Euer Weg geht von hier nach Blangy, von Blangy nach Neufchâtel. Dort steigt Ihr in der ›Goldenen Egge‹ ab, sagt dem Wirt die Parole wie mir, und Ihr werdet wie hier ein gesatteltes Pferd finden.«

»Bin ich Euch etwas schuldig?«

»Nein. Es ist schon alles beglichen, und das reichlich. Reist mit Gott!«

»Amen!«, sagte der Jüngling und ritt im Galopp davon.

Vier Stunden später war er in Neufchâtel. Dort trug sich alles genauso zu wie in Saint-Valéry. Nur fand er das Pferd nicht bloß gesattelt, sondern auch Pistolen in den Halftern.

»Eure Pariser Adresse?«, fragte der Neufchâteler Wirt.

»Gardekaserne, Kompanie des Essarts.«

»Schön«, antwortete der Wirt.

»Welchen Weg reite ich am besten?«, fragte d'Artagnan.

»Die Straße von Rouen entlang, die Stadt aber lasst rechts liegen. In dem kleinen Dorf Ecuis wollt Ihr bitte wieder halten. Es gibt dort bloß das Wirtshaus ›Zum Écu‹; nach seinem Äußeren dürft Ihr nicht gehen. Ihr findet dort schon, was Ihr braucht, ein frisches Pferd und so weiter.«

»Die gleiche Parole?«

»Gewiss!«

»Adieu, Wirt!«

D'Artagnan war von alledem sehr beeindruckt. In Pontoise bestieg er zum letzten Mal ein frisches Pferd und galoppierte abends um neun Uhr in den Hof des Herrn de Tréville. Tréville hieß ihn willkommen, als hätte er ihn erst am Morgen gesehen, nur drückte er ihm die Hand noch ein wenig kräftiger als sonst und entließ ihn mit dem Bescheid, dass die Kompanie des Essarts im Louvre die Wache habe und dass er sich sogleich zu seinem Posten begeben könne.

20. Der Ball

Am folgenden Tage war in Paris von nichts anderem die Rede als dem zu Ehren des Königspaares veranstalteten Stadtschöppenball. Um sechs Uhr begannen die geladenen Gäste, die Tribünen im großen Saal zu füllen. Endlich, um Mitternacht, kündete lauter Jubel die Ankunft Seiner Majestät. Am Fuße der Rathaustreppe wurden der König und sein Gefolge ehrerbietig von den Ratsherren begrüßt und in den Saal geleitet.

Ludwig XIII. erschien in großer Gala, aber jeder sah ihm sofort an, dass er missgestimmt war. Für ihn und seinen ältesten Bruder waren besondere Zimmer hergerichtet, ebenso für die Königin und die Frau des Stadtoberhauptes. Hier lagen die Maskenkostüme bereit. Ehe der König sich in sein Zimmer zurückzog, befahl er, ihm die Ankunft des Kardinals sogleich zu melden. Eine halbe Stunde nach dem Erscheinen des Königs verkündete neuer Jubel das Eintreffen der Königin, die ebenfalls feierlich von den Ratsherren begrüßt wurde. Aber auch die Königin machte keinen fröhlichen Eindruck.

Im Augenblick, als sie den Saal betrat, wurde der Vorhang vor einer kleinen Tribüne zurückgezogen, und man sah in der Tracht eines spanischen Granden den Kardinal, dessen Gesicht eine auffällige Blässe zeigte. Er betrachtete die Königin eingehend, und ein höhnisches Lächeln glitt über sein Gesicht, als er das Fehlen der Diamantknöpfe feststellte.

Es verging eine Weile und dann zeigte sich der König mit dem Kardinal an einer der Saaltüren. Der Kardinal sprach leise auf den König ein. Unmaskiert trat dieser dann auf die Königin zu und fragte mit erregter Stimme:

»Madame, warum tragt Ihr nicht die Diamantknöpfe? Ich bat Euch doch, sie anzulegen.«

Die Königin schaute sich um und erblickte den Kardinal, der diabolisch lächelte.

»Sire«, antwortete sie mit bebender Stimme, »ich befürchtete, ich könnte sie im Gedränge verlieren.«

»Das war nicht recht von Euch, Madame, wenn ich Euch Schmuck schenke, möchte ich, dass Ihr ihn auch tragt.«

Die Umstehenden blickten erstaunt, denn niemand begriff, was der Vorgang zu bedeuten hätte.

»Sire«, sagte die Königin, »ich kann sie ja aus dem Louvre holen lassen.«

»Tut das, Madame, und sogleich, denn in einer Stunde fängt der Tanz an.«

Der König trat zuerst aus seinem Zimmer, in einem überaus eleganten Jagdkostüm, das ihn sehr vorteilhaft kleidete. Der Kardinal näherte sich dem König und überreichte ihm eine kleine Schatulle. Der König öffnete sie und erblickte darin zwei Diamantknöpfe.

»Was soll das bedeuten?«, fragte er den Kardinal.

»Nichts«, antwortete dieser, »nur möchte ich Euch bitten, wenn die Königin mit den Knöpfen erscheint, was ich bezweifle, sie zu zählen, und wenn Ihr nur zehn bemerkt, Ihre Majestät zu fragen, wer ihr die beiden hier entwendet haben könnte.«

Der König wollte dem Kardinal noch eine Frage stellen, aber es blieb ihm keine Zeit dazu, da ein Ausruf der Bewunderung durch den Saal hallte: Erschien der König als der erste Edelmann seines Landes, so war die Königin unstreitig die schönste

Frau Frankreichs. Das Jagdkostüm kleidete sie in der Tat vorzüglich. Auf ihrer linken Schulter funkelten die Diamantknöpfe.

Der König bebte vor Freude, der Kardinal vor Zorn; sie standen jedoch zu weit ab, als dass sie die Knöpfe hätten zählen können.

In diesem Augenblick gaben die Pfeifer das Zeichen zum Beginn des Tanzes. Der König reichte der Gemahlin des Stadtoberhauptes den Arm und Monsieur der Königin. Die Paare stellten sich auf und der Tanz begann. Der König tanzte gegenüber der Königin, und jedes Mal wenn er an ihr vorüberglitt, versuchte er die Diamantknöpfe zu zählen, was ihm jedoch nicht gelang. Der Tanz dauerte eine Stunde. Als endlich jeder Tänzer seine Dame wieder auf ihren Platz geführt hatte, trat der König lebhaft auf die Königin zu.

»Ich danke Euch, Madame«, sprach er, »dass Ihr meinen Wunsch erfüllt habt, aber ich glaube, Euch fehlen zwei Knöpfe; hier sind sie.«

Damit überreichte er der Königin die beiden Knöpfe, die ihm der Kardinal gegeben hatte.

»Wie, Sire«, rief die junge Königin und tat erstaunt, »Ihr schenkt mir noch zwei, dann habe ich ja vierzehn?«

Der König zählte tatsächlich zwölf Knöpfe.

»Nun, Herr Kardinal«, rief der König, »was hat das zu bedeuten?«

»Nichts weiter«, antwortete dieser, »als dass ich Ihrer Majestät die beiden Knöpfe verehren möchte und diesen Weg wählte, weil ich selbst sie nicht anzubieten wagte.«

Anna von Frankreich, die den Kardinal durchschaute, dankte ihm lächelnd, verneigte sich vor dem König und zog sich in ihre Garderobe zurück.

Die Aufmerksamkeit, die wir im ersten Teil dieses Kapitels den hohen Persönlichkeiten widmen mussten, hat uns eine Weile jenen Mann vergessen lassen, dem die Königin ihren unerhörten Triumph über den Kardinal verdankte und der, verwirrt und unbeachtet, den Auftritt beobachtet hatte, der nur dem König, der Königin und ihm verständlich war.

D'Artagnan wollte eben den Saal verlassen, da berührte ihn jemand an der Schulter. Er drehte sich um und sah eine junge Frau, die ihm winkte, ihr zu folgen. Obwohl sie eine schwarze Maske vor dem Gesicht trug, erkannte d'Artagnan sofort die reizende Frau Bonacieux. Am Abend vorher hatten sie sich nur kurz bei dem Pförtner Germain gesehen, wohin d'Artagnan sie hatte rufen lassen. Sie hatte es eilig, ihrer Herrin die glückliche Rückkehr ihres Boten zu melden. Jetzt folgte d'Artagnan, von Liebe und Neugier getrieben, der jungen Frau. Nachdem sie einige Minuten kreuz und quer durch die Gänge des Rathauses geeilt waren, öffnete Frau Bonacieux eine Tür und schob den jungen Freund in ein finsteres Kabinett. Sie gebot ihm Schweigen, öffnete eine Tapetentür, durch die plötzlich Licht hereinfiel, und verschwand.

D'Artagnan überlegte, wo er wohl sein mochte. Bald aber wurde ihm klar, dass er sich neben dem Umkleidezimmer der Königin befand. In der von Frauen geführten Unterhaltung hörte er mehrmals das Wort Majestät.

Der Jüngling hielt sich im Schatten und wartete. Die Königin plauderte lebhaft von dem schönen Fest. D'Artagnan kannte zwar die Königin noch nicht, glaubte aber, sie an der etwas fremd klingenden Stimme von den anderen zu unterscheiden. Er hörte, wie sie sich der Tür näherte und wieder wegging. Plötzlich streckte sich ihm eine edel geformte Hand durch den Spalt entgegen, und d'Artagnan verstand, dass dies sein Lohn war! Er kniete nieder, ergriff die Hand und küsste sie ehrfürchtig; dann zog sich die Hand wieder zurück, hinterließ aber in seinen Fingern einen Gegenstand, den er als einen Ring erkannte. Die Tür wurde verschlossen und d'Artagnan stand wieder in völliger Dunkelheit. Er steckte den Ring an seinen Finger und wartete. Das Stimmengewirr in dem anstoßenden Gemach ebbte ab und Schritte entfernten sich. Dann wurde die Tür seines Kabinetts geöffnet und Frau Bonacieux eilte auf ihn zu.

»Endlich!«, rief d'Artagnan.

»Still!«, sagte die junge Frau und legte ihm ihre Hand auf den Mund. »Geht rasch auf demselben Weg zurück, den ich Euch hergeführt habe!«

»Aber wo und wann werde ich Euch sehen?«, fragte d'Artagnan.

»Ein Briefchen, das Ihr zu Hause findet, wird es Euch sagen!«

Mit diesen Worten öffnete sie rasch die Gangtür und drängte d'Artagnan zum Kabinett hinaus. Er gehorchte folgsam und ohne Einwand; ein Beweis, dass er sehr verliebt war.

21. Das Stelldichein

Im Laufschritt eilte d'Artagnan nach Hause; obgleich es drei Uhr nachts war und sein Weg durch verrufene Stadtviertel führte, erreichte er wohlbehalten seine Wohnung. Planchet öffnete ihm, und d'Artagnan fragte: »Hat jemand einen Brief für mich abgegeben?«
Tatsächlich war ein Brief angekommen. Er war von Frau Bonacieux und lautete:

Jemand schuldet Euch großen Dank. Seid heute Abend gegen zehn Uhr in Saint-Cloud, gegenüber dem Pavillon an der Ecke des Hauses d'Estré.

C.B.

D'Artagnan empfand ein unbeschreibliches Glücksgefühl. Es war der erste Liebesbrief, den er erhielt, das erste Stelldichein, das ihm gewährt wurde. D'Artagnan las immer wieder die wenigen Zeilen und drückte das Briefchen an die Lippen. Endlich legte auch er sich nieder und wiegte sich in den süßesten Träumen. Um sieben Uhr stand er auf und rief seinen Diener.

»Planchet, ich bleibe heute vielleicht den ganzen Tag weg; du bist also frei, aber um neun Uhr halte dich mit zwei Pferden bereit! Und vergiss nicht, Muskete und Pistolen mitzunehmen!«

Als d'Artagnan aus der Haustür trat, bemerkte er Herrn Bonacieux. Eigentlich wollte er vorbeigehen, ohne den Krämer zu beachten. Dieser grüßte ihn jedoch freundlich, dass er als Mieter nicht anders konnte, als den Gruß zu erwidern und sich darüber hinaus in ein Gespräch einzulassen. Man muss doch auch ein wenig Mitgefühl mit einem Mann haben, dessen Frau einem für den Abend ein Stelldichein versprochen hat! Mit der liebenswürdigsten Miene, deren d'Artagnan fähig war, blieb er also bei ihm stehen. Natürlich kam die Rede sogleich auf die Haft, die der arme Krämer erlitten hatte.

D'Artagnan hörte ihm geduldig zu und fragte ihn, als er geendet hatte: »Wer hat denn eigentlich Eure Frau entführt?«

»Oh, meine Frau hat mir bei allen Heiligen geschworen, dass sie nicht wüsste, wer sie entführt hat. Aber sagt«, fuhr Bonacieux überaus freundlich fort, »wo habt Ihr denn in den letzten Tagen gesteckt? Ich habe weder Euch noch einen Eurer Freunde gesehen.«

»Ganz recht, lieber Herr Bonacieux, meine Freunde und ich haben eine kleine Reise gemacht. Wir haben Athos ins Bad nach Forges gebracht; meine Freunde sind bei ihm geblieben.«

»Und Ihr seid aus Sehnsucht nach der Herzallerliebsten gleich wieder nach Paris zurückgekehrt, nicht wahr?«, fragte Bonacieux und versuchte, möglichst spitzbübisch auszusehen.

»Meiner Treu!«, rief lachend der Jüngling, »Euch bleibt auch nichts verborgen. Nun ja, ich wurde sehnlichst erwartet.« Lachend schritt der junge Mann von dannen.

»Nun, amüsiert Euch gut«, rief Bonacieux ihm mit Grabesstimme nach.

Unser Freund eilte sofort zu Herrn de Tréville, den er in der fröhlichsten Stimmung antraf. Der König und die Königin hatten ihm auf den Ball ihre Huld bezeigt. Der Kardinal allerdings war höchst unwirsch gewesen. Um ein Uhr morgens hatte er sich unter dem Vorwand, er fühle sich nicht wohl, zurückgezogen. Ihre Majestäten dagegen hatten sich erst um sechs Uhr wieder in den Louvre zurückbegeben.

»Und nun«, sagte Tréville mit leiser Stimme, »reden wir von Euch, junger Freund; denn es steht ganz außer Zweifel, dass Eure glückliche Rückkehr mit der großen Freude des Königs, dem Triumph der Königin und der schlechten Laune des Kardinals zu tun hat ... Ihr müsst Euch jetzt sehr vorsehen.«

»Was habe ich denn zu befürchten, solange mir die Gunst Ihrer Majestäten gehört?«

»Alles, glaubt mir! Der Kardinal ist kein Mann, der so einen Streich vergisst. Ich fürchte, dass ein gewisser Gascogner meiner Bekanntschaft mit Vergeltung rechnen muss.«

»Meint Ihr, der Kardinal hat erfahren, dass ich in London war?«

»Teufel auch! Ihr seid in London gewesen? Stammt etwa der herrliche Diamant an Eurem Finger von dort? Seid auf der Hut, mein lieber d'Artagnan!«

»Aber diesen Diamant habe ich von der Königin. Sie hat mir den Ring selbst gegeben.«

»Und vielleicht gar in Gegenwart von Zeugen?«, rief Tréville.

»Nicht doch, Herr de Tréville, niemand hat es gesehen«, und er erzählte nun, wie sich der ganze Vorgang abgespielt hatte.

»Oh, die Frauen!«, rief der alte Soldat. »Ich gebe Euch einen guten Rat als aufrichtiger Freund. Verkauft den Ring! Geld, junger Mann, ist namenlos, aber der Ring kann seinen Träger in eine schlimme Lage bringen.«

»Den Ring verkaufen, den meine Königin mir gegeben? Nie und nimmer!«, rief d'Artagnan. »Meint Ihr wirklich, ich hätte etwas zu fürchten?«

»Ich meine, junger Mann, dass jeder, der auf einem Pulverfass schläft, dessen Lunte bereits brennt, sich sicher wähnen kann im Vergleich zu Euch.«

»Was soll ich denn tun?«, rief d'Artagnan, den Trévilles Worte allmählich beunruhigten.

»Ihr müsst ständig auf der Hut sein! Der Kardinal hat ein gutes Gedächtnis und einen langen Arm. Das Mindeste, was Euch geschehen kann, ist, dass er Euch verhaften lässt.«

»Wie, er sollte es wagen, einen Mann, der im Dienste Seiner Majestät steht, verhaften zu lassen?«

»Denkt an Athos. Ich kann Euch nur nochmals warnen, seid vorsichtig! Misstraut jedem: Euren Freunden, Eurem Bruder, Eurer Geliebten.«

»Übrigens, was ist denn aus Euren drei Kameraden geworden?«, fragte Herr de Tréville weiter.

»Eben wollte ich Euch fragen, ob Ihr nicht Nachricht von ihnen habt?«

»Nein!«, antwortete Tréville.

»Nun, ich musste sie unterwegs zurücklassen: Porthos in Chantilly, mit der Aussicht auf ein Duell; Aramis in Crèvecoeur, mit einer Kugel in der Schulter, und Athos in Amiens mit einer Klage wegen Falschmünzerei am Halse.«

»Das ist ja reizend!«, rief Herr de Tréville, »und Ihr seid entkommen? ... Halt, mein Freund! Da kommt mir ein Gedanke!«

»Ja, Herr Hauptmann?«

»Ich an Eurer Stelle würde, während Seine Eminenz in Paris nach mir suchen lässt, mich in aller Stille auf den Weg nach der Picardie machen und meine drei Kameraden suchen.«

»Der Rat ist gut; morgen breche ich auf; denn heute Abend habe ich noch eine unaufschiebbare Sache in Paris zu erledigen.«

»Oh, junger Mann!«, rief Tréville, »wohl eine Liebesaffäre? Nehmt Euch in Acht! Macht Euch lieber noch heute Abend auf den Weg!«

»Unmöglich, Herr Hauptmann!«

»Dann versprecht mir aber, unbedingt morgen Paris zu verlassen, und glückliche Reise.«

»Ich danke Euch!«

D'Artagnan verabschiedete sich von Tréville, gerührt von dessen väterlicher Fürsorge. Als er an der Gardekaserne vorbeikam, warf er einen Blick in den Stall. Drei von den vier Pferden waren schon da. Planchet war begeistert. »Ach, Herr«, rief er, »ein wahres Glück, dass ich Euch sehe!«

»Wieso, Planchet?«

»Traut Herrn Bonacieux nicht, er ist sicher ein Verräter. Gleich als Ihr um die nächste Ecke verschwandet, hat sich der Krämer rasch in entgegengesetzter Richtung entfernt.«

»Sicher hast du Recht, Planchet, aber was kommen soll, geschieht so oder so.«

»Ihr verzichtet also nicht auf Euer Stelldichein heute Abend?«

»Ich denke nicht daran. Um neun Uhr halte dich bereit; ich hole dich ab.«

Um neun Uhr kam d'Artagnan zur Gardekaserne, wo Planchet, mit Muskete und Pistolen bewaffnet, ihn bereits erwartete. Auch das vierte Pferd war inzwischen eingetroffen. Lautlos schwangen sie sich in den Sattel und ritten in die dunkle Nacht hinein. Solange sie in der Stadt waren, hielt sich Planchet respektvoll hinter seinem Herrn; sobald die Wege aber einsamer wurden, ritt er dicht neben ihm.

Nach einer Weile sagte d'Artagnan: »So, Planchet, du bist schon an Ort und Stelle.«

»Und Ihr, gnädiger Herr?«

»Ich gehe noch ein Stück weiter. Wenn du frierst, gehst du in eine der Schenken da unten und wartest dort auf mich. Morgen früh sehen wir uns.«

D'Artagnan stieg vom Pferde, warf Planchet die Zügel zu, hüllte sich in seinen Mantel und entfernte sich raschen Schrittes.

»Jesus! Ist das eine Kälte!«, rief Planchet und machte sich eilig auf den Weg, um sich in einer Schenke zu wärmen.

D'Artagnan hatte unterdes einen kleinen Wiesenpfad, der nach Saint-Cloud hinüberführte, eingeschlagen. Kurz darauf stand er vor einem Pavillon. Da man ihm aber nicht bedeutet hatte, seine Anwesenheit durch ein Zeichen kundzutun, wartete er; ringsherum blieb alles still. Unser junger Freund lehnte sich voll süßer Erwartung an eine Hecke gegenüber dem Pavillon. Dichter Nebel hüllte die Gegend ein. Vom Turme hallten zehn Glockenschläge.

Das Herz des Jünglings begann, stürmisch zu klopfen. Aus einem im ersten Stock gelegenen Fenster des Pavillons schimmerte mattes Licht. Sicher wartete hinter diesem Fenster die hübsche kleine Frau! Von diesem angenehmen Gedanken beherrscht, wartete d'Artagnan ohne die geringste Ungeduld eine halbe Stunde. Die Turmuhr schlug halb elf! Der Jüngling erschauerte, war es vor Kälte? Hatte er sich vielleicht in der Zeit geirrt? Unmöglich! Er versank in düsteres Sinnen.

Es schlug elf Uhr. Jetzt beschlich den Jüngling bange Sorge um das Schicksal der geliebten Frau. Sein Blick streifte die Bäume, die sich rings um das Haus erhoben. Dort, von diesem aus musste es möglich sein, einen Blick in das Fenster zu werfen. Im Handumdrehen war d'Artagnan auf dem Baum und konnte ins Zimmer schauen.

Das Bild, welches sich ihm bot, ließ ihm das Herz stillstehen.

Die Tür hing nur noch in den Angeln, der Tisch, auf dem ein reiches Abendessen gestanden haben musste, war umgestoßen, und Scherben, zertretene Speisen und Früchte bedeckten den Boden. Alles verriet, dass hier ein heftiger Kampf stattgefunden hatte. Hastig kletterte er wieder herab, um nach weiteren Spuren der hier verübten Gewalttat zu suchen; jetzt bemerkte er, was ihm vordem nicht aufgefallen war, dass der Boden zerwühlt war und die Räder eines Wagens tiefe Furchen hinterlassen hatten.

Die Gasse war noch immer öde und leer; die Gartentür geschlossen. Jetzt bemerkte d'Artagnan hinter dem Pavillon eine Hütte. Er pochte; zuerst gab niemand Antwort. Endlich wurde der morsche Fensterladen ein wenig geöffnet und d'Artagnan erkannte im Schein einer trüben Lampe einen alten Mann. »Im Namen des Himmels«, rief er, »öffnet mir! Ich warte auf jemand, der nicht kommt! Ich vergehe vor Sorge! Sollte hier etwa ein Unglück passiert sein? Sprecht doch, ich bitte Euch!«

D'Artagnan erzählte nun, dass er sich mit einer jungen Frau hier hatte treffen wollen und, da sie nicht kam, auf die Linde geklettert sei. Im Lampenschimmer habe er dann die Verwüstung im Zimmer des Pavillons gesehen. Der Greis hörte aufmerksam zu und nickte manchmal bestätigend. »Was wisst Ihr?«, rief d'Artagnan. »Ich flehe Euch an, sagt mir alles!«

»Oh Herr!«, erwiderte der Greis, »fragt mich nicht, denn

wollte ich Euch erzählen, was ich gesehen habe, käme für mich sicher nichts Gutes heraus!«

D'Artagnan warf ihm ein Goldstück zu und rief: »Sagt, was Ihr gesehen habt, ich gebe Euch mein Wort als Edelmann, dass niemand davon erfahren wird.«

Der Greis las auf d'Artagnans Gesicht so viel Schmerz und Freimut, dass er endlich zu erzählen anfing: »Es war gegen neun Uhr, da hörte ich Wagengerassel und sah durch den Türspalt eine Kutsche und drei Reitpferde halten. Kurz darauf sah ich drei unbekannte Männer auf meine Tür zukommen. Sie verlangten eine Leiter, und als ich ihren Wunsch erfüllte, warf mir einer von ihnen einen Taler zu, schärfte mir aber ein, keinen Fuß aus meiner Hütte zu setzen, wenn mir mein Leben lieb sei. Als sie verschwunden waren, schlich ich mich hinaus hinter einen Wacholderstrauch und konnte nun alles sehen. Ein kleiner, dicker, ärmlich angezogener Mann stieg aus dem Wagen und wurde zur Leiter geführt. Ein Mann hieß ihn hinaufsteigen. Der Dicke gehorchte. Endlich kam er wieder herunter, nachdem er oben ins Zimmer gespäht hatte, und sagte leise: ›Sie ist es!‹ Sogleich trat der Mann, der ihn hinaufgeschickt hatte, ans Haustor, schloss auf und verschwand im Innern, während die andern beiden die Leiter hinaufstiegen. Der kleine Dicke blieb neben der Kutsche stehen. Plötzlich hörte ich Schreie aus dem Gartenhaus und sah eine Frau ans Fenster stürzen. Als sie aber die beiden Männer auf der Leiter erblickte, fuhr sie zurück; die beiden Männer sprangen nun ins Zimmer hinein. Dann konnte ich nichts mehr sehen, hörte aber in dem Raume heftiges Gepolter, wie wenn ein wilder Kampf stattfände. Die Frau schrie um Hilfe. Dann sah ich, wie die Frau von zwei Männern die Leiter hinuntergetragen und in den Wagen gehoben wurde; nur der kleine Dicke stieg zu ihr. Die drei Männer schwangen sich auf ihre Pferde und dann ging's im Galopp mit dem Wagen fort. Das ist alles.«

D'Artagnan war von der schrecklichen Nachricht völlig niedergeschmettert und stand zunächst stumm da. Endlich fragte er: »Kennt Ihr den Kerl, der den teuflischen Anschlag ausgeführt hat?«

»Nein, ich kann ihn Euch nur beschreiben: Er war groß und hager, brünett, mit dunklem Schnurrbart, schwarzen Augen und sah wie ein Edelmann aus.«

»Er ist es!«, rief d'Artagnan. »Mein böser Dämon. Und der kleine Dicke?«

»Der war kein Edelmann. Er trug keinen Degen und wurde auch nicht sonderlich respektiert.«

»Ach, was mögen sie nur mit der Armen gemacht haben?«

»Getötet hat man sie bestimmt nicht«, tröstete ihn der Greis. Der Jüngling dankte dem Alten und ging.

Es war fast Mitternacht, als d'Artagnan sich anschickte, seinen Diener zu suchen. Er irrte lange im Nebel umher; endlich fand er ihn vor der Tür einer kleinen Schenke, wo er mit den beiden Pferden wartete.

22. Porthos

Anstatt nach Hause begab sich D'Artagnan zuerst zu Herrn de Tréville. Er war entschlossen, diesem alles, was sich ereignet hatte, zu erzählen. Da der Hauptmann die Königin fast täglich sah, hoffte der Jüngling, in ihm einen Fürsprecher für die arme Frau Bonacieux zu finden. Tréville hörte dem jungen Mann mit einem Ernst zu, der vermuten ließ, dass er in dem Abenteuer mehr sah als eine Liebesaffäre.

»Soso, das riecht ja ganz nach Kardinal«, sagte er, als d'Artagnan geendet hatte, »ich kann nur wiederholen: Verlasst so schnell wie möglich Paris! Wenn ich die Königin sehe, werde ich ihr berichten, was ich von Euch gehört habe; vielleicht weiß sie noch gar nichts von dem Überfall auf die arme Frau. Verlasst Euch nur wie immer auf mich. Sicher habe ich bei der Rückkehr schon gute Nachricht.«

D'Artagnan verabschiedete sich dankbar und begab sich in die Rue du Fossoyeur. Schon von weitem sah er Herrn Bonacieux vor seiner Haustür stehen. Er wollte rasch an ihm vorübergehen, als Bonacieux ihn wie am Vortag anredete: »Ei, ei, junger Mann, um sieben Uhr, wenn andere ausgeschlafen haben, kommt Ihr erst nach Hause? Ihr treibt es wirklich gut! Aber wo, in drei Teufels Namen, habt Ihr heute Nacht gesteckt? Wohl nicht auf den saubersten Wegen?«

D'Artagnan betrachtete seine schmutzigen Stiefel; dabei fiel sein Blick auch auf die Gamaschen und Schuhe seines Wirts, die sich merkwürdigerweise in einem ähnlichen Zustand befanden. Plötzlich durchzuckte ihn der Gedanke: Dieser dicke, kleine

Mann in ärmlicher Kleidung, von dem der Greis gesprochen hatte, war kein anderer als Bonacieux selbst! D'Artagnan musste an sich halten, dass er diesem Duckmäuser nicht den Hals umdrehte. Aber vielleicht wusste der Krämer, wo seine Frau sich befand. Dieser Verdacht tröstete den Jüngling ein wenig. Vielleicht konnte man den scheinheiligen Kerl zum Reden bringen. Er ging in seine Wohnung. Sein Diener erwartete ihn.

»Ich habe ihm auch nicht recht getraut; darum sagte ich, Ihr würdet es sicherlich sehr bedauern, dass er Euch nicht angetroffen hat, aber Ihr seid gestern Abend schon nach Troyes in der Champagne geritten.«

»Planchet«, rief d'Artagnan, »wir verlassen Paris in einer Viertelstunde. Packe rasch unsere Mantelsäcke, ich gehe schon langsam voraus, damit niemand Verdacht schöpft! Du findest mich in der Gardekaserne.«

Da d'Artagnan nichts versäumen wollte, suchte er vorher die Wohnungen seiner drei Freunde auf. Von keinem fand er eine Nachricht, nur für Aramis lag ein duftendes Briefchen auf dem Tisch, das d'Artagnan zu sich steckte. Als Planchet ihn dann in der Gardekaserne traf, hatte er bereits selber sein Pferd gesattelt und befahl nun dem Diener, auch die drei anderen Rosse zu satteln. Bestimmt würden sie seinen drei Freunden, sollte er sie noch lebend antreffen, recht gute Dienste leisten.

Auf verschiedenen Straßen verließen sie nun Paris und trafen sich erst wieder hinter Saint-Denis. Bei Tage war Planchet weitaus mutiger als bei Nacht, trotzdem blieb er vorsichtig. Ohne jeden Zwischenfall gelangten sie nach Chantilly, wo sie in demselben Gasthof abstiegen wie auf ihrer ersten Reise. Der Wirt trat ehrerbietig auf die Schwelle, als er den jungen Edelmann mit seinem Diener und zwei Handpferden vor seinem Hause halten sah. D'Artagnan begab sich in die Gaststube, bat den Wirt um eine Flasche Wein und knüpfte folgendes Gespräch an:

»Nun, Herr Wirt, ich bin schon wiederholt in Chantilly gewesen und jedes Mal bei Euch eingekehrt, zuletzt vor etwa zehn Tagen, in Begleitung von drei Musketieren; Ihr werdet Euch wohl besinnen, denn der eine bekam hier mit einem Fremden aus irgendeinem Grund Streit.«

»Ah, richtig, Euer Gnaden«, sagte der Wirt, »Ihr sprecht von Herrn Porthos?«

»Ja, so heißt mein Kamerad … Ist ihm ein Unglück zugestoßen? Er hatte versprochen, uns nachzukommen, aber wir haben ihn nicht mehr gesehen.«

»Herr Porthos hat uns die Ehre erwiesen, hier zu bleiben, und hat schon viel ankreiden lassen, Euer Gnaden!«

»Nun, was er Euch schuldig ist, wird er auch bezahlen«, sagte d'Artagnan.

»Oh, Euer Gnaden, Eure Worte sind Balsam für mein Herz«, erwiderte der Wirt; »wir haben schon beträchtliche Ausgaben gehabt, und erst heute Morgen sagte der Wundarzt, dass er sich an mich halten würde, wenn Herr Porthos nicht bezahlt.«

»Ja, ist denn Herr Porthos verwundet?«

»Ich kann es nicht sagen, gnädiger Herr. Seht lieber selbst; Herr Porthos wohnt im ersten Stock, Zimmer Nummer 4. Aber sagt, dass Ihr es seid; denn als ich mein Geld forderte, wurde er fuchsteufelswild.«

»Nun, er hat doch Geld!«, meinte d'Artagnan.

»Das haben wir auch gedacht, aber er hat alles verspielt, sogar seinen Rappen. Als ich ihm sagen ließ, er müsste sein Zimmer räumen, da wir uns über seine Schulden nicht einigen könnten, antwortete Herr Porthos, er denke nicht daran; jeden Augenblick erwarte er die Dame seines Herzens, die einen hohen Rang bei Hofe bekleidet, und der könne er nicht ein geringeres Zimmer zumuten. Dann griff er zu seinen Pistolen und erklärte, er würde jedem, der ihn in dieser Geschichte noch einmal behellige, das Lebenslicht ausblasen. Daraufhin hat sich niemand mehr zu ihm getraut, mit Ausnahme seines Dieners.«

»So? Mousqueton ist also da?«

»Ja, am sechsten Tag nach seiner Abreise ist er in der schlimmsten Laune wiedergekommen, und jetzt nimmt er sich einfach, was er braucht oder sein Herr haben will.«

»Habt keine Sorge wegen der Bezahlung«, sagte d'Artagnan, »Herr Porthos ist der Günstling einer sehr vornehmen Dame, die Euch wegen solcher Lappalie nicht im Stich lässt.«

»Na, gnädigster Herr«, erwiderte der Wirt, »darüber habe ich meine eigenen Gedanken. Ich habe nämlich einen Brief für die hohe Dame, den mir Herr Porthos zur Beförderung gab, durch einen Knecht besorgen lassen. Hm, wisst Ihr, wer die hohe Dame ist?«

»Nein. Ich habe Porthos nur von ihr als einer Herzogin reden hören.«

»Ach, sie ist die Ehefrau eines Anwalts mit Namen Coquenard und bestimmt schon über die fünfzig hinaus, aber sie spielt immer noch die Eifersüchtige.«

»Woher wisst Ihr das?«, fragte d'Artagnan.

»Als mein Bote den Brief abgab, fing sie sofort an zu schimpfen und nannte Herrn Porthos einen Schürzenjäger, der sich seinen Degenstich bestimmt nur bei einer Liebesaffäre eingehandelt hätte.«

»Also ist er doch verwundet?«, rief der Gascogner erschrocken.

»Ja, aber er hat mir verboten, darüber zu reden. Er hatte doch geschworen, dem Fremden, mit dem er in Streit geraten war, den Degen durch den Leib zu jagen, war aber stattdessen schon beim ersten Gang von diesem auf den Sand gestreckt worden. Der andere verstand sein Geschäft augenscheinlich besser. Als er Eurem Freund den Degen an die Kehle setzte, erklärte sich Herr Porthos für besiegt und nannte seinen Namen; kaum aber hätte der Fremde den Namen Porthos und nicht d'Artagnan gehört, bot er ihm den Arm und führte ihn ins Haus. Darauf beglich er seine Zeche, stieg zu Ross und verschwand.«

»Soso, Herr d'Artagnan sollte überfallen werden?«, fragte dieser, »und Ihr wisst nicht, was aus dem Fremden geworden ist?«

»Nein. Er hat sich nicht wieder sehen lassen.«

»Nun gut. Im ersten Stock, sagt Ihr, Nummer vier?«

»Ich hätte das Zimmer schon zehnmal wiedervermieten können, denn, wie gesagt, es ist das schönste im Hause.«

»Na, lasst es nur gut sein, zu Eurem Gelde werdet Ihr schon kommen, wenn nicht anders, durch die Frau Herzogin Coquenard!«

»Viel Hoffnung auf diese Quelle habe ich nicht; die Frau hat meinem Boten vielmehr gesagt, von ihr gäbe es keinen roten Heller mehr; jetzt hätte sie es endlich satt, und ihretwegen könnte sich Herr Porthos hinscheren, wo der Pfeffer wächst.«

»Habt Ihr diesen Bescheid Eurem Gast gemeldet?«

»Ich werde mich schön hüten! Da hätte er doch gewusst, wie sein Brief besorgt worden ist.«

»Er wartet also noch immer auf Kasse?«

»Freilich! Erst gestern hat er wieder geschrieben; aber diesmal hat der Postbote den Brief mitgenommen.«

»Nun, ich denke, sie wird wohl noch einmal gelindere Saiten aufziehen, die Frau Coquenard; so sehr viel schuldig kann Euch übrigens Herr Porthos gar nicht sein?«

»Nicht viel? Oho! An die zwanzig Pistolen kommen schon zusammen.«

»Lässt ihn die Liebe sitzen, so ist er ja nicht ohne Freunde, die für ihn einspringen werden. Also gebt ihm schon, wonach er verlangt, Herr Wirt!«

»Der gnädige Herr haben mir zugesagt, reinen Mund zu halten!«, rief der Wirt d'Artagnan nach, der inzwischen die Treppe emporgestiegen war und oben an eine Tür klopfte, die durch eine riesige Vier kenntlich gemacht war. Porthos rief »Herein!« und d'Artagnan trat ein.

Der Freund lag im Bett und vertrieb sich die Zeit durch eine Partie Landsknecht mit seinem Diener Mousqueton, während sich über dem Feuer zwei Rebhühner am Bratspieß drehten und auf dem großen Herd zwei dampfende Pfannen einen lieblichen Duft von gekochtem Fisch und Frikassee verbreiteten. Auf dem Schrank und der Kommode standen ganze Batterien leerer Weinflaschen. Porthos begrüßte den Freund mit Jubelgeschrei; Mousqueton erhob sich respektvoll, überließ dem Gast seinen Platz am Bett und trat an den Herd.

»Hallo, wieder da?«, rief Porthos, »willkommen! Entschuldigt, dass ich Euch nicht entgegeneile. Aber Ihr wisst ja schon, was mir widerfahren ist?«

»Nein.«

»Hat Euch der Wirt nichts gesagt?«

»Ich habe nur nach Euch gefragt und bin gleich hinaufgeeilt.«

Porthos schien aufzuatmen.

»Aber was ist Euch denn widerfahren, mein lieber Porthos?«, fragte d'Artagnan.

»Ja, nachdem ich meinen Gegner schon dreimal getroffen hatte, wollte ich ihm mit dem vierten Degenstich den Garaus machen, stolperte aber und verstauchte mir das Knie.«

»So ein Pech!«

»Na, für meinen Gegner war es Glück, denn sonst wäre er tot auf dem Platze geblieben.«

»Und was ist aus ihm geworden?«

»Keine Ahnung, ich weiß nur, dass er genug hatte und wie ein begossener Pudel abzog.«

»Warum habt Ihr Euch nicht längst nach Paris bringen lassen?«

»Das war auch meine Absicht; aber, mein lieber d'Artagnan, Ihr wisst ja, ein Pech kommt selten allein. Bei einer Partie Landsknecht habe ich mein Geld und dazu noch meinen Rappen verspielt. Nun liege ich hier und warte!«

»Mein lieber Porthos! Mann kann nicht alles haben; Ihr kennt doch das Sprichwort: Glück in der Liebe, Unglück im Spiel. Wer eine Herzogin zur Liebsten hat, der braucht für den morgigen Tag nicht zu sorgen!«

»Ja, ich schrieb schon an sie um fünfzig Pistolen, habe aber bis heute noch keine Antwort. Sie muss auf ihre Güter gefahren sein.«

»Nun, über Euren Wirt braucht Ihr aber wohl nicht zu klagen, lieber Porthos«, sagte d'Artagnan, indem er lachend auf die vollen Pfannen und leeren Flaschen zeigte.

»Oho!«, antwortete Porthos; »der unverschämte Kerl hat mir erst vorgestern eine Rechnung heraufgeschickt; aber ich habe den Boten mitsamt der Rechnung die Treppe hinuntergeworfen. Nun muss Mousqueton sehen, wie er uns durchbringt, und er kennt vielerlei Listen und Schliche. – Nicht wahr?«, wandte er sich an seinen Diener.

»Du liebe Zeit, gnädiger Herr«, versetzte Mousqueton bescheiden, »es gibt doch nichts Einfacheres und Leichteres. Ein bisschen Geschick, das ist alles. Ich bin auf dem Lande aufgewachsen und mein Vater hat in seiner freien Zeit ein wenig gewildert. Ich habe gelernt, wie man eine Schlinge knüpft und eine Angel legt. Und was den Wein angeht, so haben mir die Gefährten auf meinen Wanderschaften gezeigt, wie man den besten Tropfen auch aus einem verschlossenen Keller holt. Es bedarf wohl keiner weiteren Worte, um Euch den Ursprung unseres Flaschenbestandes begreiflich zu machen? Darf ich Euch eine Probe zum Kosten anbieten?«

»Danke, mein Freund, aber ich habe schon gefrühstückt.«

»So, d'Artagnan, nun erzählt aber endlich, was Ihr in den zehn Tagen erlebt habt.«

»Von Herzen gern«, antwortete d'Artagnan und berichtete ausführlich.

Gerade als er Porthos von dem für ihn bestimmten Pferd des Herzogs erzählte, das schon im Stall des Gasthofes für ihn bereitstand, meldete Planchet, dass die Pferde wieder frisch seien und dass es wohl möglich wäre, noch heute Clermont zu erreichen und dort zu übernachten. Da es d'Artagnan drängte, auch von seinen beiden anderen Freunden Kunde zu bekommen, reichte er dem Freunde die Hand, wünschte ihm baldige Genesung und versprach, in acht bis zehn Tagen zurück zu sein. Dann bezahlte er seine Zeche und setzte mit Planchet seinen Ritt fort.

23. Aramis und seine Studien

Weder von dem unglücklichen Duell hatte d'Artagnan zu Porthos gesprochen noch hatte er ihn der Lüge mit der Herzogin überführt. Pfiffig, wie die Gascogner sind, ließ er seinen Freund in dem Glauben, alles für bare Münze genommen zu haben. Er ließ sich dabei von der Überzeugung leiten, dass man nie wissen kann, wozu ein Geheimnis gut ist.

Doch während des ganzen Rittes erfüllte tiefe Traurigkeit sein Herz; immerzu dachte er an die hübsche junge Frau Bonacieux, die ihm noch den Lohn für seine Treue schuldete. Er zweifelte nicht mehr daran, dass sie der Rache des Kardinals zum Opfer gefallen war, und der pflegte grausame Rache zu üben. Versunken in seine trüben Gedanken, legte d'Artagnan die Strecke zwischen Chantilly und Crêvecoeur zurück, und erst der Anblick der Schenke, in der er Aramis zurückgelassen hatte, brachte ihn wieder zu sich. Diesmal empfing ihn eine Wirtin. D'Artagnan verstand sich auf Physiognomien und erkannte sofort, dass ihm von dieser Frau mit dem runden, fröhlichen Gesicht nichts Böses drohte.

»Gute Frau«, fragte er, »könnt Ihr mir wohl sagen, was aus meinem Freund geworden ist, den ich vor etwa vierzehn Tagen hier zurücklassen musste?«

»Meint Ihr den schönen jungen Mann von drei- oder vierundzwanzig Jahren?«

»Ja, er war an der Schulter verwundet.«

»Richtig, der ist noch da!«

»Wirklich, gute Frau?«, rief d'Artagnan und schwang sich aus dem Sattel, indem er Planchet die Zügel zuwarf, »oh, Ihr schenkt mir das Leben wieder! Wo ist mein lieber Aramis? Es drängt mich, ihn in die Arme zu schließen.«

»Ich glaube kaum, dass er Euch jetzt empfangen wird, gnädiger Herr. Der Pfarrer von Montdidier und der Abt des Jesuitenklosters sind eben bei ihm. Um dem Himmel für seine Genesung zu danken, hat er sich nämlich entschlossen, ins Kloster zu gehen!«

»Ach, richtig!«, rief d'Artagnan, »ich hatte vergessen, dass er nur vorübergehend Musketier ist.«

»Aber wenn Ihr es trotzdem versuchen wollt, dann geht die Treppe rechts zum zweiten Stock hinauf, Zimmer Nummer fünf.«

D'Artagnan ging in die angegebene Richtung. Aber so leicht kam man nicht zu dem zukünftigen Abbé, denn der Zugang zu ihm wurde von seinem Diener Bazin streng bewacht. Bazin hatte sich schon immer danach gesehnt, einem geistlichen Herrn zu dienen. Und nun sollte sein Wunsch endlich in Erfüllung gehen. Dass Bazin sich bei dieser Sachlage über die plötzliche Ankunft d'Artagnans nicht freute, leuchtet durchaus ein, und dass er die Tür mutig verteidigte, nicht minder. Er versuchte, dem Besucher klar zu machen, dass es unmöglich wäre, seinen Herrn in der frommen Übung zu stören, die schon am Morgen begonnen habe und vor Abend schwerlich enden werde.

D'Artagnan war jedoch nicht der Mann, sich auf eine lange Unterhaltung mit einem Diener einzulassen, und so schob er ihn einfach beiseite, klinkte die Tür auf und trat ins Zimmer. Aramis, im schwarzen Überrock, mit einer runden, flachen Kopfbedeckung, die etwas einem Priesterkäppchen ähnelte, saß an einem länglichen, mit Büchern und Folianten bedeckten Tisch.

Zu seiner Rechten saß der Abt, zu seiner Linken der Pfarrer von Montdidier. Durch die halb geschlossenen Vorhänge drang nur gedämpftes Licht. Alle weltlichen Dinge, die man im Zimmer eines jungen Mannes und gar eines Musketiers sonst trifft, waren verbannt; man sah weder Degen noch Pistolen oder einen Federhut, auch von Litzen und Tressen keine Spur. Stattdessen meinte d'Artagnan, in einem Winkel des Raumes so etwas wie eine Geißel an einem Nagel hängen zu sehen.

Bei dem Geräusch, das d'Artagnans Eintritt verursachte, blickte Aramis auf und erkannte den Freund. Aber zu dessen Verwunderung verriet sein Gesicht keine Überraschung oder Freude; offenbar hatte sich sein Geist bereits von allem Irdischen abgewandt ... »Guten Tag, lieber d'Artagnan«, sprach Aramis, »ich freue mich, Euch zu sehen.«

»Ich auch«, erwiderte d'Artagnan, »obwohl ich noch nicht recht sicher bin, ob ich wirklich mit Aramis spreche.«

»Wie könnt Ihr nur zweifeln?«

»Ich fürchte, in ein falsches Zimmer und zu einem geistlichen Herrn geraten zu sein; dazu kommt der Anblick dieser beiden Herren, der mir einen Schreck einjagte; nun glaubte ich nämlich, Ihr seid ernstlich krank.«

Die beiden geistlichen Herren warfen d'Artagnan, dessen Absichten sie durchschauten, einen fast drohenden Blick zu; dieser aber ließ sich dadurch nicht im Geringsten beirren. »Vielleicht störe ich Euch, mein lieber Aramis«, fuhr er fort, »denn nach allem, was ich sehe, macht es mir den Eindruck, als wenn Ihr gerade beichtet.«

Aramis errötete. »Ihr solltet mich stören? Oh, ganz im Gegenteil, lieber Freund! Zum Beweise dafür wiederhole ich, dass ich mich außerordentlich freue, Euch wieder zu sehen.«

Aha, dachte d'Artagnan; endlich taut er auf! So schlimm scheint es also mit ihm noch nicht zu stehen.

Aramis wandte sich jetzt in salbungsvollem Ton an seine beiden Gäste: »Der Herr hier, ein guter Freund von mir, ist nämlich eben einer großen Gefahr entronnen.«

»Dann danket Gott dafür«, sprachen die beiden geistlichen Herren wie aus einem Munde.

»Das habe ich auch getan, hochwürdige Herren«, erwiderte der junge Mann und verneigte sich.

Jetzt entspann sich zwischen den drei Männern ein intensives geistliches Gespräch, das d'Artagnan endlos und langweilig dünkte. Er glaubte sich in ein Narrenhaus versetzt und fürchtete schon um seinen Verstand.

Endlich standen die beiden Schwarzröcke auf, verneigten sich vor Aramis und d'Artagnan und schritten auf die Tür zu. Aramis gab ihnen das Geleit bis zur Treppe und kehrte dann rasch zu dem Freunde zurück.

Als die beiden einander allein gegenübersaßen, herrschte zunächst peinliches Schweigen. Dann ergriff Aramis das Wort: »Ihr seht, dass ich zu meinen ursprünglichen Absichten zurückgekehrt bin, lieber Freund.«

»Ja, wie der geistliche Herr eben sagte, die göttliche Gnade hat sich über Euch ergossen«, antwortete d'Artagnan. »Aber lassen wir jetzt den theologischen Kram. Ich habe heute noch keinen Bissen gegessen, mir knurrt abscheulich der Magen.«

»Wir essen gleich, lieber Freund; doch vergesst nicht, dass wir heut Freitag haben; an diesem Tag besteht mein Mahl nur aus Tetragon und Obst.«

»Was versteht Ihr unter Tetragon?«, fragte d'Artagnan beunruhigt.

»Spinat, mein Freund«, versetzte Aramis, »aber Euch werde ich ein paar Eier dazu braten lassen, wenn es auch ein schwerer Verstoß wider das Fastengebot ist, denn auch Eier sind Fleisch, aus ihnen schlüpfen die Hühner. Na, es wird Eurem Seelenheil schon nicht schaden, und um Euch nicht allein zu lassen, werde ich eben das Opfer bringen.«

»Ihr wollt also wirklich Priester werden, Aramis? Was werden unsere Freunde, was wird Herr de Tréville dazu sagen?«

»Der Dienst als Musketier war ja nur eine Unterbrechung meines geistlichen Standes«, antwortete Aramis, »ich will Euch beichten, warum ich aus dem Seminar ausgetreten bin.«

»Also fangt an, ich bin ganz Ohr.«

»Seit meinem neunten Lebensjahr war ich im Seminar, und es fehlten nur noch drei Tage an meinem zwanzigsten, in dem ich Abbé werden sollte. Eines Abends war ich, wie schon früher oft und gern – was wollt Ihr, man ist jung –, zu einer befreundeten Familie gegangen, um der Dame des Hauses aus dem Leben der Heiligen vorzulesen. Plötzlich trat unangemeldet ein Offizier ins Zimmer. Ich gebe zu, dass die Stellung, in der er uns traf, Eifersucht wecken konnte. Ich hatte nämlich gerade ein Kapitel aus der Judithgeschichte vorgetragen, das die Dame lebhaft interessierte, sodass sie sich über meine Schulter beugte und mitlas. Den Offizier schien das zu wurmen. Er sagte zwar nichts, aber als ich ging, folgte er mir und stellte mich zur Rede. ›Herr Abbé‹, fragte er, ›habt Ihr schon einmal Schläge bekommen?‹ – ›Nein‹, sagte ich, ›es hat auch noch niemand gewagt, sie mir anzubieten.‹ – ›Nun, dann nehmt Euch in Acht‹, rief er, ›wenn Ihr Euch noch einmal in diesem Hause sehen lasst, werde ich es wagen.‹ – Ich glaube, dass ich bleich wurde; ich suchte nach einer Antwort, aber mir fiel nichts ein.

Der Offizier drehte mir den Rücken, ging wieder in das Haus und ich zurück ins Seminar. Ich bin ein guter Edelmann und, wie Ihr wisst, sehr heißblütig. Den Schimpf, den mir der Offizier angetan hatte, konnte ich nicht verwinden. Ich erklärte meinem Oberen, dass ich mich für die Priesterweihe noch nicht genügend vorbereitet fühlte, und bat ihn, mich noch ein Jahr zurückzustellen.

Dann nahm ich Fechtstunden beim besten Meister dieser Kunst. Ein Jahr danach kleidete ich mich wie ein Edelmann und ging auf einen Ball, wo ich sicher sein durfte, den Offizier, der mir den Schimpf angetan hatte, zu treffen. Er befand sich wirklich dort. Gerade als er einer Dame sehr eifrig den Hof machte, trat ich auf ihn zu und fragte, ob er noch immer etwas dagegen hätte, wenn ich mich in der Rue Payenne sehen ließe, und was er von den Schlägen halte, die er mir just vor einem Jahr dafür androhte.

›Ich kenne Euch nicht; was wollt Ihr von mir?‹, sagte er. – ›Ich bin der kleine Abbé‹, erwiderte ich ihm. – ›Ach!‹, meinte er, ›jetzt fällt's mir ein! Womit kann ich Euch dienen?‹ – ›Ich wollte Euch bitten, einen kleinen Spaziergang mit mir zu machen, und zwar sofort!‹ – ›Nun, mir soll es recht sein‹, versetzte er lachend, entschuldigte sich bei der Dame und folgte mir. Ich führte ihn in die Rue Payenne vor das Haus, in welchem er mich beschimpft hatte. Wir kreuzten vor der Tür die Degen und mit dem ersten Stoß streckte ich ihn tot nieder.«

»Teufel auch!«, rief d'Artagnan.

»Die Sache machte natürlich Aufsehen, und ich sah mich genötigt, auf das geistliche Kleid, wenigstens für gewisse Zeit, zu verzichten. Dann wurde ich mit Athos und Porthos bekannt, sie überredeten mich, um Einstellung als Musketier nachzusuchen. Der König bewilligte mein Gesuch.

Nachdem Ihr meine Geschichte kennt, werdet Ihr gewiss verstehen, wenn ich jetzt in den Schoß der Kirche zurückkehre.«

»Was ist Euch denn geschehen, dass Ihr auf derlei schlimme Gedanken kommt?«, rief d'Artagnan.

»Meine Verwundung war mir ein Wink vom Himmel.«

»Pah, die Verwundung ist bald geheilt; nach meiner Überzeugung ist es Euer verwundetes Herz, das Euch so empfindlich macht.«

Aramis errötete, und mit erheuchelter Gleichgültigkeit wehrte er ab: »Ich und Liebeskummer? Ach, geht nur!«

»Aramis! Aramis!«, rief d'Artagnan lächelnd, »dann können wir ja den Brief, den ich in Eurer Wohnung fand, dem Feuer übergeben.«

»Von wem ist der Brief?«

»Ich weiß es nicht, vielleicht ist er belanglos, wenn er auch eine Herzogskrone trägt.«

»D'Artagnan! Was faselt Ihr?«

Der Gascogner zog den Brief langsam aus der Tasche.

Mit einem Satz sprang Aramis auf ihn zu, riss ihm den Brief aus der Hand, las oder vielmehr verschlang ihn ... Sein Gesicht strahlte.

»Dank Euch, d'Artagnan!«, rief Aramis verzückt, »sie musste wieder nach Tours zurückkehren, sie ist mir nicht untreu, sie liebt mich noch immer! Kommt, mein Freund, lasst Euch umarmen! Das Glück macht mich toll!«, und lustig stampften sie auf den zu Boden gefallenen Blättern der These Aramis' herum. In diesem Augenblick trat Bazin mit dem Spinat und den Spiegeleiern in die Stube.

»Fliehe, Unglücklicher!«, rief Aramis, indem er ihm sein Käppchen ins Gesicht warf, »gehe hin, wo du hergekommen bist, und nimm dieses gräuliche Gemüse wieder mit. Bringe stattdessen einen gespickten Hasen, einen fetten Kapaun, einen saftigen Schlegel mit Knoblauch und vier Flaschen alten Burgunder!«

Bazin starrte seinen Herrn verstört an, denn er konnte sich, was er sah und hörte, nicht zusammenreimen; trübsinnig ließ er Spiegeleier und Spinat auf die Erde fallen ...

»Trinken wir, mein lieber d'Artagnan! Zum Teufel! Trinken wir, soviel wir können. Und nun erzählt mir, wie es Euch und den anderen ergangen ist.«

24. Athos’ Frau

»Jetzt möchte ich nur noch wissen, wie es sich mit Athos verhält«, sagte d’Artagnan, nachdem er Aramis alles berichtet hatte, was in der Zwischenzeit geschehen war, und ein vortreffliches Essen den einen seine These, den anderen seine Müdigkeit hatte vergessen lassen.

»Meint Ihr, es sei ihm ein Unglück zugestoßen?«, fragte Aramis; »Athos ist doch so kaltblütig und tapfer; außerdem versteht er seinen Degen geschickt zu führen!«

»Gewiss, und niemand weiß seinen Mut und seine Geschicklichkeit besser zu schätzen als ich. Trotzdem möchte ich so schnell wie möglich nach Amiens.«

»Ich will versuchen, Euch zu begleiten«, erwiderte Aramis, »obwohl mir nicht eben nach Reiten zumute ist. Gestern habe ich die Geißel versucht, die Ihr dort an der Wand seht, aber der Schmerz nötigte mich, die fromme Übung zu unterbrechen. Wann wollt Ihr fort?«

»Bei Tagesgrauen, ruht Euch heute Nacht gut aus, und wenn Ihr könnt, reiten wir morgen zusammen.«

»Also auf morgen«, sagte Aramis.

Am andern Morgen fand d’Artagnan seinen Freund am Fenster stehen. »Was gibt es denn dort zu sehen?«, fragte er.

»Ich bewundere mit Vergnügen die drei stattlichen Pferde, die von den Stallburschen am Zügel gehalten werden.«

»Ei, dieses Vergnügen könnt Ihr haben, mein Lieber, denn eins dieser Pferde gehört Euch. Nehmt, welches Ihr wollt«, erwiderte d’Artagnan.

»Ihr scherzt, d'Artagnan!«

»Durchaus nicht.«

»Hat sie Euch der König geschenkt?«

»Jedenfalls nicht der Kardinal; aber zerbrecht Euch nicht den Kopf, woher sie stammen, denkt nur daran, dass eins davon Euch gehört.«

»Ich nehme das, welches der rote Stallbursche hält.«

»Famos!«

»Bei Gott und allen Heiligen!«, rief Aramis, »das vertreibt mir den letzten Schmerz! Eil dich, Bazin, putz meinen Degen, bring meinen Hut, bürste meinen Mantel und lade meine Pistolen!«

»Das Letztere ist überflüssig«, bemerkte d'Artagnan, »geladene Pistolen findet Ihr in den Satteltaschen.«

Bazin seufzte.

»Beruhige dich, Bazin!«, sagte d'Artagnan, »einen Platz im Himmelreich kann man sich in allen Lebenslagen verdienen.«

»Ach! Der gnädige Herr war schon ein so tüchtiger Gottesmann!«, jammerte Bazin, »er wäre ganz sicher Bischof, vielleicht gar Kardinal geworden!«

»Aber, mein lieber Bazin! Was nützt es, ein Mann der Kirche zu sein? Damit entgeht man doch nicht der Notwendigkeit, in den Krieg zu ziehen! Denk an unseren Kardinal!«

»Ja doch, ja doch!«, seufzte Bazin; »heutzutage ist eben alles verkehrt in der Welt!«

Bei diesem Gespräch waren die beiden Edelleute und der unglückliche Diener auf dem Hof angelangt. »Bazin, halte mir den Steigbügel!«, befahl Aramis und schwang sich mit gewohnter Eleganz in den Sattel; aber schon nach wenigen Sprüngen und Wendungen des edlen Tieres fühlte er so arge Schmerzen, dass er erbleichte und taumelte. D'Artagnan hatte den Freund nicht aus den Augen gelassen, sprang hinzu, fing ihn in seinen Armen auf und führte ihn ins Zimmer zurück.

»Bleibt ruhig hier und pflegt Euch, mein lieber Aramis«, sagte er. »Ich werde allein zu Athos reiten.«

Aramis lächelte. »Ich werde Verse machen«, meinte er.

»Ja, macht hübsche Verse und reitet jeden Tag ein Weilchen, damit Ihr wieder sattelfest werdet.«

»Oh, keine Bange! Bei Eurer Rückkehr werde ich schon wieder munter sein!«

Sie nahmen Abschied, und nachdem er seinen Freund noch der Fürsorge der Wirtin empfohlen hatte, trabte d'Artagnan mit Planchet in Richtung Amiens davon. Wie würde er Athos wieder finden, wenn er ihn überhaupt noch fand? Er hatte den Freund in einer misslichen Lage zurücklassen müssen, und es war möglich, dass der dabei den Kürzeren gezogen hatte.

Von den drei Freunden war Athos der Älteste, und was Ansichten und Neigungen anging, stand er d'Artagnan am fernsten. Und doch fühlte dieser sich zu Athos am meisten hingezogen. Sein vornehmes Äußeres, sein Mut und seine Kaltblütigkeit imponierten ihm außerordentlich. Aber es gab noch einen anderen Athos. Mit gesenktem Kopf und mattem Blick saß dieser dann stundenlang vor seiner Flasche und stierte vor sich hin. Er trank für vier, ohne dass man es ihm ansah, es sei denn, dass sich die Falten auf der Stirn dichter zusammenschoben. Zweifellos hatte sich in seinem Leben etwas ereignet, das diese düstere Stimmung hervorrief, aber man wusste nichts darüber.

Armer Athos, dachte d'Artagnan, vielleicht bist du schon tot, und dann durch meine Schuld, denn nur ich habe dich in diese Sache hineingezogen.

Gegen elf Uhr vormittags kam Amiens in Sicht und halb zwölf hielten die beiden Reiter vor der Herberge. D'Artagnan hatte dem schurkischen Wirt Rache geschworen. Den Hut tief in die Stirn gezogen, die linke Hand am Degenknauf, in der rechten die Reitpeitsche schwingend, betrat er die Gaststube. »Ihr kennt mich wohl noch?«, fragte er den Wirt, der ihn mit einer tiefen Verneigung begrüßte.

»Ich habe nicht die Ehre, gnädiger Herr«, erwiderte dieser, ganz geblendet von dem stattlichen Aussehen des Reiters.

»Dann werde ich Euer Gedächtnis ein wenig auffrischen!«, rief der Gascogner; »was ist aus dem Edelmann geworden, den Ihr vor etwa vierzehn Tagen der Falschmünzerei bezichtigt habt?«

Der Wirt erbleichte, denn d'Artagnan hatte eine drohende Haltung angenommen, und Planchet bemühte sich, es ihm gleichzutun. »Ach, Euer Gnaden«, rief der Wirt mit kläglichster Stimme, »sprecht nicht davon; was hat mich diese Dummheit nicht schon gekostet!«

»Also, was ist aus dem Edelmann geworden?«

»Nehmt doch erst Platz, gnädiger Herr, ich will Euch ja erzählen«, fuhr der Wirt, am ganzen Leibe zitternd, fort. »Jetzt erkenne ich Euch wieder. Ihr seid damals fortgeritten, als ich mit dem Edelmann, von dem Ihr sprecht, den unseligen Streit hatte.«

»Ja, der bin ich«, versetzte d'Artagnan streng, »und Ihr merkt wohl, dass Ihr keine Gnade zu erwarten habt, wenn Ihr nicht die Wahrheit sagt!«

»Ihr sollt alles erfahren: Von den Behörden war Anzeige gekommen, dass ein berüchtigter Falschmünzer mit seinen Kumpanen, als Musketiere oder Gardisten verkleidet, in meinem

Gasthof absteigen würde. Eure Pferde, die Diener, Euer Aussehen, alles war mir genau angegeben worden, gnädiger Herr! Von der Obrigkeit wurden mir noch sechs Mann zur Unterstützung geschickt.«

»Nun sagt endlich, wo ist der Edelmann? Ist er tot? Oder lebt er noch?«

»Geduld, gnädiger Herr, ich komme ja schon zur Sache. Euer überstürzter Aufbruch schien unser Vorgehen zu rechtfertigen. Euer Freund, der Edelmann, verteidigte sich mit großer Entschlossenheit, und sein Diener, der leider mit den als Stallknechte verkleideten Polizisten in Streit geraten war ...«

»Ha, Schurke!«, schrie d'Artagnan, »Ihr wart also alle im Einvernehmen, und ich weiß wahrlich nicht, warum ich mit Euch noch so viel Federlesens mache!«

»Nicht doch, gnädiger Herr, von Einvernehmen kann gar keine Rede sein. Euer Freund – verzeiht, aber sein Name ist mir nicht bekannt – schoss mit seinen Pistolen zwei Mann über den Haufen, zog sich dann fechtend zurück, wobei er einen meiner Knechte niederstach und mich durch einen Schlag mit der flachen Klinge seines Degens betäubte. Als er die offene Kellertür sah, nahm er den Schlüssel an sich, lief hinein und sperrte die Tür hinter sich zu. Da wir aber sicher waren, ihn hier jederzeit zu finden, hat sich zunächst niemand um ihn gekümmert. Als ich wieder zu mir kam, eilte ich zu dem Offizier, der bei dem Überfall dabei gewesen war, und fragte, was mit dem Gefangenen nun werden sollte. Der tat aber, als wüsste er von nichts, und leugnete, mit der Sache etwas zu tun zu haben. Sollte ich mir einfallen lassen zu behaupten, dass er von der Sache wüsste, würde er dafür sorgen, dass ich an den Galgen käme.«

»Aber was ist aus Athos geworden?«, rief d'Artagnan wütend.

»Er will nicht aus dem Keller heraus; er bleibt dabei, man wolle ihm nur eine Falle stellen. Nach dem Kampf verlangte er sogar seinen Diener mitsamt seinen Waffen. Wir beeilten uns also, den verwundeten Herrn Grimaud – so nannte er sich – in den Keller zu lassen.«

»Also finde ich meinen Freund im Keller?«, fragte der Gascogner.

»Gewiss, gnädiger Herr«, antwortete der Wirt; »wir müssen ihm jeden Tag durch das Kellerloch Brot und Fleisch hinunterreichen. Aber damit werden die beiden sich wohl kaum begnügen, und von all den Vorräten, die im Keller lagern, werde ich nicht mehr viel finden.«

»Das wäre nicht mehr als recht und billig«, erwiderte d'Artagnan.

Plötzlich hörten sie im Keller wildes Lärmen.

»Da hört nur, gnädiger Herr, wie er wieder wütet!«

»Sicher hat ihn jemand belästigt?«

»Was sollen wir denn machen? Seitdem Euer Freund im Keller ist, können wir ja keinem Gast mehr etwas vorsetzen! Eben sind zwei vornehme Engländer abgestiegen und haben Wein bestellt. Meine Frau hat sicherlich Herrn Athos gebeten, sie in den Keller zu lassen.«

Die beiden Engländer, hungrig und durstig vom langen Ritt, forderten ungestüm Wein und Braten und drohten, die Kellertür einzuschlagen, wenn sie das Gewünschte nicht sofort bekämen.

»Das werdet Ihr schön bleiben lassen, meine Herren!«, rief d'Artagnan und zog die Pistolen aus dem Gürtel.

»Donnerwetter, das ist doch d'Artagnan«, schallte es dumpf aus dem Keller.

»Allerdings!«, rief dieser mit lauter Stimme, »ich bin es.«

»Das ist ja großartig!«, sagte Athos, »jetzt wollen wir es ihnen aber mal geben.«

Die Edelleute hatten schon ihre Degen gezogen, zauderten aber noch.

»Meine Herren!«, rief d'Artagnan, »steckt ruhig Eure Degen ein und setzt Euch an den Tisch. Auf mein Wort, in zehn Minuten wird man Euch alles bringen, was Ihr verlangt habt.«

Die Engländer grüßten und gingen.

»So, mein lieber Athos«, sagte d'Artagnan, »jetzt sind wir allein, Ihr könnt rauskommen.«

Gleich darauf öffnete sich die Tür und das bleiche Gesicht des Musketiers tauchte auf. Mit raschem Blick musterte er die Gegend. D'Artagnan und umarmte ihn lange und herzlich; aber als er ihn aus dem feuchten Raume ziehen wollte, merkte er, dass Athos taumelte.

»Seid Ihr verwundet?«, fragte er.

»Ich? Nicht im Geringsten, nur sternhagelvoll. Ich habe aber auch keine Mühe gescheut; mindestens hundertfünfzig Flaschen habe ich ausgesoffen.«

»Barmherzigkeit!«, rief der Wirt, »wenn der Diener nur die Hälfte getrunken hat, bin ich ein ruinierter Mann.«

»Grimaud ist aus gutem Hause«, erwiderte Athos, »der sich nicht herausnähme, dieselbe Sorte zu trinken wie ich. Er hat sich an die Fässer gehalten. Ich glaube, er hat vergessen, den Spund wieder hineinzustecken ... Hört doch nur, wie es plätschert!«

D'Artagnan wollte sich ausschütten vor Lachen, während der Wirt gelb und grün vor Ärger wurde. Schwankend erschien jetzt Grimaud, die Muskete geschultert. Er war über und über mit einer fetten Flüssigkeit beschmiert, in welcher der Wirt sein bestes Olivenöl erkannte. Langsam bewegte sich der Zug durch die große Gaststube und begab sich in das vornehmste Zimmer des Gasthofes, das d'Artagnan, ohne den Wirt zu fragen, mit Beschlag belegt hatte. Inzwischen eilten dieser und seine Frau mit Licht versehen in den so lange versperrt gewesenen Keller. Der Anblick war schrecklich und ihr Jammergeschrei erfüllte alsbald das ganze Haus. In Ölpfützen und Weinlachen schwammen abgenagte Schinkenknochen und Würste, während zerbrochene Flaschen haufenweise in den Ecken lagen. Aus einem Fass, dessen Spundloch eingeschlagen war, rannen die letzten Tropfen edlen Rebenblutes.

Der Schmerz des Wirtes verwandelte sich in Wut. Mit einem Bratspieß bewaffnet, raste er in die Stube hinein, wo die beiden Freunde saßen. »Wein!«, befahl Athos, als er ihn kommen sah.

»Wein?«, wiederholte verblüfft der Wirt, »aber Ihr habt ja schon für mehr als hundert Pistolen getrunken. Ich bin ein geschlagener Mann! Ich bin ruiniert!«

»Pah!«, rief Athos, »unser Durst war eben groß.«

»Hättet Ihr wenigstens am Trinken genug sein lassen; aber Ihr habt ja sämtliche Flaschen zerschlagen.«

»Wenn es Scherben im Keller gibt, so ist das einzig und allein Eure Schuld. Wer hieß Euch mich in einem Flaschenlager einzuquartieren«

»All mein Öl ist ausgelaufen!«, wehklagte der Wirt.

»Öl ist ein erhabener Balsam für Wunden, und mein armer Grimaud musste sich doch die Wunden verbinden, die ihm geschlagen wurden.«

»All meine Würste sind angeknabbert!«

»Ihr habt Ratten über Ratten im Keller.«

»Dafür werdet Ihr mir aufkommen! Das werdet Ihr mir alles bezahlen!«, schrie der Wirt wütend.

»Alter Gauner!«, rief Athos, indem er sich aufrichtete, aber er sank sogleich wieder um, denn es war nicht weit her mit seinen Kräften. D'Artagnan kam ihm, die Reitpeitsche schwingend, zu Hilfe, worauf der Wirt ein paar Schritte zurückwich und laut zu jammern begann.

»Das soll eine gute Lehre für Euch sein!«, rief d'Artagnan, »so mit Gästen umzugehen, die Euch vom Himmel kommen!«

»Sagt lieber aus der Hölle!«, rief klagend der Wirt.

»Lieber Mann«, sagte d'Artagnan, »wenn Ihr uns noch lange die Ohren voll brummt, dann werden wir uns alle vier in Euern Keller einsperren und zusehen, ob der Schaden wirklich so groß ist, wie Ihr ihn macht.«

»Ich gebe ja zu, meine Herren«, erwiderte einlenkend der ärmste aller Wirte, »dass das Unrecht auf meiner Seite liegt; aber jede Sünde findet Gnade, und Ihr seid vornehme Herren, ich aber bin bloß ein armer Teufel; darum habt mit mir Mitleid, meine Herren!«

»Ach, wenn du so sprichst, mein Männchen«, sagte Athos, »dann spaltest du mir das Herz, und meinen Augen werden die Tränen entrinnen wie deinen Fässern der Wein. Solch schlimmer Teufel ist man schließlich doch nicht, wie man aussieht. Komm, Männchen, setz dich zu uns und lass uns plaudern.« Ängstlich rückte der Wirt heran. »Komm, sag ich dir, und hab keine Bange!«, fuhr Athos fort, »gerade als ich bezahlen wollte, du weißt doch …«

»… kamen die Häscher«, fiel ihm der Wirt ins Wort.

»Ich hatte meinen Beutel auf den Tisch gelegt …«

»Jawohl, Euer Gnaden!«

»Wo hast du meinen Beutel mit den sechzig Pistolen gelassen?«, rief Athos, »wo ist er?«

»Den hat das Gericht, weil doch das Gold falsch sein sollte«, jammerte der Wirt.

»Dann lass ihn dir herausgeben und behalte die sechzig Pistolen!«

»Aber Euer Gnaden wissen doch, dass die Gerichtskanzlei nichts wieder herausgibt, was sie einmal geschluckt hat. Ja, wär's falsches Geld, aber so!«

»Sieh zu, wie du mit der Kanzlei zurechtkommst; das ist nicht meine Sache, zumal ich sowieso keinen Sou mehr habe.«

»Wo steckt eigentlich Euer Pferd, Athos?«, fragte d'Artagnan.

»Im Stall.«

»Nun, dann gebt es dem Wirt und die Sache ist erledigt.«

»Was? Mein Pferd soll ich hergeben? Meinen Bajazet? Und worauf soll ich reiten? Etwa auf Grimaud?«

»Ich hab Euch ein anderes mitgebracht«, sagte d'Artagnan.

»Ein stattliches Tier!«, rief der Wirt.

»Wenn es schöner und jünger ist, dann nimmt Bajazet, Wirt! Aber nun bring Wein her! – Und jetzt«, sagte Athos, zu d'Artagnan gewandt, »müsst Ihr mir erzählen, was unsere Kameraden machen.«

D'Artagnan berichtete, wie er Porthos mit einem verstauchten Knie im Bett, Aramis aber zwischen zwei Geistlichen angetroffen hatte. Kaum war er mit seinem Bericht zu Ende, als auch der Wirt mit einem halben Dutzend Flaschen und einem Schinken, den er zu seinem Glück nicht im Keller aufgehoben hatte, eintrat.

»Na schön!«, rief Athos, zwei Gläser füllend; »ein Glas für Porthos und eins für Aramis! Aber, mein Freund, wie ist es Euch ergangen? Ihr seht so trübselig aus!«

»Ach!«, erwiderte d'Artagnan, »ich bin auch der Unglücklichste von uns allen!«

»Ihr, d'Artagnan? Wieso? So redet doch!«

Nun erzählte d'Artagnan sein Abenteuer mit Frau Bonacieux. Athos hörte zu, ohne ihn zu unterbrechen; als er geendet hatte, rief er: »Nichts als erbärmliche Geschichten!«

»Oh, Athos, Ihr könnt es nicht verstehen, Ihr habt ja niemals geliebt!«

»Ja, Ihr habt Recht!«, erwiderte dieser ruhig, »ich habe nie geliebt!«

»Da seht Ihr, wer ein so steinernes Herz hat wie Ihr, sollte gegen ein empfindsames Herz nicht so hart sein!«

»Empfindsames Herz, zerrissenes Herz!«, sagte Athos.

»Oh, sie liebte mich!«

»Kind, es gibt keinen Mann, der nicht glaubt, eine Schöne liebe ihn, und keinen, den seine Schöne noch nicht betrogen hat!«

»Ihr, Athos, ausgenommen, denn Ihr habt ja nie eine Liebste gehabt!«

»Ja, ja, Ihr habt Recht«, versetzte nach einer kurzen Pause der Musketier, »ich habe nie eine Herzliebste besessen! Also … trinken wir!«

»Helft mir lieber, Athos, ich brauche Rat und Trost!«, erwiderte d'Artagnan.

»Trost braucht Ihr?«, fragte Athos; »wofür?«

»Für mein Unglück.«

»Euer Unglück? Dass ich nicht lache; da möchte ich wirklich wissen, was Ihr wohl sagen würdet, wenn ich Euch eine gewisse Liebesgeschichte erzählte!«

»Die Euch begegnet ist?«

»Oder einem Freund, das ist doch gleichgültig.«

»Athos, erzählt!«

Athos leerte sein Glas, füllte es noch einmal, und dann begann er finster lächelnd: »Ein Freund von mir, versteht Ihr, d'Artagnan, nicht ich, ein Graf aus der Berry, von edelstem Geschlecht, verliebte sich mit fünfundzwanzig Jahren in ein bildschönes Mädchen. Sie sprühte vor Geist, der einem Dichter Ehre gemacht hätte; sie gefiel nicht, sie berauschte; zusammen mit ihrem Bruder, einem Geistlichen, lebte sie in einem kleinen Dorf. Beide waren in die Gegend gekommen, ohne dass jemand wusste, woher; aber da sie schön und der Bruder so fromm war, dachte auch niemand daran, sie zu fragen. Zudem ging die Rede, sie seien von gutem Herkommen. Mein Freund, der über dieses Dorf gebot, hätte sie verführen können; wer hätte sich schon der beiden Fremden angenommen? Leider war er ein Ehrenmann und nahm sie zur Frau! Dieser Esel! Dieser Narr!«

»Aber warum, wenn er sie doch liebte?«, fragte d'Artagnan.

»Wartet ab«, erwiderte Athos. »Mein Freund, der Graf, führte sie also auf sein Schloss und machte sie zur ersten Dame der Provinz, und sie verstand es auch, ihrem Range gemäß aufzutreten. Eines Tages, als sie mit ihrem Gemahl auf der Jagd war« – die Stimme des Musketiers wurde leiser und hastiger –, »stürzte sie vom Pferd und wurde ohnmächtig ... Der Graf eilte ihr zu Hilfe, und da ihre Kleider sie beengten, riss er sie auf und –

entblößte dabei ihre Schulter. Was aber erblickten da seine Augen?« Athos lachte schrill.

»Wie soll ich das wissen?«, fragte d'Artagnan.

»Eine Lilie!«, sagte Athos. »Sie war gebrandmarkt!«

»Was sagt Ihr da?«, rief d'Artagnan.

»Die Wahrheit, Freund! Der Engel war ein Teufel; das unschuldige Mädchen war eine Diebin!«

»Und was tat der Graf?«

»Der Graf war Grundherr und konnte über Leben und Tod seiner Untertanen gebieten; er riss seiner Frau die Kleider vom Leibe, band ihr die Hände auf den Rücken und knüpfte sie an einen Ast.«

»Aber Athos, das war ja Mord!«

»Ja, ein Mord, weiter nichts!«, wiederholte Athos, bleich wie der Tod; »aber mir scheint, mein Glas ist leer.« Damit hob er die letzte Flasche zum Mund und trank sie, ohne abzusetzen, aus. Dann sank ihm der Kopf zwischen die Hände ... »Das hat mich von den schönen, poetischen, liebreichen Frauen geheilt«, sagte Athos und richtete sich auf. »Vielleicht ist Euch das eine Lehre; aber trinken wir!«

»Also ist sie tot?«, stammelte d'Artagnan.

»Das will ich meinen!«, erwiderte Athos. »Aber so nehmt doch ein Stück Schinken, d'Artagnan, er ist ausgezeichnet, und trinkt!«

D'Artagnan konnte die Unterhaltung nicht länger ertragen. Er ließ den Kopf auf die Hände sinken und tat, als ob er schliefe. Athos blickte ihn mitleidig an. »Die jungen Leute von heute haben das Trinken verlernt«, murmelte er.

25. *Die Rückkehr*

Die schreckliche Enthüllung des Freundes machte d'Artagnan viel zu schaffen; dazu kam, dass ihm manches an der Geschichte noch recht unklar war. Um die Zweifel, die ihn quälten, zu klären, begab er sich in der festen Absicht zu Athos, die Unterhaltung vom vergangenen Abend fortzusetzen. Doch der Freund zeigte sich wie sonst immer ruhig und überlegend. Gleich nach der Begrüßung begann er das Gespräch:

»Ach, mein lieber d'Artagnan, was war das gestern Abend doch für eine Sauferei; ich habe mir geschworen, damit nun endlich einmal Schluss zu machen. Es ist eine üble Angewohnheit und in diesem Zustand rede ich immer nur Unsinn.« Offensichtlich war ihm daran gelegen, den Eindruck der abendlichen Unterhaltung zu verwischen.

»Dass ich nicht wüsste«, antwortete d'Artagnan, »Ihr habt doch, wenn ich mich recht erinnere, nur von ganz gewöhnlichen Dingen gesprochen.«

»Was Ihr nicht sagt!«, rief Athos, den Jüngling mit einem Blick messend, als suche er in seinem tiefsten Herzen zu lesen; »mir war's doch so, als hätte ich Euch etwas recht Sentimentales vorgeleiert!«

»Meiner Treu!«, rief d'Artagnan, »da muss ich noch betrunkener gewesen sein als Ihr, denn ich besinne mich auf gar nichts.«

Athos schwieg, dann wechselte er plötzlich das Thema. »Übrigens«, sagte er, »schönen Dank noch für das Pferd, das Ihr mir geschenkt habt; aber ich habe es heute Morgen, da ich mich langweilte, im Spiel mit einem der Engländer verloren.«

»Ihr habt dieses edle Tier verspielt?«, rief d'Artagnan bestürzt.

»Allerdings«, antwortete Athos, »aber das Sattelzeug habe ich wiedergewonnen. Damit habe ich Euch noch nicht alles berichtet. Nachdem ich mein Pferd verspielt hatte, kam mir der Einfall, auf das Eurige zu setzen, und ich verlor auch dieses.«

»Was? Mein Pferd?«, rief d'Artagnan empört; »Ihr seid wohl von Sinnen?«

»Ganz im Gegenteil, mein Freund. Wir brauchen doch Geld für unsere Reise nach Paris. Aber lasst Euch weitererzählen. Jetzt setzte ich Euren Diamantring für tausend Dukaten. Leider verspielte ich auch den.«

D'Artagnan war außer sich.

»Beruhigt Euch«, sagte Athos, »ich hatte einen Plan. Am Morgen hatte ich Grimaud mit dem Engländer schwatzen sehen, und Grimaud sagte mir, der Engländer wolle ihn in seinen Dienst nehmen. Nun habe ich mit ihm eben um Grimaud gespielt, um Euren Diamantring wiederzugewinnen.«

»Das geht über meinen Horizont!«, rief d'Artagnan und musste wider Willen hellauf lachen.

»Und mit Grimaud, der doch kaum einen ganzen Dukaten wert ist, gewann ich Euren Diamantring wieder.«

»Sapperlot! Das ist doch zu schön!«, rief d'Artagnan, auf einmal wieder froh, sodass er sich die Seiten vor Lachen halten musste.

»Ihr begreift, dass ich, Fortunas erneut sicher, den Diamanten noch einmal setzte.«

»Hol mich der Teufel!«, rief d'Artagnan, gleich darauf in bange Sorge gestürzt.

»Ich habe Euer Sattelzeug, dann Euer Pferd, dann mein Sattelzeug, dann mein Pferd wiedergewonnen, dann wieder verloren. Kurz, jetzt steht die Partie so, dass ich Euer und mein Sattelzeug zum dritten Mal wiedergewonnen habe. Ein vortrefflicher Wurf, der letzte! Bei ihm bin ich stehen geblieben.«

D'Artagnan atmete auf, als sei ihm die ganze Gastwirtschaft von der Brust genommen worden. »Also der Diamant ist mir geblieben?«, fragte er beklommen.

»Natürlich!«, antwortete Athos; »nicht minder das Sattelzeug von Euerm und meinem Pferd.«

»Und was sollen wir mit dem Sattelzeug, wenn uns die Gäule dazu fehlen?«

»Ich habe einen Einfall, der wird uns weiterhelfen.«

»Athos, Ihr verursacht mir Herzbeschwerden!«

»D'Artagnan, nicht wahr, Ihr habt lange nicht gespielt?«, fragte Athos, lebhafter werdend.

»Habe auch gar kein Verlangen danach!«, antwortete d'Artagnan, schroffer als sonst.

»Verreden wir nichts! Wenn Ihr lange nicht gespielt habt, so werdet Ihr unbedingt eine glückliche Hand haben. Ihr haltet, wie es scheint, viel von Euerm Pferd. Der Engländer mit seinem Kameraden ist noch da. Ich an Eurer Stelle setzte mein Reitzeug gegen mein Pferd.«

»Ein Reitzeug allein wird er doch nicht haben wollen!«

»So setzt beide! Mein Gott, ich bin doch kein eigennütziger Mensch!«

»Ist das Euer Ernst, Athos?«, fragte d'Artagnan unschlüssig, denn schon hatten ihn die Spiellust des andern angesteckt.

»Sicher, auf mein Wort! Ich setzte sie beide auf einen Wurf.«

»Nach dem Verlust der beiden Pferde muss mir aber doch daran liegen, wenigstens die beiden Reitzeuge zu behalten«, erklärte d'Artagnan.

»Nun, dann setzt Euern Ring!«

»Meinen Ring? Nie und nimmer!«, rief d'Artagnan.

»Na, dann meinetwegen Grimaud! Setzt Grimaud! Bloß fürchte ich, der Engländer wird nicht recht wollen, da Grimaud schon einmal ausgespielt worden ist.«

»Ach, lasst mich ungeschoren«, erklärte d'Artagnan, »ich will überhaupt nicht spielen.«

»Schade, sehr schade!«, sagte Athos; »der Beutel des Engländers ist gespickt voll, und Gold hätten wir brauchen können. Probiert es doch mit einem Wurf! Ums Leben geht's doch nicht.«

»Und wenn ich verliere?«

»Verlasst Euch darauf, Ihr werdet gewinnen!«

»Und wenn nicht?«

»Nun, dann ist unser Reitzeug futsch!«, rief Athos.

»Meinethalben! Ein Wurf also!«

Athos suchte den Engländer und traf ihn im Stalle, wo er liebäugelnd vor den beiden Reitzeugen stand. Die Gelegenheit schien günstig. Athos stellte seine Bedingungen: beide Reitzeuge gegen ein Pferd oder hundert Pistolen, Auswahl frei. Der Engländer rechnete geschwind: Die beiden Reitzeuge waren dreihundert Pistolen unter Brüdern wert; er schlug ein.

D'Artagnan hatte den ersten Wurf und bekam drei Augen. Leichenblässe überzog sein Gesicht. Athos begnügte sich mit der Bemerkung: »Ein trauriger Wurf, Kamerad! Ihr werdet also Pferde mit Sattelzeug Euer eigen nennen, mein Herr!«

Der Engländer triumphierte; ohne die Würfel im Becher zu schütteln, ohne hinzusehen, stülpte er den Becher auf den Tisch. Er hatte sechs Augen

Dann würfelte Athos.

»Da, da, da!«, rief er mit seiner ruhigen Stimme, »das ist ja ein Wurf, wie ich ihn bisher bloß viermal in meinem Leben erlebt habe! Zwei Ass!«

Der Engländer sah auf die Würfel und ward von Staunen ergriffen; d'Artagnan sah hin und ward von Freude ergriffen.

»Ja, bloß viermal«, fuhr Athos fort, »einmal bei Herrn de Crequy, zum zweiten Mal in einem Schlosse – als ich noch eins hatte –, zum dritten Mal bei Herrn de Tréville, der uns damit gründlich auf den Sand setzte, und zum letzten, also vierten Mal in einer Schenke, wo mich der vertrackte Wurf hundert Louisdor und ein solennes Souper kostete.«

»Der Herr bekommt also sein Pferd wieder«, sagte der Engländer.

»So ist es«, erwidert d'Artagnan.

»Keine Revanche?«

»Unsere Bedingungen lauteten so, wie Ihr wohl nicht vergessen haben werdet.«

»Ihr habt Recht! Das Pferd wird Euerm Pagen übergeben werden, mein Herr.«

»Einen Moment«, sagte Athos; »mit Verlaub, Herr, ich möchte mit meinem Freunde ein Wort reden.«

»Bitte!«

Athos nahm d'Artagnan auf die Seite. »Nun, was wollt Ihr noch von mir, Versucher?«, fragte d'Artagnan; »weiter soll ich spielen? He?«

»Nein, überlegen sollt Ihr!«

»Was?«

»Ihr nehmt das Pferd wieder, nicht wahr?«

»Gewiss!«

»Doch zu Unrecht! Ich an Eurer Stelle nähme die hundert

Pistolen; Ihr wisst doch, die Wahl zwischen Pferd oder Pistolen stand Euch frei!«

»Ich nehme das Pferd!«, erklärte d'Artagnan wieder.

»Und ich wiederhole, dass ihr damit Unrecht tut. Was sollen wir beide mit einem einzigen Pferd? Ich kann doch nicht hinten aufsitzen! Wie gesagt, ich an Eurer Stelle nähme die hundert Pistolen! Um bis nach Paris zu kommen, brauchen wir Geld, und der Engländer hat davon einen großen Beutel voll; ihm das abzunehmen, ist Eure Aufgabe.«

»Und wie kommen wir nach Paris?«, fragte d'Artagnan wieder.

»Ei, auf den Gäulen unserer Diener! Dass wir Leute von Stand sind, sieht uns doch jeder sofort an!«

»Schön werden wir aussehen auf den beiden alten Mähren neben Porthos und Aramis auf ihren stattlichen Rossen!«

»Porthos und Aramis!«, rief Athos und lachte schallend.

»Was denn?«, fragte d'Artagnan, der die Heiterkeit seines Freundes nicht begreifen konnte.

»Ach, nichts!«, erwiderte Athos. »Wie ist es mit dem Spiel?«

»Nun gut.«

Der Engländer war einverstanden. Sie spielten und d'Artagnan gewann. Nun dachte man nur noch an den Aufbruch. Der Friede mit dem Wirt kostete sie außer Athos' alten Rappen noch sechs Pistolen. Dann schwangen sich d'Artagnan und Athos auf die Gäule ihrer beiden Diener, während sich diese die Sättel auf den Buckel luden und zu Fuß folgten.

Waren die beiden Freunde auch nicht sehr gut beritten, so ließen sie ihre Diener doch bald hinter sich und erreichten glücklich Crêvecoeur. Schon von weitem sahen sie Aramis trübselig am Fenster sitzen und in die Ferne schauen.

»Holla, Aramis, was, zum Teufel, treibt Ihr denn da?«, riefen sie ihm zu.

»Ach, Ihr seid es, d'Artagnan und Athos«, erwiderte dieser; »ich dachte soeben darüber nach, wie rasch doch alle irdischen Güter zerrinnen! Mein Pferd aus England habe ich eben für sechzig Louisdor losgeschlagen.«

D'Artagnan und Athos lachten hellauf.

»Lieber d'Artagnan«, sagte Aramis, seid mir bitte nicht allzu gram! Not kennt nun einmal kein Gebot. Da seid Ihr doch anders! Ihr schont Eure Luxuspferde und reitet auf den Gäulen Eurer Diener.«

In diesem Augenblick hielt ein Frachtwagen am Gasthof und Grimaud und Planchet kletterten mit den Sätteln ihrer Herren heraus. Dann fuhr der Wagen weiter.

»Was ist denn das?«, rief Aramis, »nur die Sättel?«

»Nun geht Euch wohl ein Licht auf?«, fragte Athos lachend.

»Freunde, dann habt Ihr es ja genauso gemacht wie ich. Bazin, bring meinen neuen Sattel her!«

»Aber was habt Ihr denn mit Euren Gottesgelehrten gemacht?«, fragte d'Artagnan.

»Die habe ich am andern Tag zum Essen geladen«, antwortete Aramis, »hier gibt's einen ausgezeichneten Tropfen. Nebenbei gesagt; ich habe mein Bestes getan, ihnen zu einem tüchtigen Rausch zu verhelfen; darauf hat mir der Pfarrer verboten, den Musketierrock an den Nagel zu hängen, und der Abt hat mich gebeten, ihm zu einem Platz in unserer Kompanie zu verhelfen.«

»Ohne These!«, rief d'Artagnan, »ohne These! Ich für mein Teil befürworte, dass die These wegfällt!«

»Seitdem führe ich das angenehmste Leben«, erzählte Aramis weiter; »habe ein Epos in einsilbigen Versen angefangen, eine ziemlich schwierige Arbeit, aber, wie bei allem im Leben, liegt der Verdienst in der Schwierigkeit. Ich will Euch den ersten Gesang vorlesen; er zählt vierhundert Verse. Erschreckt nicht, es kostet bloß eine Minute.«

»Meiner Treu, lieber Aramis«, sagte d'Artagnan, dem Verse ein ebensolcher Gräuel waren wie Latein, »fügt zu dem Verdienst der Schwierigkeit noch das der Kürze, und Ihr dürft sicher sein, dass Euerm Epos ein doppeltes Verdienst gebührt.«

»Sodann atmet es«, begann Aramis wieder, »wie ihr sehen werdet, rechtschaffene Passionen. Was mich aber über alle Maßen freut, Freunde«, rief er lustig, »ist, dass wir Paris und Porthos wieder sehen werden. Wie sehr mir dieser lange Dummkopf gefehlt hat, kann ich euch gar nicht sagen. Der hätte sein Ross nicht verkauft, nicht um ein Königreich! Ich möchte ihn schon sehen auf seinem Ross und seinem Sattel; er spielt sich doch sicher als Großmogul auf.«

Um die Pferde verschnaufen zu lassen, wurde eine Stunde Rast gehalten. Aramis beglich seine Zeche und schickte seinen Diener zu den andern beiden in den Frachtwagen. Dann ritten sie gemeinsam los zu Porthos.

Sie trafen ihn noch dort, wo d'Artagnan ihn verlassen hatte. Er schien fast wiederhergestellt zu sein und saß allein an einem mit appetitlichen Fleischgerichten, auserlesenen Weinen und herrlichem Obst gedeckten Tisch. »Ausgezeichnet«, rief er, »ihr kommt wie gerufen, meine Herren, und müsst sofort mithalten.«

»Dieses Festmahl wollt Ihr doch nicht allein vertilgen, Porthos?«, fragte Aramis.

»Aber nein«, versetzte Porthos, »ich habe ein paar Edelleute aus der Nachbarschaft erwartet, die mir nur eben abgesagt ha-

ben; nun nehmt ihr, meine Herren, ihre Plätze ein. Heda, Mousqueton! Stühle her und die Flaschen doppelt!«

»Wisst ihr auch, was wir hier essen?«, fragte Athos nach einer Weile.

»Natürlich!«, rief d'Artagnan, »ich esse Kalbsbrust mit Artischocken.«

»Ich habe Lammfilet!«, rief Porthos.

»Und ich Hühnerfrikassee!«, sagte Aramis.

»Ihr irrt euch alle, meine Freunde«, antwortete Athos ernst, »wir essen Pferdefleisch.«

»Ach, was redet Ihr?«, entgegnete d'Artagnan.

»Pferdefleisch?«, rief Aramis.

Porthos schwieg.

»Nicht wahr, Porthos, ich habe Recht?«, fragte Athos; »vielleicht Sattel und Riemenzeug dazu?«

»Nein, das Sattelzeug habe ich behalten«, beteuerte Porthos.

»Meiner Treu«, rief Aramis, »wir sind einander wert. Es ist ja gerade, als hätten wir uns verabredet.«

Die drei Freunde lachten schallend, und als sie Porthos den Grund hierfür sagten, stimmte er geräuschvoll ein.

»Ich bitte euch, meine Herren, dies Pferd hätte ja bloß meinen Gästen Schande gemacht und diese Demütigung wollte ich euch ersparen.«

»Dann ist Eure Herzogin also noch immer im Bade?«, fragte d'Artagnan.

»Noch immer!«, antwortete Porthos; »der Provinzgouverneur, einer von den Edelleuten, die ich heute zu Tisch erwartete, wollte nun aber, wie es mir vorkam, das Pferd gar zu gern besitzen, dass ich es ihm geschenkt habe.«

»Geschenkt?«, wiederholte d'Artagnan.

»Du lieber Gott, ja! Geschenkt! Das ist in der Tat das rechte Wort«, versetzte Porthos; »denn seine anderthalb Louis ist's doch unter Brüdern wert gewesen; und der Filz mochte unter keinen Umständen mehr als achtzig geben.«

»Ohne Sattel und Reitzeug?«, fragte Aramis.

»Ohne Sattel und Reitzeug!«

»Ihr werdet bemerken, meine Herren«, sagte Athos, »dass Porthos von uns allen noch immer das beste Teil erwählt hat.« Durch das schallende Gelächter, womit diese Worte quittiert wurden, geriet Porthos sichtlich in Bestürzung; es wurde ihm aber sehr bald der Grund zu dieser fröhlichen Stimmung auseinander gesetzt, und seiner Gewohnheit nach ließ er sich nicht lange nötigen, kräftig einzustimmen.

»Dann sind wir alle«, sagte d'Artagnan, »reichlich bei Kasse?«

»Darauf muss ich nun leider bemerken«, sagte Athos, »dass mir der Wein von Aramis so vorzüglich gemundet hat, dass ich in den Frachtwagen, mit dem unsere Diener fahren, ein Schock Flaschen habe einpacken lassen, wodurch sich natürlich mein Barbestand merklich verringert hat.«

»Und ich«, nahm hierauf Aramis das Wort, »habe der Kirche von Montdidier und den Jesuiten in Amiens meinen letzten Heller geschenkt, hatte mich außerdem zu Messen für mich und euch, meine Herren, verpflichtet, die natürlich bezahlt werden mussten. Doch denke ich, dass die sich für unser Seelenheil als ein höchst wirksamer Balsam erweisen werden.«

»Und mich«, meinte Porthos, »hat natürlich meine Krankheit auch ein Heidengeld gekostet; oder glaubt ihr etwa das Gegenteil? Von Mousquetons Blessur gar nicht zu reden, die täglich zweimaligen Besuch des Wundarztes notwendig machte, denn der arme Kerl hat sich eine Kugel in einen Körperteil jagen lassen, den man gewöhnlich bloß dem Doktor zeigt; das ist umso unverantwortlicher von ihm, als ich ihm unzählige Male gepredigt habe, sich in dieser Hinsicht besser vorzusehen.«

»Na, na«, sagte Athos, indem er mit d'Artagnan und Aramis ein Lächeln tauschte, »ich sehe schon, dass Ihr Euch gegen den armen Kerl recht nobel benommen habt, Porthos, wie es eben einem wackern Herrn zukommt.«

»Kurz und gut«, sagte Porthos, »wenn ich alles beglichen habe, werden mir etwa dreißig Francs bleiben.«

»Und mir ein Dutzend Pistolen«, sagte Aramis.

»Da scheint's doch«, rief Athos lachend, »als wenn wir die Krösusse der Gesellschaft wären. Wie viel bleibt denn Euch von Euern hundert Pistolen, d'Artagnan?«

»Von meinen hundert Pistolen?«, fragte d'Artagnan; »fünfzig davon habe ich doch Euch gegeben.«

»Wirklich?«

»Mord und Brand! Ich dächte doch!«

»Ach, richtig, es stimmt! Jetzt fällt mir's ein«, sagte Athos.

»Sechs habe ich dem Wirt noch bezahlen müssen«, fügte d'-Artagnan hinzu.

»Diesem Halunken von Wirt?«, rief Athos; »warum habt Ihr dem noch den Hals gestopft?«

»Ihr habt mir doch selbst gesagt, dass ich sie ihm geben solle!«

»Freilich! Ich bin eben auch immer zu gutmütig. Na, und was bleibt uns nun?«

»Fünfundzwanzig Pistolen«, entgegnete d'Artagnan.

»Und mir?«, fragte Athos, ein bisschen Kleingeld aus seiner Tasche hervorsuchend, »mir …«

»Euch«, sagte d'Artagnan, »Euch bleibt nichts!«

»Meiner Treu, oder so wenig, dass es sich nicht verlohnt, es dem Ganzen hinzuzufügen!«, sagte Athos. »Immerhin«, fuhr er fort, »rechnen wir mal zusammen, was uns noch gehört. Wie viel hat Porthos?«

»Dreißig Francs.«

»Und Aramis?«

»Zehn Pistolen.«

»Und Ihr, d'Artagnan?«

»Fünfundzwanzig Pistolen.«

Nachdem sie die Barschaft zusammengezählt hatten, kamen sie auf die nicht gerade fürstliche Summe von vierhundertfünfundsiebzig Livres.

»Wenn wir in Paris sind«, meinte Porthos, »werden wir also noch gerade vierhundert Livres haben, mit Ausnahme des Satzeugs.«

»Aber unsere Dienstpferde?«, meinte Aramis.

»Für die vier Gäule unserer Diener bekommen wir zwei Pferde für uns, um die wir losen werden. Mit den vierhundert Livres, die wir noch haben, beschaffen wir noch eins zum Auswechseln. Dann werden wir alles zusammenkratzen, was wir noch in unseren Taschen haben, und d'Artagnan übergeben; er hat eine glückliche Hand und muss damit in dem ersten besten Wirtshaus, an dem wir vorbeikommen, sein Glück versuchen.«

Die vier Freunde, die nun ruhiger der Zukunft entgegenschauten, taten der Mahlzeit alle Ehre an. Die Reste des Essens wurden den Dienern Mousqueton, Bazin, Planchet und Grimaud überlassen.

In Paris angelangt, fand d'Artagnan einen Brief von Herrn de Tréville vor, der ihn davon unterrichtete, dass ihn der König in

Bälde in sein Musketierregiment aufzunehmen gedenke. Da d'Artagnan sich nichts sehnlicher gewünscht hatte, abgesehen von dem Verlangen, Frau Bonacieux wiederzufinden, eilte er glücklich zu seinen Kameraden, die er vor einer knappen Viertelstunde erst verlassen hatte. Er traf sie in einer sehr gedrückten Stimmung bei Athos versammelt an, woraus sich folgern ließ, dass irgendetwas Ernstes vorgegangen sein musste. Tréville hatte ihnen nämlich mitteilen lassen, dass Seine Majestät gewillt sei, am 1. Mai mit dem Feldzug zu beginnen, und dass sie infolgedessen unverzüglich beginnen müssten, sich auszurüsten. Bestürzt schauten die vier einander an, denn was Disziplinfragen anging, da verstand Tréville keinen Spaß.

26. *Mylady*

Von den vier Freunden machte sich d'Artagnan die meisten Sorgen, obwohl er als Gardist viel einfacher auszurüsten war als die drei Musketiere, die auf ihren Rang bedacht sein mussten. Zu seiner Sorge um die standesgemäße Ausrüstung kam im Augenblick aber noch die Unruhe um das Schicksal von Frau Bonacieux. Herr de Tréville hatte zwar mit der Königin über sie gesprochen, und die Königin hatte auch zugesagt, Nachforschungen anstellen zu lassen, aber dieses Versprechen gab d'Artagnan nicht allzu viel Hoffnung.

Als d'Artagnan an einem der nächsten Tage an der Kirche von Saint-Leu vorüberging, hatte er Mylady herauskommen sehen und war ihr sofort gefolgt, ohne von ihr bemerkt zu werden. Er sah sie in ihre Equipage steigen und hörte, wie sie dem Kutscher befahl, nach Saint-Germain zu fahren. Da es müßig gewesen wäre, einem von zwei schnellen Rossen gezogenen Wagen zu Fuß zu folgen, ging er in die Rue Férou zurück. In der Rue de Seine traf er Planchet, der vor einem Zuckerbäckerladen stand. Er befahl ihm, in Herrn de Trévilles Marstall zwei Pferde zu satteln und ihn dann mit diesen bei Athos abzuholen.

Herr de Tréville hatte unseren Freund ein für alle Mal ermächtigt, über seinen Marstall zu verfügen. Planchet eilte also in die Rue du Colombier, während d'Artagnan seinen Weg in die Rue Férou fortsetzte. Athos war zu Hause und saß bei einer Flasche Spanierwein. Er winkte Grimaud, für d'Artagnan ein Glas zu bringen.

In diesem Augenblick schob Planchet bescheiden den Kopf durch die halb offene Tür und meldete seinem Herrn, dass die beiden Pferde bereitständen.

»Was für Pferde?«, fragte Athos.

»Zwei Pferde, die mir Herr de Tréville für einen Spazierritt nach Saint-Germain leiht.«

Jetzt erzählte d'Artagnan von der Begegnung mit der Dame, an die er zusammen mit dem Unbekannten im schwarzen Mantel und der Narbe an der Schläfe immer denken müsste.

»Ich möchte zu gern hinter das Geheimnis kommen, das mit ihr zusammenhängt«, rief d'Artagnan. »Ich kann es nicht erklären, aber ich habe das Gefühl, dass diese Frau noch eine Rolle in meinem Leben spielen wird. Ach, Athos«, fuhr d'Artagnan fort, »wenn ich nur wüsste, wo meine arme Constanze ist; wo soll ich sie nur suchen?«

»Sucht sie doch zusammen mit Mylady, lieber Freund.«

»Hört, Athos, reitet mit mir nach Saint-Germain, anstatt hier Trübsal zu blasen.«

»Danke, mein Lieber«, erwiderte Athos, »ich reite nur meine eigenen Pferde; habe ich aber keins, dann gehe ich zu Fuß.«

»Nun, dann auf Wiedersehen, Athos«, versetzte d'Artagnan lächelnd, keineswegs verletzt über den brummigen Ton seines Freundes.

D'Artagnan und Planchet schwangen sich auf ihre Pferde und ritten nach Saint-Germain. Unterwegs dachte d'Artagnan wieder an Frau Bonacieux. Er war überzeugt, dass der Mann im schwarzen Mantel auch diesmal die Frau des Krämers entführt hatte.

In solche Gedanken versunken, erreichten d'Artagnan und Planchet endlich Saint-Germain. Sie bogen in eine einsame Gasse, und unser Freund schaute nach allen Seiten, ob er nicht irgendwo seine schöne Engländerin entdecken könnte. Als sie an einem hübschen kleinen Hause vorbeikamen, das nach der Bauart damaliger Zeit kein Fenster zur Straße hin besaß, erblickten sie auf der Terrasse ein bekanntes Gesicht. Planchet erkannte darin sofort Lubin, den Diener des Grafen de Wardes, der ein treuer Parteigänger des Kardinals war.

»Ah, richtig!«, sagte d'Artagnan, »jetzt besinne ich mich; meinst du, dass Lubin dich auch erkennt?«

»Das glaube ich nicht, gnädiger Herr.«

»Nun, dann geh hin und unterhalte dich ein wenig mit ihm.«

Planchet sprang vom Pferd und ging direkt auf Lubin zu, der ihn tatsächlich nicht wieder erkannte. Während die beiden Diener im schönsten Einvernehmen plauderten, trieb d'Artagnan die Pferde in ein Seitengässchen und versteckte sich dann in der Nähe der Terrasse hinter einer Hecke. Plötzlich hörte er einen Wagen kommen und in seiner unmittelbaren Nähe hielt die Karosse der Mylady. Die junge Dame streckte ihren reizenden

Blondkopf zum Kutschfenster hinaus und erteilte ihrer Zofe einige Weisungen. Behänd sprang diese niedliche Person zwischen zwanzig und zweiundzwanzig Jahren vom Trittbrett, auf dem sie nach damaligem Brauch gesessen hatte, hinunter und eilte auf die Terrasse zu.

D'Artagnan sah ihr nach. Zufällig war Lubin gerade ins Haus gerufen worden und Planchet stand allein dort. Die Zofe trat zu Planchet, den sie offenbar für Lubin hielt, und reichte ihm ein Briefchen: »Bitte, für deinen Herrn!«

»Für meinen Herrn?«, fragte Planchet verwundert.

»Ja, und es ist höchst eilig!«

Damit lief sie rasch zur Karosse zurück, nahm wieder ihren Platz ein, und die Karosse fuhr davon. Planchet sprang von der Terrasse herunter und lief auf seinen Herrn zu, der ihm schon entgegenkam. »Für Euch, gnädiger Herr«, sagte Planchet und reichte ihm das Briefchen.

»Für mich?«, fragte d'Artagnan; »weißt du es bestimmt?«

»Natürlich«, rief Planchet, »die Zofe hat mir ganz deutlich gesagt: ›Für deinen Herrn!‹«

D'Artagnan öffnete das Briefchen und las:

Eine Person, die sich mehr für Euch interessiert, als Ihr ahnt, möchte gern wissen, wann es Euer Zustand erlaubt, einen Waldspaziergang zu unternehmen. Morgen wird ein schwarzrot gekleideter Diener Eure Antwort im Palais Champ-du-Drap-D'Or abholen.

»Ausgezeichnet, Planchet, du bist König unter den Dienern!«, rief d'Artagnan, »und nun wollen wir versuchen, die Karosse bald einzuholen.«

Nach knapp fünf Minuten sahen sie die vornehme Kutsche

am Straßenrand halten. Ein reich gekleideter Reiter stand am Wagenschlag und unterhielt sich so lebhaft mit Mylady, dass d'Artagnan auf der andern Wagenseite halten konnte, ohne von jemand anders als der hübschen Zofe bemerkt zu werden. Da die Unterhaltung in englischer Sprache geführt wurde, verstand d'Artagnan nichts, aber an Myladys Stimme meinte er zu merken, dass sie sehr erregt war. Der Gascogner glaubte daher, sich einmischen zu müssen; er ritt auf die andere Seite des Wagens, verneigte sich respektvoll und sagte: »Darf ich Euch meine Dienste anbieten, Madame? Ein Wort aus Eurem Munde und ich werde dem Herrn für seinen Mangel an Höflichkeit einen Denkzettel geben.«

Mylady wandte sich erstaunt um und sagte dann in tadellosem Französisch: »Wäre dieser Kavalier nicht gerade mein Bruder, würde ich mich Eurem Schutz gern anvertrauen, mein Herr.«

»Oh, dann entschuldigt bitte«, antwortete d'Artagnan, »das konnte ich nicht ahnen.«

»Was hat sich denn der junge Fant hier einzumischen?«, rief der Kavalier, »warum reitet er nicht weiter?«

»Selbst junger Fant!«, gab d'Artagnan zurück, »ich reite deshalb nicht weiter, weil es mir Spaß macht, hier zu halten.«

Der Kavalier sagte ein paar Worte auf Englisch zu seiner Schwester ... »Ich spreche französisch, mein Herr, versteht Ihr?«, rief d'Artagnan. »Ihr seid wohl der Bruder der gnädigen Frau, aber zum Glück nicht der meine.«

Man hätte glauben sollen, Mylady würde vermitteln, um den Frieden zu wahren; stattdessen rief sie dem Kutscher ungerührt zu: »Fahr nach Hause!«

Die Karosse fuhr ab und die beiden Männer standen einan-

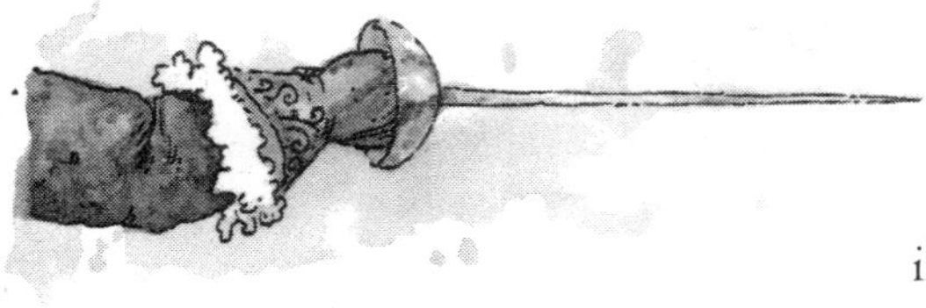

der gegenüber. Jetzt erkannte d'Artagnan in dem Kavalier jenen Engländer, der mit ihm in Amiens gewürfelt hatte.

»Ah, Ihr seid es!«, rief der Engländer, der sich ebenfalls erinnerte.

»Ganz recht, mein Herr, und wir wollen doch mal sehen, ob Ihr mit dem Degen ebenso geschickt umzugehen wisst wie mit dem Würfelbecher.«

»Ihr seht doch, dass ich keinen Degen bei mir habe«, entgegnete der Engländer.

»Nun dann, mein würdiger Edelmann«, rief d'Artagnan, »treffen wir uns heute Abend um sechs Uhr hinter dem Luxembourg. Ihr werdet doch sicherlich ein paar Freunde haben.«

»Oh, ich habe drei, denen es eine Ehre sein wird, mit mir die gleiche Partie zu spielen.«

»Drei? Sackerment! Wie sich das trifft!«, rief d'Artagnan; »so viele bring ich auch mit.«

»Und nun, wer seid Ihr?«, fragte der Engländer.

»D'Artagnan, Edelmann aus der Gascogne, Gardist in der Kompanie des Herrn des Essarts.«

»Ich bin Lord Winter, Baron von Sheffield.«

»Ihr Diener, Herr Baron«, antwortete d'Artagnan. Darauf gab er seinem Pferde die Sporen und sprengte im Galopp nach Paris zurück. Er suchte sofort Athos auf und erzählte ihm, was sich soeben zugetragen hatte, aber den Brief an Herrn de Wardes verschwieg er.

Athos war begeistert, als er hörte, dass er sich mit einem Engländer schlagen sollte. Sie ließen sofort durch die beiden Diener

Porthos und Aramis holen, und als diese kamen, wurden sie von der neuen Lage unterrichtet.

D'Artagnan überdachte lächelnd einen Plan, von dessen Ausführung wir noch lesen werden und der ihm ein nettes Abenteuer zu verheißen schien.

27. Die Gegner

Zur festgesetzten Stunde begaben sich die vier Freunde mit ihren Dienern hinter den Luxembourg-Palast, wo in einem Gehege Ziegen weideten. Athos gab dem Hirten ein Geldstück, damit er das Gehege verlasse, die Diener mussten Posten stehen. Bald näherte sich wortlos eine zweite Gruppe, betrat das Gehege und gesellte sich zu den Musketieren; dann nannte jeder seinen Namen.

Die Engländer, Leute von vornehmem Stand, waren über die merkwürdigen Namen ihrer Gegner nicht nur verwundert, sondern mehr noch beunruhigt.

»Das sind ja Schäfernamen«, sagte Lord Winter; »mit Leuten, die so heißen, können wir uns nicht schlagen.«

»Es sind ja auch, wie Ihr ganz recht vermutet, Mylord, nur Decknamen.«

»Nun, dann sagt Eure wahren Namen«, entgegnete der Engländer; »man kann sich doch nur mit seinesgleichen schlagen.«

»Sehr richtig«, antwortete Athos; darauf trat er zu dem Engländer, der sein Gegner war, und nannte ihm leise seinen richtigen Namen. Porthos und Aramis taten das Gleiche.

»Noch ein Wort, mein Herr«, sagte Athos.

»Bitte!«

»Ihr hättet besser getan, nicht nach meinem wirklichen Namen zu fragen. Ich gelte für tot und habe Gründe, dass niemand die Wahrheit erfährt. Jetzt zwingt Ihr mich aber, Euch zu töten, damit mein Geheimnis gewahrt bleibt.«

Der Engländer sah Athos ungläubig an und dachte, dieser scherze nur.

»Meine Herren«, rief Athos, »sind wir so weit?«

»Ja«, antworteten Engländer und Franzosen einmütig.

»Also beginnen wir!«

Und sogleich flogen die Degen aus den Scheiden.

Athos erledigte als Erster seinen Gegner. Obwohl er nur einmal zustieß, war dieser Stoß tödlich; sein Degen hatte den Gegner mitten ins Herz getroffen. Porthos war der Nächste, der seinen Gegner durch einen Stich in den Schenkel kampfunfähig machte. Da der Engländer auf weiteren Widerstand verzichtete und seinen Degen übergab, trug ihn Porthos in seinen Wagen. Aramis trieb seinen Gegner so in die Enge, dass der sich nicht mehr zu helfen wusste und Reißaus nahm. D'Artagnan hatte sich zunächst auf den Abwehrkampf beschränkt; als er aber merkte, dass sein Gegner ermattete, schlug er ihm plötzlich mit einem geschickten Hieb den Degen aus der Hand. Als er sich entwaffnet sah, machte der Baron einige Schritte zurück, glitt jedoch aus und fiel hin. D'Artagnan beugte sich über ihn und setzte ihm den Degen an die Kehle.

»Ich könnte Euch töten, Baron«, sagte er zu dem Engländer, »doch um Eurer Schwester willen schenke ich Euch das Leben.« D'Artagnan dachte dabei natürlich an seinen Plan.

Lord Winter, glücklich, einen so edel gesinnten Mann vor sich zu haben, schloss d'Artagnan in die Arme. Nun musste

man sich noch mit dem Toten beschäftigen. Als Porthos und Aramis ihn in der Hoffnung entkleideten, seine Wunde werde nicht tödlich sein, fiel eine volle Börse aus seinem Gurt. D'Artagnan hob sie auf und reichte sie Lord Winter.

»Was soll ich damit?«, rief dieser.

»Gebt sie seiner Familie zurück.«

»Die wird sich viel um den Bettel scheren!«, rief der Engländer verächtlich, »sie erbt fünfzehntausend Pfund Rente. Gebt die Börse Eurem Diener.«

D'Artagnan steckte die Börse in die Tasche.

»Und nun, mein junger Freund, denn Ihr erlaubt mir wohl, Euch so zu nennen«, sagte Lord Winter, »werde ich Euch, wenn es Euch recht ist, noch heute Abend meiner Schwester, Lady Clarick, vorstellen. Da sie bei Hofe nicht übel angeschrieben ist, kann Euch vielleicht ein Wort von ihr etwas nützen.«

D'Artagnan wurde vor Freude rot und verneigte sich zum Zeichen des Einverständnisses.

Unterdessen war Athos zu dem Gascogner getreten. »Was gedenkt Ihr, mit der Börse anzufangen?«, flüsterte er ihm ins Ohr.

»Ich wollte sie Euch geben, Athos, es ist doch Eure Beute!«

»Was? Ich soll einen Feind beerben?«, rief Athos; »für wen haltet Ihr mich?«

»Das ist doch Kriegsbrauch«, sagte d'Artagnan, »warum soll das nicht auch bei einem Duell gelten? Aber wenn Ihr sie nicht wollt, dann geben wir das Geld den Dienern, wie Lord Winter es vorgeschlagen hat.«

»Ja«, sagte Athos, »aber nicht unsern, sondern denen der Engländer!« Damit nahm er die Börse und warf sie dem Kutscher zu. »Für Euch und Eure Kameraden!«

Diese Geste bei einem Manne, der selber dringend Geld brauchte, imponierte sogar Porthos und rief, durch Lord Winters Bericht in der Gesellschaft verbreitet, große Begeisterung hervor, allerdings mit Ausnahme bei den Herren Grimaud, Bazin, Mousqueton und Planchet.

Beim Auseinandergehen gab Lord Winter unserem Freund noch die Adresse seiner Schwester: Place Royale, Nr. 6, damals die vornehmste Gegend von Paris. D'Artagnan bat, ihn um acht Uhr bei Athos abzuholen.

Die Vorstellung bei Mylady beschäftigte den Gascogner begreiflicherweise sehr lebhaft. Er eilte nach Hause und machte sich so elegant wie möglich zurecht. Dann ging er zu Athos und erzählte ihm alles, was ihm das Herz bedrückte. Der Freund hörte ihm aufmerksam zu und mahnte ihn zu äußerster Vorsicht.

»D'Artagnan!«, rief er, »eben habt Ihr eine Frau, die Euch als der Inbegriff der Liebenswürdigkeit und Anmut galt, verloren, und jetzt stürmt Ihr schon wieder einer anderen nach.«

D'Artagnan fühlte, wie berechtigt der Vorwurf war. »Ich liebe Frau Bonacieux mit dem Herzen, die Mylady mit dem Verstand«, erwiderte er. »Ich will doch nur erfahren, welche Rolle sie bei Hofe spielt.«

»Nun, das ist doch nicht schwer zu erraten nach dem, was Ihr bereits wisst! Die Dame ist eine Agentin des Kardinals und wird Euch in eine Falle locken, die Euch den Kopf kosten kann.«

»Schwerenot, Athos! Ihr seht ja nur noch schwarz.«

»Lieber d'Artagnan, ich misstraue den Frauen.«

»Und ich will mir nur Klarheit verschaffen; sobald ich genug weiß, ziehe ich mich zurück.«

Athos ging ins Nebenzimmer, um den Baron nicht zu treffen.

Lord Winter kam zur verabredeten Zeit, und da nur noch wenige Minuten an acht Uhr fehlten, fuhren sie sofort in dem eleganten Zweispänner des Barons zum Place Royale.

Lady Clarick, wie sich Mylady noch nannte, empfing d'Artagnan sehr würdevoll. Ihr Haus war sehr elegant ausgestattet, und obwohl die meisten Engländer infolge des Krieges Frankreich verlassen hatten oder im Begriffe standen, es zu tun, hatte Mylady erst kürzlich noch große Summen für ihr Palais aufgewandt, woraus hervorging, dass sie von dem Ausweisungsbefehl nicht betroffen war.

»Ich bringe dir hier einen jungen Edelmann«, sagte Lord Winter, als er d'Artagnan seiner Schwester vorstellte, »der mein Leben in der Hand hatte, aber von seinem Recht keinen Gebrauch machte. Sag auch du ihm deinen Dank.«

Mylady zog die Brauen leicht zusammen und lächelte so seltsam, dass der Jüngling unwillkürlich schauderte. Der Bruder sah nichts davon, er hatte sich abgewandt.

»Seid mir willkommen, mein Herr«, sagte Mylady überaus freundlich, »Ihr habt Euch heute ein ewiges Anrecht auf meine Dankbarkeit erworben.«

Da kam jene niedliche Zofe herein, die unser Freund schon von Saint-Germain kannte, und sagte auf Englisch ein paar Worte zu Lord Winter, der sich darauf gleich bei d'Artagnan verabschiedete, da ihn dringende Geschäfte riefen. D'Artagnan wechselte einen Händedruck mit ihm und wandte sich hierauf wieder Mylady zu.

Die Unterhaltung wurde sehr angeregt. Mylady erzählte, dass Lord Winter nicht ihr Bruder, sondern ihr Schwager sei; sein jüngerer Bruder habe sie als Witwe mit einem Kinde zurückgelassen, und das werde, sollte Lord Winter ledig bleiben, der einzige Erbe sein. All diese Dinge erschienen dem Gascogner wie ein Schleier, der etwas Bestimmtes verhüllte, den er aber nicht durchdringen konnte. Übrigens gewann er nach einer halben Stunde die Überzeugung, dass Mylady seine Landsmännin war, denn sie sprach ein so reines Französisch, dass kein Zweifel möglich war. Endlich musste er sich verabschieden und verließ sehr glücklich den Salon.

Schon am nächsten Abend wiederholte d'Artagnan seinen Besuch und wurde noch huldvoller als das erste Mal empfangen. Lord Winter war diesmal nicht anwesend und Mylady erwies sich als liebenswürdige Wirtin. Sie zeigte lebhaftes Interesse an dem Gascogner und fragte ihn im Laufe des Gesprächs, ob er noch nicht daran gedacht habe, dem Herrn Kardinal seine Dienste anzutragen.

D'Artagnan, noch sehr jung, aber doch schon gewitzt und vorsichtig, gedachte des Argwohns gegen Mylady. Er hielt daher eine gewaltige Lobrede auf Seine Eminenz und sagte, dass er wahrscheinlich in die Garde des Kardinals eingetreten wäre, hätte er nicht von seinem Vater schon ein Empfehlungsschreiben für Herrn de Tréville bekommen.

Mylady wechselte nun das Thema und fragte ganz nebenbei, ob er schon einmal in England war. Er antwortete, dass er im Auftrage des Herrn de Tréville dort einmal Pferde einkaufen musste und auch einige Tiere zur Ansicht mitgebracht habe. Mylady biss sich während der Unterhaltung ein paar Mal auf die Lippen, sie hatte es eben mit einem Gascogner zu tun, der sich nicht in die Karten gucken ließ.

D'Artagnan verabschiedete sich um dieselbe Zeit wie tags vorher. Im Flur traf er die niedliche Zofe Ketty. Sie blickte ihn so zärtlich an, dass er keinen Zweifel an ihrer Zuneigung haben konnte. Aber der Gascogner war so sehr mit der Herrin beschäftigt, dass kein Gedanke für etwas anderes Platz hatte.

Auch an den beiden folgenden Abenden fand sich unser junger Freund bei Lady Clarick ein und wurde jedes Mal mit der gleichen Liebenswürdigkeit empfangen. Und jedes Mal begegnete ihm die Zofe, doch er schenkte ihr keine Beachtung.

28. Zofe und Herrin

Trotz der Ratschläge seines Freundes Athos und der mahnenden Stimme seines Gewissens verliebte sich d'Artagnan immer heftiger in Mylady; selbst die Erinnerung an Frau Bonacieux vermochte hieran kaum etwas zu ändern. Der abenteuerlustige Gascogner verfehlte keinen Tag, Mylady den Hof zu machen, in der festen Erwartung, früher oder später seine Gefühle erwidert zu sehen. Eines Abends, als er erwartungsvoll dem Hause Myladys zustrebte, wurde er an der Haustür von der hübschen Zofe Ketty bei der Hand erfasst.

»Ich möchte Euch etwas sagen«, stammelte die Zofe, »aber nicht hier, es muss nämlich geheim bleiben.« Damit zog sie unseren überraschten Freund eine enge dunkle Treppe hinauf und öffnete eine Tür. »Kommt herein, gnädiger Herr«, sagte sie, »das ist mein Zimmer, hier werden wir ungestört sein. Durch die Tür dort ist es mit dem Schlafgemach meiner Herrin verbunden, aber sie geht nie vor Mitternacht zu Bett.«

D'Artagnan schaute sich um. Das kleine Zimmer war sauber und geschmackvoll eingerichtet; sein Blick blieb an der Tür, die nach Kettys Worten zu Myladys Schlafzimmer führte, hängen. Die Zofe seufzte und sagte:

»Ihr liebt meine Herrin wohl sehr?«

»Mehr als ich sagen kann, Ketty!«

»Aber meine Herrin liebt Euch nicht.«

»Woher willst du das wissen?«, fragte d'Artagnan entschieden, »hast du dafür einen Beweis?«

»Und was sagt Ihr hierzu?« Ketty zog ein Briefchen aus ihrem Mieder.

»Für mich?«, fragte der Gascogner und griff danach.

»Nein, für den Grafen de Wardes.«

D'Artagnan erinnerte sich an die Szene in Saint-Germain, und ehe Ketty es verhindern konnte, riss er den Umschlag auf und las:

Ihr habt auf meinen ersten Brief nicht geantwortet. Seid Ihr noch krank, oder habt Ihr schon vergessen, wie Ihr mich auf dem Ball bei Madame de Guise angesehen habt? Die Gelegenheit ist da, Graf! Lasst sie Euch nicht entgehen!

D'Artagnan wurde blass, er war in seiner Eigenliebe verletzt.

»Lieber Herr d'Artagnan!«, rief Ketty mitfühlend, indem sie dem Jüngling von neuem die Hand drückte.

»Du bedauerst mich, Kind?«, fragte er.

»Ach ja, von ganzem Herzen; weiß ich doch, was lieben heißt!«

»Statt mich zu bedauern, wäre es klüger, mir bei der Rache an deiner Herrin zu helfen!«

»Das könnte ich nur für den Mann tun, der auf dem Grunde meines Herzens lesen kann.«

D'Artagnan sah erst jetzt, wie frisch und schön die Zofe war, und überlegte, dass es nur von Vorteil wäre, eine Vertraute in Myladys Nähe zu haben. »Ketty«, sagte er, »sofern du willst, soll es daran nicht fehlen«, und gab ihr einen Kuss, dass die arme Zofe rot wie eine Kirsche wurde.

»Nein, nein!«, rief das junge Mädchen. »Ihr liebt mich ja nicht! Ihr liebt doch meine Herrin.«

»Nun, dann will ich dir meine Liebe beweisen, an der du zweifelst. Ich werde dir die Zeit widmen, die ich sonst mit deiner Herrin verbracht hätte.«

Eben wollte er ihr den zweiten Kuss auf die Wange drücken, als im Zimmer Myladys die Glocke tönte.

»Großer Gott!«, rief Ketty, »meine Herrin ruft, geht geschwind!«

D'Artagnan griff nach seinem Hute, dann riss er aber statt der Tür zur Treppe die Tür von einem großen Wandschrank auf und kauerte sich mitten zwischen die Kleider und Mäntel Myladys. »Was macht Ihr denn?«, rief Ketty entsetzt.

Aber der Gascogner, der den Schlüssel abgezogen hatte, schloss sich wortlos in den Schrank ein.

»Schläfst du denn?«, rief Mylady mit scharfer Stimme, »warum kommst du nicht, wenn ich läute?«

Die Zofe eilte ins Schlafzimmer, und da die Verbindungstür offen blieb, konnte d'Artagnan hören, wie Mylady ihre Zofe noch eine Weile auszankte, bis sie sich langsam beruhigte. Während die Zofe ihrer Herrin beim Auskleiden behilflich war, kam die Rede auf unseren Freund.

»Ich habe ja unsern Gascogner heute Abend noch gar nicht gesehen«, sagte Mylady.

»Wie, gnädige Frau«, sagte Ketty, »ist er nicht gekommen? Sollte er Euch schon untreu werden, bevor er das Glück genossen hat?«

»O nein! Der ist mir sicher. Aber er hat mich fast um mein Ansehen beim Kardinal gebracht, dafür werde ich mich rächen!«

»Ich dachte, die gnädige Frau liebe ihn?«

»Ich? Nicht ausstehen kann ich ihn! Solch ein Dummkopf! Hält Lord Winters Leben in der Hand und schenkt es ihm, wodurch ich um dreihunderttausend Livres Rente gekommen bin! Und hätte mir der Kardinal nicht auf die Seele gebunden, ihn zu schonen«, fuhr Mylady fort, »hätte ich mich schon längst an ihm gerächt!«

»Die gnädige Frau hat ja dafür die Frau des Krämers nicht geschont!«

»Ach, die Krämersfrau aus der Rue du Fossoyeur? Hat er nicht schon vergessen, dass es sie gab? Meiner Treu, eine schöne Rache!«

Kalter Schweiß trat d'Artagnan auf die Stirn. Diese Frau war ein Ungeheuer! D'Artagnan hätte gern noch mehr gehört, aber leider war die Toilette beendet. »Gut«, sagte Mylady, »du kannst nun gehen, sieh zu, dass du eine Antwort auf den Brief erhältst, den ich dir gegeben habe.«

D'Artagnan hörte, wie die Tür sich schloss und Ketty ins Zimmer zurückkam; er stieß die Schranktür auf...

»Herrgott!«, rief Ketty leise, »was ist Euch? Ihr seid ja ganz bleich!«

»Diese abscheuliche Kreatur!«, flüsterte d'Artagnan.

»Still«, sagte Ketty, »geht jetzt! Was hier gesprochen wird, hört man drüben deutlich.«

»Gerade darum werde ich nicht gehen«, antwortete d'Artagnan.

»Was sagt Ihr da?«, erwiderte Ketty errötend.

»Ich werde nicht gehen, bevor ich ...«, und er zog Ketty an sich. Um keinen Lärm zu verursachen, ergab sie sich.

D'Artagnan versuchte, von Ketty etwas über Frau Bonacieux zu erfahren, aber die Zofe schwor, nichts von dem Schicksal der unglücklichen Frau zu wissen, sie glaubte aber, versichern zu können, dass die junge Frau noch lebe.

Am folgenden Abend begab sich d'Artagnan wieder zu Mylady. Sie war sehr schlecht gelaunt, wahrscheinlich deshalb, weil die Antwort des Grafen de Wardes ausblieb.

Gegen Ende des Abends wurde die schöne Löwin wieder sanfter und lauschte lächelnd den zärtlichen Worten d'Artagnans; beim Abschied reichte sie ihm sogar die Hand zum Kuss.

An der Tür traf er Ketty und ging mit ihr, wie am vergangenen Abend, hinauf in ihr Zimmer.

Mylady konnte sich das Schweigen des Grafen de Wardes

nicht erklären und hatte Ketty befohlen, um neun Uhr vormittags einen dritten Brief an ihn zu besorgen.

Unser Freund nahm Ketty das Versprechen ab, ihm diesen Brief zu bringen, und das verliebte Mädchen versprach alles, was er wollte.

Um elf Uhr vormittags kam Ketty mit Myladys Brief zu ihm.

D'Artagnan öffnete den Brief und las:

Ich schreibe Euch nun zum dritten Mal, um Euch meiner Liebe zu versichern. Hütet Euch, dass ich Euch nicht in einem vierten Brief meine Verachtung sagen muss. Solltet Ihr Euer Verhalten bereuen, wird Euch die Überbringerin dieses Briefes sagen, wie ein galanter Mann Verzeihung erwirken kann.

D'Artagnan wurde beim Lesen abwechselnd rot und blass.

»Oh, Ihr liebt sie noch immer!«, rief das junge Mädchen.

»Nein, Ketty, ich liebe sie nicht mehr, aber ich will mich für ihre Missachtung rächen.«

Ketty seufzte.

D'Artagnan griff nach einer Feder und schrieb:

Madame, bis heute hatte ich Zweifel, ob Eure beiden ersten Briefchen tatsächlich an mich gerichtet waren, weil ich mich solcher Ehre für völlig unwürdig hielt. Jetzt muss ich aber an das Übermaß Eurer Huld glauben, da nicht nur Euer Brief, sondern auch Eure Zofe mir versichert, dass ich das große Glück habe, von Euch geliebt zu werden. Ich werde Euch also heute Abend um elf Uhr um Verzeihung bitten. Ihr habt mich zum glücklichsten aller Sterblichen gemacht.

Graf de Wardes

D'Artagnans Absicht war ganz einfach: Durch Kettys Zimmer gelangte er ohne weiteres in das Gemach ihrer Herrin und hoffte, über sie im ersten Moment der Überraschung, der Beschämung oder des Schreckens triumphieren zu können. In acht Tagen begann der Feldzug, dann musste er fort; er hatte also keine Zeit mehr, anders zu einem Erfolg zu kommen.

»Gib diesen Brief Mylady; es ist die Antwort von Herrn de Wardes.«

Die arme Ketty wurde leichenblass; sie ahnte, was in dem Brief stand.

»Oh, Ihr liebt mich gar nicht!«, schluchzte Ketty. »Ich bin ja so unglücklich!«

Aber sie entschloss sich doch, Mylady das Briefchen zu geben, und d'Artagnan versprach ihr, wenn er fortginge, zu ihr hinaufzukommen. Dieses Versprechen tröstete schließlich die arme Ketty.

29. Bei Nacht sind alle Katzen grau

Endlich brach der von d'Artagnan so ungeduldig erwartete Abend an. Er stellte sich wie gewöhnlich um neun Uhr bei Mylady ein. Er traf sie bei strahlender Laune an. Der Gascogner merkte sofort, dass dies nur die Wirkung seines Briefes sein konnte.

Gegen zehn Uhr begann Mylady, unruhig zu werden. D'Artagnan stand sofort auf und ergriff seinen Hut; Lady Clarick reichte ihm beim Abschied die Hand zum Kuss.

Diesmal erwartete ihn Ketty nirgends und er musste sich allein den Weg in ihr Zimmer suchen. Ketty saß, den Kopf in den Händen vergraben, auf ihrem Bett und weinte. Als der junge Mann nach ihren Händen fasste, brach sie in lautes Schluchzen aus.

Mylady hatte, als sie den Brief empfing, in ihrer Freude der Zofe alles anvertraut und ihr zur Belohnung für den so gut ausgeführten Auftrag eine Geldbörse geschenkt. Ketty aber hatte, als sie wieder in ihrem Zimmer war, die Börse in eine Ecke geschleudert, wo sie noch lag. Als das junge Mädchen bei der Liebkosung d'Artagnans aufblickte, war er betroffen von dem verstörten Gesicht, das sie ihm zeigte. Aber von seinem vorgefassten Plan konnte ihn dieser Schmerz nicht abhalten. Er beruhigte Ketty und versicherte ihr, dass es sich ja nur um einen Racheakt handele. Da Mylady der Zofe befohlen hatte, alle Lichter, auch die in ihrem eigenen Zimmer, zu löschen, sollte es verhältnismäßig leicht sein, dieser Rache Befriedigung zu verschaffen.

Nach einer Weile hörte man Mylady nebenan eintreten. Kaum hatte d'Artagnan sich in dem Wandschrank verborgen, da ertönte die Glocke. Mylady schien außer sich vor Freude und ließ sich von der Zofe nochmals alle Einzelheiten ihres vermeintlichen Besuchs bei dem Grafen berichten. Ketty, die sich keine Blöße geben durfte, berichtete mit erstickter Stimme.

Als die Stunde ihrer Zusammenkunft mit dem Grafen nahte, gab Mylady ihrer Zofe Weisung, den Grafen, sobald er käme, zu ihr zu führen. Ketty brauchte nicht lange zu warten.

Kaum hatte d'Artagnan durch das Schlüsselloch bemerkt, dass alles dunkel war, schlüpfte er aus dem Schrank, gerade als das Mädchen die Verbindungstür schloss.

»Was ist das für ein Geräusch?«, fragte Mylady.

»Ich bin's«, sagte d'Artagnan mit verstellter Stimme, »Graf de Wardes.«

»Warum tretet Ihr nicht ein?«, fragte Mylady, »Ihr wisst doch, dass ich Euch erwarte!«

Als d'Artagnan diese Worte vernahm, schob er Ketty beiseite und eilte in das Gemach.

Es gibt wohl kaum eine größere Pein für einen Liebhaber, als Liebesbeteuerungen zu hören, die einem Glücklicheren zugedacht sind. Er litt in diesem Augenblick fast ebenso große Schmerzen wie die arme Ketty.

»Ja, Graf«, flüsterte Mylady mit ihrer sanftesten Stimme, während sie ihm zärtlich die Hand drückte, »ich bin glücklich über Eure Liebe, und damit Ihr mich nie vergesst, nehmt das hier!« Damit zog sie einen Ring vom Finger und streifte ihn d'Artagnan auf. Es war ein prächtiger, mit Brillanten gefasster Saphir, den der Gascogner immer an Myladys Hand gesehen hatte.

In seiner ersten Regung wollte er ihn ihr zurückgeben; aber sie wehrte ab und setzte hinzu: »Nein, behaltet diesen Ring mir zuliebe! Ihr erweist mir übrigens damit einen größeren Dienst, als Ihr Euch denken könnt!«

Dieses Weib ist tatsächlich ein unergründliches Rätsel, dachte d'Artagnan.

In diesem Augenblick war er nahe daran, die Wahrheit zu sagen. Aber schon sprach sie weiter: »Mein armer Engel; schmerzen Eure Wunden noch immer?«

»Ja, sehr«, antwortete d'Artagnan, der nichts anderes zu sagen wusste.

»Seid nur ruhig«, flüsterte sie, »ich werde Euch grausam rächen!«

Zum Teufel!, fluchte d'Artagnan in sich hinein, noch hat es Zeit mit der Beichte.

Er brauchte eine ganze Weile, sich von diesem Zwiegespräch zu erholen; ihn erfüllten die widerstreitendsten Empfindungen. Diese Frau übte eine unglaubliche Macht über ihn aus.

Es schlug ein Uhr und es galt zu scheiden. Noch ein leidenschaftliches Lebewohl und die Versicherung, sich in der nächsten Woche wieder zu sehen.

Am andern Morgen eilte d'Artagnan zu Athos. Er war in ein so seltsames Abenteuer verstrickt, dass er seinen Rat hören musste. Während er ihm alles erzählte, runzelte Athos wiederholt die Stirn.

»Eure Mylady«, sagte Athos, »scheint mir ein verworfenes Geschöpf zu sein; trotzdem habt Ihr nicht recht gehandelt, sie zu hintergehen; jetzt habt Ihr, so oder so, eine gefährliche Feindin auf dem Hals!« Bei diesen Worten fiel sein Blick auf den mit Diamanten gefassten Saphir; der Gascogner trug ihn anstelle des von der Königin erhaltenen, der jetzt in einer Schatulle ruhte.

»Euer Ring erinnert mich an einen Familienschmuck«, sagte Athos.

»Ein schöner Ring, nicht wahr?«, fragte d'Artagnan.

»Prächtig!«, erwiderte Athos, »ich hätte nicht geglaubt, dass es noch einen zweiten Saphir von einem so herrlichen Glanz geben könnte. Habt Ihr Euren Diamanten dagegen eingetauscht?«

»Nein«, entgegnete d'Artagnan, »meine schöne Engländerin oder vielmehr Französin hat ihn mir geschenkt.«

Mit einer Stimme, die eine tiefe Erregung verriet, rief Athos: »Von Mylady habt Ihr diesen Ring? Kann ich ihn einmal sehen?«

»Bitte!«, antwortete d'Artagnan und zog den Ring vom Finger.

Athos betrachtete ihn und wurde sehr blass; dann schob er ihn auf seinen Ringfinger der linken Hand, er passte wie für ihn gemacht.

»Kennt Ihr etwa den Ring?«, fragte d'Artagnan.

»Ich glaubte, ihn zu kennen«, erwiderte Athos leise, »aber ich habe mich wohl geirrt.«

Mit diesen Worten gab er den Ring zurück. »D'Artagnan«, sagte er nach einer Weile, »steckt den Ring weg oder dreht wenigstens den Saphir nach innen, denn er ruft schreckliche Erinnerungen in mir wach! Ich sollte Euch doch raten, nicht wahr? Aber wartet, gebt mir den Saphir noch einmal! Der meine war durch einen Unfall an der Seite etwas zerkratzt.«

D'Artagnan reichte ihn nochmals Athos.

»Da«, sagte Athos, »ist das nicht seltsam?« Er zeigte dem Freund die zerkratzte Stelle.

»Aber von wem hattet Ihr diesen Saphir, Athos?«

»Von meiner Mutter«, antwortete Athos; »wie gesagt, es ist ein Familienkleinod, das niemals in andere Hände kommen sollte.«

»Und Ihr habt ihn verkauft?«, fragte d'Artagnan stockend.

»Nein«, erwiderte Athos mit seltsamem Lächeln, »ich habe ihn in einer Liebesnacht verschenkt, so wie er jetzt Euch geschenkt worden ist.«

Der junge Mann wurde nachdenklich. Er steckte den Ring nicht wieder an den Finger, sondern in die Tasche.

»D'Artagnan«, sagte Athos und ergriff die Hand des Freundes, »Ihr wisst, dass Ihr mir lieb und wert seid; hätte ich einen Sohn, ich könnte ihn nicht lieber haben! Ich rate Euch, verzichtet auf diese Frau. Ich kenne sie zwar nicht, aber mein Gefühl sagt mir, sie wird Euch nur ins Unglück stürzen.«

»Ihr habt Recht, Athos«, versetzte d'Artagnan, »ich werde mich von ihr trennen.«

Athos drückte dem Gascogner die Hand und gab ihm zu verstehen, dass er mit seinen Gedanken allein sein wollte.

In seiner Wohnung erwartete Ketty den Gascogner. Sie war von ihrer Herrin abermals zu dem vermeintlichen Grafen de Wardes geschickt worden. Mylady bat um einen früheren Termin für ein Stelldichein. Bleich und zitternd, sah die arme Ketty d'Artagnans Antwort entgegen.

Auf den Rat von Athos hatte der Jüngling den Entschluss gefasst, Lady Clarick nicht mehr wieder zu sehen. Er schrieb daher:

Madame, rechnet nicht auf ein weiteres Zusammentreffen. Seit meiner Genesung warten so viele Unterhaltungen dieser Art auf mich, dass ich mir schon ein Register anlegen muss. Sobald Ihr an der Reihe seid, werde ich es Euch sagen lassen. Ich küsse Eure Hand.

Graf de Wardes

D'Artagnan zeigte Ketty den Brief; zuerst verstand sie nichts, doch als sie ihn noch einmal las, wurde sie fast närrisch vor Freude. Obwohl sie bei dem üblen Charakter Myladys auf das Schlimmste gefasst sein musste, wenn sie ihr diesen Brief brachte, eilte sie doch, so schnell sie konnte, zur Place Royale zurück.

Mylady riss den Brief erwartungsvoll auf. Aber bei den ersten Worten wurde sie leichenblass; sie zerknüllte das Papier und wandte sich mit böse funkelnden Augen ihrer Zofe zu. »Was bedeutet dieser Brief?«, stieß sie hervor.

»Nun, die Antwort auf den Brief der gnädigen Frau«, antwortete die Zofe zitternd.

»Unmöglich!«, schrie Mylady, »solchen Brief schreibt kein Edelmann einer Frau!« Dann aber stammelte sie: »Gerechter Gott, sollte er etwas wissen?« Und sie sank in einen Sessel. Ketty glaubte, ihrer Herrin sei schlecht, und beeilte sich, ihr das Mieder zu öffnen; aber Mylady erhob sich rasch und herrschte sie an: »Fass mich nicht an! Wenn man mich beleidigt, wird mir nicht schlecht, sondern ich räche mich; verstehst du?« Und mit einer Handbewegung wies sie die Zofe aus dem Zimmer.

30. Myladys Geheimnis

Abends gab Mylady Weisung, Herrn d'Artagnan, sobald er käme, zu ihr zu führen; aber er kam nicht.

Tags darauf ging Ketty wieder zu dem Gascogner und berichtete ihm alles, was sich zugetragen hatte. Der Jüngling lächelte befriedigt: Der Zorn Myladys war seine Rache.

Auch am nächsten Abend wartete Mylady vergebens. Am folgenden Morgen kam Ketty traurig wiederum zu d'Artagnan. Auf seine Frage, was ihr fehle, gab sie ihm statt einer Antwort einen Brief von Lady Clarick; d'Artagnan öffnete ihn und las:

Lieber Herr d'Artagnan! Es ist höchst unrecht, seine Freunde so zu vernachlässigen, besonders wenn man sie für lange Zeit verlassen soll. Mein Schwager und ich haben gestern und vorgestern vergeblich auf Euch gewartet. Wird es heute auch so sein? Eure stets dankbare

Lady Clarick

»Eine sehr einfache Sache«, meinte d'Artagnan; »mit diesem Brief habe ich gerechnet. Mein Kredit steigt, weil der des Grafen de Wardes sinkt.«

»Werdet Ihr hingehen?«, fragte Ketty.

»Höre, liebes Kind!«, erwiderte der Gascogner, der eine Rechtfertigung vor sich selbst suchte, »es wäre doch unklug, dieser Einladung nicht zu folgen. Wie soll sich Mylady das Ausbleiben meiner Besuche erklären? Sie könnte Argwohn schöpfen, und wer weiß, wohin die Rache solch einer Frau führt?«

»Ach Gott!«, rief Ketty. »Ihr versteht, die Dinge immer so darzustellen, dass das Recht auf Eurer Seite ist. Ihr werdet ihr wieder den Hof machen, und wer weiß, was daraus folgt.«

Das arme Mädchen hatte schlimme Ahnungen. D'Artagnan versprach ihr, sich von Myladys Verführungskünsten nicht beeindrucken zu lassen. Er ließ Mylady ausrichten, dass er nicht versäumen werde, ihrem Befehl zu gehorchen.

Punkt neun betrat er das Haus an der Place Royale. Offenbar war die im Vorzimmer wartende Dienerschaft unterrichtet; denn noch ehe er nach Mylady fragen konnte, eilte ein Lakai davon, um ihn zu melden. D'Artagnan hörte, wie sie mit schneidender Stimme befahl, ihn sofort hereinzuführen.

Lady Clarick sah sehr bleich und abgespannt aus.

Als d'Artagnan sich nach ihrem Befinden erkundigte, sagte sie kurz: »Schlecht, sehr schlecht.«

»Oh, dann will ich nicht stören«, versetzte d'Artagnan, »Ihr braucht gewiss Ruhe.«

»Aber nein«, antwortete Mylady, »bleibt nur, Herr d'Artagnan, Eure angenehme Gesellschaft wird mich zerstreuen.«

Mylady bemühte sich, äußerst nett zu sein, und plauderte lebhaft. D'Artagnan war bald wieder ihrem Zauber verfallen.

Mylady wurde immer freundlicher. Schließlich fragte sie ihn, ob er eine Dame liebe.

»Ach«, rief d'Artagnan gefühlvoll, »wie könnt Ihr so grausam sein, mir solche Frage zu stellen? Ihr wisst doch, dass ich, seit ich Euch das erste Mal gesehen, nur für Euch atme!«

Mylady lächelte seltsam. »Also Ihr liebt mich?«, fragte sie.

»Muss ich Euch das sagen? Habt Ihr es nicht schon längst gefühlt?«

»Nun, was würdet Ihr denn tun, mir Eure Liebe zu beweisen?«

»Alles, was Ihr von mir verlangt, ich bin zu allem bereit.«

»Schön, unterhalten wir uns ein bisschen darüber«, sagte Mylady und rückte ein wenig näher an den jungen Mann heran.

»Ich höre, Madame«, erwiderte dieser.

Mylady schwieg eine Weile und sagte endlich: »Ich habe einen Feind, der mich so grausam behandelt hat, dass zwischen uns ein Krieg auf Tod und Leben herrscht. Darf ich auf Eure Hilfe dabei zählen?«

D'Artagnan begriff natürlich sofort, was die rachsüchtige Frau meinte, und rief: »Mein Arm und mein Leben gehören Euch wie meine Liebe!«

Räche mich nur erst an diesem elenden Wardes!, dachte Mylady, nachher will ich dich Narr schon wieder loswerden.

D'Artagnan aber sagte sich: Umarme mich nur erst zärtlich,

nachdem du mich so schmählich verhöhnt hast, du skrupellose Heuchlerin. Hinterher werde ich dich zusammen mit dem andern, den ich umbringen soll, gehörig auslachen. Laut aber sagte er: »Mylady, ich bin bereit!«

»Wirklich?«, fragte Mylady mit einem letzten Zweifel.

»Nennt mir den Elenden!«, rief d'Artagnan.

»Dieser Feind heißt...«, sie stockte.

»De Wardes, ich weiß es!«, rief d'Artagnan stürmisch.

»Woher wisst Ihr es?«, fragte Mylady und sah ihn forschend an.

Der Gascogner merkte sofort, dass er einen Fehler gemacht hatte. »Nun, der Graf zeigte gestern in einem Salon, in dem auch ich war, einen Ring, den er von Euch bekommen haben will.«

»Der Elende!«, rief Mylady.

»Ich werde Euch an diesem Elenden rächen«, versicherte der Jüngling.

»Danke, mein tapferer Freund!«, sagte Mylady, »und wann werdet Ihr mich rächen?«

»Morgen, heute, sogleich, wann immer Ihr es befehlt!«

Schon wollte Mylady »sogleich« rufen; aber sie überlegte es sich und riet ihm, bis zum nächsten Tag zu warten.

»Morgen sollt Ihr gerächt sein oder ich bin tot«, rief d'Artagnan und stürzte ihr zu Füßen. »Aber lasst mich nicht in den Kampf ziehen, ohne Euch heute noch einmal gesehen zu haben.«

Mylady zögerte und sagte schließlich mit zärtlichem Blick: »Nun gut.«

»Oh, Ihr seid ein Engel!«, rief der Jüngling.

»Still! Ich höre meinen Schwager kommen. Es ist nicht nötig, dass er Euch hier findet.«

Sie läutete; Ketty erschien. »Geht hier hinaus«, sagte Mylady und öffnete eine Tapetentür, »kommt also in etwa zwei Stunden wieder. Dann können wir unsre Unterhaltung fortsetzen. Ketty wird Euch zu mir geleiten.«

Das arme Ding meinte, umsinken zu müssen. »Nun, was ist mit dir, Ketty?«, rief Mylady. »Was stehst du da wie eine Salzsäule? Führe den Herrn hinaus! Also, in zwei Stunden, mein lieber Herr d'Artagnan!«

Sie reichte ihm die Hand, die er zärtlich küsste. Mein lieber Freund!, sagte er sich und achtete nicht der Vorhaltungen Kettys, sei auf der Hut vor dieser gefährlichen, schönen Frau!

Trotz Kettys Flehen war d'Artagnan sogleich aus dem Haus gegangen. Er wollte mit seinen Gedanken allein sein. Sicher war, dass ihn zu Mylady eine unglückselige Leidenschaft hinzog und sie nicht das Geringste für ihn empfand. Einen Augenblick war er gesonnen, nach Hause zu gehen und ihr in einem Brief alles zu gestehen, denn er erkannte, dass ihn diese Frau als gefügiges Werkzeug ihres Hasses betrachtete. Aber auch ihn beherrschte ein unbändiges Verlangen nach Rache. Er glaubte, dies nur dann stillen zu können, wenn er Mylady unter seinem richtigen Namen besaß.

Wohl ein halbes Dutzend Mal lief er um den Platz herum und blickte alle zehn Schritte nach dem Licht hinauf, das durch die Fensterläden ihres Empfangszimmers schimmerte. Endlich aber schwand das Licht und mit ihm auch die letzte Unschlüssigkeit des Gascogners. Er hastete die Treppe zu Kettys Zimmer hinauf. Bleich und zitternd, wollte das Mädchen ihren Geliebten zurückhalten, aber Mylady hatte das von ihm verursachte Geräusch gehört und öffnete die Tür. »Kommt!«, sagte sie.

Dieses Benehmen, bar aller Zurückhaltung, erschien d'Artagnan so ungeheuerlich, dass er kaum seinen Ohren traute. Er sah sich in eines jener fantastischen Abenteuer verwickelt, wie man es manchmal im Traume erlebt, und wie von einem Magnet angezogen, stürzte er auf Mylady zu. Hinter ihnen fiel die Tür ins Schloss. Der Gascogner sah sich am Ziel seiner Wünsche: Man liebte in ihm nicht mehr den Nebenbuhler, sondern, wie es schien, ihn selbst. Eine innere Stimme sagte ihm wohl, dass er nur als willkommener Helfer galt, aber Stolz und Eigenliebe erstickten diese Stimme.

So verging einige Zeit, die zumindest für d'Artagnan höchstes Glück bedeutete.

Mylady kehrte als Erste zur Wirklichkeit zurück und fragte ihn, wie er sich das Duell mit dem Grafen denke. Der Jüngling aber, dessen Gedanken ganz woanders weilten, meinte leichthin, es sei doch wohl nicht die richtige Stunde, sich mit Degen und Duell zu befassen.

Diese Teilnahmslosigkeit für die Sache ihres einzigen Interesses empörte Mylady und sie wiederholte ihre Frage dringlicher. D'Artagnan, der sich nie ernstlich mit diesem Duell befasst hatte, versuchte nun, sie zum Verzicht ihres schlimmen Planes zu überreden, und schlug ihr vor, dem Grafen zu verzeihen. Doch schon bei den ersten Worten fing sie an zu zittern und wich vor ihm zurück.

»Ihr habt doch nicht etwa Furcht, lieber d'Artagnan?«, fragte sie spöttisch.

»Das glaubt Ihr wohl selbst nicht, teure Freundin!«, versetzte der Gascogner; »aber wenn nun der arme Graf nicht schuldig wäre, wie Ihr meint?«

»Jedenfalls hat er mich hintergangen«, erwiderte Mylady ernst, »und allein damit hat er den Tod verdient.«

»Ihr würdet also keinen anderen Weg wählen, Euch zu rächen?«

»Ihr zaudert noch immer?«, fragte sie, und ihre Augen funkelten böse im fahlen Morgenlicht.

»Nein, aber mir tut der arme Graf Leid, seitdem Ihr ihn nicht mehr liebt; mir scheint, diese Strafe ist schon grausam genug für den Mann.«

»Wer sagt Euch, dass ich ihn geliebt habe?«, fragte Mylady.

»Wenigstens kann ich jetzt annehmen, dass Ihr einen andern liebt«, erwiderte d'Artagnan glücklich, »und darum sage ich Euch, dass mir der Graf Leid tut, und er ist bei weitem nicht so schuldig, wie es scheint.«

»Das verstehe ich nicht, erklärt Euch näher.«

Dabei sah sie den Jüngling, der sie noch immer umschlungen hielt, aufmerksam an.

»Nun, ich möchte Euch, da ich sicher bin, dass mir jetzt Eure Liebe gehört, ein Geständnis machen.«

»Was ist das für ein Geständnis?«

»Ihr habt doch den Grafen am letzten Donnerstag in diesem Zimmer empfangen?«

»Ich? Keineswegs!«, versetzte Mylady ruhig.

»Lügt nicht, mein schöner Engel«, antwortete d'Artagnan, »es nützt Euch nichts.«

»Wie soll ich Eure Worte verstehen?«, rief sie, »Ihr quält mich zu Tode!«

»Der Graf hat nichts, dessen er sich rühmen könnte.«

»Ihr sagtet doch selbst, dass der Ring …«

»Diesen Ring, meine Teuerste, besitze ich! Der Wardes von neulich und der d'Artagnan von heute sind ein und dieselbe Person!«

Der törichte Jüngling war darauf gefasst, Staunen, Scham und eine Flut von Tränen zu erleben; aber er irrte sich gewaltig. Bleich und mit verzerrtem Gesicht richtete Mylady sich auf, stieß ihn mit aller Kraft von sich und sprang aus dem Bett. D'-Artagnan hielt sie an ihrem Nachtgewand aus Batist zurück; aber mit einem jähen Ruck versuchte sie loszukommen. Da zerriss der dünne Stoff und entblößte ihre Schulter. Schaudernd erblickte der junge Mann auf der zarten weißen Haut die Lilie, das Brandmal des Henkers.

»Gerechter Gott«, schrie d'Artagnan. Wie erstarrt saß er auf dem Bett. Dieses Entsetzen sagte Mylady, dass er alles gesehen hatte, dass er ihr schreckliches Geheimnis nun kannte.

»Elender!«, schrie sie. »Erst hast du mich betrogen und jetzt kennst du auch noch mein Geheimnis! Du musst sterben!« Damit stürzte sie an ihren Toilettentisch, ergriff einen kleinen Dolch mit goldenem Griff und war mit einem Satz wieder bei d'Artagnan. Obgleich der junge Mann, wie wir wissen, kein Feigling war, erschrak er doch vor diesem verzerrten Gesicht mit den unnatürlich weit aufgerissenen Augen, den bleichen Wangen und blutigen Lippen. Unwillkürlich wich er wie vor dem Anblick einer Schlange zurück, tastete nach seinem Degen und riss ihn aus der Scheide. Doch ungeachtet der blanken Klinge drang sie wie eine Furie auf ihn ein und versuchte, ihn mit dem Dolch zu treffen. Es gelang ihm, sie mit dem Degen abzuwehren und sich langsam Kettys Tür zu nähern. Bei Myladys grässlichem Geschrei öffnete Ketty die Tür, der Gascogner schlüpfte hindurch und warf sie blitzschnell zu. Unter hässlichen Verwünschungen und mit geradezu unheimlicher Kraft stemmte sich Mylady gegen die Tür, um sie zu sprengen.

»Schnell, Ketty, ich muss aus dem Haus«, wandte sich d'Artagnan an die fast ohnmächtige Zofe, »sie lässt mich sonst durch ihre Lakaien umbringen.«

Ketty warf dem halb nackten Mann einen weiten Mantel über, drückte ihm eine Haube auf den Kopf und führte ihn die Treppe in den Hof hinunter. Es war höchste Zeit, denn schon läutete Mylady wie rasend und alarmierte das ganze Haus. Sie beugte sich, der entblößten Schulter nicht achtend, aus dem Fenster und schrie: »Nicht das Tor öffnen!«

Ohne sich um das Schicksal der armen Zofe zu kümmern, rannte d'Artagnan wie gehetzt durch die noch ruhigen Straßen zu seinem Freund Athos. Er trommelte wild gegen die Tür, die Grimaud, noch ganz schlaftrunken, öffnete.

Erschrocken über die wunderlich kostümierte Person schrie er: »Was will denn dieses Weibsbild hier?«

D'Artagnan stürzte ins Zimmer, schob die Haube zurück und schlug den Mantel zur Seite.

Athos, durch den Lärm geweckt, kam im Schlafrock aus seinem Zimmer, erkannte den Freund und brach beim Anblick des seltsamen Aufputzes in schallendes Gelächter aus.

»Lacht nicht, mein Freund!«, rief der Gascogner ernst, »es ist kein Grund zum Lachen.«

»Seid Ihr etwa verwundet, d'Artagnan?«, fragte Athos besorgt.

»Nein, aber ich habe etwas Entsetzliches erlebt, Athos. Seid Ihr allein?«

»Natürlich; aber nun redet endlich!«, rief Athos. »Doch zunächst zieht diesen Schlafrock an!«

D'Artagnan stieß außer Atem hervor: »Athos, ich muss Euch etwas Ungeheuerliches sagen: Mylady ist auf der Schulter mit einer Lilie gebrandmarkt!«

»Was sagt Ihr?«, schrie der Musketier und griff sich ans Herz.

»Wisst Ihr auch ganz bestimmt, dass die Frau, von der Ihr mir in Amiens erzähltet, tot ist?«, fragte d'Artagnan.

Athos stöhnte und wandte den Kopf ab.

»Die, von der ich spreche, mag sechs- bis achtundzwanzig Jahre alt sein«, berichtete der Jüngling.

»Ist sie blond, blauäugig und gut gewachsen und hat links oben eine Zahnlücke?«, fragte Athos.

»Ja«, bestätigte d'Artagnan.

»Aber Ihr sagtet doch, es ist eine Engländerin?«

»Man nennt sie Mylady, sie kann aber ebenso gut Französin sein; Lord Winter ist nur ihr Schwager.«

»Ich muss sie sehen, d'Artagnan!«

»Nehmt Euch in Acht, Athos!«

»Sie wird nichts gegen mich unternehmen, damit würde sie sich nur selbst verraten«, erwiderte Athos.

»Dieses Weib ist zu allem fähig!«, warnte der Gascogner.

»Ihr habt Recht«, sagte Athos; »zum Glück verlassen wir übermorgen Paris, wahrscheinlich geht es nach La Rochelle, und sind wir erst einmal fort ...«

»Wenn sie weiß, wer Ihr seid, Athos, wird sie Euch bis ans Ende der Welt folgen; dazu kommt, dass sie eine infame Spionin des Kardinals ist.«

»In diesem Falle müsst Ihr auf der Hut sein! Geht nicht mehr allein aus, und prüft alles genau, was man Euch zu essen gibt. Und ich werde meinen Schwur ab heute brechen und Euch überallhin begleiten«, sagte Athos.

Athos läutete, und als Grimaud eintrat, befahl er ihm, aus der Wohnung d'Artagnans für diesen etwas zum Anziehen zu holen. Der Diener machte sich sofort auf den Weg. Dann wandte er sich wieder zu dem Gascogner und sagte: »Es ist kaum anzunehmen, lieber Freund, dass Mylady Euch Eure Sachen wieder zustellen wird; das kommt unserer Sorge für die Ausrüstung gerade nicht gelegen. Ein Glück, dass Ihr noch den Saphir habt!«

»Der gehört doch Euch, Athos! Ihr sagtet doch, dass er ein Familienkleinod ist!«

»Allerdings, aber statt ihn wie eine Reliquie zu hüten, schenkte ich ihn dieser Kreatur. Nun will ich ihn nicht mehr, er ist besudelt!«

»Dann verkauft ihn!«

»Ein Geschenk meiner Mutter verkaufen? Das erschiene mir wie eine Entweihung.«

»Alsdann verpfändet ihn! Ihr werdet sicher tausend Taler dafür bekommen. Mit dieser Summe könnt Ihr Eure Ausrüstung vervollkommnen, und später löst Ihr den Ring wieder ein; eine Sache, die durch Wuchererhände geht, ist nicht mehr befleckt.«

Athos lächelte. »D'Artagnan, Ihr seid ein Prachtkerl!«, rief er. »Also gut, verpfänden wir den Ring unter der Bedingung, dass Ihr die Hälfte des Erlöses nehmt.«

»Einverstanden«, erwiderte d'Artagnan nach einigem Zögern.

In diesem Augenblick trat Grimaud mit Planchet ein, der die Sachen seines Herrn brachte.

Alle vier machten sich nun unverzüglich auf den Weg und erreichten ohne Zwischenfall die Rue des Fossoyeurs. Herr Bonacieux stand spöttisch lächelnd an der Tür und rief d'Artagnan zu: »Ei, mein lieber Hausgenosse, beeilt Euch, Ihr werdet oben sehnsüchtig von einem hübschen Mädchen erwartet.«

»Das ist Ketty«, rief der Jüngling und eilte voraus … Sie war es tatsächlich und wartete zitternd vor seiner Zimmertür.

»Ach, gnädiger Herr«, flehte sie, »helft mir! Ihr habt mir Euren Schutz versprochen.«

»Gewiss, Ketty, beruhige dich doch«, versetzte d'Artagnan. »Aber erzähle, was ist denn noch geschehen?«

»Mylady hat geschrien, getobt und Euch verwünscht. Da habe ich, ehe sie gegen mich Verdacht schöpfte, meine Habseligkeiten zusammengerafft und bin hierher geflüchtet. Ihr müsst mich aus Paris bringen.«

»Ich kann dich doch nicht in den Krieg nach La Rochelle mitnehmen«, erwiderte d'Artagnan.

»Vielleicht könnt Ihr mich in Eurer Heimat unterbringen?«

»Ach, die Frauen in der Gascogne sind nicht so verwöhnt, dass sie Kammerfrauen brauchen. Doch halt! Planchet, lauf sofort zu Aramis! Er soll gleich herkommen. Aber, Ketty, noch eine Frage! Hast du nie etwas von der jungen Frau gehört, nach der ich schon einmal fragte, die man eines Nachts aus einer Villa entführt hat? Du weißt doch«, setzte er hinzu, »von wem wir reden? Von Frau Bonacieux, der Frau dieses abscheulichen Menschen, den du gewiss vor der Tür stehen sahst.«

»Ach«, klagte die Zofe, »hoffentlich hat er mich nicht erkannt.«

»Wie, kennst du denn diesen Kerl?«

»Ja, er war zweimal bei Mylady; vor etwa vierzehn Tagen und gestern Abend.«

»Oh, Athos!«, rief d'Artagnan, »wir sind von einem Heer von Spionen umgeben; und du meinst, Ketty, er hat dich erkannt?«

»Ich habe, als ich ihn sah, die Kapuze über das Gesicht gezogen, aber vielleicht war es schon zu spät.«

»Athos, seht nach, ob er noch vor der Haustür steht.«

Athos ging, kam aber gleich wieder. »Er ist weg«, sagte er, »und die Tür ist verschlossen.«

Zur gleichen Zeit kam auch Aramis. D'Artagnan erklärte ihm, worum es ging. Aramis überlegte einen Augenblick und sagte dann errötend: »Nun gut, das lässt sich machen; Frau de Bois-Tracy hat mich gebeten, ihr eine verlässliche Zofe zu besorgen.« Darauf setzte er sich an den Tisch, schrieb ein paar Zeilen, versiegelte das Briefchen und gab es Ketty.

»Und nun, liebes Kind«, sagte der Gascogner, »musst du mich verlassen, wir werden uns aber in glücklicheren Tagen wieder sehen.«

Darauf trennten sich auch die drei jungen Männer; Aramis ging in seine Wohnung, Athos und d'Artagnan machten sich auf, den Saphir zu versetzen, Planchet blieb als Wächter in der Rue des Fossoyeurs. Der Saphir brachte, wie der Gascogner richtig vorausgesehen, dreihundert Dukaten, und binnen drei Stunden hatten sie die gesamte Ausrüstung für Athos, d'Artagnan und ihre Diener gekauft.

31. Eine ernste Warnung

Um vier Uhr trafen sich die Freunde bei Athos. Plötzlich trat Planchet eilig ins Zimmer und übergab d'Artagnan einen Brief.

Es war ein großer viereckiger Umschlag, auf dem das gefürchtete Wappen des Kardinals prangte, wie die vier Freunde mit Verwunderung bemerkten. D'Artagnan löste das Siegel und las:

Herr d'Artagnan, königlicher Gardist in der Kompanie des Essarts, wird heute Abend um acht Uhr im Palais Seiner Eminenz erwartet.

La Houdinière
Hauptmann der Garden

»Mord und Brand!«, rief Athos, »das ist kein angenehmes Stelldichein.«

»Wir werden ihn aber heute Abend nicht aus den Augen lassen«, bemerkte Athos, »ich schlage vor, jeder von uns wartet vor einem der drei Ausgänge des Palais mit je drei Musketieren. Sehen wir irgendeinen verdächtigen Wagen herausfahren, so fallen wir über ihn her. Wir haben ja schon lange keinen Strauß mit den Gardisten Seiner Eminenz gehabt, und Herr de Tréville muss denken, wir sind gestorben.«

»Abgemacht!«, rief d'Artagnan, »Freund Athos ist der geborene Heerführer. Es ist halb fünf, Kameraden, reiten wir aus.«

In der Nähe des Louvre trafen sie Herrn de Tréville, der aus Saint-Germain kam. D'Artagnan machte ihm bei dieser Gelegenheit Mitteilung von dem Schreiben des Kardinals.

Tréville billigte den gefassten Entschluss und versprach ihm, sofern er am andern Morgen nicht zurück sei, sich nach seinem Verbleib zu erkundigen.

Als es halb acht schlug; erinnerten die Freunde den Gascogner daran, dass er noch einen Besuch vorhatte. In der Rue Saint-Honoré angekommen, trafen sie vor dem Palais des Kardinals die dorthin bestellten Musketiere. Jetzt erst wurden die von dem Vorhaben verständigt.

Trotz der Vorsichtsmaßnahmen seiner Freunde stieg d'Artagnan nicht ohne Beklemmung die große Treppe hinauf. Sein Verhalten gegen Mylady glich doch sehr einem Verrat, und dazu stand diese Frau in engen politischen Beziehungen zum Kardinal, außerdem war der Graf de Wardes, dem er so übel mitgespielt hatte, einer der erklärten Anhänger Seiner Eminenz.

Mit diesen Gedanken betrat er das Vorzimmer. Dort standen etwa ein halbes Dutzend Gardisten herum, die den Gascogner mit eigentümlichem Lächeln betrachteten. In diesem Lächeln meinte d'Artagnan etwas von schlimmer Vorbedeutung zu sehen. Da unser Freund aber nicht leicht einzuschüchtern war, ließ er sich von seinen Empfindungen nichts anmerken und pflanzte sich stolz vor den Gardisten auf. Der Türhüter, der ihn gemeldet hatte, ließ nicht lange auf sich warten und forderte ihn auf, ihm zu folgen. Er führte ihn über einen langen Flur und durch einen großen Saal in eine Bibliothek, wo er sich plötzlich einem Mann gegenübersah, der an einem Tisch saß und schrieb. Der Mann blickte auf und d'Artagnan erkannte den Kardinal.

Der Kardinal stützte den Ellbogen auf sein Manuskript, die Wange in die Hand und betrachtete aufmerksam den jungen Mann. Niemand hatte einen so durchdringenden Blick wie Richelieu. Obgleich unserem Helden dabei fast das Blut in den

Adern gerann, bewahrte er doch eine leidlich gute Haltung und wartete nicht zu stolz, aber auch nicht zu unterwürfig auf die Worte des Kardinals.

Endlich fragte dieser: »Seid Ihr ein gewisser d'Artagnan aus Béarn, mein Herr?«

»Jawohl, Eminenz.«

»In Tarbes und Umgebung gibt es mehrere Linien der d'Artagnans«, fuhr der Kardinal fort, »zu welcher gehört Ihr?«

»Ich bin der Sohn jenes d'Artagnan, der unter dem großen König Heinrich, dem Vater Seiner Allergnädigsten Majestät, die Religionskriege mitgemacht hat.«

»Schön! Und Ihr seid vor etwa sieben bis acht Monaten nach Paris gekommen, um hier Euer Glück zu machen?«

»Jawohl, Eminenz.«

»Dabei seid Ihr auch durch Meung gekommen, und dort ist Euch etwas, ich weiß nicht mehr was, zugestoßen.«

»In Meung ...«, wollte d'Artagnan erwidern; aber der Kardinal wehrte mit einem Lächeln ab, welches verriet, dass er die Sache genau kannte. »Ihr wurdet an Herrn de Tréville empfohlen?«

»Jawohl, Eminenz«, sagte d'Artagnan, »aber bei dieser Geschichte in Meung ...«

»... kam Euch Euer Empfehlungsschreiben abhanden«, vollendete der Kardinal den Satz, »ich weiß, aber Herr de Tréville hat Euch trotzdem in der Kompanie seines Schwagers, des Herrn des Essarts, untergebracht und Euch gleichzeitig Hoffnung gemacht, bald als Musketier aufgenommen zu werden.«

»Ihr seid sehr genau unterrichtet, Eminenz.«

»Seitdem ist Euch mancherlei geschehen: beim Karmeliterkloster, dann auf dem Wege nach Forges, in Gesellschaft Eurer

Freunde, die unterwegs behindert wurden, während Ihr Eure Reise fortsetztet ... aber Ihr hattet ja Geschäfte in England.«

»Eminenz«, sagte d'Artagnan ganz verblüfft, »ich war ...«

»... auf der Jagd in Windsor oder sonst wo. Bei Eurer Rückkehr nach Paris seid Ihr von einer erlauchten Person empfangen worden, und ich bemerke mit Vergnügen, dass Ihr das Andenken, das sie Euch gab, noch immer besitzt.«

D'Artagnan fuhr mit der Hand nach dem Ring der Königin, den er wieder trug, und drehte den Diamanten rasch nach innen; aber es war zu spät. D'Artagnan überlief ein Schauder.

»Ich habe schon eine Zeit lang nichts mehr von Euch gehört«, fuhr der Kardinal fort, »und wollte gern wissen, was Ihr treibt. Im Übrigen schuldet Ihr mir wohl einigen Dank, denn es wird Euch nicht entgangen sein, wie sehr man Euch immer wieder geschont hat.«

D'Artagnan verneigte sich ehrerbietig.

»Ich verfolge dabei einen bestimmten Plan, den ich Euch heute unterbreiten möchte«, sagte der Kardinal. »Aber setzt Euch doch, Herr d'Artagnan. Ihr seid ein mutiger junger Mann und handelt immer sehr überlegt. Ich schätze Menschen, die den Kopf und das Herz auf dem rechten Fleck haben. Was haltet Ihr von einer Fähnrichsstelle in meiner Garde? Und nach dem Feldzug könntet Ihr eine Kompanie übernehmen.«

»Eminenz«, hub d'Artagnan an.

»Ihr nehmt doch an?«

»Aber Eminenz«, begann d'Artagnan wieder.

»Wie?«, rief der Kardinal verwundert, »Ihr lehnt ab?«

»Ich gehöre zur Garde Seiner Majestät und habe keine Ursache zur Unzufriedenheit.«

»Hm, Ihr sucht nach einem Vorwand«, erwiderte der Kardinal. »Aber bedenkt auch, Herr d'Artagnan, gegen Euch liegen ernste Klagen vor. Ihr widmet ja Eure Tage und Nächte nicht ausschließlich dem Dienst des Königs.«

D'Artagnan errötete.

Der Kardinal legte die Hand auf einen Stoß Akten. »Übrigens alles Papiere, die Euch betreffen. Aber ehe ich mich damit beschäftige, wollte ich mit Euch reden. Überlegt Euch also die Sache und entscheidet Euch!«

»Eure Güte beschämt mich«, erwiderte d'Artagnan. »Da aber Eure Eminenz mir erlaubt, freimütig zu sprechen...«, er stockte.

»Nun?«, fragte der Kardinal.

»... so muss ich Eurer Eminenz sagen, dass alle meine Freunde bei der königlichen Garde und den Musketieren dienen, alle meine Feinde dagegen bei den Garden Eurer Eminenz. Ich dürfte mithin kaum willkommen geheißen werden. In den nächsten Tagen beginnt die Belagerung von La Rochelle; ich werde also unter den Augen Eurer Eminenz dienen. Sollten Eure Eminenz mit meinen Leistungen zufrieden sein und mich besonders auszeichnen, dann würde Euer Vorschlag wesentlich günstiger für mich aussehen.«

»Nun, des Menschen Wille ist sein Himmelreich«, erwiderte der Kardinal. »Trotzdem will ich Euch einen Rat geben: Haltet Euch gut, junger Mann, denn wenn ich erst meine Hand von Euch abziehe, seid Ihr ein verlorener Mann.«

»Ich werde bestrebt sein, mich danach zu richten«, erwiderte der Gascogner und verneigte sich.

»Widerfährt Euch einmal ein Unglück«, sagte der Kardinal ernst, »dann denkt daran, dass ich alles getan habe, um dieses Unglück von Euch abzuwenden.«

»Was auch geschehen mag«, versetzte d'Artagnan und legte

die Hand aufs Herz, »ich werde Eurer Eminenz immer dankbar sein für das, was Ihr heute an mir getan habt.«

»Schon gut, Herr d'Artagnan«, sagte der Kardinal, »nach dem Feldzug sehen wir uns also wieder. Dann rechnen wir ab.«

»Ach, Eminenz«, rief d'Artagnan, »erspart mir die Bürde Eurer Ungnade und verhaltet Euch neutral, solange ich mich wie ein Ehrenmann betrage.«

»Junger Mann«, sagte Richelieu, »wenn ich Euch noch einmal sagen kann, was ich Euch heute Abend gesagt habe, werde ich es tun, das verspreche ich Euch.«

Diese letzten Worte bargen einen schrecklichen Zweifel; der Kardinal wollte ihn also vor einem drohenden Unheil bewahren. Schon öffnete der Jüngling den Mund, um zu antworten, doch der Kardinal beendete die Unterhaltung mit einer Handbewegung.

D'Artagnan verließ das Palais auf demselben Wege, wie er gekommen war, und traf vor der Tür Athos und seine Musketiere, die ihn schon unruhig erwarteten. Er beruhigte sie mit wenigen Worten und schickte Planchet zu den anderen, um ihnen zu berichten, dass sein Herr wohlbehalten zurückgekehrt sei.

Als die Freunde wieder beisammen waren, bestürmten Aramis und Porthos den Gascogner, ihnen zu erzählen, was der Kardinal von ihm gewollt habe; d'Artagnan sagte aber nur, dass

Richelieu ihm den Vorschlag gemacht habe, als Fähnrich in seine Garde einzutreten, und dass er abgelehnt habe. »Recht so«, erwiderten Aramis und Porthos wie aus einem Munde, Athos dagegen wurde sehr nachdenklich und schwieg. Als er aber mit dem Freund allein war, meinte er:

»Ihr habt getan, was Ihr tun musstet; aber vielleicht war das doch ein Fehler.«

D'Artagnan konnte einen Seufzer nicht unterdrücken, denn genauso dachte auch er, und eine innere Stimme sagte ihm, dass seiner allerlei Unangenehmes harre.

Der folgende Tag war mit den Vorbereitungen für die Abreise ausgefüllt und dann wurde Abschied von Herrn de Tréville genommen. In der Nacht kamen die Garden vom Korps des Essarts mit den Musketieren des Herrn de Tréville zu einem fröhlichen Abschiedstrunk zusammen; sie trennten sich beim ersten Trompetensignal in der Frühe.

32. Die Belagerung von La Rochelle

Die Belagerung von La Rochelle war eines der großen politischen Ereignisse unter der Regierung Ludwigs XIII. und eine der großen militärischen Unternehmungen des Kardinals. Von den wichtigen Städten, die Heinrich IV. 1598 im Edikt von Nantes den Hugenotten als sichere Plätze angewiesen hatte, war nur noch La Rochelle übrig geblieben. Richelieu lag also daran, dieses Bollwerk des Kalvinismus zu zerstören, jenen gefährlichen Herd fortwährender Zwietracht im französischen Königreich auszulöschen. Außerdem war die Hafenstadt La Rochelle das letzte Einfallstor, das den Engländern in Frankreich offen stand.

Den Kardinal bewegten bei dieser Belagerung aber auch persönliche Gründe: Er war früher selbst ein erfolgloser Verehrer der Königin gewesen und wurde vom Herzog von Buckingham bei Anna von Frankreich verdrängt. Dazu kam die Affäre mit den Diamantknöpfen, bei der Buckingham dem Kardinal übel mitgespielt hatte. Für Richelieu handelte es sich nicht nur darum, Frankreich von dem gefährlichen Feinde zu befreien, sondern auch um seine persönliche Rache an dem glücklicheren Nebenbuhler. Der Kardinal wusste, wenn es ihm gelang, England zu besiegen, besiegte er auch Buckingham, und wenn er England in den Augen Europas demütigte, demütigte er zugleich den Nebenbuhler in den Augen der Königin.

Den ersten Vorteil in diesem Feldzug hatte Buckingham errungen, indem er völlig unvermutet mit neunzig Schiffen vor der Insel Ré aufkreuzte und mit zwanzigtausend Mann den Gouverneur von Ré, Graf de Troias, überfiel. Dieser konnte der Übermacht nicht standhalten und war gezwungen, sich mit seiner kleinen Mannschaft in die Festung La Prée zurückzuziehen.

Dieses Ereignis hatte die Maßnahmen des Kardinals wesentlich beschleunigt. Bis der König und er, wie es beabsichtigt war, den Oberbefehl selbst übernehmen konnten, wurde der Bruder des Königs mit den Operationen auf dem Kriegsschauplatz betraut. Zur Vorhut seiner Truppen gehörte auch die Kompanie des Herrn des Essarts, in der sich, wie wir wissen, unser Freund d'Artagnan befand.

Der König war erkrankt. Trotzdem wollte er seine Reise nach dem Kriegsschauplatz fortsetzen, kam aber nur bis Villeroi. Wo der König weilte, mussten auch seine Musketiere sein; dadurch

war d'Artagnan vorerst noch von seinen drei Freunden getrennt.

Die Garden unter dem Befehl des Essarts' hatten ihre Quartiere im Bettelmönchskloster. D'Artagnan, dessen Ehrgeiz es war, möglichst bald bei den Musketieren aufgenommen zu werden, und der hieraus auch kein Geheimnis machte, hatte es versäumt, sich in seiner Kompanie Freunde zu schaffen, weshalb er jetzt oft allein war.

Nach ein paar Tagen, vormittags neun Uhr, erklang Trommelwirbel. Die Gardisten eilten zu den Waffen, auch d'Artagnan nahm seinen Platz ein. Der Herzog von Orleans besichtigte die Truppe. Der Hauptmann winkte d'Artagnan, und dieser trat vor, um den Befehl entgegenzunehmen.

»Der Herzog braucht Freiwillige für eine gefährliche, aber ehrenvolle Expedition. Ich habe Euch gewinkt, damit Ihr Euch bereithaltet.«

»Ich danke Euch, Herr Hauptmann«, versetzte der Gascogner, dem nichts erwünschter war, als sich auszeichnen zu dürfen.

Es war den Belagerten gelungen, im Laufe der Nacht eine Bastion einzunehmen, die zwei Tage vorher von den Königlichen besetzt worden war. Nun sollte erkundet werden, wie stark die Besatzung der Bastion war. D'Artagnan schlich mit vier Kameraden den Laufgraben entlang. Zwei Gardisten marschierten mit ihm voraus, zwei Soldaten hinterher. Als unser Freund bis auf etwa hundert Schritt an die Bastion herangekommen war, wandte er sich um und bemerkte, dass die beiden Soldaten zurückgeblieben waren. Es schien, als sei die Bastion verlassen. Er rückte mit den beiden Gardisten bis auf sechzig Schritt heran. Da zischte plötzlich ein wahrer Kugelregen auf die drei herab. Jetzt wussten sie, was sie wissen wollten: Die Bastion war noch besetzt. Da es töricht gewesen wäre, sein Leben länger aufs Spiel zu setzen, machten d'Artagnan und die beiden Gardisten kehrt, aber ehe sie den Laufgraben erreichten, fiel einer derselben, von einer Kugel durch die Brust getroffen; der andere rannte weiter. D'Artagnan beugte sich zu dem Getroffenen herunter.

Da krachten abermals zwei Schüsse; die eine Kugel traf die Wand des Laufgrabens, die andere sauste dicht an d'Artagnans Kopf vorbei. Der Gascogner drehte sich rasch um; von der Bastion her konnte der Angriff nicht erfolgt sein; dagegen fielen ihm sofort die beiden Soldaten ein, die feige zurückgeblieben waren. Er beschloss, der Sache auf den Grund zu gehen; er ließ sich wie tot über die Leiche des Gardisten fallen. Im nächsten Augenblick sah er über einer verlassenen Schanze zwei Köpfe auftauchen.

Es waren die beiden Soldaten. D'Artagnan hatte sich nicht getäuscht. Die beiden hatten sich zu dem Unternehmen nur gemeldet, um ihn umbringen und seinen Tod dem Feind in die Schuhe schieben zu können.

Als sie sich ihm näherten, um sich von d'Artagnans Tod zu überzeugen, sprang dieser plötzlich hoch, riss seinen Degen aus der Scheide und war mit einem Satz neben ihnen. Der erste Gedanke der beiden Mörder war, zum Feind überzulaufen. Da sie den Gascogner für tot hielten, hatten sie ihre Flinten nicht wieder geladen. Der eine packte nun sein Gewehr und führte einen furchtbaren Hieb gegen d'Artagnan; der konnte zwar geschickt ausweichen, aber der Bandit hatte dadurch die Möglichkeit, auf die Bastion zuzurennen. Da die Belagerten die Absicht des Mannes nicht kannten, eröffneten sie das Feuer, und er stürzte mit zerschmetterter Schulter zu Boden. Inzwischen bedrängte unser Freund den anderen Banditen mit seinem Degen; da dieser nur seine ungeladene Flinte zur Verfügung hatte, war der Kampf bald beendet. Als er am Boden lag, setzte ihm d'Artagnan die Degenspitze an die Kehle. Der Bandit winselte um Gnade.

»Elender, wer gab dir den Auftrag, mich zu ermorden?«, rief d'Artagnan. »Sag's auf der Stelle oder ich töte dich.«

»Eine Dame, die ich nicht kenne, die aber von meinem Kameraden Mylady genannt wurde. Er hat einen Brief von ihr in der Tasche, der, wenn ich ihn recht verstanden habe, für Euch wichtig sein muss.«

»Wie viel hat die Frau euch beiden dafür gegeben, damit ihr mich töten sollt?«

»Hundert Louisdor.«

Hm, dachte d'Artagnan, nun weiß ich doch, wie viel ich wert bin ... Und er sagte: »Ich will dir vergeben, aber nur unter der Bedingung, dass du mir den Brief aus der Tasche deines Kameraden holst.«

»Aber das ist ja nur eine andere Art, mich ums Leben zu bringen«, jammerte der Bandit. »Wie soll ich denn den Brief unter dem Feuer der Bastion holen?«

»Du musst dich trotzdem entschließen!«, forderte der Gascogner, »oder ich töte dich.«

»Gnade Herr!«, jammerte der Bandit, »in dem Brief steht auch etwas von der jungen Frau, die Ihr liebt und die Ihr vielleicht tot glaubt, aber sie ist es nicht ...«

»Den Brief muss ich unbedingt haben; also los, oder es ist um dich geschehen!« D'Artagnan sah den Kerl dabei so drohend an, dass dieser sich aufraffte und mit angstverzerrtem Gesicht auf seinen Spießgesellen zuwankte.

D'Artagnan blickte ihm verächtlich nach und rief: »Ach was, ich gehe selber, du Feigling.« Mit einigen schnellen Sätzen war er bei dem sterbenden Soldaten, lud ihn auf seinen Rücken und schleppte ihn in den Laufgraben zurück. Sogleich begann er, die Taschen des Mordbuben zu durchsuchen, und fand auch den Brief. Er lautete:

Da Ihr die Spur der Frau verloren habt, die sich jetzt in einem Kloster in Sicherheit befindet, so macht wenigstens Eure Sache mit dem Mann besser und schafft ihn aus der Welt. Ihr kennt mich und wisst, dass Ihr die hundert Louisdor sonst teuer bezahlen müsst.

Eine Unterschrift fehlte, aber d'Artagnan zweifelte keinen Augenblick, dass der Brief von Mylady stammte. Erst jetzt begriff er, wie furchtbar die Rachsucht dieser Frau war. Gleichzeitig erfüllte ihn eine große Freude, dass es der Königin offenbar gelungen war, Frau Bonacieux zu befreien und in Sicherheit zu bringen. Und er würde sicher Mittel und Wege finden, sie wieder zu sehen. Dieser Gedanke stimmte ihn milde. Er wandte sich zu dem verwundeten Banditen und sagte: »Stütze dich auf mich, wir wollen ins Lager zurück!«

»Ja«, versetzte der Verwundete, »aber werdet Ihr mich nicht hängen lassen?« An so viel Großmut konnte er kaum glauben.

»Du hast mein Wort, ich schenke dir das Leben.«

Im Lager erntete er für sein Verhalten vor dem Feind Dank und Auszeichnung seiner Vorgesetzten.

Wenn der Gascogner glaubte, jetzt ruhig sein zu können, so bewies das nur, dass er Mylady noch immer nicht kannte.

33. Wein aus Anjou

Es ging das Gerücht, der König sei wieder genesen und werde bald beim Heer eintreffen. Diese Meldung sorgte für Aufregung bei den Belagerern. D'Artagnans einziger Kummer war, dass er keine Nachricht von seinen Freunden bekam. Eines Morgens aber erhielt er ein Schreiben mit folgendem Inhalt:

Herrn d'Artagnan zur Kenntnis:

Die Herren Porthos, Athos und Aramis sind nach einem bei mir eingenommenen Mahl mit der Ortsbehörde in Konflikt geraten und haben von dieser einige Tage Stubenarrest erhalten. Sie haben mich aber beauftragt, Euch zwölf Flaschen meines Anjouweines zu schicken, der den Herren Musketieren vorzüglich mundete. Die Herren bitten Euch, bei jedem Glase Eurer Kameraden in Liebe und Freundschaft zu gedenken.

Godeau, Gastwirt der Musketiere des Königs

»Potztausend!«, rief der Gascogner, »das ist ja ausgezeichnet! Ich dachte an die Freunde, als ich Kummer hatte, sie denken an mich, wenn sie fröhlich sind. Gern will ich auf ihre Gesundheit trinken.«

Sogleich eilte er zu zwei Gardisten, an die er sich kameradschaftlich angeschlossen hatte, und lud sie ein, mit ihm den gepriesenen Anjou zu leeren. Da aber beide schon eine Verabredung hatten, wurde das Gelage auf den Abend verlegt. Schon um neun Uhr musste Planchet sich in die Schenke begeben, um alles für den Festschmaus herzurichten. Stolz auf die neue Würde eines Festordners, nahm er den Diener eines der Gardisten mit.

Die beiden Gäste fanden sich zur bestimmten Zeit ein. Planchet füllte die Humpen; die erste Flasche war etwas trübe, der Diener des Gardisten goss den Rest in ein Glas, und Planchet erlaubte ihm, diesen auszutrinken.

Nachdem man die Suppe gegessen hatte, wollten sie den ersten Schluck Wein kosten, da ertönte plötzlich ein Kanonenschlag. In der Meinung, es handele sich um einen unvermuteten Angriff der Engländer, stürzten die drei Gardisten hinaus. Kaum hatten sie den Fuß über die Schwelle gesetzt, erfuhren sie auch schon die Ursache des gewaltigen Lärms: Aus tausenden Kehlen erscholl der Ruf: »Vivat der König! Vivat der Kardinal!«, begleitet von dröhnendem Trommelwirbel.

Der König hatte soeben mit zehntausend Mann Verstärkung seinen Einzug in das Lager gehalten. Darunter befanden sich natürlich auch die Musketiere. D'Artagnan bildete mit seiner Kompanie Spalier und begrüßte seine Kameraden und Herrn de Tréville mit großer Freude.

Gleich nach dem Einzug versammelten sich die vier Freunde. »Ihr kommt gerade recht«, rief d'Artagnan, »der Braten ist bestimmt noch warm. Nicht wahr, meine Herren«, wandte er sich an die beiden Gardisten und machte sie mit den Musketieren bekannt.

»Selbstverständlich«, erwiderten beide wie aus einem Munde.

»Oho!«, rief Porthos, »das sieht nach einem Fest aus!«

»Hoffentlich gibt es keine Damen bei der Tafel?«, fragte Aramis.

»Habt Ihr auch einen trinkbaren Wein?«, fragte Athos.

»Ja, den Ihr mir aus Anjou geschickt habt.«

»Wir haben Euch Wein geschickt?«, fragte Porthos.

»Der Wirt Godeau hat ihn in Eurem Auftrag geschickt«, erklärte der Gascogner.

»Mir ist gleich, woher er kommt«, rief Porthos, »wenn er nur gut ist.«

»Wein aus unbekannter Quelle werden wir lieber nicht trinken«, sagte Athos.

»Aber er ist mir doch mit diesem Brief in Eurem Auftrag geschickt worden«, sagte d'Artagnan und gab seinen drei Kameraden das Schreiben.

»Das ist nicht Godeaus Handschrift!«, rief Athos. »Ich kenne sie genau.«

»Der Brief ist gefälscht!«, behauptete Porthos.

»Aber d'Artagnan«, sagte Aramis vorwurfsvoll, »wie konntet Ihr nur glauben, wir hätten randaliert?«

D'Artagnan wurde leichenblass. »Rasch zur Schenke!«, rief der Gascogner. »Sollte abermals diese Frau ihre Hand im Spiele haben?«

Auch Athos wurde blass; alle rannten los. Als sie in den Raum stürmten, wo das Festmahl angerichtet war, sahen sie den Diener, der sich in Krämpfen am Boden wälzte. Planchet versuchte, ihm nach Kräften Beistand zu leisten, aber der arme Kerl lag schon im Sterben.

»Meine Freunde!«, rief d'Artagnan, »ihr habt mir wiederum das Leben gerettet, und nicht nur mir, sondern auch diesen Herren, aber ich bitte euch, über diesen Vorfall kein Wort zu verlieren. Es könnte sein, dass hohe Persönlichkeiten etwas damit zu tun haben, und wer weiß, wie es uns dann geht. Meine Herren«, damit wandte sich der Gascogner nun an die beiden Gardisten, »entschuldigt, aber Ihr werdet sicher verstehen, dass wir unser Festmahl verschieben müssen.« Die zwei Gardisten verneigten sich höflich, und da sie merkten, dass die vier Freunde allein sein wollten, empfahlen sie sich.

Athos schlug vor, das Zimmer zu verlassen, und d'Artagnan gab Planchet den Befehl, sich um den Toten zu kümmern. Als die vier Freunde in einem anderen Raum zusammensaßen, sagte der Gascogner: »Ihr seht, Kameraden, es ist ein Kampf auf Leben und Tod.«

Athos schüttelte den Kopf und erwiderte: »Ja, das sehe ich; aber glaubt Ihr wirklich, dass sie das gewesen ist?«

»Ich bin ganz sicher«, antwortete d'Artagnan; »aber was nun?«

»Nun, man kann nicht ewig unter einem Damoklesschwert leben«, bemerkte Athos, »Ihr müsst versuchen, irgendwo mit ihr zusammenzukommen, und dann sagt Ihr: ›Mylady, Krieg oder Frieden. Ich gebe Euch mein Ehrenwort als Edelmann, nie etwas über Euch zu sagen oder etwas gegen Euch zu unternehmen. Von Euch aber fordere ich den feierlichen Schwur, sich mir gegenüber neutral zu verhalten. Wollt Ihr das nicht, dann gehe ich zum Kanzler, zum König, zum Henker, ich bringe den ganzen Hof gegen Euch auf, stelle Euch vor Gericht, und, wenn man Euch freispricht, dann bringe ich Euch selbst um, so wahr ich ein Edelmann bin.‹«

»Der Vorschlag gefällt mir, aber wie komme ich mit ihr zusammen?«

»Die Zeit wird Euch schon eine Gelegenheit bieten, teurer Freund, man muss nur zu warten verstehen«, versetzte Athos.

»Ja, aber wenn man von Mördern und Giftmischern umgeben ist!«, seufzte unser Freund; »und was wird aus meiner Constanze?«, setzte er halblaut hinzu.

»Ah, richtig, Madame Bonacieux!«, rief Athos; »ich vergaß, dass Ihr verliebt seid!«

»Aber Ihr sagtet doch, dass sie in einem Kloster ist?«, meinte Aramis.

»Wenn man nur wüsste, in welchem?«, überlegte Athos.

»Ich will versuchen, es ausfindig zu machen«, sagte Aramis.

»Ihr, Aramis?«, riefen die drei Freunde; »aber wie?«

»Durch den Almosenpfleger der Königin, mit dem ich befreundet bin«, antwortete Aramis errötend.

Die vier Freunde trennten sich darauf mit dem Versprechen, sich bald wieder zu treffen. D'Artagnan kehrte in sein Quartier zurück, während die Musketiere ins Lager des Königs gingen.

34. In der Herberge »Zum Roten Taubenschlag«

Kaum im Lager angelangt, trieb der König zur Eile, die Engländer von der Insel Ré zu verjagen, um dann die Belagerung von La Rochelle mit Nachdruck treiben zu können. Es gelang tatsächlich, den Feind zurückzudrängen und zu schlagen. Die Engländer mussten sich wieder einschiffen und ließen zweitausend Tote und sechzig Fahnen zurück.

In ganz Frankreich herrschte große Freude.

Ein Abgesandter Buckinghams, Montague, wurde abgefangen. Aus den bei ihm gefundenen Papieren gewann man den Beweis, dass zwischen Habsburg, Spanien, England und Lothringen eine Liga gegen Frankreich bestand. Durch die Unterlagen wurden auch Frau de Chevreuse und damit die Königin schwer belastet. Kardinal Richelieu, der die volle Verantwortung trug, arbeitete rastlos Tag und Nacht. Er wusste, wie sehr ihn Buckingham hasste, und wenn dieses Bündnis, von dem Frankreich bedroht wurde, den Sieg errang, war es um den Kardinal geschehen. Die zahlreichen Boten Richelieus eilten hin und her. Wiederholt tauchten Gerüchte auf, dass der Kardinal von Mordanschlägen bedroht sei. Das hielt ihn aber nicht ab, jede Nacht auszureiten, um sich mit dem König oder auch mit Leuten zu treffen, die man in seinem Hause nicht sehen sollte.

Unsere drei Musketiere, von der Belagerung nicht sonderlich in Anspruch genommen, führten ein lustiges Leben. Infolge ihrer guten Beziehungen zu Herrn de Tréville erhielten sie sogar die Erlaubnis, auch nach dem Zapfenstreich fortzubleiben.

Eines Abends, als d'Artagnan durch seinen Dienst verhindert war, sie zu begleiten, ritten sie aus der Schenke »Zum Roten Taubenschlag«, die Athos zwei Tage vorher auf der Straße nach Jarri ausfindig gemacht hatte, zum Lager zurück. Ständig auf der Hut vor einem Hinterhalt, hörten sie plötzlich Pferdegetrappel. Sie hielten eng aneinander gedrängt mitten auf der Straße. Im Mondlicht erblickten sie an der Wegbiegung zwei Reiter, die bei ihrem Anblick ebenfalls anhielten. Athos rückte ein paar Schritte vor und ließ ein kräftiges »Wer da?« erschallen.

»Wer seid Ihr?«, erwiderte einer von den Reitern.

»Wir wollen eine richtige Antwort von Euch haben!«, rief Athos. »Oder wir schießen!«

»Besinnt Euch vorher wohl, meine Herren«, sagte eine befehlsgewohnte Stimme, »antwortet! Ungehorsam möchte Euch schlecht bekommen!«

»Musketiere des Königs, Kompagnie Tréville!«, erwiderte Athos, fest davon überzeugt, dass der Fragesteller ein Recht hatte zu fragen.

»Was habt Ihr zu dieser Stunde hier zu tun? Euer Name?«

Athos winkte Porthos und Aramis zurückzubleiben und ritt dem Fragenden entgegen, der sich ebenfalls näherte.

»Euer Name«, fragte der Reiter nochmals und schlug den Mantelkragen, der sein Gesicht halb verhüllte, zurück.

»Der Herr Kardinal!«, rief der Musketier erstaunt.

»Euer Name?«, fragte Seine Eminenz wieder.

»Athos.«

Der Kardinal winkte seinem Begleiter. »Die drei Musketiere werden uns folgen«, flüsterte er ihm zu, »es soll nicht bekannt werden, dass ich aus dem Lager geritten bin; auf diese Weise sind wir sicher, dass sie nichts sagen.«

»Wir sind Edelleute, Eure Eminenz«, sagte Athos, »nehmt uns das Ehrenwort ab und Ihr braucht Euch nicht zu sorgen. Gott sei Dank wissen wir Geheimnisse zu hüten.«

Richelieu musterte den kühnen Sprecher mit durchdringendem Blick. »Ihr habt gute Ohren, Herr Athos«, sagte der Kardinal; »doch nicht aus Misstrauen, sondern um meiner Sicherheit willen wünsche ich, dass Ihr mir folgt. Eure Kameraden sind gewiss die Herren Porthos und Aramis?«

»Ja, Eure Eminenz«, versetzte Athos, während die beiden Musketiere, den Hut in der Hand, langsam heranritten.

»Ihr seid mir bekannt, meine Herren«, sagte der Kardinal. »Wenn Ihr auch nicht meine Freunde seid, was mir sehr Leid tut, so seid Ihr doch wackere und tapfere Edelleute, denen man vertrauen kann.« Die drei Musketiere verneigten sich so tief, dass sie fast die Hälse ihrer Pferde berührten.

»Bei meiner Ehre!«, rief Athos, »Eminenz tut gut daran, uns mitzunehmen. Es ist uns unterwegs allerhand Gelichter begegnet, ja, mit vier Kerlen haben wir sogar Streit im ›Roten Taubenschlag‹ gehabt. Nun, wir sind ihnen nichts schuldig geblieben. Mein Freund Aramis hat dabei einen leichten Degenstich in den Arm bekommen, was ihn aber nicht hindern wird, an einem Angriff teilzunehmen, wenn Eure Eminenz es befehlen.«

»Wie kam es denn zu diesem Streit?«, fragte der Kardinal.

»Die Halunken waren betrunken und wollten die Tür der Schenke sprengen, weil sie gehört hatten, es sei ein Frauenzimmer eingekehrt.«

»Wohl ein hübsches junges Ding?«, fragte der Kardinal ziemlich erregt.

»Wir haben sie nicht gesehen, Eminenz«, erwiderte Athos.

»Das ist recht von Euch, die Ehre einer Frau zu verteidigen. Ich bin gerade auf dem Wege zum ›Roten Taubenschlag‹, dann werde ich ja bald wissen, ob Ihr die Wahrheit gesagt habt.«

»Wir sind Edelleute«, rief Athos stolz, »und machen uns keiner Lüge schuldig, selbst wenn es um unser Leben ginge.«

»Ich zweifle auch nicht daran. Aber sagt, Herr Athos, war die Dame denn allein?«

»Nein, ein Edelmann befand sich bei ihr«, erwiderte Athos, »aber da dieser sich trotz des Lärms nicht blicken ließ, muss er wohl ein Feigling sein.«

»Nun, meine Herren«, sagte der Kardinal, »weiß ich, was ich wissen wollte; also, folgt mir.«

Bald hatten sie die einsame Herberge erreicht. Der Wirt wusste offenbar von dem hohen Besuch und hatte alle unangenehmen Gäste weggeschickt.

Zehn Schritt vom Tor entfernt ließ der Kardinal seinen Begleiter und die Musketiere halten. Der Kardinal gab dreimal ein besonderes Klopfzeichen. Sofort trat ein in einen Mantel gehüllter Mann aus dem Tor, wechselte ein paar Worte mit dem Kardinal und ritt dann auf einem bereitstehenden Pferd in Richtung Surgère davon.

»Steigt ab, meine Herren«, rief der Kardinal, »Ihr habt mir die Wahrheit gesagt«, wandte er sich an die Musketiere, »es wird nicht meine Schuld sein, wenn unser heutiges Zusammentreffen Euch nicht zum Vorteil gereicht; doch nun folgt mir.«

Seine Eminenz stieg ab, die Musketiere ebenfalls; der Kardinal warf die Zügel seinem Begleiter zu, und die Musketiere banden ihre Pferde am Haus an. – Der Wirt blieb auf der Schwelle stehen; für ihn war Richelieu ein Offizier, der eine Dame besucht.

»Habt Ihr im Erdgeschoss ein Zimmer, wo die drei Herren auf mich warten können?«, fragte der Kardinal.

Der Wirt machte die Tür zu einer großen Stube auf, in der wohl vor kurzem ein Ofen durch einen Kamin ersetzt worden war, denn aus der Wand ragte noch das Ofenrohr.

»Hier herein, meine Herren, und wartet hier auf mich! Ich werde kaum länger als eine halbe Stunde fortbleiben.«

Während die Musketiere in die Stube traten, stieg der Kardinal die Treppe hinauf.

35. Vom Nutzen eines Ofenrohrs

Unsere drei Freunde hatten augenscheinlich jemandem einen Dienst erwiesen, der unter dem besonderen Schutz des Kardinals stand. Wer aber war die Person? Diese Frage stellten sich unsere drei Musketiere; sie mussten aber bald einsehen, dass sich keine befriedigende Antwort darauf finden ließ. Da rief Porthos den Wirt und forderte Würfel; Aramis setzte sich mit ihm an den Tisch und sie fingen an zu spielen.

Athos dagegen schritt nachdenklich auf und ab und kam dabei wiederholt an dem alten Ofenrohr vorüber. Jedes Mal wenn er in der Nähe des Rohres war, hörte er ein Gemurmel. Er trat dich heran, und die wenigen Worte, die er verstand, schienen seine Aufmerksamkeit zu fesseln, denn er gab seinen Freunden einen Wink, sich still zu verhalten.

»Mylady«, sagte der Kardinal, »die Sache ist von höchster Wichtigkeit. Setzt Euch, wir müssen darüber sprechen.«

»Mylady?«, murmelte Athos.

»Ich höre, Eminenz«, antwortete die Frauenstimme, die dem Musketier alles Blut zum Herzen trieb.

»Ein Schiff mit englischer Besatzung, die mir ergeben ist, erwartet Euch an der Mündung der Charente, bei der Festung La Pointe; es sticht morgen früh in See.«

»Dann muss ich also noch in dieser Nacht dorthin?«

»Ja, sobald Ihr meine Instruktionen habt. Zwei Männer sollen Euch als Geleit dienen. Ihr verlasst das Haus aber erst eine halbe Stunde nach mir.«

»Gut, Eminenz! Nun zu der Mission.«

Eine Weile herrschte tiefe Stille. Athos benutzte diese Zeit, um seinen Kameraden zu sagen, sie möchten die Tür verschließen und zu ihm kommen, um mitzuhören.

»Ihr reist sogleich nach London«, nahm der Kardinal wieder das Wort, »sucht dort den Herzog von Buckingham auf und bittet ihn in aller Offenheit in meinem Namen um eine Unterredung. Ihr sagt ihm dann, dass ich von allen seinen Schritten unterrichtet bin, dass ich mir aber in keiner Weise darüber Gedanken mache. Sollte er es jedoch wagen, seine Pläne zu verwirklichen, werde ich die Königin rücksichtslos ins Verderben stürzen.«

»Und wird er glauben, dass es Eurer Eminenz möglich ist, diese Drohung wahr zu machen?«

»Ja, denn ich habe Beweise dafür.«

»Es wird gut sein, sie ihm vorzulegen.«

»Gewiss, sagt ihm also, dass ich zunächst über die Zusammenkunft, die der Herzog mit der Königin gehabt hat, alles bekannt machen werde, was meine Vertrauten darüber gemeldet haben. Damit ihm kein Zweifel offen bleibe, bemerkt Ihr, dass er als Großmogul maskiert gewesen ist und dass er die Maske dem Herrn de Guise für dreitausend Goldstücke abgekauft habe.«

»Sehr wohl, Eminenz.«

»Ihr könnt ihm auch sagen, dass ich über sein Abenteuer in Amiens genau unterrichtet sei, dass sich daraus ein recht hübscher Roman weben lasse, worin der Gartensaal als Szenerie und die Hauptpersonen porträtgetreu erscheinen sollen; endlich, dass ich Montague in der Bastille festhalte; man habe allerdings keinen Brief bei ihm gefunden, aber die Folter werde ihn wohl zum Geständnis bringen, und zwar all der Dinge, die er wisse, und schließlich auch der, die er nicht wisse.«

»Sehr gut!«

»Sagt ihm endlich noch, Seine Herrlichkeit habe bei der Eile, mit der er die Insel Ré verlassen habe, ein Briefchen der Frau de Chevreuse vergessen, in dem die Königin auf das Schlimmste bloßgestellt werde, denn es gehe daraus hervor, dass Ihre Majestät nicht allein den Feinden des Königs in Liebe zugetan sei, sondern auch mit den Feinden Frankreichs unter einer Decke stecke. Ihr habt doch nichts von dem, was ich Euch gesagt, vergessen – wie?«

»Urteilen Eure Eminenz selbst: Ballfest, die abendliche Unterhaltung in Amiens, Bastille und Montague, endlich das Billet von Frau de Chevreuse.«

»Ganz recht, Mylady haben wirklich ein sehr vorzügliches Gedächtnis!«

»Aber«, erwiderte Mylady, »wenn der Herzog darauf nicht eingeht?«

»Nun, dann …«, der Kardinal zögerte und fuhr schließlich fort: »… rechne ich auf eines jener Ereignisse, die das Gefüge der Staaten verändern können.«

»Wenn Eure Eminenz die Güte haben würden, mir anzudeuten, was Ihr meint?«

»Nun, als König Heinrich IV. gleichzeitig in Flandern und Italien einfiel, um Österreich von zwei Seiten anzugreifen, da rettete damals ein solches Ereignis Österreich.«

»Eure Eminenz meinen den Dolchstich in der Rue de la Feronnerie?«

»Ja«, sagte der Kardinal. »Übrigens gibt es zu allen Zeiten und in allen Ländern religiöse Fanatiker, die sich darum reißen, Märtyrer zu sein. Da fällt mir eben ein, dass die Puritaner und ihre Prediger den Herzog als Antichrist bezeichnen. Jetzt dürfte es sich nur noch darum handeln, eine hübsche Frau zu finden, die sich selbst an dem Herzog zu rächen hätte ... Das dürfte, so meine ich, nicht sehr schwer sein.«

»Gewiss«, sagte Mylady.

»Und eine Frau, die einem Fanatiker, ähnlich wie Ravaillac, dem Mörder Heinrichs IV., ein Messer in die Hand zu drücken versteht, würde Frankreich retten.«

»Die Frau ist gefunden«, erwiderte Mylady.

»Dann gilt es, den Fanatiker zu finden, der sich zum Werkzeug für die heilige Gerechtigkeit hergibt.«

»Er wird sich finden lassen. Und nun«, sagte Mylady, »nachdem ich die Instruktionen Eurer Eminenz über Eure Feinde erhalten habe, gestattet Ihr mir wohl, ein paar Worte über die meinen zu äußern.«

»Oh, Ihr habt Feinde, Mylady?«, fragte Richelieu.

»Gewiss, Eminenz.«

»Und wer sind diese Feinde?«, fragte der Kardinal.

»Vor allem diese Intrigantin, Frau Bonacieux. Dann habe ich noch einen zweiten Feind, den ich weit ernster nehmen muss als diese Frau Bonacieux.«

»Und wer ist das?«

»Der Liebhaber dieser Person. Oh, Eminenz kennen ihn gut!«, rief Mylady zornig. »Es ist unser beider böser Geist. D'-Artagnan heißt der Schurke!«

»Richtig, ein verwegener junger Mann!«, rief der Kardinal. »Gibt es nicht einen Beweis für das Einvernehmen zwischen ihm und Buckingham?«, fragte er lauernd.

»Einen?«, rief Mylady, »zehn gibt es!«

»Nun, dann liegt die Sache ganz einfach. Bringt mir die Beweise und der Bursche wandert in die Bastille.«

»Und nachher, Eminenz?«

»Für jemand, der in der Bastille sitzt, gibt es kein ›Nachher‹!«, antwortete der Kardinal mit dumpfer Stimme.

»Eminenz«, erwiderte Mylady, »Tausch um Tausch, Leben um Leben; gebt mir d'Artagnan, ich liefere Euch den andern.«

»Ich verstehe den Sinn Eurer Rede nicht«, antwortete der Kardinal, »und mag ihn auch gar nicht verstehen; aber ich möchte Euch gern gefällig sein, handelt es sich doch nur um einen unbedeutenden Menschen, einen Raufbold.«

»Ein elender Wicht ist er, ein Schandbube!«, schrie Mylady wütend.

»Gebt mir Tinte, Feder und Papier!«, sagte der Kardinal.

Es wurde still; offenbar schrieb der Kardinal. Athos, dem kein Wort dieser Unterredung entgangen war, nahm seine beiden Kameraden bei der Hand und führte sie an das andere Ende des Zimmers.

»Warum hören wir die interessante Unterhaltung nicht bis zu Ende?«, fragte Porthos.

»Ruhe!«, flüsterte Athos, »wir haben alles vernommen, was für uns wichtig ist; meinetwegen hört weiter zu – aber ich muss gehen.«

»Und was sollen wir antworten, wenn der Kardinal nach Euch fragt?«

»Sagt ihm, ich sei vorausgeritten, weil mir nach gewissen Reden unseres Wirtes der Weg nicht sicher schien. Das werde ich auch dem Diener des Kardinals sagen. Alles Weitere geht nur mich an. Kümmert Euch nicht darum!«

»Seid auf der Hut, Athos«, sagte Aramis.

»Seid unbesorgt«, erwiderte Athos.

Porthos und Aramis setzten sich wieder an den Tisch und würfelten. Athos verließ, ohne ein Geheimnis daraus zu machen, das Zimmer, schwang sich auf sein Pferd, nachdem er den Diener des Kardinals von der Notwendigkeit, vorauszureiten, überzeugt hatte, machte seine Pistole schussbereit, lockerte den Degen und ritt scheinbar als Vorhut den Weg zum Lager zurück.

36. Eine Szene zwischen Eheleuten

Wie Athos vorausgesehen hatte, kam Richelieu bald darauf wieder in das Zimmer, wo die Musketiere eifrig würfelten. Mit einem Blick stellte er fest, dass einer der Freunde fehlte.

»Wo ist denn Herr Athos?«, fragte er.

»Eminenz«, erwiderte Porthos, »er ist als Kundschafter vorausgeritten; einige Bemerkungen des Wirtes ließen vermuten, dass die Straße nicht ganz sicher sei.«

»Nun, dann aufgesessen, meine Herren, es ist schon spät.«

Der Diener hielt das Pferd des Kardinals am Zügel. Etwas abseits sah man eine Gruppe von zwei Männern und drei Pferden, offenbar gehörten sie zu Mylady und sollten sie zur Festung La Pointe bringen.

Der Kardinal und seine Begleitung schlugen unverzüglich den Rückweg zum Lager ein.

Athos war zunächst in mäßigem Tempo geradeaus geritten; sobald er jedoch außer Sichtweite war, galoppierte er im Bogen zurück. Etwa zwanzig Schritt vom Wege wartete er im Schutz eines Gehölzes, bis der kleine Trupp mit dem Kardinal vorüber und hinter der nächsten Straßenbiegung verschwunden war. Dann sprengte er nach dem Wirtshaus zurück, dessen Tor ihm der Wirt ohne weiteres öffnete.

»Mein Offizier hat vergessen«, sagte Athos, »der Dame im ersten Stock eine Mitteilung zu machen; darum schickt er mich, das Versäumte nachzuholen.«

»Geht nur hinauf«, versetzte der Wirt, »die Dame ist noch in ihrem Zimmer.«

Athos eilte die Treppe hinauf, ging leise den Flur entlang und erblickte durch eine halb geöffnete Tür Mylady, die gerade den Hut aufsetzte. Er trat ins Zimmer und verschloss die Tür hinter sich. Bei dem Geräusch wandte Mylady sich um. In seinen Mantel gehüllt, den Hut tief ins Gesicht gezogen, stand Athos an der Tür. Beim Anblick dieser stummen Gestalt rief sie angstvoll: »Wer seid Ihr und was wollt Ihr?«

»Wahrhaftig, sie ist es!«, murmelte Athos. Er schlug den Mantel zurück, schob den Hut aus der Stirn und trat dicht an Mylady heran. »Erkennt Ihr mich, Madame?«, fragte er.

Mylady wich zurück, als habe sie eine Schlange erblickt.

»Vortrefflich«, fuhr Athos fort, »ich sehe, dass Ihr mich erkannt habt!«

»Graf de La Fère!«, murmelte Mylady erbleichend und wich bis zur Wand zurück.

»Ja!«, rief Athos, »der Graf de La Fère, eigens aus dem Jenseits zurückgekehrt, um sich an Eurem Anblick zu erfreuen. Aber nehmt Platz, wir wollen in Ruhe miteinander sprechen.«

Von namenloser Furcht ergriffen, setzte sich Mylady.

»Offenbar seid Ihr ein auf die Erde geschickter Teufel«, fuhr Athos fort; »Eure Macht ist groß, ich weiß es, aber Ihr werdet auch wissen, dass die Menschen schon oft die furchtbarsten Teufel besiegt haben. Ich war der Meinung, Euch vernichtet zu haben; doch ich habe mich geirrt.«

Bei diesen Worten, die grausige Erinnerungen in ihr wachriefen, stöhnte Mylady tief auf und ließ den Kopf sinken.

»Ihr seid zwar reich geworden und habt Euch einen anderen Namen zugelegt, aber es wird Euch niemals gelingen, Eure befleckte Seele rein zu waschen und das Brandmal auf Eurer Schulter zu tilgen.«

Mylady sprang auf, ihre Augen schossen Blitze.

»Ihr hieltet mich für tot, nicht wahr, wie ich Euch! Der Name Athos löschte den Grafen de La Fère aus, so wie Lady Clarick eine gewisse Anna von Breuil, die meine Frau wurde.«

»Was wollt Ihr?«, fragte Mylady mit tonloser Stimme.

»Zunächst will ich Euch sagen, dass ich alle Eure schändlichen Taten kenne; auch die heute Abend dem Kardinal gegebene Verpflichtung, den Herzog von Buckingham umbringen zu lassen. Dafür habt Ihr das Versprechen Seiner Eminenz, Euch den Herrn d'Artagnan auszuliefern.«

Mylady erbleichte. Hasserfüllt blickte sie Athos an.

Doch der Musketier fuhr unbeirrt fort: »Tötet den Herzog von Buckingham oder lasst ihn umbringen; das kümmert mich nicht, denn er ist ein Feind Frankreichs. Aber lasst Eure Finger von meinem Freund d'Artagnan, oder, das schwöre ich Euch, es würde Euer letztes Verbrechen sein.«

» D'Artagnan hat mich zutiefst beleidigt«, erwiderte Mylady; »er darf nicht leben!«

»Kann Euch denn jemand wirklich so verletzen, Anna, dass er sterben muss?«, rief Athos höhnisch lachend.

»Er muss sterben!«, rief Mylady gehässig und sprang auf.

Athos wurde wie von einem Schwindel ergriffen; der Anblick dieser Frau machte ihn rasend. Mordlust packte ihn. Auch er sprang auf, riss die Pistole aus dem Gürtel und spannte den Hahn. Mylady wollte schreien, aber nur ein Röcheln entrang sich ihrer Brust. Mit angstverzerrtem Gesicht und aufgelöstem Haar lehnte sie an der dunklen Wand. Athos hob langsam die Pistole, streckte den Arm aus, dass die Waffe beinahe Myladys Stirn berührte, und sagte dann mit einer Stimme, die einen unerschütterlichen Entschluss verriet:

»Anna von Breuil! Ihr werdet mir auf der Stelle das Papier aushändigen, das Euch der Kardinal gegeben hat, oder, bei meiner Ehre, ich schieße Euch nieder; ich lasse Euch drei Sekunden Bedenkzeit!«

An der Art, wie sich seine Gesichtsmuskeln spannten, erkannte Mylady, dass der Schuss sogleich fallen würde. Sie griff hastig in den Ausschnitt ihres Mieders, nahm ein Papier heraus und streckte es Athos hin. »Da, nehmt«, rief sie, »der Teufel soll Euch holen!«

Athos nahm das Papier, steckte die Pistole wieder in den Gürtel, trat zur Lampe und las:

Der Besitzer dieses Schreibens hat auf meinen Befehl und zum Wohle des Staates gehandelt.

Richelieu. Am 3. August 1628

»Und nun«, sagte Athos, indem er sich wieder in seinen Mantel hüllte und den Hut aufsetzte, »nachdem deine Giftzähne ausgebrochen sind, beiße, Schlange, wenn du kannst!« Er verließ das Zimmer, ohne Mylady noch eines Blickes zu würdigen. Vor dem Haus standen die beiden Männer mit dem Pferd für Mylady: »Meine Herren«, rief Athos, »Seine Eminenz hat befohlen, die Dame unverzüglich nach der Festung La Pointe zu bringen und Mylady nicht eher zu verlassen, als bis sie an Bord des Schiffes gegangen ist.«

Da die Worte sich mit ihrer Instruktion deckten, verneigten sich die Männer.

Athos schwang sich in den Sattel und sprengte davon; er ritt aber nicht die Straße entlang, sondern galoppierte querfeldein. Von Zeit zu Zeit hielt er an und lauschte. Endlich hörte er Pferdegetrappel und war sicher, dass er den Kardinal und seine Begleitung eingeholt hatte. Er gab seinem Pferd noch einmal die Sporen und erreichte etwa zweihundert Schritt vom Lager die Straße.

Nachdem er sein Tier mit Heidekraut und Laub abgerieben hatte, erwartete er den Trupp. »Wer da?«, rief er von weitem, als die Reiter in Sicht kamen.

»Das ist wohl unser wackerer Musketier?«, fragte der Kardinal.

»Zu Befehl, Eminenz!«, antwortete Athos.

»Habt Dank, Herr Athos, für die gute Vorhut. Meine Herren, wir sind am Ziel! Reitet durch das linke Tor.«

Der Kardinal nickte den drei Freunden zu; dann ritt er, gefolgt von seinem Diener, ins Lager hinein, wo auch er in dieser Nacht schlafen wollte.

»Nun, wie stehen die Sachen?«, fragten Porthos und Aramis,

als der Kardinal außer Hörweite war. »Hat er das von Mylady verlangte Papier ausgestellt?«

»Ja«, antwortete Athos.

Schweigend ritten die drei Freunde in ihr Quartier. Sie schickten Mousqueton zu Planchet mit der Aufforderung, d'-Artagnan möchte, sobald er dienstfrei sei, zu ihnen kommen.

Mylady aber traf nach einem beschwerlichen Nachtritt in der siebenten Morgenstunde in La Pointe ein, ging sogleich an Bord und war eine Stunde später auf dem Wege nach England. Einen Augenblick hatte sie erwogen, den Kardinal von dem Vorgefallenen zu unterrichten. Nach reiflicher Überlegung erkannte sie aber, dass ihre Chancen Athos gegenüber zu ungünstig standen, und sie verschob alles auf spätere Zeit.

37. Die Bastion Saint-Gervais

Die drei Musketiere erwarteten d'Artagnan in einer Gaststube. »Nun, was gibt es denn für Neuigkeiten, ihr Herren«, rief er, »lohnt sich auch die Mühe meines Kommens? Die Erstürmung der Bastion war vielleicht ein Spaß; ha! Schade, dass ihr nicht dabei wart, es ging verdammt heiß her.«

»Wo wir waren, haben wir auch nicht gerade gefroren«, versetzte Porthos.

»Still!«, rief Athos. »Aramis«, fuhr er fort, »Ihr habt doch vorgestern in der Herberge ›Zum Spitzkopf‹ gefrühstückt; ist man dort ungestört?«

»In dieser Hinsicht hatte ich nicht zu klagen«, antwortete Aramis.

»Also auf zum ›Spitzkopf‹!«, rief Athos, »denn hier sind die Wände dünn wie Papier.«

Unterwegs trafen die Freunde Grimaud; Athos winkte ihm, ihnen zu folgen.

Es war erst sieben Uhr morgens, als die Freunde sich in der Gaststube des »Spitzkopfs« zum Frühstück niederließen, und doch war die Stunde zu einer vertraulichen Rücksprache schlecht gewählt. Man hatte gerade zum Wecken geblasen, und alles eilte in die Schenke, um mit einem guten Schluck Branntwein die Kehle zu säubern: Dragoner, Schweizer, Gardisten, Musketiere und Reiter strömten zur großen Freude des Wirtes, aber zum Verdruss d'Artagnans und der drei Musketiere, herein. Sie dankten deshalb auch nur mürrisch für die Grußworte, die man ihnen zurief.

»Bei diesem Verhalten bekommen wir bestimmt noch Streit«, meinte Athos, »und den können wir jetzt wahrlich nicht brauchen! D'Artagnan, erzählt, was Ihr heute Nacht erlebt habt.«

»Richtig!«, rief ein Reiter, der sich den Branntwein besonders gut munden ließ. »Ihr hattet ja Grabenwache; habt Ihr den Rochellern die Hölle heiß gemacht?«

D'Artagnan blickte unschlüssig zu Athos.

»Nun«, sagte Athos, »Ihr hört doch, dass Busigny etwas von Euch wissen will; erzählt nur.«

»Habt Ihr nicht eine Bastion genommen?«, fragte ein Schweizer, der Rum aus einem Humpen trank.

»Gewiss, mein Herr«, antwortete d'Artagnan, »wir haben sogar ein Pulverfässchen an einer Ecke anbringen können, das hat beim Explodieren ein ganz schönes Loch gerissen.«

»Welche Bastion war es?«, fragte ein Dragoner.

»Saint-Gervais«, erwiderte d'Artagnan, »von der aus die Rocheller uns schwer belästigen. Wir haben fünf Mann, die Rocheller bestimmt noch mal so viel verloren.«

»Donner und Doria«, rief der Schweizer.

»Meine Herren«, sagte Athos, »eine Wette!«

»Hurra!«, rief der Schweizer.

»Um was soll es gehen?«, fragten der Reiter und der Dragoner wie aus einem Munde.

»Ich wette mit Euch darum, meine Herren«, erklärte Athos, »dass meine drei Freunde, Porthos, Aramis und d'Artagnan, mit mir auf der Bastion Saint-Gervais frühstücken und dass wir uns dort eine Stunde lang aufhalten werden.«

»Wir nehmen die Wette an«, erklärte der Reiter, Herr de Busigny, »wie steht es mit dem Einsatz?«

»Wir sind beide zu viert, meine Herren«, sagte Athos, »sagen wir: ein Mittagsmahl für acht Personen; ist es Euch recht?«

»Ausgezeichnet«, erklärte Busigny.

Der Dragoner und der Schweizer pflichteten ihm bei. Der Vierte, der bei der ganzen Unterhaltung wortlos daneben gesessen hatte, nickte zum Zeichen seines Einverständnisses.

»Das Frühstück ist bereit«, rief der Wirt.

»Gut, dann her damit«, befahl Athos, winkte Grimaud herbei, wies auf einen Korb in der Ecke und machte ihm durch einen Wink verständlich, dass er das aufgetragene Fleisch in den Korb packen sollte. Grimaud begriff, dass die Herren im Freien frühstücken wollten.

»Aber wo geht Ihr denn hin?«, fragte der Wirt.

»Was schert das Euch?«, antwortete Athos, »wenn Ihr Euer Geld bekommt?« Dabei warf er ihm zwei Goldstücke auf den Tisch.

»Muss ich herausgeben, mein Herr?«, fragte der Wirt.

»Nein«, antwortete Athos, »aber legt noch zwei Flaschen Champagner dazu, der Rest ist für Euch.«

Der Wirt machte kein so gutes Geschäft, wie er anfangs geglaubt hatte, hielt sich aber dadurch schadlos, dass er den Gästen zwei Flaschen Anjou-Wein statt des Champagners in den Korb legte.

»Herr de Busigny«, sagte Athos, »wir wollen noch die Uhren vergleichen.«

»Sehr wohl, mein Herr«, antwortete der Reiter und zog eine mit Diamanten besetzte Uhr aus der Tasche, »auf meiner Uhr ist es halb acht.«

»Dann«, erwiderte Athos, »geht meine Uhr also fünf Minuten vor.«

Nach einem höflichen Gruß zu den Umstehenden schlugen unsere Freunde den Weg nach der Bastion Saint-Gervais ein; Grimaud folgte mit dem Korb. Solange sie noch innerhalb des Lagers waren, sprachen die Kameraden kein Wort miteinander; übrigens folgten ihnen viele Neugierige, die von der Wette gehört hatten.

Nachdem sie das freie Feld erreicht hatten, hielt es d'Artagnan, der noch immer nicht wusste, was das bedeuten sollte, für gegeben, Aufklärung zu verlangen.

»Aber Ihr seht doch«, sagte Athos, »wir reiten zur Bastion, um dort zusammen zu frühstücken.«

»Und warum konnten wir das nicht im ›Spitzkopf‹ erledigen?«

»Weil wir etwas Wichtiges zu besprechen haben und in der Schenke nicht ungestört sind.«

»Mir scheint«, meinte d'Artagnan, »ein ruhiges Plätzchen hätten wir auch in den Dünen am Meeresufer gefunden.«

»Dort könnte uns aber jeder sehen und der Kardinal hätte durch seine Spione in spätestens einer Viertelstunde davon Nachricht.«

»Ja«, meinte Aramis, »Athos hat Recht.«

»Und in der Bastion werden uns die Kugeln stören«, entgegnete der Gascogner.

»Nun, mein Lieber«, sagte Athos, »Ihr wisst doch, dass die schlimmsten Kugeln nicht vom Feinde kommen.«

»Aber wir hätten unsere Musketen mitnehmen sollen«, meinte Porthos.

»Ihr habt doch gehört, lieber Freund, dass heute Nacht bei dem Angriff fünf Franzosen und doppelt so viel Rocheller gefallen sind. Da finden wir genug Musketen und Patronen.«

»Athos! Athos!«, rief Aramis, »Ihr seid wirklich ein heller Kopf.«

Porthos war mit allem einverstanden und verbeugte sich; d'-Artagnan hingegen schien nicht ganz überzeugt. Wahrscheinlich teilte Grimaud seine Zweifel, denn als er sah, dass es unentwegt der Bastion zuging, woran er bisher noch nicht geglaubt hatte, zupfte er seinen Herrn am Rockschoß und murmelte: »Wir werden unsere Haut dort lassen müssen.«

Gleich darauf stellte er seinen Korb auf die Erde und setzte sich kopfschüttelnd hin; Athos aber zog eine Pistole aus dem Gürtel, spannte den Hahn und hielt Grimaud den Lauf ans Ohr; da war der Diener schnell wie der Blitz wieder auf den Beinen. Athos winkte ihm, den Korb aufzunehmen und weiterzumarschieren, und Grimaud gehorchte ohne Widerrede und ohne durch seine Weigerung mehr gewonnen zu haben, als dass er von der Nachhut zur Vorhut gekommen war.

Als unsere vier Freunde die Bastion erreichten, waren weit

über vierhundert Mann aus allen Waffengattungen am Lagertor versammelt; etwas abseits standen Herr de Busigny, der Dragoner, der Schweizer und der stumme Teilnehmer an der Wette. Athos steckte seinen Hut auf den Degen und schwenkte ihn hin und her. Dann verschwanden unsere Freunde, von einem »Hurra« begleitet, in der Bastion, wohin Grimaud ihnen bereits vorausmarschiert war.

In der Bastion lagen, wie Athos vorausgesehen hatte, etwa ein Dutzend Tote aus beiden Lagern.

»Meine Herren«, rief Athos, der das Kommando führte, »während Grimaud die Tafel herrichtet, sammeln wir Gewehre und Patronen; übrigens können wir uns dabei schon unterhalten, denn die«, er wies auf die Toten, »hören ja nicht zu.«

»Wie viel Musketen haben wir, Freunde?«, fragte Athos.

»Zwölf«, antwortete Aramis.

»Und wie viel Kugeln?«

»Etwa hundert.«

»Das reicht; also laden wir!«

Als sie das letzte Gewehr aus der Hand legten, deutete Grimaud mit einer Handbewegung an, dass das Frühstück bereit sei. Athos befahl ihm, in einer Nische Wache zu halten. Damit er sich nicht langweile, gab ihm Athos ein Brot, zwei Koteletts und eine Flasche Wein mit.

»Und nun zu Tisch!«, rief Athos. Die Kameraden setzten sich mit gekreuzten Beinen auf die Erde.

»Jetzt, lieber Athos«, nahm d'Artagnan das Wort, »werdet Ihr hoffentlich mit Eurem Geheimnis herausrücken.«

»Nun, das besteht lediglich darin«, antwortete Athos, »dass ich gestern Abend eine Unterhaltung mit Mylady hatte.«

D'Artagnan führte eben das Glas an die Lippen, aber als er

diesen Namen hörte, zitterte seine Hand so sehr, dass er es auf die Erde stellen musste. »Ihr habt mit Eurer …«

»Still!«, fiel ihm Athos ins Wort; »Ihr vergesst, dass die beiden Herren hier meine häuslichen Verhältnisse nicht so gut kennen wie Ihr. Ja, ich habe mit Mylady gesprochen.«

»Und wo?«, fragte d'Artagnan.

»In der Schenke ›Zum Roten Taubenschlag‹.«

»Dann bin ich verloren«, rief der Gascogner.

»Noch nicht ganz«, beruhigte ihn Athos, »denn jetzt dürfte sie die Küste Frankreichs bereits hinter sich haben.«

D'Artagnan atmete auf.

»Aber wer ist denn diese Mylady?«, fragte Porthos.

»Eine allerliebste Frau«, erwiderte Athos, während er den Champagner kostete. »Dieser verdammte Wirt!«, rief er, »gibt uns Anjou-Wein statt Champagner und denkt, wir merken es nicht. Ja«, fuhr er fort, »eine reizende Frau, der unser Freund d'Artagnan einen schlimmen Streich gespielt hat und für den sie sich nun rächen will. Erst versuchte sie es durch ein paar Musketenkugeln, dann durch vergifteten Wein, und da beides keinen Erfolg hatte, erbat sie sich gestern vom Kardinal seinen Kopf.«

»Was, meinen Kopf?«, rief d'Artagnan entsetzt.

»Gewiss!«, sagte Porthos, »ich habe es mit meinen eigenen Ohren gehört.«

»Ich auch«, fügte Aramis hinzu.

»Dann kann ich gleich Schluss machen«, sagte der Gascogner mutlos; »gegen solche Feinde wie den Unbekannten von Meung, Herrn de Wardes, Mylady und schließlich den Kardinal komme ich nicht an.«

»Na schön«, erwiderte Athos, »das sind vier Leute und wir sind auch vier. Aber seht mal, Grimaud winkt uns; wenn ich mich nicht täusche, bekommen wir es jetzt mit einer weit größeren Anzahl zu tun. Was siehst du, Grimaud?«

»Einen Trupp von zwanzig Mann, und zwar sechzehn Arbeiter, ein Korporal und drei Soldaten.«

»Wie weit sind sie noch?«

»Fünfhundert Schritt.«

»Nun, dann haben wir noch Zeit, das Huhn aufzuessen und ein Glas Wein zu trinken. Auf Eure Gesundheit, d'Artagnan!«

Porthos und Aramis stießen ebenfalls an.

»Danke, wenn ich auch kaum glaube, dass mir Eure Wünsche viel nützen werden.«

Athos leerte sein Glas, griff nach einem Gewehr und trat an die nächste Schießscharte. Porthos, Aramis und d'Artagnan folgten seinem Beispiel. Grimaud bekam Befehl, sich hinter den Freunden zu halten, um die Gewehre neu zu laden.

Bald sahen sie den Trupp durch einen Laufgraben, der die Bastion mit der Stadt verband, anrücken.

»Ach, mir widerstrebt es, auf diese Wichte, die nur mit Hacke und Schaufel bewaffnet sind, zu schießen«, sagte Aramis.

»Aramis hat Recht«, versetzte Athos; »ich will die armen Schlucker warnen«; und er kletterte auf die Bresche, schwenkte seine Büchse in der einen, seinen Hut in der andern Hand und rief den erstaunten Männern zu: »Meine Herren, ein paar Freunde sitzen hier mit mir beim Frühstück; Ihr wisst doch, dass man sich dabei nicht gern stören lässt. Kommt etwas später wieder, oder vielleicht habt Ihr den Wunsch, in unser Lager zu kommen und mit uns auf die Gesundheit des Königs von Frankreich zu trinken?«

»Nehmt Euch in Acht, Athos!«, rief d'Artagnan, »seht Ihr nicht, dass sie auf Euch anlegen?«

»Ach was«, versetzte Athos, »diese Leute schießen viel zu schlecht.«

Vier Schüsse fielen, aber tatsächlich traf ihn keine Kugel. Dagegen stürzten von den vier Schüssen, die nun folgten, drei Soldaten und ein Arbeiter … »Grimaud, eine andere Muskete!«, rief Athos, der noch immer auf der Bresche stand. Die drei Freunde wechselten ebenfalls die Gewehre und schon prasselte ein neuer Kugelregen auf die Angreifer. Jetzt fielen der Anführer und zwei Arbeiter, die Übrigen ergriffen die Flucht.

»Auf, meine Herren, ein Ausfall!«, rief Athos. Die vier Kameraden stürmten aus der Bastion auf das Schlachtfeld, sammelten die Musketen der Soldaten und die Lanze des Korporals ein und zogen sich mit ihren Trophäen in die Bastion zurück.

»Lade die Flinten wieder, Grimaud!«, befahl Athos. »Wir aber, meine Herren, wollen uns unserem Frühstück widmen und weiterplaudern. Wo waren wir stehen geblieben?«

»Bei Mylady«, antwortete d'Artagnan, »aber wohin will sie?«

»Nach England«, versetzte Athos.

»Und was will sie dort?«

»Buckingham ermorden oder ihn ermorden lassen; aber das kümmert mich nicht weiter. Schließlich ist der Herzog unser Feind. Grimaud«, rief er, »nimm die Lanze vom Korporal, binde eine Serviette daran und pflanze sie auf unserer Bastion auf, damit die rebellischen Rocheller sehen, dass sie es mit Soldaten des Königs zu tun haben.«

Grimaud gehorchte wortlos und schon flatterte die Serviette über den Häuptern der vier Freunde. Donnernder Applaus begrüßte ihr Erscheinen. Die Hälfte der königlichen Truppen schaute vom Lager aus zu.

»Nein!«, rief d'Artagnan, »den Herzog gebe ich so schnell nicht auf; er hat uns vier stattliche Pferde geschenkt.«

»Nun, wir werden später darauf zurückkommen, lieber Freund«, erwiderte Athos. »Für mich ging es darum, dieser Frau erst mal den Brief des Kardinals abzunehmen.«

»Habt Ihr denn das Schreiben?«, fragte der Gascogner.

»Ja«, antwortete Athos, zog das wichtige Papier aus der Tasche und gab es dem Freund. D'Artagnan entfaltete es mit zitternder Hand und las den verhängnisvollen Freibrief.

»Dieses Papier muss vernichtet werden!«, rief der Gascogner, der sein Todesurteil zu lesen glaubte.

»Im Gegenteil«, versetzte Athos, »wir müssen es sorgfältig aufbewahren.«

»Und was wird sie nun tun?«, fragte d'Artagnan.

»Vermutlich wird sie dem Kardinal berichten, dass ein gewisser Athos ihr den Brief mit Gewalt weggenommen hat. Vielleicht wird sie ihm raten, ihn und seine beiden Freunde, Porthos und Aramis, mit Herrn d'Artagnan in die Bastille zu schicken.«

»Teufel auch!«, rief Porthos, »lasst diese üblen Späße, Athos!«

»Ich spaße keineswegs«, erwiderte Athos.

»Wisst Ihr«, versetzte Porthos, »es wäre richtiger, dieser verdammten Mylady den Hals umzudrehen, statt auf diese armen Teufel von Hugenotten zu schießen, die nichts anderes verbrochen haben, als Psalmen nicht wie wir lateinisch, sondern in ihrer Muttersprache zu singen.«

»Ich habe eine Idee«, sagte d'Artagnan.

»Lasst hören«, sagten die Musketiere.

»Zu den Waffen!«, schrie Grimaud plötzlich.

Die Musketiere sprangen auf und nahmen ihre Gewehre. Ein Trupp von etwa fünfundzwanzig Soldaten rückte heran.

»Wir müssen einen Schlachtplan entwerfen«, schlug Aramis vor.

»Nun, das ist ganz einfach«, erklärte Athos; »sobald der Feind auf Schussweite heran ist, geben wir Feuer, und zwar so lange, wie wir geladene Gewehre haben. Wenn der Rest zum Sturm ansetzt, lassen wir ihn bis an den Graben herankommen und kippen dann die Mauer hier, die nur noch wie durch ein Wunder ihr Gleichgewicht hält, den Soldaten auf die Köpfe.«

»Bravo!«, rief Porthos, »Ihr seid entschieden der geborene Feldherr.«

»Meine Herren«, rief Athos, »jeder nimmt einen Mann aufs Korn, und dann – Feuer!«

Vier Schüsse fielen und vier Soldaten stürzten zu Boden. Lauter Trommelwirbel erschallte: Der kleine Trupp rückte im Sturmschritt vor. Unaufhörlich fielen nun die Schüsse, aber die Rocheller hielten in ihrem Vormarsch nicht inne.

Als sie am Fuße der Bastion angelangt waren, zählten sie noch fünfzehn Mann. Die Gruppe schickte sich an, die Bresche zu erklimmen.

»Auf, Freunde!«, rief Athos, »machen wir der Sache ein Ende!« Und, von Grimaud unterstützt, stießen die vier Freunde mit ihren Flintenläufen gegen ein mächtiges Stück Mauer, das sofort nachgab und mit fürchterlichem Getöse, das die Angstschreie erstickte, in den Laufgraben stürzte. Eine Staubwolke stieg auf, dann war alles vorbei.

»Sollten wir sie alle zerschmettert haben?«, fragte Athos.

»Es sieht so aus«, erwiderte d'Artagnan.

»Nein«, sagte Porthos, »ein paar schleppen sich zurück.«

Tatsächlich versuchten einige der Angreifer, den Hohlweg zur Stadt zu erreichen. Athos blickte auf seine Uhr.

»Meine Herren«, sagte Athos, »wir sind jetzt eine Stunde hier, unsere Wette haben wir also gewonnen; aber d'Artagnan hat uns noch nicht seinen Plan verraten.« Und mit der ihm eigenen Kaltblütigkeit setzte er sich wieder hin, um die Reste des Frühstücks zu verzehren.

»Richtig!«, rief der Gascogner, »so hört: Ich reise sogleich nach England und spreche mit dem Herzog.«

»Das werdet Ihr hübsch bleiben lassen, mein Freund«, versetzte Athos ruhig. »Vergesst nicht, dass wir Krieg gegen England führen. Jetzt ist der Herzog unser Feind. Euer Tun käme einem Landesverrat gleich.«

D'Artagnan leuchtete die Begründung ein und er schwieg.

»Ich habe einen anderen Vorschlag«, sagte Aramis.

»Lasst hören, Aramis!«, rief Athos.

»Die Königin muss benachrichtigt werden«, erklärte Aramis.

»Das ist richtig!«, riefen Porthos und d'Artagnan zugleich.

»Ich kenne auch jemanden in Tours, der den Brief Ihrer Majestät sicher zustellen wird«, bemerkte Aramis errötend, »und von hier aus könnte mein Diener Bazin das Schreiben bis Tours bringen.«

»Oho!«, unterbrach Athos das Gespräch, »was geht denn in der Stadt vor? Dort wird ja Generalmarsch geschlagen!« Die vier Freunde lauschten, Trommelwirbel drang bis zu ihnen herüber. »Passt auf, jetzt schicken sie uns ein ganzes Regiment auf den Hals!«, meinte Athos. »Aber bis sie heran sind, haben wir noch eine Viertelstunde Zeit. Grimaud«, rief er und zeigte auf die Toten, »stell diese Herren an die Schießscharten, setz ihnen einen Hut auf den Kopf und gib ihnen eine Muskete in die Hand!«

Grimaud nickte.

»Nun können wir unser Gespräch fortsetzen«, wandte Athos sich wieder an seine Kameraden, »d'Artagnan, Ihr sagtet, Mylady hat einen Schwager Lord Winter? Und wo ist dieser Lord jetzt?«

»Beim ersten Kriegsgerücht ist er nach London zurückgekehrt.«

»Nun, er ist der Mann, den wir von den Vorgängen unterrichten müssen. Wie es scheint, ist er seiner Schwägerin nicht sehr zugetan. Er darf sie nicht aus den Augen lassen. In London gibt es sicher ein Magdalenenstift oder so etwas Ähnliches, von wo sie nicht entwischen kann. Dorthin muss er seine Schwägerin bringen lassen, dann haben wir eine Weile Ruhe.«

»Dann könnte Planchet nach London reisen«, rief d'Artagnan.

»Richtig«, meinte Porthos, »unsere Diener können das Lager ja ungehindert verlassen.«

»Gewiss«, pflichtete Aramis bei, »wir schreiben noch heute die Briefe und schicken unsere Diener damit sogleich fort.«

»Auf, auf!«, rief d'Artagnan, »da unten wimmelt es von schwarzen und roten Punkten.«

»Was sagtet Ihr, Athos? Ein Regiment sei im Anzug? Das ist ja eine ganze Armee!«

»Wahrhaftig! Da rücken sie heran; ohne Trommler und Trompeten. Hallo, Grimaud! Bist du fertig?«

Grimaud nickte und wies auf ein Dutzend Tote, die er in geradezu malerischen Stellungen aufgebaut hatte: einige mit geschulterter Flinte, die anderen im Anschlag oder mit dem Degen in der Faust. »Bravo!«, rief Athos, »allen Respekt vor deiner Fantasie, Grimaud!«

»Die schwarzen und roten Punkte werden zusehends größer«, sagte Aramis, »ich bin der Meinung, dass wir keine Zeit verlieren dürfen, das Lager zu erreichen.«

»Nun, ich habe auch nichts mehr gegen den Rückzug«, erwiderte Athos, »wir haben die Wette für eine Stunde abgeschlossen und haben anderthalb Stunden ausgehalten … Also dann vorwärts, meine Herren!«

Grimaud war mit dem Korb bereits vorausgeeilt; die vier Freunde marschierten hinter ihm her; aber nach kaum zehn Schritten rief Athos: »Potztausend! Wir haben ja die Fahne vergessen; wir können sie doch nicht in die Hände der Feinde fallen lassen, wenn es auch nur eine Serviette ist!«

Athos rannte in die Bastion zurück, kletterte hinauf und riss die Lanze, an der die Serviette im Winde flatterte, aus dem Boden. Die Rocheller waren unterdessen bis auf Schussweite herangekommen und überschütteten den waghalsigen Musketier mit einem Kugelregen. Athos aber blieb wie durch ein Wunder unverletzt. Er schwang die Fahne über seinem Kopf. Als Antwort erscholl Jubel auf der einen und Wutgeschrei auf der anderen Seite. Plötzlich krachte eine zweite Salve und diesmal durchlöcherten drei Kugeln die Serviette. Erst jetzt wurde sie zur richtigen Fahne.

Vom Lager schrien sie: »Herunter, Athos! Kommt herunter!« Und Athos kam auch. Ruhig und würdevoll schritten die vier Freunde dem Lager zu.

Plötzlich hörten sie wieder Schießen. »Was gibt es denn nun?«, fragte Porthos.

»Sie schießen nach den aufgestellten Toten«, antwortete Athos lachend.

»Oh, jetzt begreife ich alles«, rief Porthos.

Als die Freunde dicht am Lager waren, wurden sie von ihren Kameraden mit lautem Jubel empfangen. Da zischten wiederum Kugeln, die Rocheller hatten die Bastion genommen …

»Recht ungeschicktes Volk«, meinte Athos. »Sie haben eine ganze Menge Verluste gehabt und wir haben uns nicht einmal eine Schramme geholt! Aber halt, was habt Ihr denn an der Hand, d'Artagnan; das ist doch Blut?«

»Ach, das hat nichts auf sich«, antwortete der Gascogner. »Ich bin mit dem Finger zwischen zwei Steine geraten, dabei hat mir mein Ring die Haut geritzt.«

»Man soll eben keine Diamanten tragen«, spottete Athos.

»Großartig«, rief Porthos, »d'Artagnan hat ja noch seinen Diamanten; den verkaufen wir, dann haben wir das nötige Geld!«

»Den Diamanten der Königin verkaufen?«, rief unser Freund entsetzt.

»Natürlich«, meinte Athos. »Die Königin wird es bestimmt billigen, wenn wir dadurch Buckingham retten können, und dass sie auch uns, ihre treuen Untertanen, rettet, ist nur billig!«

»Also gut«, sagte d'Artagnan, »verkaufen wir den Diamanten und reden nicht mehr darüber.«

»Aber nun, meine Herren, kein Wort weiter; wir sind im Lager!«, sagte Athos. »Man kommt uns schon entgegen.«

Das ganze Lager war in Bewegung. Über zweitausend Mann hatten das Bravourstück der vier Freunde mit Begeisterung und Staunen beobachtet. »Hoch die Garde! Hoch die Musketiere!«, riefen alle. Herr de Busigny und seine drei Kameraden eilten als Erste auf Athos zu, drückten ihm die Hand und erklärten ihre Wette für verloren. Das Gratulieren und das Gelächter über die Rocheller wollten kein Ende nehmen. Der Lärm war so groß, dass der Kardinal an einen Aufruhr dachte und den Hauptmann seiner Leibwache losschickte, sich nach der Ursache der Aufregung zu erkundigen.

»Eminenz«, berichtete dieser, »drei Musketiere und ein Gardist haben gewettet, sie würden auf der Bastion Saint-Gervais frühstücken; sie haben sich dort fast zwei Stunden gegen den Feind gehalten und ein paar Dutzend Rocheller erschossen.«

»Kennt Ihr die Namen der drei Musketiere?«

»Athos, Porthos und Aramis.«

»Immer die drei Haudegen«, murmelte der Kardinal, »und der Gardist?«

»D'Artagnan.«

»Immer dieser junge Hitzkopf! Ich muss diese vier jungen Leute endlich für mich gewinnen!«

Am Abend unterhielt sich der Kardinal mit Herrn de Tréville über das Abenteuer. Der Hauptmann erzählte alles ausführlich, auch die Sache mit der Serviette, genau wie seine Helden es ihm berichtet hatten.

»Sehr gut, Herr de Tréville!«, rief der Kardinal, »bringt mir bitte die Serviette; ich lasse drei goldene Lilien darauf sticken und stifte sie Eurer Kompanie als Fahne.«

»Eminenz«, entgegnete Herr de Tréville, »das wäre ungerecht gegen die Garden, denn Herr d'Artagnan dient nicht bei mir, sondern bei Herrn des Essarts.«

»Nun, dann nehmt ihn zu Euch«, sagte der Kardinal; »es ist doch nur recht und billig, dass vier so tapfere Soldaten, die so sehr aneinander hängen, in ein und derselben Kompanie dienen.«

Gleich nach der Unterhaltung teilte Tréville den Musketieren und d'Artagnan die gute Nachricht mit und lud alle vier für den nächsten Tag zum Frühstück ein.

Noch am selben Abend sprach d'Artagnan bei Herrn des Essarts vor, um ihm zu melden, dass er zu den Musketieren versetzt sei. Da Herr des Essarts den jungen Mann stets gut leiden konnte, nahm dieser die Gelegenheit wahr, den Offizier zu bitten, ihm seinen Diamanten zu schätzen, den er, wie wir wissen, verkaufen wollte. Am anderen Morgen erschien der Lakai des Herrn des Essarts bei d'Artagnan und übergab ihm einen Beutel mit siebentausend Francs: der Preis für den Diamanten der Königin.

38. Eine Familienangelegenheit

Das Frühstück bei Herrn de Tréville verlief in fröhlicher Stimmung. D'Artagnan sonnte sich im Glanze seiner neuen Musketier-Uniform, und hätte nicht Mylady sein Gemüt verdüstert, wäre unser Freund der glücklichste Mensch gewesen. Für den Abend hatten sich die Kameraden bei Athos verabredet, um die Sache mit Mylady endgültig zu besprechen. Drei Dinge waren festzulegen: Was sollte an Myladys Schwager geschrieben werden; was der Person in Tours mitgeteilt, und welche Diener waren am ehesten in der Lage, die Briefe ordentlich zu besorgen. Nach langem Reden einigte man sich endlich, dass Bazin nach Tours reisen sollte, während Planchet beauftragt wurde, nach London zu fahren. Die Briefe aber sollte Aramis schreiben, denn der, meinten alle, sei mit der Feder und dem Wort der Vertrauteste.

»Äußerst angenehm«, antwortete Aramis mit dem jedem Dichter angeborenen Selbstvertrauen; »aber ich muss doch erst die Umstände wissen, die dabei mitspielen. Ich habe wohl nebenher gehört, dass diese Schwägerin eine schlimme Person sei, habe wohl auch Beweise dafür aus dem Munde Seiner Eminenz …«

»Leiser, Donner und Teufel!«, rief Athos.

»Die Einzelheiten allerdings fehlen mir noch«, fuhr Aramis fort.

»Mir auch!«, meinte Porthos.

D'Artagnan und Athos blickten einander schweigend an. Endlich winkte Athos, bleicher als sonst, d'Artagnan zu und sagte ihm auf diese Weise, dass er sprechen dürfe.

»Nun, so hört, was geschrieben werden muss«, begann der, ohne länger zu säumen. »Mylord, Eure Schwägerin ist eine Bestie, die Euch umbringen lassen wollte, um Euch zu beerben; aber wie konnte sie Eurem Bruder die Hand reichen? Sie war doch schon in Frankreich verheiratet und …«

D'Artagnan hielt inne, verlegen nach dem rechten Worte suchend, und blickte wieder auf Athos.

»… verstoßen, zum Hause hinausgejagt von ihrem Mann«, ergänzte Athos.

»… weil er erst nach der Hochzeit bemerkte, dass sie gezeichnet war«, fuhr d'Artagnan fort, »dass sie das Lilienmal auf der Schulter hatte!«

»Pah!«, rief Porthos, »das ist doch nicht möglich! Den eigenen Schwager hat sie aus der Welt schaffen wollen?«

»Ja.«

»Sie war verheiratet?«, fragte Aramis.

»Ja.«

»Und nach der Hochzeit bemerkte der Mann erst die Lilie auf der Schulter?«

»Ja.«

Athos war es, der ein jedes dieser drei »Ja« mit düsterer Betonung sprach.

»Und der Mann dieser Bestie lebt noch?«, fragte Aramis.

»Ja.«

»Wirklich?«

»Ja.«

Ein kurzes Stillschweigen trat ein. Jeder suchte, die Eindrücke dieser Offenbarung nach seinem Temperament in sich aufzunehmen.

Aramis griff zu Feder und Tinte, sann eine kurze Weile nach

und schrieb mit zierlicher Frauenhand etwa ein Dutzend Zeilen, die er dann mit weicher Stimme, jedes Wort behutsam wägend, vorlas:

Mylord!

Der Schreiber dieser Zeilen hatte die Ehre, in einem kleinen Gehege der d'Enferstraße die Klinge mit Euch und Euren Freunden zu kreuzen. Ihr habt seitdem wiederholt die Güte gehabt, Euch als Freund dieser Person zu bezeichnen; sie glaubt deshalb, Euch mit einem guten Rat danken zu dürfen.

Beinah schon wäret Ihr das Opfer einer nahen Verwandten geworden, die Ihr für Eure Erbin anseht, da Euch unbekannt ist, dass diese, ehe sie in England die Ehe einging, schon in Frankreich verheiratet war und dass ihr Mann noch lebt. Jetzt droht Euch ein neuer Anschlag, dem Ihr leicht zum Opfer fallen könntet. Eure Verwandte ist von La Rochelle auf dem Wege nach England. Überwacht ihre Ankunft, denn sie hat schlimme Pläne. Wenn Ihr durchaus wissen wollt, wozu sie fähig ist, so lest ihre Vergangenheit auf der linken Schulter!

»Vorzüglich!«, riefen die Musketiere. »Aber nun bleibt noch der Brief an die bewusste Person in Tours.«

Aramis griff wieder zur Feder, sann ein Weilchen nach und machte sich aufs Neue an die Arbeit. Der Brief lautete:

Meine liebe Base!

Seine Eminenz, die Gott zum Wohle Frankreichs und zum Verderben aller Feinde des Reiches erhalten möge, steht im Begriff, den ketzerischen Rebellen von La Rochelle den Garaus zu machen. Es ist anzunehmen, dass die Hilfe der englischen Flotte nicht mehr zurecht kommen wird; ich möchte fast als sicher annehmen, dass Herr von Buckingham durch ein

wichtiges Ereignis an seiner Abreise verhindert wird. Seine Eminenz sind der größte Politiker aller Zeiten. Gebt von dieser guten Nachricht auch Eurer lieben Schwester Kenntnis, liebe Base.
Übrigens träumte ich, der vermaledeite Engländer wäre schon gestorben. Ich besinne mich nicht mehr, ob er durch Eisen oder Gift umkam, aber dass ich ihn im Traume tot gesehen habe, weiß ich bestimmt, und meine Träume haben mich noch nie getäuscht.
Seid meiner baldigen Rückkehr versichert.

Wieder waren die Freunde des Lobes voll. Aramis faltete den Brief und schrieb darauf: »An Demoiselle Michon, Weißnäherin in Tours«. Lächelnd schauten die anderen auf die Adresse.

»So, meine Herren«, sagte Athos, »jetzt brauchen wir noch das Reisegeld für unsere Diener.«

D'Artagnan holte stolz seinen Beutel mit den siebentausend Francs aus der Tasche und warf ihn auf den Tisch. Beim Klang des Goldes blickten die Musketiere erstaunt auf.

»Das ist der Erlös für den Diamanten der Königin«, erklärte der Gascogner.

Athos begann sogleich zu rechnen: »Für die Hin- und Rückreise braucht Planchet je siebenhundert Francs, Bazin je dreihundert Francs. Dadurch schmilzt unser Geld auf fünftausend Francs zusammen; nun erhält jeder von uns tausend, und die restlichen tausend bleiben für außerordentliche Fälle oder gemeinsame Auslagen. Einverstanden, meine Herren!«

»Lieber Athos«, sagte Aramis, »Ihr sprecht wie Nestor, der weiseste aller Griechen.«

Planchet wurde gerufen und erhielt seine Instruktionen. »Ich werde mir den Brief in den Rockaufschlag nähen«, sagte er, »und ihn hinunterschlucken, wenn ich in Gefahr komme.«

»Aber dann kannst du den Auftrag nicht mehr besorgen«, hielt ihm d'Artagnan vor.

»Nun, so gebt mir eine Abschrift, die ich auswendig lerne.«

»Also gut«, fuhr der Gascogner fort, »dir stehen acht Tage zur Verfügung, um zu Lord Winter zu gelangen, und acht weitere Tage für die Heimkehr.«

»Gnädiger Herr«, rief Planchet, »ich werde alles zur Zufriedenheit erledigen.«

Als er sich am andern Morgen auf seinen Gaul schwingen wollte, nahm ihn d'Artagnan beiseite und sagte:

»Planchet, wenn du Lord Winter den Brief gegeben hast, dann sag ihm noch, er möge über den Herzog von Buckingham wachen, denn man wolle ihn ermorden.«

»Seid unbesorgt, gnädiger Herr«, versetzte Planchet und jagte im Galopp davon.

Auch Bazin machte sich, von guten Ermahnungen begleitet, auf die Reise nach Tours; ihm waren acht Tage für seinen Auftrag bewilligt worden.

Während der für die beiden Reisen festgesetzten Frist hielten die vier Kameraden, wie man sich wohl denken kann, Augen und Ohren mehr offen denn je.

Frühmorgens am achten Tag erschien Bazin frisch und lächelnd wie immer in der Schenke »Zum Spitzkopf«, wo unsere vier Freunde gerade beim Frühstück saßen, und sagte wie verabredet: »Herr Aramis, hier ist die Antwort Eurer Base.«

Die Hälfte der Aufgabe war damit gelöst; die Musketiere blinzelten sich vergnügt zu, und Aramis öffnete den Brief.

»Die arme Michon!«, rief er in komischer Verzweiflung, »wird im ganzen Leben nicht ordentlich schreiben lernen.«

»Was schreibt sie denn?«, fragte Athos.

Aramis las laut vor:

Liber Fetter, ich deute träume gut, meine Schwester auch; wir sind deshalb in Großer angst; aber von Euren traum wird es wohl heisen: Träume sind schäume. Adieu! Bleibt hübsch gesunt un last von Zeit zu Zeit etwas von Euch hören.

Athos und d'Artagnan verließen darauf die Schenke, während Porthos und Aramis noch dort blieben und mit den übrigen Soldaten, die den Inhalt des Briefes mit angehört hatten, fröhlich zechten.

Bazin aber warf sich zum Schlafen auf ein Bund Stroh. Wie gesagt hatte er den Freunden durch seine glückliche Rückkehr nur einen Teil der Besorgnis abgenommen. Den Wartenden wurden die nächsten acht Tage unerhört lang.

Besonders am sechzehnten Tag wurde die Aufregung d'Artagnans und seiner Freunde so groß, dass sie es nicht mehr in ihrem Quartier aushielten und wie Schatten auf der Straße, die Planchet zurückkommen musste, umherirrten.

Der Tag neigte sich, und der Abend kam, allerdings langsamer als sonst. Die Freunde saßen wie immer in der Schenke »Zum Spitzkopf«; Athos hatte in Herrn de Busigny einen würdigen Partner beim Spiel gefunden. Als zum Zapfenstreich geblasen wurde, sagte Athos ruhig: »Auf, meine Herren, der Trommler mahnt zur Ruhe – gehen wir schlafen!« Athos verließ die Schenke, d'Artagnan ging hinter ihm her, Aramis und Porthos folgten ebenfalls.

Da tauchte im Dunkel der Nacht plötzlich eine Gestalt auf, die d'Artagnan bekannt vorkam, und eine vertraute Stimme sagte:

»Gnädiger Herr, Ihr habt Euren Mantel vergessen.«

»Planchet!«, rief der Gascogner freudetrunken.

»Planchet!«, riefen auch Porthos und Aramis.

»Natürlich Planchet«, sagte Athos, »was gibt es da zu staunen? Er hatte ja versprochen, um acht Uhr zurück zu sein. Bravo, Planchet, du bist ein Mann von Wort, und wenn du deinen Herrn mal verlässt, nehme ich dich zu mir in den Dienst.«

»O nein!«, rief Planchet, »ich verlasse niemals Herrn d'Artagnan!«

Im selben Augenblick fühlte d'Artagnan, wie ihm Planchet einen Brief gab.

»Ich habe den Brief«, flüsterte er Athos zu.

»Schön«, sagte dieser, »gehen wir nach Haus und lesen ihn dort.«

Der Brief brannte unserem Freund wie Feuer in der Hand. Er wollte schneller gehen, aber Athos fasste ihn unter und zwang ihn, gleichen Schritt zu halten.

Endlich war das Zelt erreicht und eine Lampe wurde angezündet. Während Planchet an der Tür Wache hielt, erbrach d'-Artagnan mit zitternder Hand das Siegel. Der Brief enthielt nur einige Worte: »Vielen Dank, seid unbesorgt!«

Athos nahm dem Gascogner den Brief aus der Hand, hielt ihn an die Lampe und verbrannte ihn. Dann rief er Planchet und gab ihm siebenhundert Francs als Belohnung. Endlich trennten sich die Freunde, um wieder einmal eine Nacht ruhig zu schlafen.

Inzwischen wartete Richelieu auf Nachrichten aus England; doch die er bekam, waren unangenehm und bedrohlich. Bis zur Einnahme von La Rochelle konnte noch geraume Zeit vergehen. In der Stadt war es wohl wiederholt zu Meutereien gekommen, aber der Magistrat hatte die Anstifter hängen lassen. Diese Maßnahme schreckte die Bürger, und sie beschlossen deshalb, lieber zu verhungern. Hin und wieder fingen die Belagerer einen Boten ab, den die Rocheller an Buckingham schickten, oder einen Spion, der vom Herzog zur Stadt gesandt worden war.

Der Kardinal war über das Ausbleiben Myladys oder einer Nachricht, dass er Buckingham nicht mehr zu fürchten brauchte, außerordentlich beunruhigt.

Da kam die Kunde ins Lager, dass Buckingham durch einen Boten aus England der Stadt Nachricht gegeben hatte, dass eine riesige Flotte und die endgültig zustande gekommene Liga gegen Frankreich bald Hilfe bringen würden.

Diese unvermutete Wendung nötigte Richelieu, seine Aufmerksamkeit wieder verstärkt dem Kanal zuzuwenden. Inzwischen führte die königliche Armee ein lustiges Leben.

Auf einem Hügel am Strand im Schatten einer Hecke lagen eines Nachmittags vier Männer, von etlichen leeren Flaschen umgeben, im Sande. Es waren unsere Musketiere, von denen einer wohl einen Brief erhalten hatte, den er den anderen vorlesen wollte.

»Aramis, nun lest uns doch vor, was Eure liebe Base schreibt«, meinte d'Artagnan.

»Gern«, erwiderte Aramis und nahm den Brief aus der Tasche.

Mein lieber Vetter!

Ich werde doch wohl nach Béthune reisen, da meine Schwester unsere kleine Magd im dortigen Karmeliterkloster untergebracht hat. Das arme Kind hat sich darein ergeben, weiß es ja doch, dass es anderswo nicht leben kann, ohne das Heil seiner Seele zu gefährden. Wenn sich aber unsere Familienangelegenheiten so regeln, wie wir es wünschen, dann dürfte, wie ich annehme, die Ärmste, ohne Rücksicht auf ihr Seelenheil, zu demjenigen zurückkehren, nach welchem sie sich umso mehr sehnt, als sie weiß, dass er ihrer immer gedenkt. Ihr einziger Wunsch ist ein Brief von ihrem Bräutigam. Dass solche Dinge sehr schwer die Klostergitter passieren, weiß ich; aber wie Ihr wohl schon gemerkt habt, lieber Vetter, bin ich nicht ungeschickt, darum übernehme ich den Auftrag. Meine Schwester dankt Euch für Euer ständiges Gedenken. Sie hat einige Zeit in großer Angst gelebt; jetzt aber ist sie wieder beruhigt, weil sie, um unvorhergesehene Dinge zu verhüten, ihren Gehilfen dorthin geschickt hat. Lebt wohl, lieber Vetter, lasst recht oft von Euch hören. Einen Kuss von Eurer

Marie Michon

»Oh, Aramis, wie dankbar bin ich Euch!«, rief d'Artagnan; »die teure Constanze! Sie lebt, sie weilt in einem Kloster; wo liegt eigentlich Béthune, Athos?«

»Zwischen dem Artois und Flandern. Ist die Belagerung vorbei, können wir ja mal eine kleine Reise dorthin unternehmen.«

39. Ein Gespräch zwischen Schwager und Schwägerin

Inzwischen hatte Mylady, außer sich vor Wut, immer wieder überlegt, ob es nicht besser wäre, ins Meer zu springen und zur Küste zurückzuschwimmen, denn der Gedanke, von d'Artagnan beleidigt, von Athos bedroht worden zu sein und Frankreich verlassen zu müssen, ohne sich an ihnen gerächt zu haben, ließ ihr keine Ruhe. Schließlich forderte sie den Kapitän auf, sie wieder ans Ufer zu bringen; dieser aber, in seiner nicht eben angenehmen Situation zwischen französischen und englischen Kreuzern, schlug ihr den Wunsch rundweg ab und bot alles auf, so schnell wie möglich nach England zu gelangen. Dennoch sah Mylady erst am neunten Tag nach der Abreise infolge Sturms und unruhiger See, bleich vor Zorn, die englische Küste und landete in Portsmouth, wo zur selben Stunde Planchet sich wieder nach Frankreich einschiffte.

Die ganze Stadt war in Bewegung. Vier große Schiffe waren eben vom Stapel gelaufen.

Buckingham stand in seiner gold- und edelsteinverbrämten Uniform, den Hut mit wallender Feder geschmückt, von einem ebenso geschmückten Gefolge umringt, auf der Mole.

Bei der Einfahrt in den Hafen näherte sich ein kleiner, schwer bewaffneter Kutter dem Handelsschiff. Er ließ ein mit mehreren Matrosen besetztes Boot zu Wasser. Ein Offizier stieg an Bord des Handelsschiffes, sprach ein paar Augenblicke mit dem Kapitän und gab ihm Einblick in verschiedene Papiere. Dann wurden alle auf dem Schiff befindlichen Personen, Matrosen und auch Reisende, an Deck gerufen. Der Offizier musterte jeden Einzelnen, auch Mylady, ohne aber ein Wort an sie zu richten.

Mylady hatte den Offizier ebenfalls eindringlich angesehen, konnte aber nichts Besonderes in seinem Gesicht lesen. Der Offizier mochte etwa fünfundzwanzig Jahre alt sein.

Als man in den eigentlichen Hafen einlief, war es bereits dunkel. Dichter Nebel verstärkte noch die Dunkelheit; die Luft war feucht und unfreundlich.

Der Offizier ließ Myladys Gepäck in das Boot schaffen, bot ihr dann die Hand und forderte sie auf, ebenfalls ins Boot zu steigen. Sie sah ihn an und zögerte.

»Wer seid Ihr, mein Herr?«, fragte sie, »und welchen Umständen habe ich diese besondere Fürsorge zu verdanken?«

»Ich bin Offizier der englischen Marine, Madame«, versetzte der junge Mann. »In Kriegszeiten müssen Fremde in bestimmte Herbergen der Regierung geführt werden, bis alle Auskünfte über sie eingeholt sind.«

»Aber ich bin keine Fremde, mein Herr«, sagte sie im reinsten Englisch, das zwischen Portsmouth und Manchester gesprochen wird, »ich bin Lady Winter, und solche Maßnahmen …«

»Gegen solche Maßnahmen, Mylady, würdet Ihr vergeblich protestieren.«

»Na schön, ich folge Euch, Herr Offizier«; sie nahm seine Hand und stieg das Fallreep, das zu dem Boot führte, hinab. Der Offizier bat sie, am Heck, wo auf einer Bank ein Mantel ausgebreitet war, Platz zu nehmen, und er setzte sich neben sie. »Abfahren!«, kommandierte er.

Fünf Minuten später waren sie am Kai; der Offizier sprang an Land und reichte Mylady die Hand.

Eine Kutsche wartete.

»Wartet der Wagen auf uns?«, fragte Mylady.

»Jawohl, Madame!«, versetzte der Offizier.

»Die Herberge ist wohl weit?«

»Sie liegt am andern Ende der Stadt.«

Mylady stieg mit dem Offizier in den Wagen. Da der keine Neigung zu einer Unterhaltung verriet, lehnte sie sich in die Wagenecke zurück und erging sich in den verschiedensten Vermutungen.

Verwundert über die Länge der Fahrt, beugte sie sich zum Kutschfenster vor, um zu sehen, welche Richtung der Wagen verfolgte. Die Häuser waren verschwunden, nur Bäume reckten sich in der Dunkelheit gespensterhaft gen Himmel.

Mylady erbebte.

»Wir sind ja gar nicht mehr in der Stadt«, rief sie.

Der Offizier schwieg.

»Ich springe aus dem Wagen, wenn Ihr mir nicht sofort sagt, wohin wir fahren.«

Auch diese Drohung blieb ohne Antwort.

»Oh, das ist unerhört!«, rief Mylady. »Zu Hilfe! Zu Hilfe!«

Es geschah nichts; der Wagen rollte im gleichen Tempo weiter. Bleich vor ohnmächtiger Wut, lehnte sich Mylady wieder in die Ecke zurück.

Nach etwa einstündiger Fahrt hielt der Wagen vor einem schmiedeeisernen Tor; dahinter sah man einen Hohlweg, der zu einem düsteren Schlosse führte. Die Räder rollten jetzt über feinen Sand, und ein dumpfes Brausen, das sich wie Meeresbrandung anhörte, schlug an ihre Ohren. Endlich hielt der Wagen in einem dunklen, viereckigen Hof. Fast im selben Augenblick wurde der Wagenschlag geöffnet, der junge Mann sprang heraus und bot Mylady die Hand. Sie stützte sich auf seinen Arm und stieg aus.

»Es sieht beinahe so aus«, sagte sie, indem sie mit raschem Blick umherschaute und den Offizier mit ihrem anmutigsten Lächeln streifte, »als ob ich eine Gefangene bin; aber ich werde es sicher nicht lange sein«, setzte sie hinzu.

Die liebenswürdigen Worte verhallten ohne Echo. Der Offizier forderte jetzt die Dame höflich auf, in das Haus zu treten. Mit demselben lächelnden Gesicht folgte ihm Mylady durch ein niedriges Tor in ein schwach erleuchtetes Gelass, dann eine steinerne Treppe hinunter, bis sie vor einer massiven Tür standen, die sich, nachdem der Offizier aufgeschlossen hatte, schwerfällig in den Angeln drehte.

Mit einem einzigen Blick hatte Mylady den Raum überflogen: Die Fenstergitter und die Riegel ließen ohne weiteres erkennen, dass es sich um eine Gefängniszelle handelte. Einen Augenblick lang verlor Mylady die Fassung; sie sank auf einen Stuhl und schlug die Hände vors Gesicht.

Endlich konnte Mylady die Stille nicht länger ertragen, und sie fragte:

»Was will man von mir?«

»Ihr seid in dem für Euch bestimmten Zimmer, Madame! Ich hatte den Befehl, Euch abzuholen und hierher zu bringen; diesen Auftrag habe ich erfüllt; alles Weitere geht jemand anders an.«

»Und wer ist dieser Jemand?«, fragte Mylady.

Da nahten sich Schritte der Tür … »Hier kommt er, Madame!« Die Tür öffnete sich und auf die Schwelle trat ein Mann ohne Hut; er trug den Degen an der Seite und zerknüllte zwischen den Fingern ein Taschentuch.

Mylady glaubte, den Mann, der im Schatten stand, zu kennen.

Der Fremde kam langsam näher, und als er in den Lichtkreis der Lampe trat, rief Mylady, aufs Höchste erstaunt: »Was denn, Ihr seid es, mein Schwager?«

»Ja, schöne Dame!«, antwortete Lord Winter mit einer halb höflichen, halb spöttischen Verbeugung, »ich bin es.«

»Ich bin also Eure Gefangene?«

»Man kann es so nennen.«

»Aber das ist ja gemeine Gewalt!«

»Keine großen Worte! Setzen wir uns lieber und unterhalten wir uns in aller Ruhe, wie es sich zwischen Verwandten geziemt.«

Dann wandte Lord Winter sich nach dem jungen Offizier um und sagte:

»Es ist gut, Felton, ich danke Euch; lasst uns allein!«

Während Lord Winter die Tür schloss, einen Fensterladen aufstieß und einen Stuhl zu seiner Schwägerin heranrückte, bemühte sich diese zu ergründen, was ihren Schwager bewogen hatte, sie hier festzuhalten.

»Nun, dann unterhalten wir uns, lieber Schwager«, sagte sie schließlich mit erzwungener Freundlichkeit.

»Ihr habt Euch also entschlossen, nach England zurückzukommen?«, fragte Lord Winter, »obwohl Ihr mir in Paris oft genug versichert habt, dieses Land nie wieder sehen zu wollen?«

Mylady wollte darauf nicht antworten und stellte die Gegenfrage: »Erklärt mir doch bitte, warum lasst Ihr mich so streng bewachen?«

Auch Lord Winter wich zunächst einer Antwort aus und fragte: »Möchtet Ihr mir nicht sagen, weshalb Ihr nun doch hierher gekommen seid?«

»Ich wollte Euch besuchen«, erwiderte Mylady, ohne zu ahnen, wie sehr sie durch diese Worte den Verdacht bestätigte, den d'Artagnans Brief bei ihrem Schwager geweckt hatte.

»Allein mir zuliebe habt Ihr diese beschwerliche und gefährliche Fahrt über den Kanal unternommen?«

»Natürlich, ich bin doch die nächste Verwandte, die Ihr habt!«, sagte Mylady mit unschuldiger Miene.

»Gewiss, und auch meine einzige Erbin, nicht wahr?«, bestätigte Lord Winter.

Obwohl Mylady sich sehr beherrschte, konnte sie nicht verhindern, dass sie zusammenzuckte, und da Lord Winter bei den letzten Worten seine Hand auf ihren Arm gelegt hatte, entging ihm dies nicht. Die Bemerkung hatte sie tief getroffen. Fieberhaft überlegte sie, wer dem Lord ihre Abneigung gegen ihn hinterbracht haben könnte.

»Ich verstehe nicht, Mylord«, sagte sie, um Zeit zu gewinnen und ihren Gegner zum Sprechen zu bringen, »was sollen Eure Worte bedeuten? Verbirgt sich ein mir unbekannter Sinn dahinter?«

»Aber nein, macht Euch keine Gedanken«, antwortete der Lord betont harmlos.

Myladys Unsicherheit nahm zu und sie wechselte das Thema. »Lieber Schwager«, sagte sie, »wenn ich mich nicht irre, so habe ich bei der Einfahrt in den Hafen den Herzog von Buckingham gesehen?«

»Ihr habt richtig gesehen«, erwiderte der Lord, »und sein Anblick hat Euch sicher getroffen. Ihr kommt ja aus einem

Land, wo man sich zurzeit viel mit ihm beschäftigt, und mir ist nicht unbekannt, dass seine Rüstungen besonders Euren Freund, den Kardinal, beunruhigen.«

»Meinen Freund, den Kardinal?«, wiederholte Mylady ein wenig verwirrt, dass ihr Schwager auch hierüber genauestens unterrichtet zu sein schien.

»Hm, ich dachte«, meinte der Lord, »aber wenn ich mich irre, dann verzeiht. Nun, lassen wir das und sprechen wir wieder von uns. Ihr seid also hierher gekommen, um mich zu sehen?«

»Ja!«

»Dann sollt Ihr auch jederzeit nach Wunsch bedient werden und wir werden uns täglich sehen.«

»Soll ich etwa zeitlebens hier bleiben?«, rief Mylady sichtlich erschrocken. »Ich habe ja weder meine Kammerfrau noch meine anderen Leute zur Hand.«

»Oh, Ihr braucht mir nur zu sagen, wie Euer erster Mann es mit dem Hauswesen hielt; wenn ich auch nur Euer Schwager bin, will ich doch dafür sorgen, dass Ihr hier nichts vermisst.«

»Mein erster Mann?«, rief Mylady und starrte Lord Winter verstört an.

»Ja, mit dem Ihr in Frankreich verheiratet wart; ich meine nicht meinen Bruder! Übrigens, falls Ihr es nicht mehr recht wisst, kann ich ihn um Auskunft bitten, er lebt ja noch.«

Kalter Schweiß bedeckte Myladys Stirn. »Ihr scherzt«, sagte sie tonlos.

»Sehe ich so aus?«, fragte der Lord, indem er aufstand und einen Schritt zurücktrat.

»Entweder wollt Ihr mich beleidigen oder Ihr seid betrunken«, rief Mylady; »geht und schickt mir eine Kammerfrau.«

»Zofen sind immer neugierig; vielleicht darf ich Euch meine Dienste anbieten? Dann bleiben doch alle Geheimnisse in der Familie!«

»Unverschämter!«, schrie Mylady und stürzte auf den Lord zu, der ruhig, mit einer Hand am Degengriff, dastand.

»Ich weiß«, sagte er, »dass Ihr die Gewohnheit habt, Leute, die Euch unbequem sind, zu töten; aber ich kann mich wehren, auch gegen Euch!«

»Ich glaube schon, dass Ihr feige genug seid, Euch an einer Frau zu vergreifen«, rief Mylady verächtlich.

»Und wenn ich es täte, wäre ich nicht der Erste, der Hand an Euch legt!«, erwiderte der Lord eindringlich und deutete auf ihre linke Schulter.

Myladys Gesicht verzerrte sich in grenzenlosem Hass und ihrer Kehle entrang sich ein Röcheln.

Lord Winter schüttelte sich bei diesem Anblick vor Grauen. Doch im wachsenden Grimm fuhr er fort: »Von meinem Vermögen bekommt Ihr keinen Penny. Wäre mir nicht das Andenken meines Bruders heilig, so ließe ich Euch in einem Kerker vermodern. Aber ich will schweigen und Ihr werdet Euch dieser Gefangenschaft fügen. In zwei, drei Wochen gehe ich mit dem Heer nach La Rochelle, und am Abend vor meiner Abreise werdet Ihr Euch unter Aufsicht auf ein Schiff begeben, das Euch in eine unserer Kolonien bringen wird. Seid unbesorgt, ich gebe Euch einen Begleiter mit, der Euch beim ersten Versuch, nach England oder auf den Kontinent zurückzukommen, über den Haufen schießen wird.«

Mylady hörte mit gespannter Aufmerksamkeit zu.

»Bis dahin bleibt Ihr hier in Gewahrsam.«

Lord Winter trat zur Tür und rief: »Felton!«

Bald tauchte im Schatten des Korridors der junge Leutnant auf, den wir bereits kennen; er blieb an der Schwelle stehen.

»Tretet ein, lieber John!«, rief der Lord, »und schließt die Tür. Seht Euch die Dame hier genau an«, fuhr er fort; »sie ist jung, sie ist schön, und alle Verführungskünste stehen ihr zu Gebote. Und doch ist sie ein Ungeheuer, denn mit ihren fünfundzwanzig Jahren hat sie sich bereits der schwersten Verbrechen schuldig gemacht. Sie wird auch Euch, John, verführen wollen«, rief er, »und vielleicht gar versuchen, Euch zu töten. Felton, ich habe Euch aus Not und Elend befreit, habe Euch sogar einmal das Leben gerettet und Euch eine Leutnantsstelle verschafft. Ich bin für Euch nicht nur ein Beschützer, sondern auch ein Freund, nicht nur ein Wohltäter, sondern auch ein Vater. Diese Frau ist nach England gekommen, mich aus der Welt zu schaffen. Ich habe Euch rufen lassen und sage Euch: Freund, Sohn, beschütze dich und mich vor dieser Schlange. Schwöre mir bei deinem Seelenheil, sie gut zu bewachen, bis sie ihrer verdienten Strafe zugeführt wird! Felton, ich baue auf dein Wort, denn ich glaube an deine Redlichkeit.«

»Mylord«, rief der junge Offizier, »ich schwöre Euch, alles zu tun, was Ihr von mir begehrt!«

Mylady war wie umgewandelt; man konnte sich keinen unterwürfigeren und demütigeren Ausdruck denken als den, der jetzt auf ihrem schönen Antlitz lag. Selbst Lord Winter erkannte kaum die böse Kreatur wieder, die ihm eben noch gegenübergestanden hatte.

Die beiden Männer entfernten sich und schlossen die Tür hinter sich ab. Mylady verharrte eine Weile in der demütigen Stellung in der Annahme, dass sie durch das Schlüsselloch beobachtet würde. Als sie den Kopf dann hob, zeigte ihr Gesicht wieder den drohenden, gehässigen Ausdruck. Sie lief zur Tür, um zu horchen, darauf blickte sie zum Fenster hinaus und ließ sich endlich in einen Lehnstuhl fallen. Sie überlegte.

40. Der erste Tag der Gefangenschaft

Nachdem Lord Winter sie verlassen hatte, wurde sich Mylady ganz ihrer verzweifelten Lage bewusst, erschöpft und entmutigt sank sie in einen Sessel.

Doch sie blieb nicht allzu lange so niedergeschlagen. Wie konnte ich mich nur so fortreißen lassen, sagte sie sich; nur keine Unbeherrschtheit, so etwas ist immer ein Zeichen von Ohnmacht, damit kann ich nichts erreichen. Meine Gegner sind Männer, überlegte sie, also muss ich versuchen, sie mit weiblicher List zu besiegen. Sogleich überdachte sie die Möglichkeiten, die ihr zur Verfügung standen. Sie trat vor den Spiegel, betrachtete sich und murmelte vor sich hin: »Noch ist nichts verloren, noch bin ich eine schöne Frau!«

Es mochte acht Uhr abends sein, und Mylady meinte, ein paar Stunden Ruhe könnten ihr nur gut tun. Im nächsten Augenblick aber kam ihr ein noch besserer Gedanke: Bald musste ja das Abendbrot kommen, und sie entschloss sich zu einem Versuch, um die Einstellung ihrer Wächter zu erkunden.

Da nahten auch schon Schritte. Mylady warf sich rasch wieder in ihren Sessel, bog den Kopf zurück, zerwühlte das Haar, verkrampfte die eine Hand über dem Herzen und ließ die andere schlaff herabhängen.

Der Riegel wurde zurückgeschoben, die Tür ächzte in den

Angeln. »Den Tisch hierher!«, befahl eine Stimme, die Mylady als die Feltons erkannte. »Bringt Kerzen und löst die Wache ab!«, sagte dieselbe Stimme.

Endlich wandte sich Felton, der seine Gefangene noch nicht angeschaut hatte, nach ihr um. »Ah, sie schläft«, sagte er, »nun, mag sie essen, wenn sie wieder munter ist.« Er ging auf die Tür zu.

»Aber, Herr Leutnant«, bemerkte ein Soldat, der zu Mylady herangetreten war, »die Frau schläft doch nicht.«

»Wie, sie schläft nicht?«, fragte Felton.

»Sie ist ohnmächtig, man hört sie kaum atmen.«

»Hm, ruft Lord Winter!«, sagte Felton; »meldet es ihm! Ich weiß nicht, was ich tun soll, da so ein Fall nicht vorgesehen ist.«

Während sich der Soldat entfernte, setzte Felton sich unweit der Tür auf einen Stuhl und wartete. Mylady sah ein, dass ihr erster Versuch gescheitert war, und flugs besann sie sich eines anderen: Sie hob langsam den Kopf, schlug die Augen auf und seufzte leise. Bei diesem Laut drehte Felton sich nach ihr um, stand auf und sagte: »Oh, Ihr seid aufgewacht, Madame? Dann habe ich hier nichts mehr zu tun. Wenn Ihr etwas braucht, läutet bitte!«

»Ach Gott, was habe ich gelitten!«, murmelte Mylady mit lieblicher Stimme; dabei richtete sie sich auf und nahm eine anmutige Stellung ein.

Felton deutete auf das Essen und sagte: »Ihr werdet dreimal am Tage bedient, um neun, um eins und abends um acht. Wenn Euch die Zeiten nicht genehm sind, könnt Ihr andere Stunden bestimmen.«

»Aber soll ich denn in diesem trübseligen Raum immer allein sein?«, fragte Mylady mit klagender Stimme.

»Eine Frau aus der Gegend wird morgen ins Schloss kommen, um Euch zu bedienen.«

»Ich danke Euch, mein Herr«, sagte Mylady demütig.

Felton wandte sich nach kurzem Gruß zur Tür. Gerade als er über die Schwelle treten wollte, erschien Lord Winter, in der Hand ein Fläschchen Riechsalz. »Was geht hier vor?«, fragte er spöttisch, als er Mylady erblickte. »Sieh da, vom Tode wieder auferstanden, Madame? Felton, Junge! Hast du denn nicht gemerkt, dass sie dir den ersten Akt einer Komödie vorgespielt hat? Wir werden davon noch mehr erleben, verlass dich darauf!«

»Gedacht habe ich es mir schon, Mylord«, antwortete Felton, »aber ich wollte es der Frau gegenüber nicht an Rücksicht fehlen lassen.«

Mylady biss sich vor Wut auf die Lippen.

»Dann haben dich das schöne Haar, die zarte Haut und der schmachtende Blick gar nicht gerührt?«, fragte der Lord lachend.

»Nein, Mylord«, versetzte der Jüngling, »um mich zu verführen, bedarf es schon anderer Künste.«

»Wenn es so steht, mein Braver, dann wollen wir Mylady allein lassen.«

Mit diesen Worten nahm Lord Winter Feltons Arm und verließ lachend mit ihm das Zimmer.

»Was ich noch sagen wollte«, rief Lord Winter und wandte sich auf der Schwelle noch einmal um, »lasst Euch durch den Misserfolg Eurer Komödie nicht den Appetit verderben … Huhn und Fische sind nicht vergiftet. Mein Koch ist ein redlicher Bursche, und da er mich nicht beerben kann, habe ich Vertrauen zu ihm. Lebt wohl, liebe Schwägerin, bis zu Eurer nächsten Ohnmacht!«

Das ging über Myladys Kräfte. Als die Tür sich schloss, stürzte sie zum Tisch und griff nach dem Messer; aber die Enttäuschung war groß, denn die Klinge war abgerundet und aus Silber. Hinter der Tür erklang lautes Gelächter – sie wurde nochmals geöffnet und Lord Winter trat wieder auf die Schwelle. »Oho, sieh doch, mein tapfrer Felton, was habe ich dir gesagt?«, rief er. »Mit diesem Messer hätte sie dich umgebracht, mein Junge! Das ist nun mal ihre Art, sich lästiger Personen zu entledigen.«

Mylady hielt das Messer noch immer in der Hand. Aber diese letzte Bemerkung des Lords war zu viel.

Das Messer fiel zu Boden.

»Ihr hattet Recht, Mylord«, sagte Felton in einem Ton, der tiefe Abscheu verriet.

Die Tür schlug hinter den beiden ins Schloss. »Ich bin verloren«, murmelte Mylady; »aber es muss einen Ausweg geben«, setzte sie hinzu. Sie erinnerte sich wieder der Bemerkung des jungen Mannes. »Ihr hattet Recht!« – Felton hatte also zu ihren Gunsten gesprochen; demnach hatte er einen Funken Mitleid mit ihr. Und diesen Funken will ich zu einem Brand entfachen, der ihn verzehren soll!, sagte sie sich. Der andere kennt und fürchtet mich und weiß, was er zu erwarten hat, wenn ich seinen Händen entkomme … mit ihm etwas zu versuchen, wäre also müßig. Felton aber ist ein harmloser, redlicher Jüngling, anscheinend auch sehr tugendhaft; vielleicht kann ich bei ihm doch etwas erreichen.

41. Der zweite Tag der Gefangenschaft

Am andern Morgen fand die Frau, von der Felton gesprochen hatte, Mylady noch im Bett. Sie war wie gewöhnlich blass, und wer sie zum ersten Mal sah, konnte sich dadurch leicht täuschen lassen. »Ich habe Fieber«, sagte sie, »und habe die ganze Nacht kein Auge zugetan.«

»Soll nach dem Arzt geschickt werden?«, fragte die Frau.

Wortlos hörte Felton die Unterhaltung mit an. Mylady überlegte, dass der Arzt vielleicht ihre Krankheit als vorgetäuscht ansehen könnte, und nachdem sie ihr erstes Spiel verloren hatte, lag ihr nichts daran, auch noch das zweite zu verlieren.

»Einen Arzt?«, sagte sie, »wozu? Die Herren hier haben gestern schon meine Ohnmacht als Komödie bezeichnet; heute dürfte es kaum anders sein.«

»Nun, dann sagt doch selbst, wie man Euch behandeln soll«, rief Felton.

»Du lieber Gott, kann ich denn wissen, was mir fehlt? Ich fühle mich nicht wohl.«

»Nun gut, dann hole ich Lord Winter«, rief Felton.

»O nein, nur nicht ihn!«, rief Mylady eindringlich; »mir fehlt nichts – ich brauche nichts!« Unwillkürlich machte Felton, betroffen von ihrem Ton, ein paar Schritte auf sie zu. Aha, es geht ihm zu Herzen!, dachte sie.

Sie ließ den schönen Kopf auf das Kissen zurücksinken und begann, bitterlich zu weinen. Felton schaute sie eine Weile ungerührt an; als er merkte, dass das Weinen kein Ende nahm, ging er mit der Frau aus dem Zimmer. Lord Winter kam nicht.

»Ich glaube, die Sachlage bessert sich«, murmelte Mylady und zog die Bettdecke über ihr Gesicht, damit niemand den Ausdruck der Befriedigung wahrnehmen konnte.

Es schlug zehn. Felton trat mit einem Buch in der Hand ins Zimmer. »Lord Winter, der Katholik ist wie Ihr, Madame, schickt Euch dies Buch hier, damit Ihr Eure täglichen Gebete lesen könnt.«

Die Miene, mit der Felton das Buch auf Myladys Tischchen legte, der Ton, mit dem er »Eure täglichen Gebete« sagte, und das verächtliche Lächeln, mit dem er seine Worte begleitete, ließen Mylady aufhorchen und den Offizier aufmerksamer betrachten. An dem strengen Haarschnitt und der auffallend schlichten Kleidung erkannte sie erst jetzt einen jener Puritaner, die sowohl am englischen als auch am französischen Hof trotz der Erinnerung an die schreckliche Bartholomäusnacht gelegentlich Zuflucht suchten.

Sogleich erkannte sie eine Möglichkeit, die Situation für sich zu nutzen. In dem gleichen verächtlichen Ton, wie der junge Mann ihn gebrauchte, erwiderte sie: »Ich, tägliche Gebete? Lord Winter, dieser streng gläubige Katholik, weiß recht gut, dass ich nicht seinem Glauben angehöre; er will mir doch nur eine Falle stellen.«

»Zu welcher Religion bekennt Ihr Euch denn, Madame?«, fragte Felton, trotz aller Selbstbeherrschung außerstande, seine Verwunderung zu verbergen.

»Das werde ich Euch erst sagen«, rief sie mit geheuchelter Begeisterung, »wenn ich für meinen Glauben genug gelitten habe. Ich bin in der Gewalt meiner Feinde, mag mein Gott mich retten oder mag ich für meinen Glauben zugrunde gehen. Das ist die Antwort, die Ihr Lord Winter überbringen sollt.«

Felton nahm wortlos das Buch mit dem gleichen Widerwillen, mit dem er es gebracht hatte, und verließ nachdenklich die Zelle.

Gegen fünf Uhr nachmittags kam Lord Winter. Mylady hatte sich inzwischen in aller Ruhe ihr Verhalten zurechtgelegt und ihre Überlegenheit zurückgewonnen.

»Mir scheint, Madame«, sagte Lord Winter und setzte sich ihr bequem gegenüber, »Ihr habt seit unserer letzten Begegnung einen kleinen Glaubenswechsel vorgenommen? Oder habt Ihr gar keinen Glauben?«, setzte er spöttisch hinzu.

»Schmach über Euch«, rief sie mit jener Begeisterung des zum Tode geführten unschuldigen Opfers, das seine Richter herausfordert.

»Meiner Treu, ich glaube, unsere reizende Mylady hat nicht mehr ihre fünf Sinne beieinander«, sagte Lord Winter, »aber beruhigt Euch, schöne Puritanerin, oder ich lasse Euch in einen richtigen Kerker bringen.«

Der Lord zog sich fluchend zurück.

Felton hatte alles mit angehört.

Nach zwei Stunden wurde das Abendbrot gebracht. Mylady betete laut, und zwar Gebete, die sie von einem Diener ihres zweiten Mannes, einem streng gläubigen Puritaner, gelernt hatte. Sie schien so verzückt, dass sie nicht merkte, was um sie her vorging. Felton winkte, sie nicht zu stören, und ging mit seinen Leuten leise aus dem Zimmer.

Mylady, die genau wusste, dass man sie beobachten konnte, betete weiter, und es kam ihr so vor, als wenn der Soldat, der an ihrer Tür Wache hielt, still stände und lauschte. Vorerst hatte sie genug erreicht. Sie setzte sich an den Tisch, aß aber nur wenig und trank nur Wasser.

Nach einer Stunde wurde abgeräumt, und Mylady bemerkte, dass Felton diesmal seine Soldaten nicht begleitete. Also hatte er bereits Furcht, sie zu häufig zu sehen!

Nach einer halben Stunde begann sie, mit ihrer reinen, glockenhellen Stimme den ersten Vers eines bei den Puritanern jener Zeit üblichen Psalmes zu singen.

Während sie sang, versäumte sie aber nicht zu lauschen. Als sie merkte, dass der Wache haltende Soldat tatsächlich still stand, sang sie noch inbrünstiger.

Der Soldat, ohne Zweifel ein eifriger Katholik, schüttelte aber den Zauber ab und rief: »Ruhig doch, Madame, das ist ja nicht zum Aushalten.«

»Schweig!«, rief eine Stimme, an deren Klang Mylady den Leutnant erkannte. »Wie kommst du dazu, Bursche, dieser Frau das Singen zu verbieten? Bewache sie und schieß auf sie, wenn sie zu fliehen versucht, so lautet dein Befehl, etwas anderes geht dich nichts an.«

Myladys Augen blitzten triumphierend auf – doch sie setzte ihren Gesang fort, als habe sie die Worte nicht gehört, und legte in ihre Stimme allen Zauber und alle Verführungskraft, deren sie fähig war.

Plötzlich wurde die Tür aufgerissen, und Felton trat, bleich wie immer, aber mit seltsam leuchtenden Augen ins Zimmer. »Warum singt Ihr mit solcher Stimme?«

»Verzeiht, mein Herr«, gab Mylady sanft zur Antwort, »ich vergaß, dass die Psalmen, die ich singe, nicht in dieses Schloss gehören und dass ich Andersgläubige damit störe – aber es geschah nicht in böser Absicht.«

Mylady war in diesem Augenblick sehr schön und gleichsam verklärt durch ihre fromme Begeisterung; ihr Gesicht schien zu leuchten, sodass es Felton vorkam, als sehe er jetzt auch den Engel, den er eben zu hören vermeinte. Schnell verließ er das Gemach, als ob er fürchte, dieser Frau gegenüber weich zu werden.

42. Der dritte Tag der Gefangenschaft

Felton war zwar gekommen, aber es galt, ihn zum Bleiben zu bringen, um mit ihm zu sprechen; denn Mylady wusste recht gut, dass in ihrer Stimme ein besonderer Zauber lag. Doch sie musste sehr vorsichtig sein, denn der kleinste Zufall konnte ihr zum Verderben werden.

Gegen Mittag kam Lord Winter. Es war ein schöner Sommertag, und die Sonnenstrahlen drangen durch das vergitterte Fenster … Mylady stand davor und blickte hinaus; sie tat, als habe sie das Öffnen der Tür nicht bemerkt.

»Aha«, sagte Lord Winter, »erst spielten wir Komödie, dann eine Tragödie, und jetzt üben wir uns in Melancholie.«

Mylady gab keine Antwort. »Ja, ich weiß«, fuhr er fort, »Ihr möchtet gern frei sein, am liebsten auf einem schnellen Schiff die Wogen der smaragdgrünen See zerteilen und mir, wo immer die Gelegenheit sich bietet, nach dem Leben trachten. Aber nur Geduld: In vier Tagen ist England von Euch befreit.«

Mylady betete: »Herr, vergib ihm, wie ich ihm vergebe!«

»Ja, bete nur, du Ungeheuer!«, rief der Lord, »aber verlass dich darauf, du bist in der Gewalt eines Menschen, von dem dir keine Verzeihung winkt!«

Mit diesen Worten entfernte er sich. Mylady entging es nicht, dass Felton vor der Tür gestanden hatte und schnell zur Seite trat, um nicht gesehen zu werden. Sie kniete nieder und betete: »Gott der Rache! Willst du die Pläne dieses bösen Menschen wirklich in Erfüllung gehen lassen??«

Jetzt erst tat sie, als habe sie Feltons Schritte gehört; rasch stand sie auf und errötete, als schäme sie sich, gekniet zu haben.

»Ich störe niemand gern im Gebet, Madame«, sagte Felton ernst. »Dem Reuigen steht es wohl an, Gott seine Schuld zu bekennen.«

»Oh, Ihr seid ein Gerechter!«, rief Mylady und warf sich ihm zu Füßen. »Erhört das Flehen einer unschuldigen Frau, die von Verzweiflung übermannt wird. Ihr werdet irregeführt; aber nicht davon will ich sprechen. Ich bitte Euch nur um eine Gunst.«

»Wendet Euch an den Lord, Madame«, sagte Felton, »mir steht es nicht zu, Euch zu strafen oder zu verzeihen.«

»Nein, nur Ihr könnt mir helfen, meiner Schmach ein Ende zu machen«, rief sie beschwörend. »Ihr wisst doch, welche Absichten Lord Winter mit mir verfolgt? Ihr seid doch sein Vertrauter!«

»Ich weiß nichts von seinen Absichten, nur das, was er mir in Eurer Gegenwart gesagt hat.«

»Wie?«, rief Mylady, »Ihr wisst wirklich nicht, welche Schmach er mir anzutun gedenkt?«

»Ihr irrt Euch, Madame«, entgegnete Felton errötend, »Lord Winter ist nicht imstande, einem Unschuldigen Böses anzutun.«

»Der Freund des Schurken ist zu allem fähig.«

»Wen meint Ihr?«, fragte Felton.

»Gibt es denn in England zwei Menschen, denen solcher Name zukommt?«

»Ihr sprecht von George Villiers?«, rief Felton, und seine Augen funkelten.

»Den die Heiden, die Ungläubigen und Gottlosen Herzog von Buckingham nennen«, ergänzte Mylady.

»Noch schützt ihn die Hand des Herrn, aber er wird der verdienten Strafe nicht entgehen!«, sagte Felton. Mit diesen Worten über den Herzog gab er nur dem Zorn Ausdruck, den viele Engländer gegen diesen Mann erfüllte und den alle Puritaner Satan nannten.

»O mein Gott!«, rief Mylady, »wenn ich dich bitte, diesen Mann zu strafen, wie es ihm gebührt, so weißt du, dass ich keine persönliche Rache üben mag, sondern dich anflehe, ein ganzes Volk von diesem Übel zu erlösen.«

»Ihr kennt den Herzog?«, fragte Felton.

Endlich stellt er Fragen!, freute sich Mylady. Laut sagte sie: »Und ob ich ihn kenne! Ja, zu meinem ewigen Unglück!«

Felton fühlte, dass ihn seine Kraft zu verlassen drohte, denn er machte ein paar Schritte zur Tür; aber Mylady eilte ihm nach und hielt ihn fest.

»Seid barmherzig! Hört mich an!«, flehte sie. »Gebt mir das Messer, das mir der Lord genommen hat, weil er weiß, wozu ich es brauchen will, nur für eine Minute, und meine Ehre ist gerettet!«

»Ihr wollt Euch töten?«, rief Felton entsetzt und blieb unentschlossen auf der Schwelle stehen. Dann atmete er auf wie jemand, der aus einem Traum erwacht, und stürzte aus dem Zimmer.

Endlich bist du mein!, dachte Mylady. Gleich aber verdüsterte sich ihr Gesicht. Wenn er mit Winter redet, bin ich verloren, sagte sie sich, denn der Lord weiß recht gut, dass ich nicht daran denke, mir das Leben zu nehmen; er wird mir in seiner Gegenwart ein Messer in die Hand drücken, damit Felton sieht, dass alles nur Komödie ist – um mit seinen Worten zu reden.

Sie stellte sich vor den Spiegel und betrachtete sich: Sie war schöner denn je! »Nein, nein!«, meinte sie lächelnd, »er wird nichts sagen!«

Als man das Abendbrot brachte, kam auch Lord Winter.

»Müsst Ihr mich schon wieder quälen?«, fragte Mylady.

»Nun, beruhigt Euch, teure Schwägerin, heute hat mein Besuch einen besonderen Grund.«

Mylady erbebte; sie dachte, Felton habe gesprochen. Lord Winter schob einen Stuhl neben den ihren, nahm ein Papier aus der Tasche, entfaltete es langsam und sagte:

»Ich wollte Euch nur den Pass zeigen, der für Euer künftiges Leben bestimmend sein soll.« Dann las er: »Reisebefehl für Charlotte Backson, in Frankreich durch Richterspruch gebrandmarkt, doch nach verbüßter Strafe wieder freigelassen ... Der Ort für Euren Aufenthalt ist noch auszufüllen«, unterbrach sich der Lord; »solltet Ihr einem bestimmten Ort den Vorzug geben, dann sagt es; jeder Ort, der mindestens zweitausend Meilen von London entfernt ist, soll mir recht sein ...« Er fuhr fort: »Von dem ihr zum Aufenthalt angewiesenen Ort darf die Backson sich nicht weiter als drei Meilen im Umkreis entfernen. Bei Fluchtversuch verwirkt sie ihr Leben. Sie erhält täglich fünf Schilling für Kost und Wohnung.«

»Dieser Befehl betrifft mich nicht«, versetzte Mylady ruhig, »da er nicht auf meinen Namen lautet.«

»Ei, ei, liebe Schwägerin, und welchen Namen führt Ihr?«

»Den Eures Bruders.«

»Da seid Ihr im Irrtum, mein Bruder war ja Euer zweiter Mann, und Euer erster lebt noch! Nennt mir dessen Namen und ich will ihn statt Charlotte Backson in den Pass setzen. Nun, Ihr schweigt? Dann werdet Ihr unter dem Namen Charlotte Backson im Gefangenenregister geführt!«

Mylady schwieg, jetzt aber aus Schrecken; glaubte sie doch, dass der Befehl auf der Stelle vollstreckt werden sollte, als sie zu ihrer Freude plötzlich feststellte, dass der Pass noch nicht unterschrieben war.

»Ja, ja«, sagte Lord Winter, als er merkte, was in ihr vorging, »Ihr meint, noch sei nicht alles verloren, weil der Pass nicht unterschrieben ist? Täuscht Euch nicht, morgen unterbreite ich den Befehl dem Herzog von Buckingham, und vierundzwanzig Stunden später – mein Wort darauf! – wird er vollstreckt. Lebt wohl, Madame, sonst hatte ich Euch nichts zu sagen!«

Der Lord verbeugte sich spöttisch und verließ das Zimmer. Mylady atmete auf. Felton hatte also nichts gesagt. Vier Tage hatte sie noch vor sich; sie sollten ihr genügen, den jungen Mann vollends zu umgarnen. Sie aß etwas, dann kniete sie nieder und betete wieder mit lauter Stimme. Bald hörte sie einen leichteren Schritt als den der Wache herankommen und vor ihrer Tür Halt machen.

Er ist es, sagte sie sich, und sie stimmte dasselbe fromme Lied an, das den Abend vorher Felton in eine so schwärmerische Begeisterung versetzt hatte.

Aber die Tür blieb verschlossen. Als sie ihren Gesang beendet hatte, vermeinte sie, einen tiefen Seufzer zu hören; doch dann entfernten sich die Schritte, wenn auch sehr zögernd.

43. Der vierte Tag der Gefangenschaft

Am andern Morgen, als Felton in ihr Zimmer trat, stand Mylady mit einem aus Batiststreifen geflochtenen Strick in der Hand auf einem Stuhl. Als die Tür geöffnet wurde, sprang sie flink herunter und versuchte, den Strick auf dem Rücken zu verbergen.

Felton war noch bleicher als sonst und seine rot geränderten Augen verrieten eine schlaflos verbrachte Nacht. Langsam ging er auf Mylady zu, die sich inzwischen gesetzt hatte, deutete auf den Strick in ihrer Hand und fragte kalt:

»Was soll das, Madame?«

»Das hier?«, fragte Mylady mit schmerzlichem Ausdruck; »ach, ich langweile mich und habe mich damit ein wenig abzulenken versucht.«

Felton blickte an der Wand hoch, wo der Stuhl stand, bemerkte einen Haken und fragte: »Und warum standet Ihr auf dem Stuhl?«

»Oh, fragt nicht«, antwortete die Gefangene.

»Nun, dann will ich es Euch sagen«, versetzte Felton. »Ihr wolltet Eure unselige Absicht verwirklichen. Aber Gott verbietet nicht nur die Lüge, Madame, sondern auch den Selbstmord.«

»Was kümmert Euch Leben oder Tod einer Verdammten? Ihr seid Soldat und deshalb ehrgeizig. Jetzt seid Ihr Leutnant, aber meine Leiche werdet Ihr als Hauptmann begleiten.«

»Was habe ich Euch denn getan«, rief Felton erschüttert, »dass Ihr mir solche Verantwortung vor Gott und den Menschen aufbürdet? Wer seid Ihr?«, rief er und faltete die Hände; »seid Ihr ein Engel oder ein Teufel?«

»Ich bin weder Engel noch Teufel, Felton, sondern eine Tochter der Erde, deine Glaubensschwester – nichts anderes!«

»Noch zweifelte ich«, sprach Felton, »jetzt aber glaube ich!«

»Du glaubst und hilfst dennoch diesem ruchlosen Lord Winter, der mich dem Antichrist Buckingham überantworten will?«

»Ich sollte Euch Buckingham überantworten? Oh, Madame, wenn Ihr wirklich nicht die Sünden begangen habt, deren Euch mein Wohltäter beschuldigt, dann sprecht!«, rief der junge Offizier voller Inbrunst.

In diesem Augenblick hörte man Lord Winters Schritt; er wechselte auf dem Flur ein paar Worte mit der Wache, dann ging die Tür auf, und er trat ein. Felton war hastig zurückgewichen, sodass er einige Schritte von der Gefangenen entfernt stand. Der Lord kam langsam näher und ließ seinen forschenden Blick von der Gefangenen zu dem jungen Offizier gleiten.

»Du bist schon recht lange hier, John«, sagte er; »hat dir die schöne Lady etwas von ihren Sünden gebeichtet?«

Der Baron nahm John beim Arm und ging auf die Tür zu, die sich hinter ihnen schloss.

Ich bin doch nicht so weit, wie ich dachte, sagte sich die Gefangene. Noch immer besinnt sich dieser Felton.

Mylady wartete ungeduldig, denn sie vermutete mit Recht, dass Felton sich noch einmal bei ihr sehen lassen werde. Nach einer Stunde etwa hörte sie Stimmen vor der Tür. Bald ging diese auf und Felton trat verstört ein; er bedeutete Mylady, sich still zu verhalten.

»Was wollt Ihr von mir?«, fragte sie.

»Ich habe, um mit Euch reden zu können, die Wache weggeschickt; der Lord hat mir eine schreckliche Geschichte erzählt. Es fällt mir nicht leicht, zwischen Euch und meinem Wohltäter zu entscheiden; aber ich werde nach Mitternacht wieder bei Euch sein – belehrt mich dann eines Besseren!«

»Nein, Felton, nein«, versetzte sie. »Euer Opfer ist zu groß. Genug, dass ich verloren bin, richtet nicht auch noch Euch zugrunde!«

»Kein Wort mehr, Mylady«, rief Felton. »Ich bin hier, damit Ihr mir gelobt, nicht Hand an Euch zu legen.«

»Ich kann nicht schwören«, erwiderte Mylady, »aber Euch zuliebe will ich es versprechen.«

»Gut, heute Nacht also«, sagte Felton, eilte aus dem Zimmer und schloss die Tür hinter sich.

Mylady sah ihm mit verächtlichem Lächeln nach.

44. Der fünfte Tag der Gefangenschaft

Der Erfolg verdoppelte Myladys Kräfte. Es war ihr noch nie schwer geworden, Männer zu verführen und zu besiegen. Diesmal aber sah sie sich einem strengen, charakterfesten Mann gegenüber. Seine Religion hatte ihn für die üblichen Verführungskünste unempfindlich gemacht. Dazu kam, dass ihr nur noch zwei Tage blieben, denn war der Pass erst einmal von Buckingham ausgefertigt, würde Lord Winter sie auch sofort an ihren Bestimmungsort bringen lassen. Gewiss würde sie aus der Verbannung zurückfinden. Doch wann würde ihr das gelingen?

Was mochte der Kardinal, dieser unruhige, argwöhnische

Mensch, von ihrem Schweigen halten? Felton war ihre einzige Hoffnung.

Um zehn Uhr zog Felton mit der neuen Wache auf; Mylady erkannte ihn am Schritt; aber noch war die verabredete Stunde nicht gekommen. Als es nach weiteren zwei Stunden Mitternacht schlug, wurde die Wache wieder abgelöst. Mylady wartete voller Ungeduld. Endlich, nach zehn Minuten, kam Felton.

Mylady lauschte. »Unter keinem Vorwand«, befahl Felton dem Wachtposten, »verlässt du die Tür. Ich muss das Zimmer dieser Frau noch einmal revidieren.«

»Zu Befehl, Herr Leutnant«, sagte der Soldat.

Der junge Mann betrat das Zimmer und Mylady erhob sich.

»Ihr seid es?«, rief sie.

»Ich hatte es Euch versprochen«, antwortete Felton.

»Habt Ihr mir auch das Messer mitgebracht?«, fragte die junge Frau.

»Sprecht nicht mehr davon, Madame, es gibt keine Lage, so schrecklich sie auch sein mag, die ein Geschöpf Gottes berechtigt, sich das Leben zu nehmen.«

»Ihr könnt wieder gehen, Felton, ich habe Euch nichts mehr zu sagen«, sagte Mylady abweisend.

»Hier ist das Messer«, stieß Felton hervor und zog das Messer, das er ihr nicht hatte geben wollen, aus der Tasche.

Mylady prüfte eingehend die Klinge.

»Danke«, sagte sie und gab ihm das Messer wieder; »es ist guter Stahl. Ihr seid ein treuer Freund, Felton.«

Felton nahm die Waffe und legte sie auf den Tisch, wie Mylady es wünschte.

»Und jetzt lasst Euch erzählen«, begann sie mit schwermütiger Miene: »Noch jung und leider schön, wurde ich in eine Falle gelockt, aber ich widerstand; man verspottete meinen Glauben, zu dem ich mich bekenne, den Gott, zu dem ich bete; und ich widerstand; dann überhäufte man mich mit Schmähungen – und weil man meine Seele nicht verderben konnte, wollte man meinen Leib für ewig schänden.«

»Was geschah weiter?«, fragte Felton.

»Eines Nachts wurde beschlossen, diesen Widerstand, den man nicht brechen konnte, zu lähmen. Es wurde mir ein starker Schlaftrunk gegeben. Ich versuchte, gegen den Schlaf anzukämpfen; ich wollte ans Fenster eilen und um Hilfe rufen, aber die Beine versagten mir den Dienst, und besinnungslos glitt ich auf den Boden. Was während dieses Schlafes geschah, weiß ich nicht. Als ich wieder zu Bewusstsein kam, lag ich in einem Bett, das in einem runden, reich ausgestatteten Raum stand; lediglich durch eine Öffnung in der Decke fiel das Tageslicht. Ich konnte keine Tür entdecken, kurz, alles machte den Eindruck eines prächtigen Gefängnisses.

Lange suchte ich, mir klar zu werden, wo ich war, wie man mich hierher gebracht hatte; aber alle Bemühungen waren vergebens. Schlaftrunken stand ich auf und kleidete mich an. Das Gemach war übrigens offensichtlich für den Aufenthalt eines weiblichen Wesens hergerichtet; zweifellos war ich nicht die Erste in diesem glänzenden Kerker. Ja, Felton, es war ein Gefängnis, denn ich suchte umsonst nach einem Ausweg; vergebens untersuchte ich alle Wände nach einer Tür. Schließlich übermannte mich wieder die Müdigkeit und ich sank in einen Stuhl.

Inzwischen brach die Nacht herein. Plötzlich knarrte eine Tür in den Angeln, über der gläsernen Öffnung der Decke erschien eine Feuerkugel, und zu meinem größten Schrecken sah ich, dass ein paar Schritte von mir entfernt ein Mann stand. Ein

Tisch mit zwei Gedecken und einem appetitlichen Abendessen stand wie hingezaubert mitten im Zimmer. Dieser Mann war derselbe, der mich seit einem Jahr verfolgte und der geschworen hatte, mich zu entehren. Aus den ersten Worten, die er an mich richtete, entnahm ich, dass er seine schändliche Absicht in dieser Nacht verwirklicht hatte.«

»Dieser Schurke!«, flüsterte Felton.

»Ja, ein Schurke!«, rief Mylady, als sie sah, wie teilnahmsvoll der junge Mann ihrer tollen Geschichte glaubte. »Er glaubte wohl, dass ich mich nun mit meiner Schande abfinden würde, und er bot mir viel Geld, wenn ich seine Geliebte würde. Was eine Frau mit Worten des Abscheus zu sagen vermag, bekam er von mir zu hören, aber offenbar war er daran gewöhnt, denn er hörte mir nur lächelnd zu. Dann, als er meinte, ich hätte alles gesagt, näherte er sich mir langsam; ich aber stürzte zum Tisch, ergriff ein Messer, richtete es gegen meine Brust und rief: ›Noch einen Schritt, und Ihr habt nicht nur Schande über mich gebracht, sondern mich auch in den Tod gejagt!‹ – ›Euren Tod‹, sagte er und blieb stehen, ›will ich nicht, dazu seid Ihr zu schön, und ich möchte Euch nicht verlieren. Ich werde bald wiederkommen und hoffe, Euch dann geneigter anzutreffen!‹ Hierauf piff er; die Feuerkugel erlosch, und um mich war wieder tiefes Dunkel. Gleich darauf hörte ich die Tür knarren und ins Schloss fallen. Ich war allein mit meiner Angst, und die Verzweiflung drohte, mich zu überwältigen.«

»Aber wer war dieser Mensch?«, fragte Felton zitternd.

Mylady beachtete seine Frage nicht und fuhr fort:

»Ich saß die ganze Nacht über auf einem Stuhl; beim leisesten Geräusch zuckte ich zusammen; Mitternacht verging, der Morgen kam, mein Peiniger ließ sich nicht wieder sehen. Dann wurde es Tag, der Tisch war verschwunden, aber das Messer hatte ich noch in der Hand. Auf ihm beruhte meine ganze Hoffnung. Ich war völlig entkräftet, die Augen brannten, ich hatte nicht gewagt, auch nur einen Augenblick zu schlummern.

Als es Tag geworden war, fand ich ein wenig Ruhe, warf mich auf das Bett; jedoch ohne mich von meinem Messer zu trennen. Ein Weilchen musste ich geschlafen haben. Als ich aufwachte, stand wieder der gedeckte Tisch in der Stube. Ich hatte achtundvierzig Stunden lang nichts genossen, aber trotz aller Furcht aß ich etwas Brot und Obst. Dann kam wieder der Abend; meine Augen gewöhnten sich an die Finsternis, und in der Finsternis sah ich, wie der Tisch versank, wie er nach einer Viertelstunde, mit Essen beladen, wieder heraufstieg, und gleich darauf war meine Stube wieder durch die Feuerkugel erhellt. Ich aß nur davon, wo ich wusste, dass kein Schlafmittel drin sein konnte: zwei Eier und etwas Obst, später ein Glas Wasser, weil ich so sehr großen Durst hatte.

Beim ersten Schluck war es mir, als hätte ich nicht mehr denselben Geschmack wie am Morgen im Munde. Ein jäher Verdacht stieg in mir auf; ich setzte das Glas ab, aber zur Hälfte hatte ich es schon ausgetrunken.

Ich wartete nun, mit Angstschweiß auf der Stirn, dessen, was kommen sollte. Ohne Zweifel hatte ein unsichtbarer Zeuge mit angesehen, dass ich aus dem Glase getrunken. Es verging keine halbe Stunde, da traten die gleichen Anzeichen wieder auf; nur widerstand ich länger, da ich nur knapp ein halbes Glas getrunken; ich schlief nicht fest ein, sondern verfiel in eine dumpfe Betäubung, durch die hindurch ich noch wahrnahm, was um mich herum vorging. Ich schleppte mich zu meinem Bett, wo ich die Waffe versteckt wusste. Nur hatte ich nicht mehr Kraft genug,

das Kopfkissen zu fassen, sondern musste mich an eine der Bettsäulen klammern.«

Felton wurde leichenblass. Ein krampfhafter Schauer durchrann seinen Körper.

»Das Grässlichste dabei war«, fuhr Mylady mit bebender Stimme fort, als wenn sie noch immer die Angst empfände wie in jenen schrecklichen Augenblicken, »dass mir diesmal die Gefahr, in der ich schwebte, bewusst war, dass ich alles sah und auch hörte, freilich nur wie im Traum, aber deshalb doch nicht minder grässlich. Ich sah, wie die Lampe wieder in die Höhe gezogen wurde und wie sich allmählich Finsternis um mich breitete. Dann hörte ich das mir so wohlbekannte Knarren der Tür, und unwillkürlich überkam mich das Bewusstsein, dass sich jemand mir näherte; ich versuchte, all meine Kräfte zusammenzuraffen; ich wollte schreien. Ja, ich vermochte mich sogar, indem ich alle mir verbliebene Willensstärke aufbot, ein wenig aufzurichten.«

»So sagt mir doch endlich, wer Euer Verfolger war?«, rief der junge Offizier.

Mylady merkte recht gut, welche Qual sie Felton damit bereitete, dass sie das Abenteuer ihrer Fantasie so haarklein erzählte; und deshalb wollte sie ihm auch nicht die geringste Folter ersparen, denn je mehr ihm zu Herzen ging, was ihr angeblich widerfahren war, desto furchtbarer musste seine Rache werden. Daher stellte sie sich auch jetzt noch, als hätte sie seine Frage nicht vernommen.

»Als er mich ansah«, fuhr sie fort, »schrie er: ›Diese verwünschten Puritanerherzen! Dass sie es ihrem Henker schwer machen, wusste ich; dass sie es aber ihren Liebhabern so schwer machen, das ist mir neu!‹«

Felton hörte zu, stumm, wenn auch sein Zorn so mächtig wurde, dass er die Zähne aufeinander biss, dass ihm der kalte Schweiß von der Stirn rann, dass er die unter dem Rock verborgene Hand ballte.

»Mein Erstes, als ich zu mir kam«, fuhr Mylady fort, »war, unter das Kopfkissen und nach dem Messer zu greifen, das mir, wenn nicht zur Verteidigung, doch wenigstens zur Sühne dienen sollte. Als ich es zwischen den Fingern fühlte, schoss mir ein schrecklicher Gedanke durch den Sinn. Ich habe Euch versprochen, Euch alles zu sagen, und ich will Euch auch alles sagen, wie es sich zugetragen hat – und sollte ich dabei zugrunde gehen.«

»Der Gedanke, Euch an dem Menschen zu rächen, kam Euch – wie?«, rief Felton.

»Nun ja«, versetzte Mylady. »Wenn ich auch weiß, dass sich solche Gedanken nicht für einen Christen ziemen. Aber der ewige Feind unserer Seele mag ihn mir eingegeben haben. Was soll ich Euch nun weiter sagen, Felton?«, fuhr Mylady in einem Ton fort, als wenn sie sich selbst eines Verbrechens bezichtigen wollte, »für diesen Gedanken, der mich damals beschlich, mag ich wohl jetzt die Strafe zu tragen haben.«

»Fahrt fort!«, rief Felton, »und wie nahmt Ihr Rache?«

»Der Tag verging«, ergriff sie wieder das Wort, »ohne anders auf mich zu wirken, als dass er mich in meinem Vorhaben bestärkte; auch der Abend kam und mit ihm die gewöhnlichen Ereignisse: Das Abendbrot wurde mir wie bisher im Dunkeln gebracht, dann die Lampe, und ich setzte mich an mein Tischchen, aß ein wenig Obst, tat, als ob ich mir Wasser aus der Flasche nähme, trank aber nur zum Schein, benahm mich dabei jedoch so klug, dass kein Spion, wenn welche auf mich aufpassten, Verdacht hätte schöpfen können. Nach dem Abendessen stellte ich mich müde und erschöpft wie tags vorher, tat, als ob ich einschliefe, als wenn mich die Müdigkeit überwunden oder ich mich an die Gefahr gewöhnt hätte. Mein Messer hielt ich, während ich mich schlafend stellte, krampfhaft fest.

Zwei Stunden verstrichen, ohne dass etwas geschah. Endlich sah ich, wie die Lampe sich langsam hob und in der Vertiefung des Deckengetäfels verschwand; in meinem Zimmer fing es an, finster zu werden; ich strengte meine Augen an, es war zwecklos. Weitere zehn Minuten verstrichen – außer den Schlägen meines Herzens hörte ich nicht das Geringste – ich bat –, oh, wer hätte das gestern gedacht –, ich bat Gott und seine Heerscharen, ihn zu mir zu schicken … Endlich knarrte wieder die Tür, sie ging auf und schloss sich – trotz des dicken Teppichs, der den Boden bedeckte, dröhnte jetzt der Boden unter schweren Tritten, und trotz der Finsternis sah ich, wie ein Schatten auf mich zukam. Da raffte ich all meine Kräfte zusammen, packte das Messer noch fester, und als ich sah, dass er mir nahe genug war, stieß ich mit wildem Rachegeschrei nach ihm …

Aber er hatte sich gewappnet, mit einem Panzerhemd geschützt, und die Messerspitze glitt ab. ›Ha!‹, rief er und entriss mir die Waffe, die mir so schlecht genützt hatte, ›Ihr trachtet mir nach dem Leben, meine schöne Puritanerin? Oh, Ihr seid ja die undankbarste Person, die Gottes Sonne bescheint. Regt Euch nur nicht auf, mein schönes Kind; ich dachte schon, Ihr wäret zahm geworden! Ich gehöre nicht zu den ungezogenen

Wichten, die ein Weib gewaltsam festhalten. Ihr wollt wirklich nichts von mir wissen, meine Eitelkeit mochte es nicht zugeben – nun aber bin ich überzeugt davon. Morgen sollt Ihr frei sein.‹

Ich hatte kein anderes Verlangen mehr, als von ihm umgebracht zu werden. ›Seht Euch vor‹, rief ich ›meine Freiheit bedeutet Euch Schande!‹

›Ei, redet doch deutlicher, schöne Prophetin!‹, höhnte er.

›Ja, sobald ich den Fuß aus diesem Kerker setze, zeige ich alles an: die Gewalttätigkeit, die Ihr an mir verübt, die Freiheitsberaubung, die Haft, die Ihr mir auferlegt habt – und alle Welt soll wissen, was für ein galantes Subjekt der hochgestellte Herr ist, der in der Gesellschaft und der Politik eine so große Rolle spielt. Ja, zittere, mein Halunke! Denn über dich herrscht ein König, und über dem König und dir lebt ein Gott!‹ Ich konnte sein Gesicht nicht sehen, aber ich fühlte, wie sein Arm zu zittern begann. ›Nun, so wirst du den Fuß nicht mehr aus diesem Hause setzen!‹, rief er, mit den Zähnen knirschend; ›es soll dir ja hier an nichts fehlen, und wenn es dir lieber ist zu verhungern – nun, dann wird's deine eigene Schuld sein, nicht meine. Leben der Vögelchen doch gar viele in Käfigen – warum solltest du nicht auch darin leben können?‹

Darauf ging er. Ich hörte die Tür auf und zu gehen und war allein. Ich saß da wie von Sinnen. Der Gedanke, meine Rache noch immer nicht gekühlt zu haben, wollte mich rasend machen. Er hielt Wort. Ein Tag und eine Nacht vergingen, ohne dass er mir wieder vor die Augen trat; ich aß nichts, trank nichts – ich wollte mich durch Hunger töten. Die ganze Zeit über lag ich auf den Knien und betete zu Gott, er möge mir mein sündiges Vorhaben vergeben. In der zweiten Nacht knarrte die Tür wieder.

Ich lag auf den Dielen, die Kräfte wichen allmählich von mir. Aber ich konnte mich noch aufrichten, auf die eine Hand stützen. ›Nun?‹, fragte eine Stimme, die mir schon zu schrecklich in den Ohren geklungen hatte, als dass sie mir nicht hätte bekannt sein sollen, ›haben wir uns ein bisschen beruhigt? Ist uns die Freiheit doch vielleicht lieber als das bisschen Geklatsche über Dinge, die nicht mehr zu ändern sind? Lasst mit Euch reden‹, setzte er hinzu, ›ich bin kein Unmensch, und wenn mir auch dies ganze Puritanergesindel auf den Tod verhasst ist, so mache ich doch mit den Weibern, besonders wenn sie hübsch sind, eine Ausnahme. Also steht auf, liebes Kind, und schwört mir aufs Kruzifix, über alles zu schweigen, was hier mit Euch vorgegangen und was Ihr hier gesehen habt – und wir scheiden als gute Freunde!‹«

45. Ein Entwurf zu einem klassischen Trauerspiel

Am Abend des zweiten Tages«, erzählte Mylady weiter, »stand plötzlich mein böser Feind wieder vor mir, aber nicht allein, sondern in Begleitung eines maskierten Mannes; auch er selbst trug eine Maske, aber ich erkannte ihn sofort an seiner unverwechselbaren Stimme.

›Nun‹, fragte er, ›habt Ihr Euch besonnen? Wollt Ihr den Eid leisten?‹ ›Nein!‹, rief ich, ›denn ich habe geschworen, Euch auf Erden vor den Richterstuhl der Menschen und im Himmel vor den Richterstuhl Gottes zu fordern.‹

›Dirne!‹, schrie er mich an, ›so erleidet die Strafe, die Euch gebührt! Seid gebrandmarkt in den Augen der Welt, die Ihr zum

Zeugen anrufen wollt!‹ Dann wandte er sich zu seinem Begleiter und befahl: ›Henker, tu deine Pflicht!‹«

»Seinen Namen!«, rief Felton.

Mylady aber fuhr fort: »Trotz meiner Schreie und meines Widerstandes packte mich der Henker, warf mich zu Boden und drückte mir das glühende Eisen auf die Schulter.«

Der junge Offizier stöhnte auf.

»Hier seht!«, rief Mylady, riss das Mieder auf, entblößte die Schulter und zeigte dem Jüngling mit geschickt gespielter Entrüstung und Scham das untilgbare Mal.

Das überstieg Feltons Kräfte; starr vor Entsetzen und geblendet von der Schönheit dieser Frau, kniete er vor ihr nieder und rief: »Verzeiht mir, dass ich mit Euren Verfolgern im Bunde stand.«

Sie reichte ihm die Hand, die der Jüngling mit Küssen bedeckte.

»Doch nun nennt mir den Namen«, stieß er hervor.

Da trat sie mit verschränkten Armen vor ihn hin und antwortete, jedes Wort betonend:

»Mein Henker ist Englands Geißel, der Feind aller wahren Gläubigen!«

»Buckingham! Buckingham!«, schrie Felton außer sich.

Mylady barg das Gesicht in den Händen, als könnte sie die schmachvolle Erinnerung, die dieser Name in ihr wachrief, nicht ertragen.

»Aber in welcher Beziehung steht Lord Winter, mein Wohltäter, zu alledem?«, fragte der Jüngling.

»Ich will es Euch erklären, Felton«, erwiderte Mylady. »Ich hatte einen Verlobten, einen Mann, der mich liebte und den ich liebte, der ein Herz hatte wie das Eure, Felton; ihm beichtete ich alles. Er kannte mich und zweifelte keinen Augenblick. Auch er war ein Edelmann wie Buckingham. Ohne ein Wort zu sagen, schnallte er den Degen um und begab sich zu Buckinghams Palast. Aber der Herzog war tags zuvor nach Spanien abgereist. Mein Bräutigam kam unverrichteter Sache zurück, und dennoch gelobte er mir, mich zu heiraten, und ich wurde Lady Winter! Buckingham war fast ein Jahr abwesend. Acht Tage vor seiner Ankunft starb Lord Winter und ließ mich als seine einzige Erbin zurück.

Lord Winter war gestorben, ohne seinem Bruder von dem Geheimnis etwas zu sagen. Euer Wohltäter, Felton, war gegen die Heirat seines Bruders mit einem jungen Mädchen ohne Vermögen. Mein Gefühl sagte mir, dass ich an ihm keine Stütze haben würde, da er sich durch mich in seinen Hoffnungen auf ein reiches Erbe getäuscht sah. Ich begab mich also nach Frankreich, in der Absicht, mein Leben dort zu beschließen. Aber da ich mein ganzes Vermögen in England hatte und alle Verbindungen durch den Krieg abbrachen, fehlte es mir bald am Nötigsten. Nun war ich gezwungen, hierher zurückzukehren, und so landete ich, wie Ihr wisst, in Portsmouth.«

»Und was geschah weiter?«, fragte Felton atemlos.

»Buckingham hat ohne Zweifel von meiner Rückkehr Kenntnis bekommen und Lord Winter gesagt, dass seine Schwägerin eine Dirne, eine Gebrandmarkte ist. Lord Winter glaubt alles, was man ihm sagt, und übermorgen wird er mich in irgendeine Verbrecherkolonie schaffen lassen. Oh, diese neue Schmach werde ich nicht überleben! Felton, gebt mir das Messer!« Und kraftlos sank sie dem jungen Mann in die Arme.

»Nein«, rief er, »nein, du sollst in Ehren leben und über deine Feinde triumphieren!«

Da dröhnten Schläge gegen die Tür. »Horch!«, rief sie, »wir sind belauscht worden, wir sind verloren.«

»Nein«, sagte Felton, »die Wache kommt, ihre Ablösung zu melden.«

Er trat zur Tür und fragte: »Was gibt es?«

»Ihr hattet gesagt, ich sollte öffnen, wenn ich rufen höre«, erwiderte der Posten. »Nun hörte ich rufen, verstand Euch aber nicht, und da die Tür verschlossen war, als ich öffnen wollte, rief ich den Korporal.«

Verwirrt stand Felton da. Mylady erkannte, dass sie eingreifen musste; sie eilte an den Tisch und ergriff das Messer. »Gott im Himmel!«, rief Felton, als er das Messer in ihrer Hand sah.

In diesem Augenblick erklang spöttisches Gelächter, und auf der Schwelle erschien Lord Winter im Schlafrock, den Degen unter dem Arm. »Ei, ei«, sagte er, »so schnell schon beim letzten Akt der Tragödie? Aber seid unbesorgt, Felton, es wird kein Blut fließen!«

Mylady begriff, dass sie verloren war, wenn sie Felton nicht einen Beweis ihres Mutes gab.

»Ihr irrt, Mylord, es wird doch Blut fließen!«

Felton schrie auf und wollte ihr in den Arm fallen. Aber es war zu spät; ihr Kleid färbte sich rot von Blut. Mylady schien ohnmächtig zu sein. Felton riss ihr das Messer aus der Hand. »Da seht, Mylord«, sprach er düster, »sie hat sich getötet!«

»Macht Euch keine Sorge, mein Junge«, entgegnete Lord Winter; »sie ist nicht tot, Teufel sterben nicht so leicht. Geht und wartet auf mich in meinem Zimmer!«

Felton gehorchte, nahm aber das Messer an sich. Lord Winter rief die Frau, die Mylady bediente, und ging ebenfalls.

46. Die Flucht

Wie Lord Winter vermutet hatte, war Myladys Wunde nicht gefährlich. Kaum war sie mit der Frau allein, schlug sie schon die Augen auf. Schwäche und Schmerz zu heucheln, fiel einer so guten Schauspielerin wie Mylady nicht schwer. Es gab keinen Zweifel mehr, Felton stand treu zu ihr. Mylady lächelte. Aber wenn Lord Winter gegen ihn Verdacht geschöpft hatte und ihn überwachen ließ?

Als der junge Offizier weder zur gewohnten Morgenstunde noch zur Mittagsstunde erschien, wurde sie unruhig. Mit Schrecken bemerkte sie außerdem, dass die Wachtposten andere Uniformen trugen. Sie entschloss sich, den Soldaten, der ihr das Essen brachte, zu fragen, was denn mit Felton wäre. Er sei vor einer Stunde weggeritten, lautete die Antwort.

Ihre Frage, ob der Lord noch im Schlosse sei, bejahte der Soldat und setzte hinzu, er habe Befehl, den Lord sofort zu rufen, wenn die Gefangene ihn zu sprechen wünsche. Felton fort und dazu andere Wachtposten, Myladys Hoffnung sank. Hätte sie nur das Messer, der Lord würde ihrer Rache nicht entgehen.

Um sechs Uhr trat Lord Winter, bis an die Zähne bewaffnet, ins Zimmer. Er schien zu ahnen, was in ihr vorging, und bemerkte spöttisch: »Nun, heute werdet Ihr mich noch nicht umbringen; Ihr habt ja keine Waffe und ich bin auf der Hut. Dem armen Felton habt Ihr beinahe den Kopf verdreht; ich habe ihn deshalb Eurem Einfluss entzogen. Packt Eure Sachen, morgen reist Ihr ab. Mehr habe ich Euch nicht zu sagen.« Nach diesen Worten ging Lord Winter wieder.

Trotz ihrer Sorge ließ Mylady sich das Abendbrot gut schmecken. Gegen zehn Uhr brach ein Unwetter los. Aber auch ihr Gemüt war in Aufruhr; in ihrem Innern tobte es wie der Sturm in den Bäumen. Plötzlich hörte sie ein Klopfen an der Fensterscheibe und im Schein eines Blitzes erspähte sie das Gesicht eines Mannes hinter dem Gitter. Sie eilte zum Fenster und öffnete es.

»Felton!«, rief sie, »ich bin gerettet!«

»Ja«, sagte Felton, »aber still, ich muss erst die Stäbe durchfeilen.«

»Und was habe ich zu tun?«, fragte Mylady.

»Nichts. Schließt das Fenster wieder! Wenn ich fertig bin, klopfe ich!«

Mylady schloss das Fenster, löschte die Lampe und warf sich angekleidet aufs Bett. Schier endlos dehnte sich die Wartezeit und jedes Geräusch auf dem Korridor ließ sie vor Angst erstarren. Endlich klopfte Felton wieder. Sie sprang aus dem Bett und riss das Fenster auf. Zwei Eisenstäbe waren herausgebrochen, und die dadurch entstandene Lücke war groß genug, dass sich ein Mensch hindurchzwängen konnte.

»Seid Ihr fertig, Gräfin Winter?«, fragte Felton.

»Ja; soll ich noch irgendetwas mitnehmen?«

»Geld, wenn Ihr welches habt.«

»Zum Glück hat man mir alles gelassen. Da, nehmt!«, sagte Mylady und gab ihm einen Beutel voll Gold.

»So, und nun kommt!«

Mylady stieg auf einen Stuhl und zwängte sich durch die Lücke; jetzt erst sah sie, dass der junge Of-

fizier an einer Strickleiter über dem Abgrund hing. Die gähnende Tiefe flößte ihr Furcht ein. »Gebt mir beide Hände«, sagte Felton, »und legt sie aufeinander, ja, so ist es richtig.« Er band ihr die Handgelenke mit seinem Taschentuch und dann noch mit einem Strick zusammen. »Und nun schlingt Eure Arme um meinen Hals!«, forderte er sie auf.

»Aber Ihr werdet das Gleichgewicht verlieren und wir werden beide abstürzen.«

»Seid unbesorgt; ich bin Seemann!«

Es blieb keine Zeit zu verlieren. Mylady legte die Arme um Feltons Hals und ließ sich aus dem Fenster gleiten. Langsam kletterte der Jüngling die Sprossen hinab; die Leiter schwankte hin und her. Plötzlich hielt Felton inne.

»Was gibt es?«, fragte Mylady.

»Still!«, flüsterte Felton, »ich höre Schritte; es ist die Wache, die ihre Runde macht.«

Regungslos und mit verhaltenem Atem schwebten sie auf der schwankenden Leiter etwa sechs Meter über der Erde. Unter ihnen gingen lachend und plaudernd die Soldaten vorüber. Es war ein schrecklicher Anblick für die Flüchtlinge. Endlich verklang das Geräusch ihrer Schritte und die Stimmen wurden leiser.

»Wir sind gerettet!«, sagte Felton leise.

Als sie wieder festen Boden unter den Füßen hatten, nahm er den Beutel mit dem Geld zwischen die Zähne, hob dann Mylady auf die Arme und eilte zum Strand hinunter. Am Ufer angelangt, pfiff er ein Signal. Bald darauf kam ein mit vier Männern besetztes Boot in Sicht; sie ruderten so nah wie möglich an Land, und Felton watete mit seiner Last durch das aufgewühlte Meer auf das Boot zu, wo man ihm hineinhalf. So schnell wie möglich entfernten sie sich vom Ufer. Endlich zeigte sich ein schwarzer Punkt auf der Wasseroberfläche: Es war das Schiff, mit welchem Mylady ihre Flucht fortsetzen sollte. Der Jüngling löste die Fesseln von Myladys Händen und besprengte ihr Gesicht mit etwas Wasser.

Sie fragte: »Wo bin ich?«

»Gerettet!«, rief der junge Offizier.

»Tausend Dank, Felton! – Habt Ihr auch das Geld?«, rief sie plötzlich.

»Das Geld ist da«, antwortete Felton und stieß mit dem Fuß an den Beutel. Sie näherten sich dem Schiff.

»Was ist das für ein Schiff?«, fragte Mylady.

»Das für Euch gemietete«, erwiderte Felton.

»Wohin soll es mich bringen?«

»Zunächst nach Portsmouth. Dort muss ich an Land gehen.«

»Was habt Ihr dort zu tun?«, fragte Mylady.

»Lord Winters Befehl von Buckingham unterschreiben lassen«, versetzte Felton mit düsterem Lächeln. »Da er nicht weiß, dass ich von Euch die Wahrheit erfahren habe, hat er mich damit betraut. Wir müssen uns eilen, denn Buckingham sticht morgen in See.«

»Morgen? Wohin?«

»Nach La Rochelle.«

»Nein, das darf nicht sein!«, rief Mylady unbeherrscht.

»Beruhigt Euch!«, sagte Felton, »das wird auch nicht geschehen.«

Mylady bebte vor Freude; sie hatte tief in des Jünglings Herz geschaut und dort von Buckinghams Tod gelesen. »Oh, Felton!«, rief sie, »erleidet Ihr den Tod, so sterbe ich mit Euch; mehr kann ich Euch nicht sagen.«

»Still, wir sind da.«

Felton kletterte auf die Leiter und reichte Mylady, während die Matrosen sie unterstützten, die Hand. Kurz darauf waren sie an Deck des kleinen Schiffes. »Kapitän«, sagte Felton, »das ist die Frau, die Ihr wie besprochen wohlbehalten nach Frankreich bringen sollt. Wir landen wie verabredet erst in der genannten Bucht vor Portsmouth.«

Der Kapitän erteilte dem Steuermann Weisung und um sieben Uhr morgens ging das Schiff in der Bucht vor Anker. Bevor der Jüngling an Land ging, verabredeten sie, dass Mylady bis zehn Uhr auf ihn warten und, falls er bis zu dieser Zeit nicht zurück sei, in See stechen sollte.

47. Portsmouth, 23. August 1628

Felton hatte bald den steilen Uferabhang erstiegen, grüßte noch einmal Mylady und eilte zur Stadt. Gegen acht Uhr erreichte er Portsmouth; alle Einwohner waren auf den Beinen und die zum Transport bestimmten Truppen marschierten zum Hafen.

Staubbedeckt und schweißtriefend erreichte Felton den Palast. Der Posten wollte ihn nicht einlassen, aber der junge Offizier ließ den Wachhabenden rufen, zeigte ihm den Brief und sagte: »Eilbote von Lord Winter.« Da man den Lord als einen der engsten Freunde des Herzogs kannte, durfte Felton passieren.

Im selben Augenblick, als der Jüngling die Vorhalle des Palastes betrat, stürzte ein Reiter, ebenfalls staubbedeckt und außer Atem, herein. Beide Männer wandten sich zu gleicher Zeit an Patrick, den Kammerdiener des Herzogs.

Felton berief sich auf Lord Winter; der Unbekannte wollte keinen Namen nennen, da er sich nur dem Herzog selbst zu erkennen geben könne; jeder wollte zuerst vorgelassen werden. Da Patrick wusste, in welchem Verhältnis Lord Winter zu dem Herzog stand, ließ er dessen Boten den Vortritt.

Dem andern sah man es deutlich an, wie unangenehm ihm dieser Aufschub war.

»Leutnant Felton«, meldete Patrick, »im Auftrag von Lord Winter.«

»Lasst ihn sogleich herein«, befahl Buckingham. »Warum ist der Lord nicht selbst gekommen?«, fragte er; »ich habe ihn heute Morgen erwartet.«

»Er lässt Euer Gnaden sagen«, erwiderte Felton, »dass er bedauere, durch den Wachdienst im Schlosse verhindert zu sein.«

»Ah, richtig«, versetzte Buckingham, »ich weiß, er hat ja eine Gefangene.«

»Gerade ihretwegen wollte ich mit Euer Gnaden sprechen, aber ich kann es nur ohne Zeugen sagen.«

»Lasst uns allein, Patrick! Aber bleibt in der Nähe, ich rufe Euch gleich wieder.«

»Mylord«, fuhr Felton fort, als Patrick verschwunden war, »Lord Winter hat Euch vor kurzem um einen Verbannungsbefehl für eine junge Frau namens Charlotte Backson ersucht. Verzeiht, Mylord, aber wisst Ihr auch, dass Charlotte Backson nicht der wirkliche Name der jungen Frau ist?«

»Allerdings weiß ich das«, versetzte der Herzog, »gebt mir das Papier.«

»Also Ihr wisst, dass es sich um Lady Winter handelt, und wollt trotzdem den Verbannungsbefehl unterschreiben?«, fragte der Jüngling erregt.

»Ja, das ist mir bekannt; ich wundere mich nur, dass auch Ihr es wisst.«

»Und Ihr werdet keine Gewissensbisse haben, wenn Ihr dieses Papier unterschreibt?«

Buckingham blickte den jungen Mann erstaunt an. »Lord Winter«, sagte er, »weiß so gut wie ich, dass diese Frau eine Verbrecherin ist und dass es wohl als Begnadigung gelten darf, wenn ihre Strafe auf Landesverbannung beschränkt wird.«

»Ihr werdet den Ausweisungsbefehl nicht unterzeichnen, Mylord!«, rief Felton außer sich und trat einen Schritt auf den Herzog zu. »Mylady ist keine Verbrecherin, sondern ein Engel; Ihr wisst das recht gut. Ihr habt dieses unglückliche Geschöpf entehrt und misshandelt! Macht Euer Verschulden wieder gut und gebt ihr die Freiheit; mehr verlange ich nicht.«

»Seid Ihr von Sinnen?«, rief Buckingham, »hinaus mit Euch!«

Er machte einen Schritt zur Tür, aber Felton vertrat ihm den Weg. »Ich bitte Euch nochmals, Euer Gnaden, den Freilassungsbrief für Lady Winter zu unterzeichnen.«

»Aus dem Wege!«, rief Buckingham, »oder ich rufe die Wache! Patrick!«, rief er und ergriff seinen Degen.

Aber Felton ließ ihm keine Zeit, den Degen zu ziehen; mit einem Satz war er beim Herzog.

In diesem Augenblick trat Patrick ein und meldete: »Mylord, ein Brief aus Frankreich!«

»Aus Frankreich?«, rief der Herzog und vergaß alles andere über dem Wunsch zu wissen, von wem der Brief sei.

Diesen Augenblick benutzte Felton und stieß Buckingham das Messer bis ans Heft in die Seite.

»Mörder!«, stöhnte Buckingham.

»Zu Hilfe! Mörder!«, schrie Patrick.

Felton stürzte blutbefleckt in das Nebenzimmer, in welchem die Abgeordneten von La Rochelle warteten, und von dort zur Treppe. Hier trat ihm Lord Winter entgegen, packte ihn und rief: »Ich wusste es! Und nur eine Minute zu spät habe ich es entdeckt! Oh, ich Unglücklicher!«

Lord Winter übergab Felton, der keinen Widerstand leistete, der Wache, die ihn auf eine Terrasse führte, von der man das Meer überblicken konnte. Er selbst eilte in Buckinghams Zimmer. Auf das Stöhnen des Herzogs und die Hilferufe Patricks stürzte auch der Mann, den Felton in der Halle getroffen hatte, in das Gemach. Buckingham lag auf dem Ruhebett und presste die Hand auf die Wunde. »La Porte«, rief er leise, »kommst du von ihr?«

»Ja, Euer Gnaden«, antwortete der treue Diener Anna von Frankreichs, »aber wohl zu spät!«

»Still, La Porte, man könnte Euch hören ... Patrick, lass niemand herein! Oh, ich werde nicht mehr hören, was sie mir sagen lässt. Mein Gott, ich sterbe!« Er sank in Ohnmacht.

Inzwischen waren Lord Winter, die Abgeordneten von La Rochelle und die Offiziere ins Zimmer gedrungen. Überall ertönten verzweifelte Klagen. Die Nachricht, die den Palast mit Entsetzen erfüllte, verbreitete sich blitzesschnell in der Stadt.

Der Herzog war aber noch nicht tot. Er kam wieder zu sich, schlug die Augen auf und sagte leise: »Meine Herren, lasst mich mit Patrick und La Porte allein.«

Auch Lord Winter ging schweren Herzens hinaus. Bei dem verwundeten Herzog blieben nur La Porte und Patrick.

»Mylord, Ihr werdet am Leben bleiben«, beteuerte der Sendbote Anna von Frankreichs, der vor dem Ruhebett kniete.

»Was schreibt sie mir?«, fragte der Herzog mit ersterbender Stimme. »Lies mir den Brief vor, La Porte!«

Der treue Diener erbrach das Siegel und las:

Mylord!

Bei all dem, was ich, seit ich Euch kenne, um Euretwillen und durch Euch gelitten habe, beschwöre ich Euch, die Rüstungen gegen Frankreich einzustellen und den Krieg zu beenden, den man wohl als Religionskrieg bezeichnet, dessen Ursache jedoch Eure Liebe für mich ist. Dieser Krieg kann nicht nur für Frankreich und England schwere Folgen haben, sondern wird auch für Euch persönlich von großem Unglück sein, und darüber wäre ich untröstlich.

Seid auf der Hut, Euer Leben ist bedroht: Es wird mir teuer sein, sobald ich in Euch keinen Feind mehr zu erblicken brauche.

Eure wohl geneigte

Anna

Buckingham raffte seine letzten Kräfte zusammen, um La Porte zuzuhören.

»Hast du keine mündliche Botschaft, La Porte?«, fragte er ungeduldig.

»Ich soll Euch sagen«, flüsterte La Porte, »Majestät gedenke Eurer stets mit Liebe.«

»Ah«, rief Buckingham, »Gott sei gelobt! So werde ich für sie nicht als Fremder sterben.«

Noch einmal durchzuckte es ihn krampfhaft, dann glitt er vom Ruhebett auf den Boden.

»Der Herzog ist tot!«, rief Patrick fassungslos. Alle stürzten wieder ins Zimmer; Bestürzung und Schrecken herrschten überall …

Als Lord Winter sah, dass Buckingham für immer die Augen geschlossen hatte, trat er auf die Terrasse, wo die Soldaten den Mörder bewachten.

»Schurke!«, fuhr er den Jüngling an, der seit des Herzogs Tod seine Ruhe wiedergefunden hatte, »was hast du getan?«

»Ich habe mich gerächt«, versetzte dieser.

»Du!«, rief der Lord, »sage lieber, dass du dem verfluchten Weib als Werkzeug gedient hast; aber ich schwöre dir, dies soll ihr letztes Verbrechen sein.«

»Ich verstehe Euch nicht, Mylord«, erwiderte Felton gefasst, »ich erstach den Herzog, weil er sich zweimal geweigert hat, mich zum Hauptmann zu befördern.«

Lord Winter wusste nicht, was er von so viel Gefühllosigkeit halten sollte. Plötzlich zuckte der Mörder zusammen. Sein Blick war auf das Meer gerichtet, wo er in der Ferne ein Segelschiff erspähte, das zur Küste Frankreichs hinsteuerte. Er wurde bleich, fuhr sich mit der Hand nach dem Herzen, jetzt begriff er den schmählichen Verrat, dem er zum Opfer gefallen war.

»Eine letzte Gnade«, bat er seinen Wohltäter. »Wie viel Uhr ist es?«

»Neun Uhr!«

Um eine Stunde also hatte Mylady ihre Abfahrt vorverlegt. Als sie den Kanonenschuss hörte, der das schreckliche Verbrechen verkündete, hatte sie Befehl gegeben, die Anker zu lichten.

»Es war Gottes Wille!«, sagte Felton mit der Ergebenheit des Fanatikers; aber seine Augen blieben an dem Fahrzeug hängen, an dessen Bord er die Gestalt der Frau zu erkennen glaubte, der nun sein Leben zum Opfer fallen würde.

48. In Frankreich

Als der englische König Kunde von der Ermordung des Herzogs erhielt, fürchtete er, die Nachricht könnte die Bürger von La Rochelle veranlassen, ihre Verteidigungsanstrengungen aufzugeben. Er versuchte deshalb, ihnen das Ereignis so lange wie möglich zu verheimlichen, und ließ alle Häfen seines Reiches sperren.

Da aber sein Befehl erst fünf Stunden nach dem Attentat erlassen wurde, waren bereits zwei Schiffe ausgelaufen: das eine mit Mylady an Bord, die ihre Vermutung, Buckingham sei tot, bestätigt fand, als sie die schwarze Flagge auf dem Admiralsschiff erblickte. Wen das zweite Schiff an Bord hatte, wird der Leser später erfahren.

Im Lager vor La Rochelle hatte sich während dieser Zeit nichts ereignet. Der König beschloss daher, zum Fest des heiligen Ludwigs nach Saint-Germain zu reisen, und ersuchte den Kardinal um eine Eskorte von zwanzig Musketieren.

Der Kardinal entsprach dem Wunsch des Königs gern. Er benachrichtigte Herrn de Tréville, die Vorbereitungen zur Reise zu treffen, und dieser, dem sehr wohl bekannt war, dass sich unsere vier Freunde nach Paris zurücksehnten, befahl ihnen, sich der Eskorte des Königs anzuschließen.

D'Artagnan hatte Aramis gebeten, an seine Base Marie Michon zu schreiben, dass sie sich bei der Königin für Madame Bonacieux verwende, damit diese das Kloster verlassen und sich nach Lothringen oder Belgien zurückziehen dürfe. Die zusagende Antwort ließ nicht lange auf sich warten. Dem Brief lag auch die Empfehlung für das Kloster, Frau Bonacieux zu entlassen, bei.

Die vier Musketiere, erfreut, Paris bald wieder zu sehen, schickten ihre Diener mit dem Gepäck voraus. Am Vormittag des 16. August brachen der König und seine Eskorte auf. Sie erreichten Paris am 23. August. Der König gestattete Herrn de Tréville, seinen Musketieren vier Tage Urlaub unter der Bedingung zu gewähren, dass sich keiner seiner Leute an einem öffentlichen Orte sehen lasse. Unsere vier Freunde brachen bereits am nächsten Abend nach Béthune auf.

Am 25. August kamen sie in Arras an. Sie stiegen vor dem Gasthaus »Zur goldenen Egge« ab und d'Artagnan ließ sich ein Glas Wein geben. Da sah er, wie aus dem gegenüberliegenden Posthof ein Reiter sprengte und in Richtung Paris davonritt. In dem Augenblick, als er durch das große Tor galoppierte, trieb der Wind seinen Mantel auseinander, in den sich der Reiter trotz der Wärme gehüllt hatte; fast wäre ihm der Hut vom Kopf geflogen, aber der Reiter konnte ihn gerade noch fassen und wieder in die Stirn drücken.

D'Artagnan wurde blass, als er den Mann erblickte, ließ das Glas fallen, rannte zu seinem Pferd und wollte sich gerade in den Sattel schwingen, da holten ihn Planchet und die drei Freunde ein.

»Wo, zum Teufel, wollt Ihr denn hin?«, fragte Athos.

»Er ist es!«, rief d'Artagnan, »ich muss ihm nach!«

»Wer denn?«

»Der Unbekannte von Meung!«

»Teufel auch!«, rief Athos sinnend.

»Aufgesessen, Freunde, wir holen ihn sicher noch ein.«

»Bedenkt doch, d'Artagnan«, sagte Aramis, »er reitet in die

Richtung, aus der wir kommen, und er hat ein frisches Pferd, während unsere Tiere müde sind; es ist unmöglich, ihn einzuholen. Also lassen wir den Mann, Freund, und bringen wir lieber die Frau in Sicherheit.«

»Heda, Herr«, rief ein Stallknecht, der dem Unbekannten nachlief, »Ihr habt ein Papier verloren.«

»Hallo, Freund«, wandte sich d'Artagnan an ihn, »hier hast du einen Louisdor für das Papier.«

»Da, nehmt es, Herr!«, rief der Knecht, froh über den guten Lohn, und kehrte in den Hof zurück, während der Gascogner das Papier auseinanderfaltete.

»Nun?«, fragten die Freunde gespannt.

»Ein einziges Wort: Armentières«, sagte d'Artagnan, »aber seht, es ist Myladys Schrift. Auf, lasst uns weiterreiten!«

Und im Galopp sprengten die vier Kameraden auf der Straße nach Béthune von dannen.

49. Im Kloster der Karmeliterinnen

Die großen Verbrecher unterstehen oft einer Art Vorbestimmung, das heißt, sie überwinden alle Hindernisse und entgehen allen Gefahren bis zu der Stunde, die ihnen die Vorsehung als Klippe gesetzt hat, an der ihr frevelhaftes Glück zerschellt.

So war es auch mit Mylady. Nachdem sie glücklich zwischen den Kriegsschiffen zweier Völker hindurchgesegelt war, landete sie ohne Zwischenfall in Boulogne. Dort erreichte sie eine Botschaft des Kardinals, sich unverzüglich ins Karmeliterinnenkloster zu begeben. Mylady übergab dem Boten eine Nachricht an Richelieu mit folgendem Wortlaut:

Eure Eminenz können unbesorgt sein. Der Herzog von Buckingham kommt nicht nach Frankreich.
Boulogne, den 25. August abends
Mylady

Am andern Morgen in aller Frühe machte sie sich auf den Weg nach Béthune und ließ sich, dort angekommen, sofort ins Kloster führen. Die Äbtissin, der sie den Befehl des Kardinals zeigte, ließ ihr sogleich ein Zimmer anweisen und etwas zu essen vorsetzen.

Nach dem Essen machte sie ihr einen Besuch. Mylady wollte der ehrwürdigen Dame gefallen und zeigte sich von der liebenswürdigsten Seite. Da die Äbtissin aus adligem Hause stammte, hatte sie besonderes Vergnügen an Hofgeschichten, die ja nur selten hinter die Mauern eines Klosters dringen.

Mylady, die hierin sehr bewandert war, erzählte ihr nicht nur Skandalgeschichten vom königlichen Hof, sondern sprach auch von den Liebesaffären des Kardinals. Ja, sie wagte es sogar, einiges Schlechtes über Richelieu zu sagen. Sie hoffte auf diese Weise zu erfahren, zu welcher Gruppe die Äbtissin gehörte. Diese war jedoch in ihren Beifallskundgebungen sehr zurückhaltend, bis Mylady ihr gestand, dass sie ein Opfer der Willkür des Kardinals sei und deshalb hierher gekommen wäre.

»Also auch Ihr werdet bedrängt und verfolgt?«, sagte die Äbtissin mitfühlend. »Dann geht es Euch ja wie der jungen Frau, die bei uns Zuflucht vor den Nachstellungen Seiner Eminenz gesucht hat. Wenn Ihr wollt«, schlug die ehrwürdige Dame vor,

»werde ich Euch noch heute mit ihr bekannt machen. Aber nun ruht Euch erst einmal ein paar Stunden aus.«

Mylady dankte und folgte gern dem Rat der freundlichen alten Dame.

Ein paar Stunden später wurde sie von einer sanften Stimme geweckt. Sie öffnete die Augen und erblickte neben der Äbtissin eine blonde junge Frau, deren Gesicht Mylady gänzlich unbekannt war. Ihre Blicke trafen sich. Die Äbtissin, die von ihren kirchlichen Pflichten in Anspruch genommen wurde, ließ die beiden Frauen allein. Doch auch die junge Frau wollte sich, da Mylady noch nicht aufgestanden war, entfernen.

»Aber, meine Liebe!«, rief Mylady, »kaum habe ich Euch gesehen, da wollt Ihr schon wieder gehen. Ich habe mich doch so auf Eure Gesellschaft gefreut!« Und sie nahm die Hand der jungen Frau und zog sie auf den Stuhl, der neben ihrem Bett stand.

»Ach, Madame, glaubt mir«, nahm sie das Wort, »mir ist die Zeit, die ich seit einem halben Jahr hier zubringe, manchmal recht lang geworden. Aber jetzt werde ich wohl bald dieses Kloster verlassen dürfen.«

»So?«, fragte Mylady, »Ihr wollt wieder in die Welt zurück?«

»Hoffentlich erfüllt sich mein Wunsch«, versetzte die junge Frau mit unverhohlener Freude.

»Wie ich hörte, habt auch Ihr unter den Verfolgungen des Kardinals zu leiden?«, fragte Mylady.

»Also trifft es zu, was die gute Oberin mir gesagt hat. Ihr habt ebenfalls den Kardinal zum Feind.«

»Still!«, rief Mylady, »auch hier könnte man uns belauschen. Rührt doch all mein Unglück nur daher, dass ich Ähnliches, wie Ihr eben, zu einer Frau sagte, die ich für eine Freundin hielt. Seid Ihr vielleicht wie ich das Opfer eines Verrats?«

»Nein, nur durch meine Ergebenheit für eine Dame, der ich gern mein Leben opfern würde, habe ich mir den Zorn des Kardinals zugezogen.«

»Und sie hat Euch im Stich gelassen, nicht wahr?«

»Ich war ungerecht genug, es anzunehmen; seit ein paar Tagen weiß ich aber, dass sie mich nicht vergessen hat. Aber Ihr, Madame, könntet Ihr nicht fliehen? Bei Eurer Schönheit kann es Euch doch nicht an Freunden fehlen!«

»Und doch bin ich ohne Freunde und werde verfolgt!«, entgegnete Mylady mit traurigem Lächeln.

»Man darf die Hoffnung nicht aufgeben!«, erwiderte die junge Frau; »vielleicht ist es ein Glück für Euch, dass wir uns begegnet sind. Sicherlich können meine Freunde auch Euch helfen. Kennt Ihr Herrn de Tréville, den Hauptmann der Musketiere?«

»Gewiss, recht gut«, sagte Mylady.

»Oh, dann kennt Ihr gewiss auch den einen oder anderen seiner Musketiere?«

»Ja, einige kenne ich«, antwortete Mylady.

»Vielleicht auch einen Edelmann namens Athos?«

Mylady erbleichte und bei aller Selbstbeherrschung konnte sie einen leisen Aufschrei nicht unterdrücken.

»Was ist Euch? Habe ich etwas gesagt, das Euch verletzt hat?«

»Nein, nur der Name hat mich seltsam berührt, weil ich diesen Musketier zufällig kenne.«

»Dann sind Euch gewiss auch seine Freunde Aramis und Porthos bekannt.«

»Ja, die beiden kenne ich auch!«, antwortete Mylady, und ihre Stimme zitterte ein wenig.

»Nun, dann braucht Ihr Euch nur an sie zu wenden, die drei Herren lassen niemanden im Stich.«

»So gut sind sie mir nun doch nicht bekannt«, erwiderte Mylady, »ich kenne sie nur aus Schilderungen, die mir Herr d'Artagnan von ihnen gab.«

»Herr d'Artagnan?«, rief die junge Frau bestürzt; und als sie Myladys seltsames Lächeln bemerkte, setzte sie misstrauisch geworden hinzu: »Verzeiht, Madame, steht Ihr etwa in näheren Beziehungen mit ihm?«

Mylady erkannte plötzlich, wen sie vor sich hatte, und erwiderte: »Ich wohl weniger, meine liebe Frau Bonacieux.«

Die junge Frau fuhr erschrocken zurück.

»Ihr braucht es nicht zu leugnen, meine liebe Constanze, Herr d'Artagnan hat mir alles erzählt. Wie schön, dass wir uns endlich gefunden haben.« Und sie umarmte Frau Bonacieux liebevoll.

Die beiden Frauen hielten sich eine Weile umschlungen. Wären Myladys Kräfte so stark gewesen wie ihr Hass, so hätte sie die junge Frau nur tot aus dieser Umarmung gelassen. Da sie aber die verhasste Feindin nicht erwürgen konnte, lächelte sie ihr freundlich zu.

»Ihr wisst also, was ich gelitten habe?«, sagte Frau Bonacieux. »Aber mein Leiden hat ja nun bald ein Ende«, fuhr sie fort, »denn morgen, vielleicht schon heute Abend, so ließ er mir in einem Brief mitteilen, sehe ich ihn wieder. Da, lest selbst«, und sie zeigte Mylady voll Freude und Stolz den Brief.

Ah, die Schrift von Frau de Chevreuse, sagte sich Mylady. »Aber was meint die Schreiberin mit dem Rat, für den Herrn d'Artagnan gedankt wird; wisst Ihr etwas davon?«, fragte Mylady.

»Nein, ich vermute jedoch, dass er die Königin von einer neuen List des Kardinals unterrichtet hat.«

In diesem Augenblick hörte sie den Hufschlag eines galoppierenden Pferdes. »Oh!«, rief Frau Bonacieux und stürzte ans Fenster, »sollte er es schon sein? Ach nein«, sagte sie enttäuscht, »es ist ein andrer Mann.«

Mylady sprang aus dem Bett und kleidete sich rasch an.

Da ging auch schon die Tür auf, die Äbtissin erschien und sagte: »Hier ist ein Mann, der vom Kardinal geschickt worden ist; er verlangt eine Dame zu sprechen, die aus Boulogne kommt.«

»So, dann lasst ihn zu mir!«, rief Mylady.

»Ich lasse Euch jetzt allein; doch sobald der Fremde fort ist, bin ich wieder da, wenn es Euch recht ist«, sagte Frau Bonacieux.

»Gewiss, ich bitte darum.«

Die Äbtissin verließ mit der jungen Frau das Zimmer. Gleich darauf hörte Mylady auf der Treppe Sporen klirren, Schritte näherten sich, dann wurde die Tür geöffnet, und ein Mann trat ein. Mylady schrie vor Freude laut auf, denn vor ihr stand Graf Rochefort, der Vertraute des Kardinals.

»Oh!«, riefen Rochefort und Mylady zugleich, »Ihr seid es!«

»Woher kommt Ihr?«, fragte Mylady.

»Von La Rochelle. Und Ihr?«

»Aus England?«

»Buckingham?«

»Tot oder schwer verwundet. Ein Fanatiker hat auf ihn, als ich unverrichteter Dinge abfuhr, ein Attentat verübt.«

»Das ist ein glücklicher Zufall, der Seine Eminenz freuen wird«, sagte Rochefort lächelnd. »Habt Ihr ihn schon unterrichtet?«

»Ja, von Boulogne aus. Aber wie kommt Ihr hierher, Graf?«

»Seine Eminenz war in Unruhe über Euer Schicksal, ich sollte nach Euch forschen.«

»Ich bin erst heute früh angekommen. Und wisst Ihr, wen ich hier getroffen habe?«

»Wie soll ich das wissen?«

»Frau Bonacieux, von der niemand wusste, wo sie geblieben ist.«

»Der Kardinal ist wirklich ein Glückskind!«, meinte Rochefort. »Aber sagt, kennt sie Euch nicht?«

»Nein.«

»Sie hält Euch also für eine Fremde?«

Ein böses Lächeln huschte über Myladys Gesicht. »O nein, für ihre beste Freundin.«

»Hol mich der Teufel!«, rief Rochefort, »Ihr könnt wahrhaftig Wunder vollbringen.«

»Nun, ich kam gerade zur rechten Zeit, Graf«, sagte Mylady. »Heute Abend oder morgen soll Frau Bonacieux von d'Artagnan und seinen Freunden abgeholt werden.«

»Aber die vier Leute müssen doch jetzt vor La Rochelle stehen!«

»Der Meinung war ich auch; doch aus einem Brief von Frau de Chevreuse, den mir Frau Bonacieux zeigte, geht hervor, dass die vier bereits nach hier unterwegs sind.«

»Teufel, was soll man da machen?«

»Was hat Euch der Kardinal für mich aufgetragen?«

»Ich soll ihm Eure Nachrichten übermitteln; dann wird er Euch weitere Instruktionen geben.«

»Ich soll also hier bleiben?«

»Ja, hier oder in der Nähe.«

»Hier werde ich kaum bleiben können, da meine Feinde jeden Augenblick eintreffen können. Eilt also sofort zum Kardinal zurück und meldet ihm, dass er sich um die kleine Frau keine Sorge mehr zu machen braucht.«

»Sehr schön, aber mein Wagen ist in Lilliers zerbrochen.«

»Ausgezeichnet, dann reitet Ihr eben und schickt mir sogleich Euren Wagen mit einem verlässlichen Diener. Sagt auch der Äbtissin Bescheid, dass ich heute oder morgen abgeholt werde. Alles Weitere ist dann meine Sache.«

»Und wo werde ich Euch dann finden?«

»In Armentières.«

»Schreibt mir den Namen lieber auf, damit ich ihn nicht vergesse.«

Mylady schrieb ihm den Namen auf und Rochefort schob das Stück Papier in das Hutfutter. Noch ein verständnisinniges Lächeln zwischen den beiden, dann galoppierte der Graf davon.

Wenige Stunden später kam er durch Arras, wo er von d'Artagnan wieder erkannt wurde. Aber das wissen ja unsere Leser bereits.

50. Ein Schluck Wasser

Kaum war Rochefort gegangen, da kam Frau Bonacieux wieder. Sie fand Mylady in ausgezeichneter Stimmung. »Ihr freut Euch, obwohl der Kardinal Euch heute Abend oder morgen früh abholen lässt«, rief erstaunt die junge Frau.

»Woher wisst Ihr das?«

»Ich stand dabei, als der Bote es der Äbtissin mitteilte.«

»Bitte setzt Euch«, sagte Mylady, »ich will Euch etwas anvertrauen: Der Mann war gar kein Bote des Kardinals, er hat sich nur dafür ausgegeben. Er ist nämlich mein Bruder. Lasst Euch erzählen, was geschehen ist: Mein Bruder wollte mich von hier befreien. Unterwegs begegnete er dem Boten des Kardinals, der mich holen sollte. Sie bekamen Streit miteinander, mein Bruder zog den Degen und tötete den Boten.«

»Schrecklich!«, rief Frau Bonacieux.

»Mein Bruder nahm ihm die Papiere ab und kam als Bote des Kardinals hierher. In wenigen Stunden wird mich ein Wagen, angeblich im Auftrag Seiner Eminenz, abholen. Aber ich muss Euch noch etwas sagen, Euer Brief von Frau de Chevreuse ist gefälscht.«

»Was sagt Ihr da? Herr d'Artagnan holt mich doch ab!«

»Eben nicht. Er und seine Freunde liegen noch immer vor La Rochelle.«

»Woher wisst Ihr das?«

»Mein Bruder hat die Häscher des Kardinals, als Musketiere verkleidet, getroffen; sie sollen Euch nach Paris bringen.«

»Ach Gott, ich begreife das alles nicht. Was soll ich nur tun?«

»Wenn es Euch recht ist, nehme ich Euch in meinem Wagen mit. Der Diener, den mein Bruder schickt, bleibt zurück, und sollten Herr d'Artagnan und seine Freunde doch kommen, so führt er sie zu uns.«

Frau Bonacieux war einverstanden. Sie verabredeten, das Abendbrot gemeinsam in Myladys Zimmer einzunehmen.

Darauf trennten sich die beiden Frauen, Mylady freute es ungemein, sich durch ihren teuflischen Plan endlich an d'Artagnan rächen zu können.

Als Frau Bonacieux wiederkam, stand das Abendbrot schon bereit. Eben wollten sich die Frauen zu Tisch setzen, als man einen Wagen heranrollen hörte. Mylady sprang auf und rief: »Das ist der Wagen meines Bruders.«

Gleich darauf läutete es an der Pforte. »Geht in Euer Zimmer, meine Liebe, und bringt alles herunter, was Ihr mitnehmen wollt.«

»O Gott!«, rief Frau Bonacieux; »das Herz droht mir zu zerspringen.«

»Nur Mut! Bedenkt, in einer Viertelstunde seid Ihr gerettet; Ihr tut es für ihn!«

»Ja, für ihn! Durch dieses einzige Wort habt Ihr mir wieder Mut gegeben.«

Kaum war Mylady allein, da trat der Diener Rocheforts ein. Sie erteilte ihm die nötigen Befehle. Nachdem der Diener sich entfernt hatte, kam Frau Bonacieux, und Mylady forderte sie auf, rasch noch etwas zu essen oder zu trinken.

Die junge Frau wollte gerade der Aufforderung nachkommen, da hörte sie das Geräusch galoppierender Pferde. Zitternd stand sie auf und stützte sich auf ihren Stuhl. Mylady erbleichte und lief zum Fenster.

»O mein Gott!«, rief Frau Bonacieux, »wer mag das sein?«

»Entweder sind es unsere Freunde oder unsere Feinde«, erwiderte Mylady kaltblütig; »bleibt dort, ich werde es Euch sagen.«

Mylady lauschte gespannt. Als die Reiter um die Ecke bogen, erkannte sie d'Artagnan.

»Wir müssen fliehen«, rief Mylady, »es sind die Leute des Kardinals.«

Aber Frau Bonacieux vermochte sich vor Schreck nicht von der Stelle zu bewegen.

»Kommt, kommt!«, drängte Mylady und bemühte sich, die junge Frau mit fortzuziehen.

Frau Bonacieux brach in die Knie. In diesem Augenblick hörten sie den Wagen davonrasseln. Dann krachten einige Schüsse. »Zum letzten Mal! Wollt Ihr mit oder nicht?«, rief Mylady.

»Ihr seht doch, dass ich keine Kraft mehr habe; flieht allein!«

»Allein? Euch hier lassen? Nie und nimmer!« Unvermittelt hielt sie inne, ihre Augen funkelten böse; sie eilte zum Tisch und schüttete den Inhalt einer Kapsel, die sich an ihrem Ring befand, in ein Glas mit Wasser, das sich rot färbte, ergriff es mit fester Hand und sagte: »Hier, trinkt! Das wird Euch stärken.«

Die junge Frau trank gehorsam.

»Ha! So wollte ich mich eigentlich nicht rächen!«, sagte Mylady mit höhnischem Lächeln. Sie stellte das Glas wieder auf den Tisch, eilte die Treppe hinunter, lief durch den Klostergarten, wo hinter der Pforte der Wagen auf sie wartete.

Frau Bonacieux war nicht imstande, ihr zu folgen; angstvoll starrte sie zur Tür. Da erklang Sporenklirren auf der Treppe, Stimmen tönten durcheinander, ihr war, als hörte sie ihren Namen. Mit einem Freudenschrei stürzte sie zur Tür: Sie hatte die

Stimme d'Artagnans erkannt. »D'Artagnan!«, rief sie. »Endlich seid Ihr hier!«

»Constanze! Constanze!«, rief der Jüngling. »Wo seid Ihr?«

Die Tür wurde aufgerissen und mehrere Männer drangen ins Zimmer. Frau Bonacieux war in einen Sessel gesunken und d'Artagnan fiel der geliebten Frau zu Füßen.

»Oh, teurer d'Artagnan! Ich wusste, dass du kommst, obwohl sie bis zuletzt behauptet hat, du würdest nicht kommen.«

Bei dem Worte »sie« sprang Athos, der sich in einen Sessel hatte fallen lassen, auf.

»Sie? Wer ist ›Sie‹?«, fragte d'Artagnan.

»Meine Freundin, die mich vor meinen Feinden retten wollte; sie ist eben geflohen, weil sie in Euch die Leute des Kardinals vermutete. Sie ist auch eine Freundin von dir, d'Artagnan, du hast ihr alles von uns erzählt.«

»Weißt du nicht ihren Namen?«, rief d'Artagnan.

»Doch, wartet … O Gott, was ist mit mir?«

»Freunde, so helft doch!«, schrie d'Artagnan. »Sie wird ohnmächtig!« Während Porthos nach Hilfe rief, stürzte Aramis zum Tisch, um ein Glas Wasser zu holen. Plötzlich blieb er wie angewurzelt stehen und starrte auf Athos, der mit verzerrtem Gesicht ein Glas anstarrte.

»Nein«, murmelte Athos, »das kann doch nicht sein! Wie könnte Gott ein solches Verbrechen zulassen!«

Frau Bonacieux schlug die Augen auf.

»Sie kommt wieder zu sich!«, rief freudig der Jüngling.

»Madame«, fragte Athos, »habt Ihr aus diesem Glas getrunken?«

»Ja, meine Freundin, ah, ich besinne mich, Gräfin Winter wurde sie genannt, gab mir den Wein«, antwortete Frau Bonacieux mit verlöschender Stimme.

»Gräfin Winter!« Die Freunde schrien es wie aus einem Munde. Leichenblässe bedeckte das Gesicht der jungen Frau.

»Einen Arzt«, schrie d'Artagnan und beugte sich über Frau Bonacieux.

»Hier hilft nichts mehr«, sagte Athos. »Für dieses Gift gibt es kein Gegengift!«

Mit letzter Kraft nahm die junge Frau den Kopf des Jünglings zwischen ihre zitternden Hände und presste schluchzend ihre Lippen auf die seinen.

»Constanze!«, rief d'Artagnan.

Sie seufzte noch einmal tief, dann war es vorbei. D'Artagnan hielt eine Tote in den Armen. Schluchzend ließ er sie los und stürzte neben ihr nieder. Porthos stöhnte, Athos ballte die Hand zur Faust, Aramis machte das Zeichen des Kreuzes.

In diesem Augenblick trat ein Mann auf die Schwelle, fast

ebenso bleich wie die in dem Zimmer Versammelten. Er schaute auf die Tote und den ohnmächtigen d'Artagnan. Dann sagte er: »Ich habe mich also nicht getäuscht: Hier sehe ich Herrn d'Artagnan und wohl seine drei Freunde, die Herren Athos, Porthos und Aramis.«

Die Männer blickten den Fremden erstaunt an; es schien ihnen, als würden sie ihn kennen.

»Meine Herren«, fuhr der Fremde fort, »Ihr sucht sicherlich wie ich eine Frau, die offensichtlich schon hier war, denn ich sehe eine Leiche. Aber Ihr scheint mich nicht wieder zu erkennen, ich bin Lord Winter, der Schwager dieser furchtbaren Frau.«

Die Freunde schrien überrascht auf. Athos reichte ihm die Hand: »Willkommen, Mylord!«

»Ich habe Portsmouth fünf Stunden später verlassen und bin hinter dieser Elenden hergejagt. In Lilliers hätte ich fast ihre Spur verloren und nun bin ich zu spät gekommen«, berichtete der Lord. »Sind beide tot?«, fragte er.

»D'Artagnan ist nur ohnmächtig«, versetzte Athos.

»Freilich ein Glück!«

Während dieser Worte öffnete der Gascogner die Augen. Wie von Sinnen warf er sich über die Leiche der Geliebten.

Athos trat zu ihm und sagte mit ruhiger Stimme: »Freund, ermannt Euch, Frauen beweinen ihre Toten, Männer rächen sie!«

»Ja«, rief d'Artagnan, »wenn es gilt, sie zu rächen, dann bin ich sofort bereit.«

Athos bat die Äbtissin, sich um die Tote zu kümmern und alles Notwendige zu veranlassen, während er mit den Freunden und Lord Winter, von den Dienern begleitet, nach Béthune ritt. Vor dem ersten Gasthof hielten sie an.

»Wollen wir denn nicht erst diese Frau verfolgen?«, fragte d'Artagnan.

»Später«, erklärte Athos.

»Sie wird uns entkommen«, sagte der Jüngling.

»Ich hafte für sie«, erwiderte Athos.

D'Artagnan vertraute seinem Freund so fest, dass er ihm ohne weiteres in den Gasthof folgte.

»Und nun, meine Herren«, sagte Athos, nachdem er sich vergewissert hatte, dass fünf Zimmer frei waren, »begeben wir uns auf kurze Zeit zur Ruhe. Ich übernehme alles Weitere – seid unbesorgt!«

»Mir scheint aber«, bemerkte Lord Winter, »dass ich Maßnahmen gegen die Gräfin ergreifen muss, ist sie doch meine Schwägerin.«

»Und meine Frau«, ergänzte Athos ruhig.

Fassungslos sahen ihn Porthos, Aramis und der Lord an. D'-Artagnan aber begriff, dass Athos seiner Rache sicher sein musste, sonst hätte er dieses Geheimnis nicht preisgegeben.

»So, und nun wollen wir uns für kurze Zeit trennen«, fuhr Athos fort, »d'Artagnan, gebt mir den Zettel, den der Reiter verloren hat.«

»Ah, ich verstehe«, rief der Gascogner, »da sie den Namen geschrieben hat ...«

51. Das Gericht

Athos, ganz erfüllt von der übernommenen Aufgabe, zog sich ebenfalls zurück. Er nahm eine Karte aus der Tasche und betrachtete aufmerksam die Umgebung von Béthune.

Nachdem er festgestellt hatte, dass vier Wege von hier nach Armentières führten, rief er die vier Diener zu sich.

Als Planchet, Grimaud, Mousqueton und Bazin kamen, gab er ihnen Befehl, am nächsten Morgen frühzeitig nach Armentières zu reiten. Jeder sollte einen anderen Weg nehmen. Planchet sollte die Straße verfolgen, die der Wagen mit Mylady gefahren war. Um elf Uhr vormittags sollten sich alle vier in Armentières treffen. Hatten sie den Aufenthalt Myladys ausfindig gemacht, sollten drei als Wache in der Nähe bleiben, einer aber nach Béthune zurückkehren und Athos Bescheid sagen.

Nachdem die Diener gegangen waren, schnallte Athos den Degen um und verließ den Gasthof. Es war inzwischen zehn Uhr geworden und die Straßen waren menschenleer. Der Musketier ging bis zum anderen Ende der Stadt; dort blieb er unschlüssig stehen. Da trat ein Bettler an ihn heran und bat um ein Almosen. Athos bot ihm einen Taler, wenn er ihn zu einem bestimmten Ziel begleiten würde. Der Bettler besann sich eine Weile, doch als er das Geldstück sah, erklärte er sich zum Mitgehen bereit. An einer Straßenecke aber blieb er stehen und wies von weitem auf ein einsam gelegenes, düster aussehendes Häuschen, das Athos als Ziel angegeben hatte. Während Athos darauf zuschritt, rannte der Bettler, so schnell er konnte, davon.

Athos ging um das Haus herum, bis er endlich in den rot gestrichenen Wänden die Tür entdeckte. Weder Licht noch ein Geräusch ließen darauf schließen, dass das Haus bewohnt war.

Athos klopfte dreimal; aber erst nach dem vierten Klopfen näherten sich schlurfende Schritte. Die Tür wurde geöffnet und ein hoch gewachsener Mann mit bleichem Gesicht, schwarzem Haar und Bart fragte den Besucher nach seinem Begehr. Athos wechselte leise ein paar Worte mit ihm, darauf bedeutete der Mann dem Musketier einzutreten. Athos kam der Aufforderung nach und die Tür schloss sich hinter ihm.

Der Mann führte ihn in einen Raum, wo er eben damit beschäftigt war, die klappernden Knochen eines Gerippes mit Draht zu verbinden. Bis auf den Schädel, der noch auf dem Tisch lag, war das Skelett zusammengefügt. Gläserne Gefäße voll Schlangen und Eidechsen, Bündel von wohl riechenden Kräutern und Kästen voller Käfer und allerhand Gewürm ließen darauf schließen, dass der Mann, der hier lebte, sich mit Naturwissenschaften befasste.

Athos setzte sich auf den angebotenen Stuhl und erklärte dem Mann, um welchen Dienst er ihn ersuche. Kaum hatte dieser begriffen, worum es sich handele, da wich er erschrocken zurück und lehnte das Ansinnen ab. Darauf zog Athos ein Blatt Papier aus der Tasche, das mit zwei Zeilen beschrieben und mit Unterschrift und Siegel versehen war. Als der Mann die zwei Zeilen gelesen und das Siegel erkannt hatte, verneigte er sich zum Zeichen, dass er bereit sei zu gehorchen. Mehr wollte Athos auch nicht; er verließ das Haus und ging in den Gasthof zurück.

Am anderen Morgen kam d'Artagnan zu ihm und fragte, was geschehen solle. »Wir müssen warten«, beschied ihn Athos.

Bald darauf kam von der Äbtissin die Nachricht, die Beerdigung von Frau Bonacieux finde zur Mittagsstunde statt.

Lord Winter und die vier Freunde begaben sich zur angegebenen Zeit in das Kloster. Die Glocken läuteten, die Kapelle stand offen, aber das Chorgitter war geschlossen; in der Mitte des Chores war die Leiche in Nonnentracht aufgebahrt. An der Tür der Kapelle wandte sich d'Artagnan, den die Kräfte zu verlassen drohten, nach Athos um, aber der Freund war verschwunden.

In Erfüllung seiner Aufgabe war Athos in den Klostergarten gegangen und hatte Myladys Spur bis zur Pforte verfolgt. Der dahinter liegende Weg, auf dem der Wagen verschwunden war, führte rund um den Wald. Athos entdeckte darauf zunächst schwache Blutspuren und nach etwa dreiviertel Meilen eine größere Blutlache; der Boden war von Pferdehufen zerstampft. Einige der Schüsse, die d'Artagnan und seine Freunde auf die davonfahrende Kutsche abgegeben hatten, mussten also ihr Ziel getroffen haben. Befriedigt von seinen Feststellungen, kehrte Athos in den Gasthof zurück, wo Planchet ihn schon ungeduldig erwartete.

Planchet war dem befohlenen Weg gefolgt und hatte ebenfalls die Blutspuren entdeckt. Aber er war noch weiter gegangen als Athos und hatte in dem Dörfchen Festubert in Erfahrung gebracht, dass am Abend zuvor gegen halb neun eine Postkutsche, in der eine Dame reiste, durchgekommen war. Wie es hieß, war der Wagen von Räubern überfallen worden, wobei der Diener der Dame so schwer verwundet wurde, dass er zurückbleiben musste. Die Dame hatte indessen nur die Pferde gewechselt und die Fahrt allein fortgesetzt.

Planchet erkundigte sich nach dem Postillion, fand ihn auch

und erfuhr von diesem, dass er die Dame bis Fromelles gebracht hatte. Von dort sei diese nach Armentières gereist. Planchet ritt sogleich nach Armentières. In dem einzigen Wirtshaus, »Zur Post«, gab er sich für einen stellungslosen Diener aus. Nach kaum zehn Minuten wusste er bereits, dass um ein Uhr nachts eine einzelne Dame eingetroffen war, die ein Zimmer für längeren Aufenthalt genommen hatte. Das genügte Planchet. Er traf sich um elf Uhr wie verabredet mit den anderen drei, hieß sie, die Herberge unauffällig bewachen, und ritt wieder nach Béthune.

Traurig kehrten die Freunde von der Beerdigung zurück.

»Was sollen wir tun?«, fragte d'Artagnan.

»Warten«, gab Athos zur Antwort. Um acht Uhr abends befahl er, die Pferde zu satteln; dann bat er Lord Winter und die drei Freunde, sich bereitzuhalten. Rasch eilten sie zu ihren Pferden; jeder prüfte noch einmal seine Waffen. D'Artagnan saß schon ungeduldig im Sattel.

»Geduld, d'Artagnan«, rief Athos, »es fehlt noch ein Mann.«

Die vier Edelleute blickten einander erstaunt an und überlegten, wer wohl noch fehlen könnte. Da führte Planchet auch das Pferd von Athos vor; der Musketier schwang sich in den Sattel und rief: »Wartet auf mich, ich bin gleich wieder hier.« Im Galopp sprengte er davon und kam nach einer Viertelstunde in Begleitung eines Mannes zurück, der in einen roten Mantel gehüllt war und eine Maske trug. Lord Winter und die drei Musketiere sahen einander fragend an; keiner erriet, wer der Begleiter von Athos war, aber alle nahmen die Tatsache seiner Anwesenheit als notwendig hin. Um neun Uhr setzte sich die kleine Kavalkade unter Planchets Führung in Trab und folgte der Richtung, die der Wagen genommen hatte.

Es war eine stürmische, finstere Nacht. Schweigend ritt der kleine Trupp die Straße in Richtung Armentières entlang. Als die Männer sich der Herberge »Zur Post« näherten, trat ein Mann hinter einem Baum hervor und stellte sich in die Straßenmitte. Es war Grimaud.

»Was gibt es?«, rief d'Artagnan; »hat sie Armentières etwa verlassen?«

Grimaud nickte.

»Still, Freund«, sagte Athos, »ich habe die Führung übernommen, und an mir ist es, Grimaud zu fragen. Wo ist sie?«, fragte er.

Der Diener deutete zum Fluss Lys.

»Weit von hier?«

Grimaud hielt den gekrümmten Finger hoch.

»Allein?«

Er nickte.

»Meine Herren«, erklärte Athos, »sie ist eine halbe Meile von hier, zum Fluss hin.«

»Gut«, rief der Gascogner, »führe uns, Grimaud.«

Der Diener ging querfeldein, die Kavalkade folgte. Nach etwa fünfhundert Schritt erreichten sie einen Bach, wo sie hindurchreiten mussten. Kurz darauf streckte Grimaud den Arm aus und bei einem Blitz erkannten sie ein einzeln stehendes Häuschen dicht am Flussufer. Aus einem Fenster schimmerte Licht.

»Wir sind da«, stellte Athos fest. Aus dem Straßengraben erhob sich ein Mann: Es war Mousqueton; er wies auf das erleuchtete Fenster. »Dort ist sie«, sagte er.

»Und Bazin?«, fragte Athos.

»Er bewacht die Tür.«

»Bravo!«, rief der Musketier, »ihr seid tüchtige Burschen!«

Athos stieg vom Pferd, warf Grimaud die Zügel zu und trat zum Fenster, während er den anderen winkte, zur Tür zu gehen.

Er schaute ins Zimmer: Auf einem Schemel vor einem verlöschenden Feuer saß, in einen dunklen Mantel gehüllt, eine Frau; sie hatte die Ellbogen auf einen Tisch und den Kopf in die zarten Hände gestützt. Obwohl das Gesicht nicht zu erkennen war, gab es für Athos keinen Zweifel: Es war die Gesuchte.

Plötzlich wieherte ein Pferd. Mylady blickte auf und erkannte am Fenster das bleiche Gesicht ihres ersten Mannes. Sie schrie entsetzt auf. Athos zertrümmerte das Fenster und stand mit einem Satz im Zimmer.

Mylady stürzte zur Tür und riss sie auf. Aber noch bleicher und drohender als Athos trat ihr d'Artagnan auf der Schwelle entgegen. Schreiend wich sie zurück.

»Tretet näher, meine Herren!«, rief Athos.

Jetzt traten auch Porthos, Aramis, Lord Winter und der Mann im roten Mantel ins Zimmer, während sich die vier Diener vor der Tür und vor dem Fenster postierten.

Mylady war auf ihren Schemel gesunken und streckte abwehrend beide Hände von sich. Als sie ihren Schwager erkannte, entrang sich ihr ein Stöhnen.

»Was wollt Ihr?«, rief sie.

»Anna von Breuil«, rief Athos, »Gräfin de la Fère, zuletzt

Lady Winter, Baronin von Sheffield, wir wollen Euch nach Euren Verbrechen richten. Verteidigt Euch, wenn Ihr könnt. – Herr d'Artagnan, beginnt Ihr mit der Anklage.«

D'Artagnan trat vor. »Vor Gott und den Menschen klage ich diese Frau an, die gestern verstorbene Constanze Bonacieux vergiftet zu haben.« – Er wandte sich zu Porthos und Aramis.

»Wir bezeugen es«, riefen beide Musketiere.

D'Artagnan fuhr fort: »Vor Gott und den Menschen klage ich diese Frau an, mir durch vergifteten Wein nach dem Leben getrachtet zu haben. Nur ein Zufall hat mich gerettet, aber ein anderer ist an meiner Stelle gestorben.«

»Wir bezeugen es!«, riefen wieder Porthos und Aramis.

»Vor Gott und den Menschen«, sagte d'Artagnan weiter, »klage ich diese Frau an, dass sie mich verleiten wollte, den Grafen de Wardes zu ermorden, und da ich hierfür keinen Zeugen habe, schwöre ich, dass es sich so verhält.«

Hierauf trat d'Artagnan mit Porthos und Aramis auf die andere Seite der Stube.

»Jetzt sprecht Ihr, Mylord«, sagte Athos.

Lord Winter trat vor. »Vor Gott und den Menschen klage ich diese Frau an, meinen treuesten Diener Felton angestiftet zu haben, den Herzog von Buckingham zu ermorden. Sicherlich muss er das Verbrechen dieser Elenden schon am Galgen büßen.«

Ein Grausen befiel die Richter dieser Sünderin bei der Enthüllung des neuen, doppelten Verbrechens.

»Mein Bruder«, fuhr der Lord fort, »der diese Frau zu seiner Erbin einsetzte, starb binnen drei Stunden an einer seltsamen Krankheit. An welcher Krankheit, Schwägerin, ist mein Bruder gestorben?«

Mylady schwieg.

»Mörderin Buckinghams! Mörderin Feltons! Mörderin meines Bruders! Ich fordere Gerechtigkeit, und wird sie mir verwehrt, dann richte ich Euch selbst!« Nach diesen Worten stellte sich der Lord neben d'Artagnan.

Mylady vergrub das Gesicht in die Hände. Umsonst versuchte sie, die schrecklichen Gedanken zu bannen.

Jetzt trat Athos einen Schritt vor. »Nun zu mir. Ich habe diese Frau als junges Mädchen gegen den Willen meiner Angehörigen geheiratet; ich gab ihr meinen Namen und mein Vermögen. Und eines Tages musste ich feststellen, dass diese Frau eine Lilie auf der Schulter trug, dass sie gebrandmarkt war.«

»Oh!«, rief Mylady und sprang auf, »nennt mir das Gericht, das dieses schändliche Urteil über mich sprach! Nennt mir den Henker, der es vollstreckt hat!«

»Still!«, sagte eine Stimme, »die Antwort darauf steht mir zu!« Und der Mann im roten Mantel trat vor.

»Wer ist das?«, schrie Mylady mit angstverzerrtem Gesicht.

Aller Augen richteten sich auf den Mann, den nur Athos kannte. Langsam schritt der Fremde auf Mylady zu. Dann nahm er die Maske vom Gesicht. Entsetzt starrte Mylady auf das bleiche Gesicht und wich bis an die Wand zurück. Dann schrie sie mit schriller Stimme: »Nein, nein! Das ist ein Trugbild der Hölle! Er kann es nicht sein!«

»Wer seid Ihr?«, riefen die Zeugen dieser grausigen Szene.

»Fragt diese Frau!«, antwortete der Mann im roten Mantel, »ihr seht ja, dass sie mich wieder erkannt hat.«

»Der Henker von Lille! Der Henker von Lille!«, schrie Mylady wie von Sinnen.

»Gnade, Gnade!«, wimmerte die Elende und sank auf die Knie.

»Diese Frau«, berichtete der Mann, »war als Mädchen so schön, wie sie es noch heute ist. Damals war sie Nonne im Kloster der Benediktinerinnen zu Templemar. Ein junger Priester mit schlichtem, gläubigem Herzen versah in der Klosterkirche den Gottesdienst. Sie verführte ihn; beide brachen ihr Gelübde. Sie brachte den Priester dahin, mit ihr aus dem Kloster zu fliehen, die heiligen Gefäße zu stehlen und sich durch deren Verkauf Geld zu verschaffen. Doch sie wurden entdeckt und festgenommen. Im Kerker verführte sie den Sohn des Schließers und entfloh mit ihm. Der junge Priester aber wurde zu zehn Jahren schweren Kerkers und zur Brandmarkung verurteilt. Da ich der Henker von Lille war, musste ich den Schuldigen brandmarken; der schuldige Priester war mein Bruder.

Da leistete ich den Schwur, dass dieses Weib, das meinen Bruder zugrunde gerichtet hatte und mehr als seine Mitschuldige war, die gleiche Strafe erleiden sollte. Ich ahnte, wo sie sich verborgen hielt, fand sie auch und brannte ihr das gleiche Mal wie meinem Bruder auf die Schulter. Am Tage nach meiner Rückkehr gelang meinem Bruder die Flucht aus dem Kerker. Man klagte mich der Beihilfe an. Ich wurde verurteilt, an seiner statt so lange im Kerker zu bleiben, bis der Flüchtling sich stellte. Mein Bruder wusste nichts von dem harten Spruch. Er hatte dieses Mädchen wiedergefunden und war mit ihr nach Berry gewandert, wo er eine kleine Pfarre bekam. Er lebte dort mit ihr als seiner Schwester.

Der Gutsherr, in dessen Bezirk die Pfarrei lag, verliebte sich so in die angebliche Schwester, dass er ihr die Ehe antrug. Da verließ sie den Mann, den sie bereits ins Verderben gestürzt hatte, um den zu verderben, der sie mit Wohltaten überschüttete, und wurde Gräfin de La Fère.«

Alle blickten zu Athos, der durch stummes Nicken die Worte des Henkers bestätigte.

Dieser fuhr fort: »Von Verzweiflung gepackt, kam mein armer Bruder nach Lille zurück und stellte sich sofort, als er von dem über mich gefällten Urteil hörte. Aber noch in derselben Nacht erhängte er sich an seinem Kerkerfenster. Ich wurde freigelassen. – Nun kennt Ihr die Verbrechen, deren ich diese Frau anklage.«

»Meine Herren«, nahm nun Athos wieder das Wort, »welche Strafe soll diese Frau erleiden?«

»Den Tod!«, antworteten wie aus einem Munde die Gefragten.

Ein grässlicher Schrei entrang sich der Brust dieser Missetäterin und verzweifelt bat sie ihre Richter um Gnade. Athos aber hob abwehrend die Hand und rief: »Anna von Breuil, Gräfin de La Fère, Mylady Winter, die Menschen und Gott haben genug von deinen Verbrechen; dein Urteil ist gesprochen, du musst sterben!«

Der Mann im roten Mantel packte die Unselige, stieß sie hinaus und vollstreckte das Urteil.

Erlöst atmeten die Zurückgebliebenen auf.

52. *Eine Mitteilung vom Kardinal*

Drei Tage später waren die Musketiere wieder in Paris und meldeten sich noch am selben Abend bei Herrn de Tréville zurück.

»Nun, meine Herren«, fragte der Hauptmann, »habt ihr euch auf eurem Ausflug gut unterhalten?«

»Danke, sehr gut!«, antwortete Athos für sich und die Freunde.

Am 6. September verließ der König Paris, getreu seinem Versprechen, das er dem Kardinal gegeben hatte, und noch ganz überrascht von der Kunde über die Ermordung Buckinghams. Die Königin glaubte zuerst nicht an die Wahrheit der Nachricht, ja sie beging sogar die Unklugheit auszurufen: »Es kann ja nicht sein, er hat mir doch eben erst geschrieben!« Doch als La Porte ihr Buckinghams Abschiedsgruß überbrachte, gab es auch für sie keinen Zweifel mehr.

Die Freude des Königs über den Tod seines Nebenbuhlers und die dadurch hervorgerufene gute Laune hielten jedoch nicht lange an. Missmutig kehrte er ins Lager zurück. Auch unsere vier Freunde ritten diesmal schweigend und in düstere Gedanken versunken zum Lager.

Wenige Tage später veranstaltete der König unterwegs wieder einmal eine Jagd; aber unsere Musketiere beteiligten sich nicht daran und saßen lieber in einem Wirtshaus an der Landstraße. Da hielt ein Reiter, der von La Rochelle kam, vor der Tür und warf einen Blick in die Schankstube. »Holla! Herr d'Artagnan!«, rief er, »ich sehe doch wohl recht?«

Der Gascogner blickte auf und stieß einen Freudenschrei aus, denn er hatte sein »Gespenst«, den Mann von Meung, erkannt. Mit gezücktem Degen stürzte d'Artagnan zur Tür. Doch diesmal wich ihm der Unbekannte nicht aus; er sprang vom Pferd und trat dem Musketier entgegen.

»Endlich habe ich Euch!«, rief der Jüngling, »aber heute entkommt Ihr mir nicht!«

»Das ist auch gar nicht meine Absicht, denn ich suche Euch. Im Namen Seiner Eminenz verhafte ich Euch! Gebt mir ohne Widerrede Euren Degen, mein Herr, es geht um Euren Kopf!«

»Wer seid Ihr?«, fragte d'Artagnan und senkte den Degen, ohne ihn aber auszuhändigen.

»Ich bin Graf Rochefort, Stallmeister Seiner Eminenz des Kardinals von Richelieu; ich soll Euch zu Seiner Eminenz bringen.«

»Wir sind auf dem Wege zu Seiner Eminenz, Herr Graf«, sagte Athos und kam heran. »Herr d'Artagnan gibt Euch sein Wort, dass er sich bei der Ankunft im Lager sofort dem Kardinal stellen wird.«

»Ich habe Befehl, ihn durch die Wache ins Lager bringen zu lassen.«

»Als Wache genügen wir, Herr Graf, unser Edelmannswort darauf. Aber seid ebenso versichert«, fügte Athos stirnrunzelnd hinzu, »Herr d'Artagnan geht nicht ohne uns!«

Graf Rochefort wandte sich um und erblickte Porthos und Aramis auf der Schwelle; er begriff, dass er völlig in der Hand der vier Musketiere war. »Nun gut«, sagte er, »wenn mir Herr d'Artagnan seinen Degen und sein Wort gibt, dann soll es mir genügen.«

»Ihr habt mein Wort«, antwortete der Gascogner, »und hier ist mein Degen.«

»Das ist mir umso lieber«, erklärte Rochefort, »als ich weiterreisen muss.«

»Wenn Ihr Mylady aufsuchen wollt«, sagte Athos, »dann braucht Ihr Euch nicht zu bemühen, Ihr werdet sie nicht mehr antreffen.«

»Was ist mit ihr?«, fragte Rochefort verwundert.

»Kehrt mit ins Lager zurück; dort sollt Ihr alles erfahren.«

Der Graf war einen Augenblick unschlüssig, dann erklärte er sich mit dem Vorschlag einverstanden.

Am nächsten Tag um drei Uhr erreichten sie Surgères, wo der König vom Kardinal erwartet wurde. Beide Herren begrüßten sich sehr herzlich und beglückwünschten einander zu dem glücklichen Zufall, der Frankreich von seinem schlimmsten Feind befreit hatte. Als der König mit seiner Eskorte das Lager erreichte, verabschiedete sich der Kardinal und begab sich zu seinem Quartier, wo ihn d'Artagnan ohne Degen, dafür aber mit seinen bis an die Zähne bewaffneten drei Freunden erwartete. Der Kardinal bedeutete dem Gascogner, ihm zu folgen.

»Wir warten auf Euch, d'Artagnan«, rief Athos, laut genug, dass es auch der Kardinal hören musste.

D'Artagnan trat hinter dem Kardinal ins Zimmer. Rochefort, der den jungen Mann begleitet hatte, zog sich auf einen Wink des Kardinals zurück. Richelieu lehnte sich an den Kamin und musterte aufmerksam den Jüngling.

»Ihr seid auf meinen Befehl verhaftet worden«, begann der Kardinal.

»So wurde mir gesagt, Eminenz.«

»Ihr wisst, warum?«

»Nein, Eminenz, denn der einzige Grund, der zu solcher Maßregel berechtigen könnte, ist Euch noch nicht bekannt.«

Richelieu blickte den Jüngling erstaunt an. »Was soll das heißen?«, rief er.

»Wenn Eminenz mir zuerst sagen wollen, welcher Verbrechen ich beschuldigt werde, dann will ich gern bekennen, was ich getan habe.«

»Man klagt Euch an, mit Frankreichs Feinden in Briefwechsel zu stehen, Staatsgeheimnisse belauscht und Pläne Eures Feldherrn vereitelt zu haben.«

»Wer klagt mich dessen an, Eminenz?«, fragte der Gascogner. »Es ist wohl eine Frau, die gebrandmarkt worden ist, die in Bigamie lebt, die ihren zweiten Gatten vergiftet hat und die auch mich vergiften wollte.«

»Was sagt Ihr da!«, rief der Kardinal bestürzt, »von wem sprecht Ihr?«

»Von Lady Winter«, erwiderte d'Artagnan, »deren Verbrechen Eurer Eminenz wohl kaum bekannt waren, als Ihr sie mit Eurem Vertrauen beehrtet.«

»Wenn Lady Winter sich solcher Verbrechen schuldig gemacht hat«, antwortete der Kardinal, »dann wird sie ihrer Strafe nicht entgehen!«

»Die Frau ist bereits gerichtet, sie ist tot.«

»Was sagt Ihr da, tot?«, rief der Kardinal ungläubig.

D'Artagnan berichtete nun ausführlich von Myladys Schuld und der Hinrichtung.

Den Kardinal, den so leicht nichts entsetzen konnte, überlief ein kalter Schauder. Aber plötzlich durchzuckte ihn ein Gedanke und erhellte das bisher so finstere Gesicht des Kirchenfürsten.

»Also«, rief er mit sanfter Stimme, »habt Ihr Euch zu Richtern aufgeworfen, ohne zu bedenken, dass jeder, der unberechtigt einen Menschen verurteilt, sich des Mordes schuldig macht?«

»Eminenz, ich fürchte den Tod nicht.«

»Ich weiß, Ihr seid ein beherzter Mann«, versetzte der Kardinal mit fast zärtlicher Stimme; »nun, das versichere ich Euch, Ihr sollt vor Gericht gestellt und verurteilt werden.«

»Ein anderer könnte Eurer Eminenz antworten, er habe seine Begnadigung bereits in der Tasche; ich aber sage nur: Befehlt, Eminenz! Ich bin bereit!«

»Begnadigung?«, wiederholte Richelieu erstaunt. »Und von wem ausgefertigt? Vom König?«, fuhr der Kardinal in beinahe geringschätzigem Tone fort.

»Nein, Eure Eminenz, von Euch«, und d'Artagnan überreichte dem Kardinal den für Mylady von ihm ausgestellten Befehl.

Nachdem er die wenigen Zeilen gelesen hatte, versank der Kardinal in Sinnen, gab aber dem Gascogner den Zettel nicht zurück.

Endlich blickte er auf und schaute eine Weile in dieses offene, kluge, bereits von Furchen durchzogene junge Gesicht. Wieder dachte er daran, welche glanzvolle Zukunft dieser Jüngling noch vor sich hatte und wie viel er durch seinen Mut und seinen Eifer einem trefflichen Herrn nützen könnte. Andererseits hatte ihn die teuflische Gesinnung Myladys mehr als einmal erschreckt, und so fühlte er eine heimliche Freude, dass er von dieser Mitwisserin für alle Zeiten befreit war. Langsam zerriss er das Papier, das d'Artagnan ihm überreicht hatte.

Es ist um mich geschehen, sagte sich der Jüngling und verneigte sich tief vor dem Kardinal.

Der Kardinal trat an den Tisch, schrieb, ohne sich zu setzen, noch ein paar Zeilen auf ein schon beschriebenes Pergament und drückte sein Siegel darauf. »Hier, mein Freund«, sagte er, »ich habe Euch eine Vollmacht genommen und gebe Euch ein Patent dafür, der Name fehlt noch, den mögt Ihr selbst einsetzen.«

D'Artagnan warf einen Blick auf das Pergament: Es war die Ernennung zum Leutnant der Musketiere. Der Gascogner ließ sich freudestrahlend vor dem Kardinal auf ein Knie nieder. »Eminenz!«, rief er, »mein Leben gehört hinfort Euch. Aber ich verdiene solche Gunst nicht; ich habe drei Freunde, die würdiger sind!«

»Ihr seid ein tapferer Jüngling, d'Artagnan!«, fiel ihm der Kardinal ins Wort und klopfte ihm huldvoll auf die Schulter, froh seines Sieges über diese widerspenstige Natur. »Macht mit dem Patent, was Ihr wollt, der Name fehlt noch; vergesst aber nicht, dass ich es Euch gegeben habe.«

Der Kardinal wandte sich um und rief: »Rochefort!«

Der Graf trat sofort ein, und Richelieu sagte: »Herr d'Artagnan zählt jetzt zu meinen Freunden. Ich möchte, dass sich die Herren freundlich zueinander stellen.«

Rochefort und d'Artagnan umarmten sich gehorsam, wussten sie doch, dass der Kardinal sie scharf beobachtete. Gleichzeitig verließen sie dann das Gemach.

»Wir treffen uns wieder, nicht wahr?«, sagte Rochefort.

»Jederzeit«, versetzte der Gascogner.

»Was gibt es noch?«, fragte der Kardinal, indem er die Tür öffnete.

Die beiden Edelleute sahen einander an, drückten sich lächelnd die Hand und verneigten sich tief vor Richelieu.

»Wir waren schon unruhig«, sagte Athos, als der Freund endlich zurückkam.

»Da habt Ihr mich!«, rief dieser fröhlich, »und nicht nur frei, sondern auch in hoher Gunst!«

»Erzählt!«, riefen die Freunde.

»Noch heute Abend.«

Abends fand sich d'Artagnan bei Athos ein. Mit kurzen Worten erzählte er dem Freunde, was sich zwischen ihm und dem Kardinal zugetragen hatte, zeigte ihm das Patent und sagte: »Hier, Athos, nehmt, es kommt Euch zu und nicht mir!«

Athos lächelte. »Für Athos, mein Lieber, ist es zu viel, für den Grafen de La Fère aber zu wenig! Behaltet das Patent! Ihr habt es teuer genug bezahlt!«

Der Gascogner verließ den Freund und begab sich zu Porthos. Dieser stand gerade vor dem Spiegel und bewunderte sich in einem mit reichen Stickereien versehenen neuen Rock. »Ei, Freund, sagt doch, wie ich Euch in dem neuen Rock gefalle?«, rief Porthos.

»Ausgezeichnet, aber ich habe Euch einen Leutnantsrock anzubieten.«

Und er berichtete auch Porthos von seiner Unterredung mit dem Kardinal, zeigte ihm das Patent und sagte: »Da, nehmt, lieber Freund! Tragt Euren Namen ein und seid mir ein gütiger Vorgesetzter!«

Porthos sah sich das Patent flüchtig an und gab es dem jungen Mann zu dessen Verwunderung mit den Worten zurück: »Das wäre freilich höchst schmeichelhaft für mich, aber ich könnte mich dieser Gunst doch nicht lange freuen; während unseres Ausflugs nach Béthune ist nämlich der Gemahl meiner Herzogin gestorben; und da mir die Kasse des Seligen winkt, heirate ich nun die Witwe. Also, behaltet das Patent, mein Lieber.«

Darauf ging d'Artagnan zu Aramis. Dieser kniete vor einem Betstuhl und berührte mit der Stirn sein Brevier. Auch ihm erzählte der Gascogner seine Begegnung mit dem Kardinal und zog das Patent aus der Tasche. »Nehmt es«, sagte er, »denn Ihr wart uns nicht nur Freund, sondern auch Erleuchtung; der Weisheit gebührt dieser Lohn.«

»Ach, liebster Freund«, antwortete Aramis, »unsere letzten Erlebnisse haben mir das Soldatenleben gründlich verleidet. Diesmal ist mein Entschluss unwiderruflich. Sobald die Belagerung beendet ist, trete ich dem Orden der Lazarusbrüder bei. Behaltet das Patent, d'Artagnan, denn Euch sagt das Waffenhandwerk zu.«

Halb lachend und halb weinend, kehrte unser Freund zu Athos zurück. »Die anderen haben es auch abgelehnt«, sagte er.

»Sehr einfach, mein Lieber, weil keiner es mehr verdient als Ihr.« Er griff zur Feder, schrieb den Namen d'Artagnan in das Patent und gab es ihm zurück.

»Dann werde ich keine Freunde mehr haben!«, rief der Jüngling bedauernd, »nur bittere Erinnerungen bleiben mir.«

»Ihr seid noch jung«, tröstete ihn Athos, »und Eure bitteren Erinnerungen haben Zeit, sich in süße zu verwandeln.«

Epilog

Der vom Herzog von Buckingham zugesagten Hilfe beraubt, kapitulierte La Rochelle nach einjähriger Belagerung am 25. Oktober 1628.

Am 23. Dezember zog der König wieder in Paris ein. Die Bevölkerung jubelte ihm zu, als habe er über einen auswärtigen Feind und nicht über die eigenen Leute gesiegt.

D'Artagnan erfreute sich an seinem Patent.

Porthos quittierte den Dienst und heiratete Frau Coquenard. Die so lange ersehnte Geldtruhe enthielt die stattliche Summe von achtmal hunderttausend Francs in Gold und sichere Wertpapiere. Mousqueton bekam eine prächtige Livree und durfte hinfort, wonach er sein ganzes Leben lang getrachtet hatte, hinten auf einer vergoldeten Kutsche stehen.

Aramis verschwand nach einer Reise ins Lothringer Land und ließ nichts mehr von sich hören. Später wurde durch Frau de Chevreuse bekannt, dass er sich in ein Kloster bei Nancy zurückgezogen habe. Bazin wurde Laienbruder.

Athos diente als Musketier unter d'Artagnans Befehl bis zum Jahre 1633. Unter dem Vorwand, er habe eine Erbschaft in Roussillon gemacht, nahm auch er seinen Abschied. Grimaud folgte ihm.

D'Artagnan duellierte sich dreimal mit dem Grafen Rochefort und verwundete ihn dreimal. »Beim vierten Mal werde ich Euch sicherlich töten«, sagte er, reichte dem Verwundeten die Hand und half ihm auf.

»Dann ist es schon besser für uns beide«, versetzte der Graf,

»wir lassen es bei diesem Mal bewenden.« Darauf umarmten sie einander, diesmal aber ohne Hintergedanken.

Planchet bekam in Rocheforts Regiment »Piemont« eine Korporalsstelle.

Herr Bonacieux lebte ruhig und gemütlich und hat niemals erfahren, was aus seiner Frau geworden ist; es kümmerte ihn auch gar nicht. Eines Tages aber beging er die Torheit, sich dem Kardinal in Erinnerung zu bringen. Er bekam die Antwort, dass es ihm hinfort an nichts mehr mangeln sollte. Aber von dem Gang in den Louvre, den Herr Bonacieux tags darauf um sieben Uhr abends unternahm, kehrte er nie wieder in die Rue du Fossoyeur zurück. Es hieß allgemein, er habe von Seiner zuweilen recht großzügigen Eminenz freie Kost und Wohnung in irgendeinem festen Hause bekommen.

Nachwort

Alexandre Dumas wurde am 24. Juli 1802 in Villers-Cotterêts in Frankreich geboren. Er entstammt einer Adelsfamilie, sein Vater war der Sohn eines Grafen und einer haitianischen Sklavin. Als die französische Revolution ausbrach, schloss sich der Vater der Revolutionsarmee an, übernahm den Familiennamen seiner Mutter – Dumas – und starb 1806 als General der napoleonischen Armee.

Nach der Schule begann Alexandre Dumas 1817 eine Lehre bei einem Notar, doch als 20-Jähriger beschloss er anlässlich eines Besuchs in Paris, Dichter zu werden.

Zunächst arbeitete er in der französischen Hauptstadt als Schreiber und Bibliothekar für den Herzog von Orléans; gleichzeitig schrieb er Artikel und Theaterstücke. 1824 wurde sein Sohn Alexandre unehelich geboren, der später als Alexandre Dumas fils (der Jüngere) selbst ein bekannter Autor wurde (»Die Kameliendame«, 1848).

1829 erlebte Alexandre Dumas mit seinem Theaterstück »Henri III. et son cour« (»Heinrich III. und sein Hof«) den Durchbruch als Dramatiker. Zahlreiche Theaterstücke und Romane folgten und machten Dumas zu einem der meistgelesenen Autoren seiner Zeit.

Es war – in Frankreich wie in Europa – die Epoche der innenpolitischen Auseinandersetzungen und Revolutionen zwischen der Aristokratie und dem erstarkenden Bürgertum. Neben seiner schriftstellerischen Tätigkeit hat sich Alexandre Dumas auch stets politisch auf Seiten der Bürger engagiert; 1830 musste er deshalb sogar zeitweilig ins Exil. 1840 heiratete er seine Lebensgefährtin Ida Ferrier, die Ehe hielt allerdings nur drei Jahre.

Im Jahr 1844 schrieb Alexandre Dumas zunächst als Serie für die Zeitschrift »Le Siècle« den Roman »Die drei Musketiere« („Les trois mousquetairs"), der auch als Buch ein Riesenerfolg wurde. Noch im selben Jahr erschienen zum Beispiel in Deutschland drei verschiedene Übersetzungen.

Mit diesem historischen Roman wollte Dumas den Lesern Informationen über die französische Geschichte vermitteln: Das 17. Jahrhundert war eine spannende Epoche, voller politischer Wirren und Intrigen. Der Hochadel opponierte gegen das zentralistische Königtum und den königlichen Kanzler, Kardinal Richelieu, der seinerseits mit dem König rivalisierte; außerdem revoltierten die Hugenotten, calvinistische Protestanten, gegen die katholische Staatskirche.

Zugunsten der spannenden Handlung nahm es Dumas mit den historischen Fakten allerdings nicht immer genau. Wichtig war es ihm, seine Leser zu fesseln, und das ist ihm offensichtlich gelungen.

Besonders bemerkenswert ist, dass Dumas fast zeitgleich für eine andere Zeitschrift den zweiten Roman schrieb, der heute noch mit seinem Namen verbunden wird und ebenfalls als Klassiker gilt: »Der Graf von Monte Christo« (»Le Comte de Monte Christo«).

Gelingen konnte das nur, weil Alexandre Dumas für seine Bücher lediglich die Idee entwickelte, die Personen skizzierte und den Handlungsrahmen entwarf, während Teile der Geschichte dann von anderen weiter geschrieben wurden. Dumas unterhielt also tatsächlich eine echte »Romanfabrik«. Das mag eine Ursache sein für nicht immer logische Wendungen und erzählerische Brüche in seinen Texten, die erst in späteren Ausgaben geglättet wurden. Eine weitere Ursache war, dass Alexandre Dumas stets die spannende Handlung wichtiger war als literarischer Tiefgang und die psychologische Entwicklung der Personen. Seine Leser nahmen ihm das jedoch nicht übel. Er wurde ein Bestseller- und Starautor, dessen Werk über 300 Romane und 90 Theaterstücke umfasst.

Allerdings musste Dumas auch viele Rückschläge hinnehmen. Sein aufwändiger Lebensstil führte 1850 zum Bankrott, er musste vor seinen Gläubigern nach Brüssel flüchten. Nach seiner Rückkehr versuchte er sich – neben der Schriftstellerei – auf verschiedenen Feldern, allerdings ohne finanziellen Erfolg.

1860 ging er nach Italien und kämpfte vier Jahre an der Seite des italienischen Revolutionärs Garibaldi für die italienische Unabhängigkeit.

Nach Paris zurückgekehrt, geriet er erstaunlicherweise in Vergessenheit und verarmte völlig. Am 5. Dezember 1870 starb er in Puys bei Dieppe im Landhaus seines Sohnes Alexandre an den Folgen eines Schlaganfalls.

Gerd F. Rumler

Aus dem Verlagsprogramm

GEO lino
Bibliothek

Mark Twain
Tom Sawyer

244 Seiten ISBN 3-570-12994-2

Tom Sawyer ist alles andere als ein Musterschüler – sehr zum Leidwesen seiner Tante Polly! Stets hat Tom den Kopf voller Streiche und abenteuerlicher Ideen. Gemeinsam mit seinen Freunden Huckleberry Finn und Joe Harper führt er ein aufregendes Leben als Schatzsucher, Pirat oder edler Räuber. Als er dann auch noch hilft, einen Mord aufzuklären, ist er der Held des Tages!

cbj

www.cbj-verlag.de